VERFLIXTE FLÜGEL

SERAPHIM AKADEMIE #1

ELIZABETH BRIGGS

Seraphim Akademie 1: Verflixte Flügel

Copyright © 2022 Elizabeth Briggs

Einbandgestaltung von Silvana G. Sánchez

Übersetzt von Sabrina Barde

www.elizabethbriggs.com

ISBN ebook 978-1-948456-39-5

ISBN print 978-1-948456-40-1

OLIVIA

Verführung ist ein riskantes Spiel, aber mir bleibt keine andere Wahl, als es zu spielen. Und, wie ich von meiner Mutter gelernt habe, gehen Verführung und Täuschung oft Hand in Hand.

Heute Abend jedenfalls.

Ich schlendere durch die Party und versuche, das wachsende Verlangen in mir zu ignorieren. In Zeiten wie diesen ist es schwer, wenn die Musik vibriert, die Drinks in Strömen fließen und die Körper ein wenig zu nah beieinander tanzen. Die Hemmschwelle ist niedrig, Versuchung liegt in der Luft und schmeckt zuckersüß. Zumindest für mich.

Ich suche mir eine Ecke, von der aus ich die Menge überblicken kann, ohne jemandem zu nahe zu kommen. College-Kids mit unterschiedlichem Alkoholpegel tanzen, spielen Bier-Pong und versuchen, sich über die lauten Rhythmen der Musik hinweg zu unterhalten. Ein Kerl, der etwas abseits steht, fällt mir ins Auge und schenkt mir ein freundliches Lächeln. Er hat das Gesicht und die Schultern eines College-Football-Helden aus der Kleinstadt und für einen Moment gerate ich in Versuchung.

Ich stelle mir vor, wie ich meine Nägel in diese breiten Schultern grabe, während ich ihn hemmungslos reite, schaue dann aber schnell wieder weg. Er sieht wie ein netter Kerl aus. Die Art, die einem beim ersten Date Blumen schenkt und es langsam angehen lassen will. Die Art, die ich meide.

Ich tue ihm definitiv einen Gefallen.

Ein Typ mit den Armen voller Tattoos und einem dunklen Ziegenbart und einer „Leg-dich-nicht-mit-mir-an"-Ausstrahlung betritt den Raum. Ich wette, diese reichen Snobs laden ihn nur aus einem Grund zu ihren Partys ein: Er verkauft Drogen. Er ist genau die Art von Mann, die ich heute Abend brauche.

Chesters Hand umklammert besitzergreifend meinen Ellbogen. „Da bist du ja."

„Ich habe schon auf dich gewartet." Ich schenke ihm ein unechtes Lächeln. Er ist einer dieser Typen, der nur an der USC angenommen wurde, weil seine Eltern jemanden bestochen haben. Sandfarbenes Haar mit der perfekten Welle über dem Auge, dunkelgrünes Polo-Shirt, teures Lächeln – jeder kennt diesen Typ. Sein Selbstbewusstsein macht ihn attraktiver, als er wirklich ist, genauso wie sein Geld. Das hier ist sein Haus – von seinen Eltern gekauft, damit er nicht mit dem gemeinen Volk in einem Wohnheim leben muss – und seine Party. Es ist St. Patricks Day, er trägt einen blinkenden „Ich bin kein Ire, küss mich trotzdem"-Anstecker und sein Atem riecht nach Whiskey. Es erfordert ein ordentliches Maß an Schauspielerei, um nicht vor seiner Berührung zurückzuschrecken, aber meine Mutter hat mich gut gelehrt.

Wir haben uns in der Bar, in der ich arbeite, kennengelernt, wo er mit jedem einzelnen Mädchen flirtete, bevor ich ihn mit nach Hause nahm. Jetzt hat er nur noch Augen für mich. Was soll ich sagen? Ich habe diese Wirkung auf Menschen.

Chester zieht mich näher an sich heran. „Ich habe dich vermisst. Lass uns nach hinten in mein Schlafzimmer gehen."

Ich spiele mit den Knöpfen an seinem Hemd. „Nur, wenn ich zuerst einen Drink bekomme. Ich habe Lust auf eins von diesen grünen Bieren, die jeder hier hat."

Er schmiegt sich an meinen Nacken wie ein gefräßiger Bär. „Kann das nicht warten? Ich brauche dich jetzt."

Vielleicht habe ich es gestern Abend ein wenig zu weit mit ihm getrieben. Ich klopfe ihm spielerisch auf die Brust und setze einen niedlichen Schmollmund auf. „Alle außer mir sind am Trinken. Bitte?"

Er hat keine Ahnung, dass ich ihm einen Gefallen tue. Er würde es nicht überleben, wenn wir noch einmal miteinander schlafen würden. Menschen können nur eine Nacht mit einem Sukkubus verkraften – selbst mit einem Halb-Sukkubus, wie mir.

„Gut", sagt er, aber er legt seine Finger um meinen Arm. „Ein Drink und dann gehörst du mir für den Rest der Nacht."

Er presst seinen Mund auf meinen und ich kann nicht anders, als ein wenig von dem, was er mir anbietet, anzunehmen. Sein Verlangen nach mir ist köstlich, aber jede Sekunde, in der sich unsere Lippen berühren, bringt ihn in größere Gefahr. Der Typ mag ein besitzergreifender, versnobter Idiot sein, aber ich will ihn dennoch nicht tot sehen.

Ich stoße ihn weg, bevor ich wirklichen Schaden anrichten kann. „Geh und hol mir das grüne Bier und dann machen wir hier weiter."

Seine Augen sind glasig und unscharf, sein Gesicht ein wenig blasser als zuvor und zunächst denke ich, dass er mich nicht loslassen wird. Habe ich zu viel genommen? Aber nach einer Sekunde schüttelt er diese Benommenheit ab und stolpert davon, um mir etwas zu trinken zu holen.

Ich atme tief durch und suche den Raum nach dem tätowierten Typen ab, den ich vorhin gesehen habe. Er ist leicht zu finden, er steht in der Ecke mit einer Gruppe privilegierter Studenten, die ihm Geld für etwas in einem kleinen Tütchen geben. Ich setze meine Kräfte nur ein klein wenig ein, um seine Aufmerksamkeit zu erregen und schon bleibt sein Blick an mir haften. Ein paar andere im Raum drehen sich ebenfalls um – sowohl Männer als auch Frauen – und ich weiß, dass ich jeden einzelnen von ihnen haben könnte, wenn ich das wollte. Begierde ist eine mächtige Empfindung und wenn wir unseren Charme spielen lassen, fällt es Menschen schwer, einem Sukkubus zu widerstehen. Nur Menschen, die wahre Liebe empfinden, sind immun, und davon gibt es nur wenige, besonders an Orten wie diesem.

Er bahnt sich seinen Weg durch die Menge und kommt zu mir rüber. „Bist du allein, Baby?"

„Nicht mehr." Ich lege meine Hand auf seinen Arm und lasse meine Magie erneut ein wenig spielen, um seine Emotionen zu entfachen.

Plötzlich packt er mich um die Taille, presst seine Lippen auf meine und küsst mich heftig. Ups, ich habe wohl ein bisschen übertrieben. Meine Mutter würde mich dafür tadeln, aber ich muss mich erst noch an diese Kräfte gewöhnen und an den Durst, der mit ihnen einhergeht. Ich höre sie jetzt, die leise Stimme in meinem Kopf, die mir sagt, ich solle seine Jeans aufreißen und auf ihn hinaufklettern wie auf einen Baum. Diese Stimme ist von Tag zu Tag schwerer zu ignorieren.

Ich löse mich langsam aus dem Kuss. „Ich könnte etwas frische Luft gebrauchen. Lass uns auf den Balkon gehen, damit wir das hier fortsetzen können."

Er grunzt und führt mich nach draußen, seine Hand auf meinem Hintern. Subtil ist er nicht. Ich lehne mich gegen die Balkonbrüstung und er lehnt sich gegen mich. Von unten dringt das Geräusch von lachenden und im Pool planschenden Menschen zu uns herauf. Es ist ein strahlend blauer Tag in Los Angeles und die Sonne scheint auf meine nackten Schultern und erfüllt mich mit Wärme. Ich trage ein kurzes, rotes Kleid, das alle meine Kurven zur Geltung bringt und mein neuer Freund genießt den Anblick zweifellos.

Seine Hände umspielen meine Taille. „Ich bin Trey. Wie heißt du?“

„Olivia.“ Ich werfe mein Haar zurück. „Aber alle nennen mich Liv.“

In dem Moment kommt Chester rausgestürmt und zerrt den Typen von mir weg. „Was soll der Scheiß, Mann? Du glaubst, du kannst in mein Haus kommen und mein Mädchen anfassen?“

„Wir haben uns nur unterhalten“, sage ich.

„Sah aber nach wesentlich mehr aus“, schnauzt Chester. Er drückt mir ein grünes Bier an die Brust und ein wenig davon schäumt über. „Hier, halt deinen verdammten Drink, während ich dem Kerl in den Arsch trete.“

Ich schnappe mir das Bier aus Chesters Hand. Dabei streife ich sie und entfessele ein wenig mehr von meiner Kraft, um seine Emotionen zu steigern.

„Das würde ich gerne sehen“, spottet Trey, während ich einen Schluck von dem grünen Bier nehme. Es ist ekelhaft, aber ich trinke es trotzdem.

Chester stellt sich Trey in den Weg und er ist jetzt so wütend, dass sein Gesicht knallrot ist. „Halt dich von meinem Mädchen fern.“

Trey macht einen Schritt auf mich zu und lässt tatsächlich ein Knurren verlauten. „Was wirst du tun, wenn ich es nicht tue?“

Chester verpasst Trey einen Faustschlag ins Gesicht, unfähig, sich zwischen seiner überwältigenden Lust und Wut zu beherrschen. Es kommt zu einer Schlägerei zwischen den beiden und ich gehe etwas zu spät dazwischen, um zu versuchen, sie zu beenden. Als ich das tue, werde ich kräftig nach hinten geschubst. Mein Bier fällt mit einem lauten Knall zu Boden und mein Rücken prallt gegen die Balkonwand – und dann falle ich darüber.

Ich falle.

Und falle.

Und falle.

Mit einem lauten Krachen entfalten sich Flügel aus meinem Rücken und unterbinden meine Schreie. Eine Sekunde lang schwebe ich über dem Pool, während schwarze Federn durch die Luft sausen und die Leute unten und auf dem Balkon mich anstarren. Dann lasse ich mich weiter in Richtung Wasser fallen. In der Sekunde, in der ich aufschlage, wird alles schwarz.

Genau wie ich es geplant hatte.

2

OLIVIA

Ich wache in einem Krankenhauszimmer auf, ohne zu wissen, wie ich dorthin gekommen bin und zucke zusammen, als ich merke, dass ich nicht allein bin. Es ist eine echte Reaktion. Niemand wacht gerne auf und stellt fest, dass ein Fremder ihn beim Schlafen beobachtet hat, auch wenn ich genau so etwas erwartet habe.

„Wer sind Sie?", frage ich, während ich mich aufrichte. „Was ist hier los? Wo bin ich?"

„Sie können mich Jo nennen." Die Frau scheint Mitte dreißig zu sein, hat blasse Haut, schulterlanges, honigblondes Haar, trägt eine schicke weiße Bluse und einen schwarzen Bleistiftrock. Alles an ihr ist professionell, von den glänzenden Nägeln über die geschlossenen Pumps bis zur schwarzen Aktentasche. Aber es gibt etwas an ihr, das sie von einer durchschnittlichen Geschäftsfrau abhebt: Die symmetrische Perfektion ihres Gesichts. Der strahlende Glanz ihres Haares. Die Art und Weise, wie das Sonnenlicht, das durch das Fenster fällt, sich um sie herum zu sammeln scheint. „Erinnern Sie sich, wie Sie hierhergekommen sind?"

„Nicht wirklich." Ich lege meine Hand auf meine Stirn und versuche, den Schmerz dort zu lindern. Ich trage ein Krankenhaushemd, in meinem Arm steckt eine Infusion und mein Kopf pocht. Ich starre auf die Infusion und mir fällt die Kinnlade herunter. „Warum bin ich in einem Krankenhaus? Was ist mit mir passiert?"

„Das würde ich gerne herausfinden." Sie schlägt die Beine übereinander, ihr Rock raschelt bei der Bewegung. „Ich bin hier, um Ihnen ein paar Fragen darüber zu stellen, was heute Abend auf der Party passiert ist. Versuchen Sie gar nicht erst, mich anzulügen – das wird nicht funktionieren. Solange Sie die Wahrheit sagen, werden wir beide gut miteinander auskommen."

Ich hebe die Hand und berühre die Halskette um meinen Hals, erleichtert, dass sie noch da ist, obwohl meine Kleidung es nicht ist. Sie ist golden und schwer, mit verschnörkelten Spiralen und einem großen aquamarinfarbenen Edelstein, der je nach Lichteinfall seine Farbe ändert. Sobald ich merke, was ich tue, lasse ich meine Hand sinken, aber sie hat es schon gesehen. Ich schlucke und beginne zu erzählen. „Ich war auf einer Party und es kam zu einer Schlägerei. Wir waren auf dem Balkon und ich wurde umgestoßen, glaube ich. Ich bin gefallen?" Meine Augen weiten sich. „Da waren ... Flügel. Federn?" Ich schüttle den Kopf. „Nein, das kann nicht wahr sein. Hat mir jemand was in den Drink getan oder so?"

„Man hat Ihnen nichts in den Drink getan und ich kann Ihnen versichern, dass das, woran Sie sich erinnern, echt war."

Lustige Tatsache: Mein Drink war mit Drogen versetzt. Woher ich das weiß? Weil ich es selbst getan habe, als Chester ihn mir gegeben hat. Ich musste ohnmächtig werden und ich wusste, dass die Droge dank meines Engel-Dämonen-Stoffwechsels längst aus meinem Organismus verschwunden sein würde, wenn man mich testet. Aber das braucht Jo nicht zu wissen.

„Nein, das ist nicht möglich", sage ich und rege mich ihr

zuliebe immer mehr auf. „Ich bin vom Balkon gefallen, aber ich bin nicht verletzt. Und die Flügel. Oh Scheiße, die Flügel ...“ Ich presse meine Handflächen gegen meine Augen. „Ich muss träumen. Entweder das oder ich habe total den Verstand verloren.“

Sie kreuzt ihre perfekten Knöchel, während sie sich nach vorne lehnt. „Sie träumen nicht und ich glaube auch, dass Ihr Verstand vollkommen intakt ist, auch wenn Sie vielleicht unter Schock stehen.“

„Wer sind Sie?“ Ich setze mich ein wenig gerader im Bett auf, sodass ich ganz aufrecht sitze. „Was machen Sie hier?“

„Sie wurden ins Krankenhaus gebracht, nachdem Sie ohnmächtig wurden. Ich bin geschickt worden, um Sie zu finden, nachdem ein Video auf YouTube hochgeladen wurde, in dem ein Mädchen vom Balkon fällt und plötzlich Flügel bekommt.“ Sie grinst ein wenig. „Dieses Video wurde von mindestens dreitausend Leuten online gesehen, ganz zu schweigen von all den Leuten, die es persönlich miterlebt haben. Wir konnten das Video ohne viel Aufwand entfernen lassen, aber die Partygäste stellen ein größeres Problem dar. Mein Team versucht immer noch, jeden aufzuspüren, der dort war, damit ich ihre Erinnerungen löschen kann. Sie haben uns allen eine Menge Arbeit bereitet.“

Ihre Erinnerungen auslöschen? Scheiße, das ist nicht irgendein Engel, das ist Erzengel Jophiel, sie ist die Einzige mit dieser Kraft. Ich werde besonders vorsichtig sein müssen mit dem, was ich zu ihr sage.

„Natürlich ist es nicht Ihre Schuld“, fährt sie fort, „und wir haben uns sicher schon um schlimmere Vorfälle gekümmert, wenn auch nicht häufig. Die meisten Leute wachsen mit dem Wissen auf, was sie sind.“ Sie hält inne und mustert mich. „Wissen Sie es wirklich nicht? Vergessen Sie nicht, dass es unmöglich ist, mich anzulügen.“

Ich starre sie an und antworte ohne zu zögern. „Was meinen Sie? Was wissen?"

Sie betrachtet mich einen Moment lang und kauft mir die Lüge ab. „Olivia, Sie sind ein Engel."

„Ein was?" Ich blinzle sie an. „Wie in der Bibel?"

„Nicht ganz." Sie winkt mit der Hand. „Sie haben in einigen Dingen recht, und andere Religionen haben in anderen Dingen recht. Aber damit können Sie sich ein Bild von der Grundidee machen."

Ich stoße ein leicht irres Lachen aus. „Das ist ein Scherz, oder? Es gibt keine Engel. Und selbst wenn, bin ich definitiv keiner von ihnen."

Sie seufzt. „Wer sind Ihre Eltern? Sind sie ... anders?"

„Inwiefern anders? Meine Mutter ist gestorben, als ich noch klein war und niemand weiß, wer mein Vater ist." Die Lügen kommen mir nur so über die Lippen und Jophiel reagiert nicht einmal darauf. Ich berühre fast wieder meine Halskette, aber diesmal halte ich mich zurück. *Ich danke dir, Mutter.* „Ich bin bei Pflegeeltern aufgewachsen."

Jophiel nickt knapp. „Das dachte ich mir. Ihr Vater muss einer von uns sein, aber es ist unwahrscheinlich, dass er sich melden wird. Es ist unserer Art verboten, sich mit Menschen zu paaren."

„Unsere Art?", frage ich.

Ein Luftzug saust durch das Krankenhauszimmer, als sich ihre kupferfarbenen Flügel plötzlich von ihren Schultern ausbreiten. Ich stoße einen kleinen Schrei aus und weiche gegen das Bett zurück, gebe alles, als sich die Flügel ausbreiten und die gesamte Wand einnehmen. Es ist jetzt unverkennbar, was sie ist. Mit ausgebreiteten Flügeln leuchtet sie mit einem inneren Licht und alles an ihr ist ein wenig zu perfekt. Man könnte es sogar *göttlich* nennen.

„Ein Engel", flüstere ich, während ich mich an die Bettdecke klammere, als ob sie mich beschützen würde. „Es ist wahr."

„In der Tat." Ihre Flügel verschwinden wieder in ihren Schultern, als hätten sie nie existiert. „Und jetzt lassen Sie uns über Ihre Zukunft sprechen."

Ich blinzle sie mit großen Augen an, als ob ich gerade einen Geist gesehen hätte. Ich spiele den naiven Halbmenschen und Jophiel scheint es mir alles abzunehmen. „Meine Zukunft?"

„Jetzt, wo Sie erwacht sind, werden sich Ihre anderen Kräfte bald manifestieren."

Mir fällt die Kinnlade runter. „Andere Kräfte?"

„Natürlich." Ein Hauch von Mitleid huscht über ihr Gesicht. „Wir alle bekommen mit einundzwanzig Jahren unsere Flügel und Engelsgaben, aber die meisten wachsen unter anderen Engeln auf und werden gut auf ihr Erwachen vorbereitet. Da Sie keine Ahnung hatte, was Sie sind, ist es nicht weiter verwunderlich, dass Sie ein wenig schockiert waren."

„Das ist eine Untertreibung", murmle ich, während ich mit einer Hand über mein Gesicht fahre und versuche, mich zusammenzureißen. „Tut mir leid, das ist ziemlich viel zu verarbeiten."

„Das ist es sicher, aber jetzt, wo wir Sie gefunden haben, werden wir uns um alles Weitere kümmern. Angefangen mit Ihrer Ausbildung. Jeder Engel wird mit etwa einundzwanzig Jahren auf die Seraphim Akademie für Engelsstudien geschickt, normalerweise nachdem er sein menschliches Universitätsstudium abgeschlossen hat. Ich habe den Direktor bereits informiert, dass Sie die Akademie besuchen werden."

Ich halte eine Hand hoch. „Moment. Ich bin verwirrt. Ich werde auf eine Schule ... für Engel gehen?"

„Ja. Es ist zwingend erforderlich, dass Sie die Seraphim Akademie besuchen und lernen Ihre Kräfte zu kontrollieren und um zu lernen, vor den Menschen zu verbergen, was Sie sind. Es ist ein dreijähriges Ausbildungsprogramm und wenn Sie fertig sind, können wir Ihnen helfen, einen passenden Beruf für Ihre Fähigkeiten zu finden."

„Drei Jahre", sage ich langsam. „Das ist eine lange Zeit."

„Es wird wie im Flug vergehen, das verspreche ich. Kein Wortspiel beabsichtigt." Sie glättet ihren Rock, als sie aufsteht. „Es ist ein Glück, dass das nächste Schuljahr an der Seraphim Akademie in ein paar Tagen beginnt, obwohl das auch bedeutet, dass Sie weniger als eine Woche haben, um dort anzukommen. Wir werden uns um alle Reisevorbereitungen kümmern und Ihnen alles, was Sie über die Schule wissen müssen, per E-Mail zuschicken."

Es wird Zeit, die Widerspenstige zu spielen. „Warten Sie. Eine Woche? Ich brauche etwas Zeit, um darüber nachzudenken und ..."

Jo schüttelt den Kopf. „Ich fürchte, das ist keine Option. Wenn Sie nicht lernen, Ihre Kräfte zu kontrollieren, werden Sie zu einer Gefahr für sich selbst und andere. Der Besuch der Schule ist für alle Engel obligatorisch."

„Aber was ist mit meinen Plänen für die Zukunft? Und wie werde ich mir das leisten können? Ich verdiene nicht gerade einen Haufen Geld in der Bar, in der ich arbeite."

Sie winkt ab. „Ihre Zukunftspläne sind irrelevant, jetzt, wo Sie wissen, was Sie sind und Sie brauchen sich keine Gedanken über die finanziellen Aspekte zu machen. Meine Firma, Aerie Industries, übernimmt die Studiengebühren für alle Studenten, zusammen mit einem kleinen Zuschuss für Materialien." Sie schenkt mir ein leichtes Lächeln. „Wie Sie sehen werden, kümmern sich die Engel um die Ihren. Sogar um die, die halb menschlich sind."

Ich starre mit einem Stirnrunzeln aus dem Fenster. „Ich schätze, ich habe keine andere Wahl, oder?"

„Das ist richtig." Sie geht zur Tür, kehrt dann aber zurück. „Eine Sache noch. Woher haben Sie diese Halskette?"

„Ach, die?" Ich fasse sie wieder an. „Sie gehörte meiner Mutter." Das ist eines der ersten wahren Dinge, die ich ihr erzähle.

„Ich verstehe." Sie schaut skeptisch, belässt es aber dabei. „Wie ich schon sagte, wird Ihnen alles per E-Mail zugeschickt. Alles, was Sie tun müssen, ist nächste Woche in der Akademie aufzutauchen. Wenn alles gut geht, sehen wir uns in drei Jahren, wenn Sie beginnen bei Aerie Industries zu arbeiten."

Sie verlässt das Zimmer und ich kann endlich aufhören, mich ahnungslos zu stellen. Ich lehne mich in die Kissen zurück, während sich ein zufriedenes Lächeln auf meinen Lippen ausbreitet. Ich habe es geschafft. Ich bin in die Seraphim Akademie gekommen und sie haben keine Ahnung, wer ich wirklich bin oder wer meine Eltern sind. Meine Fäuste ballen sich um die Laken in meinem Schoß, während ich von Entschlossenheit erfüllt bin. *Ich werde dich finden, Jonah. Ich verspreche es.*

***

Als ich zu meiner Wohnung zurückkehre, wartet mein Vater schon auf mich.

Natürlich.

Ich schließe die Tür. „Ich hätte wissen müssen, dass du hier sein wirst."

„Das ist ein echter Schlamassel, den du dir da eingebrockt hast", sagt mein Vater, als er in der Mitte meiner winzigen Einzimmerwohnung zwischen meinem Bett und meinem Fernseher steht und völlig fehl am Platz aussieht. Er trägt einen perfekt geschnittenen grauen Anzug mit einem strahlend weißen Hemd, das sich über seine muskulöse Brust und die breiten Schultern spannt. „Ich bin mir nicht sicher, ob ich dich da rausholen kann."

„Ich will auch gar nicht da rausgeholt werden." Ich lasse

meine Tasche neben das Bett fallen. Es brauchte nicht viel Überzeugungsarbeit, um das Krankenhaus verlassen zu dürfen, da es mir körperlich gut ging, aber der Verkehr war so schlimm, dass ich ewig gebraucht habe, um nach Hause zu kommen, und jetzt möchte ich nur noch umfallen.

Vater massiert sich den Nasenrücken. Wenn uns jemand zusammen sehen würde, käme er nie auf die Idee, dass wir verwandt sind. Sein Haar ist hellbraun, seine Augen sind leuchtend blau, sein Gesicht ist ebenmäßig und er ist unfassbar gutaussehend, sodass man ihm sofort vertrauen möchte. Er sieht aus wie dreißig, maximal fünfunddreißig. Dabei ist er viel, viel älter. „Warum genau machst du das?"

Ich gehe in den kleinen Raum, der kaum als Küche zu bezeichnen ist und schenke mir eine Tasse Kaffee ein, den ich dann in der Mikrowelle erwärme. Er ist schon einen Tag alt, aber Kaffee ist Kaffee und dieser Junkie braucht seine Dosis. „Ich will Jonah finden und dazu muss ich die Seraphim Akademie besuchen."

Er folgt mir durch den Raum. „Ich will deinen Bruder genauso sehr finden wie du, aber das ist nicht der richtige Weg. Ich habe bereits meine besten Engel auf die Suche nach ihm geschickt. Lass mich das machen."

Ich drehe mich um und begegne seinen Augen. „Und wo hat dich das bis jetzt hingeführt? Es sind drei Monate vergangen, Jonah wird immer noch vermisst und wir sind nicht einen Schritt näher dran, ihn zu finden."

Er verschränkt die Arme und spannt den Kiefer an. „Was lässt dich annehmen, dass du es schaffen kannst, wenn ich versagt habe?" Sein Tonfall fordert mich heraus, aber ich mache die Dinge auf meine Art. Was soll ich sagen? Sturheit liegt in der Familie.

„Ich habe andere Fähigkeiten. Die, die Mutter mich gelehrt

hat." Ein sündhaftes kleines Lächeln umspielt meine Lippen. „Du weißt doch, wie überzeugend sie sein kann."

„Erinnere mich bloß nicht daran." Er seufzt und für nur einen Augenblick ruht das Gewicht eines unsterblichen Lebens auf seinen Schultern. „Auf die Seraphim Akademie zu gehen, ist eine schlechte Idee. Es ist zu gefährlich für dich. Deine Mutter und ich haben uns sehr bemüht, dich all die Jahre vor unseren Welten versteckt zu halten. Ich weiß, es war nicht immer einfach, aber du warst in Sicherheit. Und jetzt setzt du das alles aufs Spiel."

Ich trinke den Rest meines Kaffees aus und fülle meinen Becher erneut auf, bevor ich ihn zurück in die Mikrowelle stelle. Er ist pink und trägt die Aufschrift *Ich bin ein verdammter Engel*. Jonah hat sie mir zu meinem einundzwanzigsten Geburtstag geschenkt und jedes Mal, wenn er sie sieht, zuckt Vaters Auge. „Ich werde schon zurechtkommen."

Er verengt die Augen. „Ich bin mir nicht sicher, ob du dir der Tragweite bewusst bist. Es gibt kein Zurück mehr. Da die Engel nun wissen, dass du existierst, hast du keine andere Wahl, als die Seraphim Akademie für die gesamten drei Jahre zu besuchen. Solange sie nicht die Wahrheit über dich herausfinden, werden sie sicherstellen, dass du in jedem Semester anwesend bist. Und wenn jemand herausfindet, was du wirklich bist ..." Er bricht seinen Satz erschöpft ab. „Ich will nicht, dass dir etwas zustößt."

„Mach dir keine Sorgen. Ich habe nicht vor, es ihnen zu verraten. Soweit sie wissen, bin ich halb Mensch." Als er immer noch besorgt und unbeirrt dreinschaut, füge ich hinzu: „Ich werde ihnen auch nicht sagen, wer mein Vater ist, falls es das ist, worüber du dir Sorgen machst."

„Nein, natürlich nicht", sagt er, obwohl ich sein leichtes Zögern nicht überhören kann. Ich bin seine größte Schande und obwohl er sich auf seine Art um mich kümmert, werde ich nie das

Kind sein, das er sich gewünscht hat. Jonah ist es, und er ist nun verschwunden. Er räuspert sich und rückt seine Krawatte zurecht, offensichtlich fühlt er sich unwohl. „Obwohl es wahrscheinlich das Beste wäre, wenn du diese Information für dich behalten würdest."

„Alles klar." Ich gebe ihm einen gespielten Salut mit meinem Becher. „Gibt es sonst noch etwas, das ich beachten sollte?"

„Sei einfach vorsichtig." Er legt mir eine Hand auf die Schulter und seine Berührung erfüllt mich mit einer wohligen Wärme. Sonnenlicht strömt durch das Fenster nebenan, trifft auf sein leicht gelocktes Haar, umrahmt seine Silhouette und in diesem Moment kann ich fast die Umrisse seiner silbernen Flügel sehen. Ich werde von einer Welle seiner Kraft überflutet, die sich anfühlt, als würde ich mich im Lichtschein der Sonne suhlen. Ich kann nicht anders, als mich nach mehr davon zu sehnen, ebenso wie nach seiner Anerkennung, aber dann zieht er seine Hand zurück. „Versprich es mir."

„Ich werde vorsichtig sein. Ich verspreche es."

Nachdem er mir einen langen Blick zugeworfen hat, verschwindet er in einem Lichtblitz. In der einen Sekunde ist er noch da, in der nächsten ist er verschwunden und lässt mich mit dem Gefühl zurück, dass das Gespräch noch nicht ganz beendet war. Teleportation scheint übertrieben, wenn man auch fliegen kann, aber das ist einer der Vorzüge, ein Erzengel zu sein – sie haben Kräfte, die der Rest von uns nicht hat.

Ich schaue mich in meiner Wohnung um. Ich habe immer noch eine Menge zu tun, aber alles läuft genau wie geplant. Ich habe davon geträumt, die Seraphim Akademie zu besuchen, seit Jonah mir davon erzählt hat und schon sehr bald werde ich dort sein. Ich wünschte nur, wir könnten gemeinsam dort sein.

Jonah ist mein Halbbruder und ein Jahr älter als ich. Er hätte nächste Woche sein zweites Jahr an der Seraphim Akademie beginnen sollen, aber er ist am Ende des letzten Semesters verschwunden, und niemand weiß warum. Vater hat nach ihm gesucht, aber er hat keine Hinweise gefunden. Wenn an dieser Universität etwas vor sich geht, kann nur ein anderer Student die Wahrheit aufdecken. Deshalb muss ich die Akademie infiltrieren und herausfinden, was mit Jonah passiert ist. Zum Glück kann ich sehr überzeugend sein. Und wenn es sein muss, nehme ich den Ort mit meinen bloßen Händen auseinander, um meinen Bruder zu finden.

Ich muss nur sicherstellen, dass niemand herausfindet, was ich wirklich bin. Engel und Dämonen leben seit dem Erden-Abkommen in einem Waffenstillstand, aber meine Existenz bricht alle Regeln. Wenn jemand von meiner wahren Identität erfährt, werde ich nicht nur aus der Seraphim Akademie geworfen, sondern getötet.

3

———

OLIVIA

„Wie ist es an der Seraphim Akademie?", fragte ich und bemühte mich, mir meinen Neid nicht anmerken zu lassen. Jonah hatte einen Monat zuvor seine Ausbildung an der Akademie begonnen und mich seitdem nicht mehr so oft besucht. Ich vermisste ihn bereits. Mutter hatte ich seit zwei Jahren nicht mehr gesehen und Vater war in diesen Tagen auch nicht gerade ein regelmäßiger Besucher. Ich war mir ziemlich sicher, dass sie sich beide wünschten, ich würde nicht existieren. Jonah war meine einzige Verbindung zur nicht-menschlichen Welt ... und meine einzige wahre Familie.

Er faulenzte neben mir auf meinem Bett, während er einen Baseball in die Luft warf und ihn wieder auffing. Er hatte das hellbraune Haar unseres Vaters und zu jener Zeit war es ein wenig länger und lockte sich um seine Ohren. Er war gutaussehend, auf diese Junge-von-nebenan-Art, mit einem Gesicht, das wildfremde Menschen dazu brachte, ihm ihre ganze Lebensgeschichte zu erzählen. „Es ist wie eine normale Universität, nur dass alle Flügel haben."

„Klugscheißer." Ich verdrehte die Augen. „Ich wünschte, ich könnte auch dort hingehen."

„Es wäre nicht sicher für dich."

Ich seufzte. „Ich weiß. Es ist nur so frustrierend, dass alle anderen hingehen können, während ich so tun muss, als wäre ich ein Mensch und mein wahres Ich verbergen muss. Ich will auch lernen, meine Kräfte zu benutzen. Ich würde mich sogar damit zufrieden geben, auf die Hellspawn Akademie zu gehen."

Er schnaubte. „Dort wärst du in noch größerer Gefahr mit den Dämonen."

„Vielleicht. Aber zumindest könnte ich mich dort ungestört meinem Hunger nachgehen."

Jonah schenkte mir ein herzliches Grinsen. „Ja, aber an der Seraphim Akademie hättest du einen großen Bruder, der auf dich aufpasst."

„Ach, ich brauche niemanden, der auf mich aufpasst."

„Natürlich brauchst du das nicht." Er gluckste leise. „Aber es ist wirklich eine Schande, dass du nicht auch auf die Akademie gehen kannst. Ich könnte dich all meinen Freunden vorstellen. Ich glaube, du würdest sie mögen. Besonders meinen Mitbewohner."

Ich setzte mich etwas auf und zog eine Augenbraue hoch. „Wieso das denn?"

„Er ist so etwas wie ein Frauenheld. Jede Woche ein neues Mädchen. Ihr zwei habt viel gemeinsam."

„Klar, außer dass er es zum Spaß macht und ich zum Überleben. Und wenn er wüsste, was ich bin, würde er wahrscheinlich versuchen, mich umzubringen."

Jonah legte einen Arm um meine Schultern. „Ich würde nie zulassen, dass dir jemand wehtut, Schwesterherz. Niemals."

Ich schlug ihm auf den Arm. „Sei nicht so sentimental."

Er lachte und lehnte sich zurück. „Sorry, ich weiß, dass du den Scheiß hasst."

Tat ich eigentlich gar nicht, nicht wirklich. Ich wünschte, ich *hätte ihm gezeigt, wie viel es mir bedeutete, dass er der einzige Mensch war, bei dem ich ganz ich selbst sein konnte – der wusste, was ich war und mich trotzdem liebte. Zumal ich ihn danach nur noch zwei Mal sah, bevor er verschwand, und dann war es zu spät.*

Es sind vier Tage vergangen und ich bin bereits auf dem Weg zur Akademie. Ich habe meinen Job, meine Wohnung und den Großteil meiner spärlichen Besitztümer aufgegeben, aber es fühlt sich gut an, neu anzufangen, ohne dass mich die Last meiner Vergangenheit zurückhält. So ziemlich alles, was ich brauche, sollte sowieso von der Schule gestellt werden, zumindest wurde mir das so erklärt.

Es ist eine lange Autofahrt von Los Angeles in den nördlichsten Teil Kaliforniens, aber ich folge der Wegbeschreibung, die mir gemailt wurde und fahre in die Berge, dann weiter auf eine nicht gekennzeichnete Straße, die höher und höher führt. Die Bäume werden immer größer und älter, je weiter ich der Sonne entgegenfahre und die Straße wird immer schmaler und unwegsamer. Beinahe wäre ich umgekehrt – ich muss zugeben, dass ich nicht die beste Fahrerin bin –, aber der Gedanke an meinen Bruder lässt mich durchhalten, sodass ich mein Ziel schließlich erreiche.

Die Seraphim Akademie liegt auf der Spitze eines hohen Berges, isoliert vom Rest der Welt durch ihre Lage und eine große, mit Efeu bewachsene Steinmauer. Ich halte vor einem schwarzen, schmiedeeisernen Tor mit einem geflügelten Logo und den Buchstaben S und A. Das Tor öffnet sich und ich atme tief ein. Meine gesamte Planung war darauf ausgelegt, mich zu diesem Moment zu führen. Nach Monaten des Wartens darauf, dass Jonah auftaucht oder gefunden wird, nehme ich die Sache selbst in die Hand.

Ich parke neben einem verdammt protzigen roten Cabrio und ramme es fast – ups –, dann suche nach dem Ausdruck der Karte, die mir geschickt wurde … und kann ihn nicht finden. War ja klar. Ich versuche, sie auf meinem Handy zu laden, habe aber keinen Empfang. Echt jetzt? Es gibt keinen Handyempfang hier oben in den Bergen? Wie überleben die Leute hier? Ich muss jemanden nach dem Weg zum Wohnheim fragen, damit ich mein Zimmer finden und mich einrichten kann. Ich habe nicht viel dabei, nur ein paar Kisten im Kofferraum und auf dem Rücksitz meines Autos, in denen neben meinen Klamotten nur ein paar andere Dinge sind, die ich nicht zurücklassen konnte, wie meine Tasse von Jonah.

Ich steige aus dem Auto und begutachte das Schulgelände. Die Seraphim Akademie ist wunderschön, mit einem üppigen grünen Rasen, hohen Mammutbäumen und weißen Steingebäuden am Rande eines Sees, der unter einem endlos blauen Himmel schimmert. Wir sind auf allen Seiten von dichtem Wald umgeben und so hoch oben, dass sich die Sonne ein wenig näher anfühlt und die Luft frisch und warm ist. Engel beziehen ihre Kräfte aus dem Licht und in der Einführungs-E-Mail wurde erklärt, dass diese Gegend in Nordkalifornien einer der sonnenreichsten Orte der Welt ist.

Ein paar andere Schüler gehen auf die steinernen Gebäude oder den See zu und alles sieht so normal aus, dass man beinahe vergessen könnte, dass es sich um eine Universität für Engel handelt – bis jemand über mich hinwegfliegt und die Sonne für eine Sekunde mit seinen großen, ausgebreiteten Flügeln verdeckt.

Nachdem ich einen tiefen Atemzug genommen habe, gehe ich auf ein imposantes Gebäude zu, das wie eine gotische Kirche aus makellosen weißen Steinen aussieht. Sie verfügt über die Bögen, die Strebepfeiler, die Türme, das ganze Drumherum. Es fehlen lediglich die Kreuze oder andere religiöse Symbole, obwohl ein riesiges Buntglasfenster einen Engel mit schillernden Flügeln zeigt, aus dessen Handflächen Licht strömt. Darüber spitzt sich das Dach über einem steilen Glockenturm zu. Auf der Kante des Turms stehen drei große, muskulöse Männer und starren auf mich herab, als wären sie sich der Gefahren eines Sturzes aus so großer Höhe nicht bewusst.

Als arrogante Kreaturen lieben es Engel, hoch oben zu sein und auf alle anderen herabzuschauen. Und ich bin mir ziemlich sicher, dass diese drei Männer da oben die schlimmsten von allen sind, denn sie sind die Söhne der Erzengel.

Sie sind auch die besten Freunde meines Bruders.

Und meine wichtigsten Zielpersonen.

4

———

CALLAN

Ich verschränke die Arme und überblicke das Campusgelände wie ein König sein Reich. Von hier oben im Glockenturm kann ich alles gut beobachten, vom See über das Haus des Direktors bis hin zum Parkplatz. Ein paar Engel sausen durch den Himmel, aber die meisten Studenten eilen über den Rasen, während sie Bücher, Kisten und andere Dinge zu den Wohnheimen tragen. Man erkennt die Neulinge immer daran, dass sie Angst haben, ihre Flügel auszubreiten.

Unser zweites Jahr an der Seraphim Akademie fängt nun bald an, aber dieses Mal fühlt es sich falsch an – weil einer von uns nicht da ist.

Ich drehe mich mit einem finsteren Blick zu Bastien und Marcus um. „Es sind nun Monate vergangen. Jonah sollte längst zurück sein."

Marcus hebt achselzuckend eine Schulter, während er sich faul auf der schwarzen Ledercouch räkelt. „Vielleicht will er nicht zurückkommen."

Ich schüttele den Kopf. „Mach dich nicht lächerlich. Er würde den Beginn des neuen Studienjahres nicht verpassen.

Irgendetwas ist schiefgelaufen. Hast du etwas vorhergesehen, Bastien?"

„Wie ich dir schon die letzten drei Male gesagt habe, nein, habe ich nicht", antwortet er nüchtern von dem Sessel aus, in dem er sitzt, ohne von dem alten Buch über Feenmagie aufzusehen, in dem er gerade liest. „Auch keine meiner Kontaktpersonen hat etwas gehört."

Ich gebe ein Knurren von mir, während ich auf dem Steinboden auf und ab gehe. „Die Dämonen müssen herausgefunden haben, was er getan hat und ihn entführt haben. Das ist die einzige Erklärung."

„Lass uns keine voreiligen Schlüsse ziehen", sagt Bastien. „Dafür gibt es keine Beweise."

„Es gibt keine Beweise für irgendetwas! Jonah ist einer von *uns*. Das vierte Mitglied unserer Gruppe. Praktisch ein Bruder. Warum bin ich der Einzige, den das so bestürzt?"

Marcus fährt sich mit der Hand durch sein dunkles Haar. „Wir sind alle erschüttert. Glaubst du, ich will ins Wohnheim zurückkehren und sein leeres Zimmer sehen? Nein, das will ich wirklich nicht. Aber ich vertraue darauf, dass er bald zurückkommt, oder dass wir einen Hinweis darauf finden, warum er so lange wegbleibt."

„Statistisch gesehen ist die Chance, zu diesem Zeitpunkt noch etwas zu finden, ziemlich gering", sagt Bastien. „Es sind schon drei Monate vergangen. Der Fall gilt mittlerweile als ungelöst."

Marcus greift hinüber und schlägt Bastien gegen den Arm. „Du bist nicht gerade hilfreich."

Ich wende mich von ihnen ab und massiere mir die Stirn. So sehr ich es auch hasse, es zuzugeben, Bastien hat recht. Wir haben die letzten Monate damit verbracht, darauf zu warten, dass Jonah zurückkehrt oder dass er uns zumindest eine Nachricht schickt, die uns wissen lässt, dass es ihm gut geht, aber es ist, als wäre er einfach spurlos verschwunden. Die Erzengel haben auch nach ihm gesucht, aber ohne jeden Erfolg. Irgendetwas muss schief gelaufen sein und ihn daran gehindert haben, seine Mission zu beenden und zurückzukehren. Ich befürchte, dass wir ihn für immer verloren haben könnten.

Durch das offene Fenster sehe ich ein mir unbekanntes Auto auf den Parkplatz fahren. Es ist ein silberner Honda Civic, so alt, dass ich beeindruckt bin, dass er noch fährt, mit mindestens drei Beulen, die ich aus dieser Entfernung erkennen kann. Die Fahrerin ist eine Frau, obwohl ich aus diesem Blickwinkel nicht allzu viele Details erkennen kann. Sie fährt langsam, während sie nach einem Parkplatz sucht und findet einen direkt neben meinem Auto. Dort, wo sich sonst niemand traut zu parken. Ich erschaudere, als sie meine Stoßstange nur knapp verfehlt. Sie fährt so schief in die Lücke, dass ich mir sicher bin, dass sie es korrigieren wird, aber das tut sie nicht. Wer auch immer diese Frau ist, sie muss auf jeden Fall weit, weit weg von meinem Auto gehalten werden. Oder gänzlich von der Straße.

Sie steigt aus dem Auto und schüttelt ihr dunkelbraunes Haar aus, das ihr in dicken Wellen über die Schultern fällt. Ich kann ihr Gesicht nicht erkennen, aber sie trägt enge schwarze Jeans und hat einen so prächtigen Arsch, dass ich ihr fast verzeihe, dass sie so schlecht einparken kann.

Sie schnappt sich eine Umhängetasche und schließt die Tür, dann schaut sie sich auf dem Campus um, als wäre sie sich nicht sicher, wohin sie als nächstes gehen soll. Eine weitere Studienanfängerin, kein Zweifel. Nach ein paar Sekunden beginnt sie, mit selbstbewusstem Schritt auf den Rasen zuzugehen, aber als sie näher kommt und ihre Gesichtszüge deutlich erkennbar werden, spannt sich jeder Muskel in meinem Körper an. Sie ist mit Abstand die schönste Frau, die ich je gesehen habe, aber das ist nicht das Problem.

Das Problem ist, dass ich sie erkenne.

„Sie ist es.“

„Wer?“ Marcus steht auf und kommt an meine Seite. Sein Blick folgt meinem aus dem Fenster und er stößt einen leisen Pfiff aus, als er die Frau entdeckt. Sie ist jetzt fast genau unter uns, auf dem Weg zu dem Gebäude, auf dem wir uns befinden und der tiefe V-Ausschnitt ihres engen roten Shirts gewährt uns einen freien Blick auf ihr Dekolleté. Sie weiß definitiv, wie man diese Kurven richtig zur Geltung bringt und es fällt mir schwer, den Blick abzuwenden.

„Die Frau auf dem Foto.“ Ich hole meine Brieftasche hervor und ziehe das Foto heraus. Bastien steht jetzt auch an meiner Seite und schaut zwischen dem Foto und der Frau hin und her. Auf dem Foto ist sie jünger, aber es gibt keinen Zweifel, dass sie es ist. Das gleiche gewellte dunkelbraune Haar. Dieselben faszinierenden grünen Augen voller Geheimnisse. Dieselben roten Lippen, die um einen Kuss betteln.

„Bist du sicher?“, fragt Marcus.

„Ja, das bin ich.“ Ich schiebe das Foto zurück in meine Brieftasche. „Sie ist diejenige, vor der uns Jonah gewarnt hat.“

Bastien blickt auf sie herab. „Sie ist der neue Halbmensch. Sie ist erst letzte Woche aufgetaucht. Was hat sie mit Jonah zu tun?“

„Ich weiß es nicht“, sagt Marcus. „Was sollen wir mit ihr machen?“

Ich spanne meinen Kiefer an. „Wir werden das tun was Jonah uns aufgetragen hat zu tun.“

Marcus runzelt die Stirn. „Muss das sein? Es scheint mir etwas extrem.“

Ich werfe ihm einen strengen Blick zu. „Sie kann nicht hier an der Seraphim Akademie bleiben.“

Bastien streicht sich über das Kinn, während er auf sie hinunterblickt. „Wir müssen sie zwingen zu gehen.“

„Und wie sollen wir das anstellen?“, fragt Marcus.

Die Frau erblickt uns, drei große Männer, die am Rande eines Glockenturms stehen und auf sie herabschauen. Sie bleibt stehen und starrt zu uns hoch, wobei sich etwas in ihren Augen wie eine Herausforderung anfühlt. Jetzt bin ich noch faszinierter.

„Wir werden alles tun, was nötig ist", sage ich.

Bastien nickt. „Auch wenn es bedeutet, ihr das Leben zur Hölle zu machen."

„Das gefällt mir nicht", sagt Marcus. „Es ist eine Schande, jemanden, der so heiß ist, so früh gehen zu lassen."

Ich werfe ihm einen strengen Blick zu. „Hör einmal auf, mit deinem Schwanz zu denken und erinnere dich an unser Versprechen an Jonah."

Marcus stößt einen dramatischen Seufzer aus. „Na schön."

„Wir müssen es tun." Ich trete auf den Sims und entblöße meine Flügel mit einem herben Lächeln. „Und jetzt lasst uns sie in der Seraphim Akademie willkommen heißen."

Ich höre ein Knacken, als die anderen Männer ihre Flügel entfalten, bevor wir uns auf die ahnungslose Frau stürzen.

Das arme Ding. Sie hat keine Ahnung, was sie erwartet.

5

———

OLIVIA

Die Engel strecken ihre strahlenden Flügel aus und fangen das Sonnenlicht ein, das mich fast blendet – und dann schweben sie herab. Sie landen in einem Dreieck um mich herum, so nah, dass der Luftzug meine Haare zurückwirbelt. Plötzlich bin ich von drei der umwerfendsten Männer umgeben, die je auf der Erde gewandelt sind und man sollte meinen, dass heute mein Glückstag ist, aber keiner von ihnen lächelt.

Der vor mir ist der größte, er hat Muskeln, auf die Thor neidisch wäre, einen starken Kiefer und goldenes Haar wie Captain America. Seine Flügel sind schneeweiß mit goldenen Rändern und alles an ihm ist groß und imposant und vollkommen männlich. Er wirft mir einen Blick zu, der mir verrät, dass er hier der Boss ist und es gewohnt ist, seinen Willen zu bekommen. Seine Alphamännchen-Attitüde macht mich total an, das gebe ich zu.

Jedenfalls bis er seinen Mund aufmacht.

„Du gehörst hier nicht her."

Weiß er, wer ich bin? Hat Jonah ihm von mir erzählt? Zeit,

das herauszufinden. Ich stemme meine Hände in die Hüften und schaue ihn an. „Ist das so?"

„Geh jetzt und du wirst keine Probleme haben", befiehlt seine Stimme. Ich bin mir nicht sicher, ob er auch anders sprechen kann. Er ist offensichtlich daran gewöhnt, Leuten zu sagen, was sie tun sollen. Zu seinem Pech war ich noch nie jemand, der gerne Befehle befolgt.

„Hmm", ich tue so, als würde ich darüber nachdenken und lege den Kopf schief. „Wie wäre es mit nein."

Ich will mich an ihm vorbeidrängen, aber einer der anderen muskulösen Männer streckt einen bronze-weißen Flügel aus und versperrt mir den Weg. Der Typ hat olivfarbene Haut, dunkelbraunes Haar mit leichten Locken und einen sinnlichen Mund, den ich am liebsten küssen würde. Er steht in einer täuschend lässigen Pose da und reckt sein Kinn übermütig in die Höhe, als wüsste er, wie gut er aussieht und als wüsste er, dass es auch jeder andere weiß. Er könnte ein Latino sein, aus dem Mittleren Osten kommen oder auch woanders her – er hat eines dieser Gesichter, die als alles Mögliche durchgehen könnten. Viele Engel tun das, um ehrlich zu sein. Wahrscheinlich, weil sie ursprünglich nicht von der Erde stammen.

„Wir sind noch nicht fertig mit unserem Gespräch", sagt er.

„Hör auf uns", fügt der dritte Engel mit scharfer Stimme hinzu. Er ist schön, wie alle Engel, aber auf eine unkonventionelle Art. Eher interessant aussehend als gutaussehend, mit ausgeprägten Wangenknochen, einem markanten Kiefer und eiskalten Augen, die in gleichem Maße Intelligenz und Arroganz ausstrahlen. Er ist groß und schlaksig und erinnert mit seinem glänzenden schwarzen Haar an einen Raben, auch wenn seine Flügel dunkelgrau sind mit silbernen Akzenten. Wäre er in einem Superheldenfilm, wäre er der sexy Bösewicht, den man gerne hasst. „Wenn wir sagen, du gehörst nicht hierher, dann gehörst du nicht hierher."

Ich lasse ein Schnaufen los. „Ist das so, weil ich halb Mensch bin?"

Ihr Anführer nickt. „Ganz genau. Wir wollen deine Art hier nicht."

„Es ist nur zu deinem Besten", sagt der Engel mit den Bronzeflügeln. „Du gehörst nicht auf diese Schule."

„Ich denke, ich weiß, was das Beste für mich ist, danke." Der Sarkasmus perlt an mir ab wie Schweiß. So habe ich mir die erste Begegnung mit den Freunden meines Bruders nicht vorgestellt. Nein, mein Plan sah viel mehr Flirten und Verführen vor, um sie nach ein oder zwei Runden heißem Sex davon zu überzeugen, ihre Geheimnisse zu verraten. Das wird definitiv nicht passieren, jetzt wo ich gesehen habe, was für anmaßende Arschlöcher sie sind. Ich werde mir einen Plan B einfallen lassen müssen, um Informationen von ihnen zu bekommen. „Ich werde nicht gehen, also könnt eure protzigen Flügel ruhig wegstecken und mich vorbeilassen. Oder noch besser, sagt mir, wo ich das Wohnheim finden kann, um meine Sachen unterzubringen."

„Da kann ich dir helfen", sagt eine weibliche Stimme hinter mir. Sie tritt an meine Seite, während sie die Männer stirnrunzelnd ansieht. „Also wirklich, ihr drei. Ich hätte mehr von euch erwartet."

Sie ergreift meinen Arm und führt mich weg, während sie uns finster anstarren. Sie hat rotblondes Haar, blasse Haut und große, herzliche Augen mit einem Hauch von Traurigkeit, den ich fast übersehe. Ich erkenne sie sofort von einem Foto, das ich auf dem Handy meines Bruders gesehen habe.

„Danke, aber ich hatte es im Griff." Mein Blut kocht immer noch nach der Interaktion mit diesen Idioten, obwohl es auch vor Verlangen brodelt. Ich wollte diese Männer, alle drei. Einer nach dem anderen oder alle zusammen, ich bin nicht wählerisch. Ein Sukkubus zu sein, ist manchmal echt anstrengend.

Ich bin allerdings nicht die Einzige, die dieses Verlangen

verspürt. Ein beständiger Strom von Verlangen gibt mir einen kleinen Energieschub, an dem ich merke, dass alle drei Männer mich nicht nur mit Abscheu, sondern auch mit Begierde anstarren. *Danke für den Snack, Jungs.*

„Da bin ich mir sicher, aber Frauen sollten füreinander einstehen, besonders, wenn es um Männer geht." Sie schenkt mir ein herzliches Lächeln. „Außerdem scheinst du dich ein wenig verirrt zu haben. Ich kann dich herumführen. Ich bin übrigens Grace."

Ich kann mein Glück nicht fassen. Erst treffe ich die Freunde meines Bruders, und obwohl sie sich als Vollidioten entpuppt haben, hat mich die Begegnung davor bewahrt, sie aufspüren zu müssen. Jetzt freundet sich Jonahs Freundin mit mir an. Damit kann ich definitiv arbeiten.

Ich lächle sie freundlich an und tue dabei so unschuldig und naiv, wie ich es bei Jophiel getan habe. „Du hast recht, ich könnte etwas Hilfe gebrauchen, danke. Ich bin Olivia, aber nenn mich ruhig Liv." Ich blicke zurück zu den Männern. Sie sind in den Glockenturm zurückgekehrt und starren durch ein großes Fenster auf mich herab, haben aber ihre Flügel weggesteckt. „Ist hier jeder so unhöflich?"

„Nicht jeder. Das sind die Prinzen, wie sie hier genannt werden, und sie denken, sie können alle herumkommandieren." Sie schüttelt den Kopf. „Ich schlage vor, dass du sie meidest, wenn du kannst."

Wir folgen dem Weg und schlängeln uns um den Glockenturm, aber leider, ohne aus ihrem Blickfeld zu geraten. „Warum werden sie die Prinzen genannt?"

„Sie sind im Grunde das Königshaus der Engel. Alle von ihnen haben mindestens einen Erzengel als Elternteil." Als ich verwirrt dreinschaue, erklärt sie: „Erzengel sind die ältesten und mächtigsten aller Engel und die sieben von ihnen bilden den Rat, der über uns herrscht – was bedeutet, dass diese drei Männer im

Grunde die Akademie beherrschen. Sie können alles tun, was sie wollen und kommen damit durch."

Ich bin versucht, die Männer noch einmal anzuschauen, aber ich halte mich zurück, obwohl ich das Gewicht ihrer Blicke immer noch auf mir spüre. „Sind sie wirklich so schlimm?"

„Das waren sie früher nicht. Ich war einmal eng mit ihnen befreundet." Sie senkt den Blick und ihr Lächeln verblasst. „Aber am Ende des letzten Studienjahres ist etwas passiert, wodurch sich alles verändert hat." Sie holt tief Luft. „Wie ich schon sagte, es ist das Beste, wenn du ihnen aus dem Weg gehst."

„Ich werde es versuchen." Außer, dass sie zu meiden nicht in Frage kommt. Sie müssen etwas über das Verschwinden meines Bruders wissen und ich werde herausfinden, was es ist. „Hocken sie immer da oben wie Krähen?"

„Die meiste Zeit. Sie haben den Glockenturm als ihr Eigentum beansprucht. Das Gebäude, in dem sie sind, ist die Haupthalle, in der die meisten deiner Kurse stattfinden werden. Alles, wo man am Schreibtisch sitzen muss, wird dort stattfinden. Ich kann dir auch den Rest des Campus zeigen, wenn du willst."

Ich schenke ihr ein warmherziges Lächeln. „Das wäre toll."

Sie führt mich einen Weg am großen grünen Rasen entlang, in Richtung des Sees und anderer Gebäude in der Ferne. Studenten sitzen zusammen im Gras oder liegen mit geschlossenen Augen in der Sonne, die Flügel ausgebreitet und im Wind flatternd, während sie einen friedlichen Moment genießen, bevor der Unterricht beginnt. Einen Moment lang beneide ich sie. Sie müssen nicht darüber lügen, wer sie sind, oder ihre wahre Wesensart vor allen anderen verbergen. Sie müssen sich keine Sorgen machen, was passiert, wenn sie erwischt werden.

„Da drüben ist die Turnhalle", sagt Grace und reißt mich aus meinen Gedanken. Sie deutet auf ein großes Gebäude neben einem großen Feld in der Nähe des Sees. „Das Kampftraining findet dort drinnen oder auf dem Feld statt. Auch der Flugunterricht findet dort oder am See statt."

Ich stoße ein nervöses Lachen aus. „Kampftraining? Flugunterricht? So ein Mist. Ich bin völlig unvorbereitet für diese Kurse. Ich habe noch nie gegen jemanden gekämpft und ich habe Höhenangst."

„Keine Sorge, viele Leute kommen hier an, ohne zu wissen, wie man fliegt oder kämpft. Du wirst den Dreh schon bald raushaben. Welche anderen Kurse hast du?"

Ich ziehe meinen Stundenplan hervor. „Engelsgeschichte und Dämonenkunde."

Sie nickt, während wir den Weg weiter entlang gehen. „Jedes Jahr belegst du Engelsgeschichte und Kampftraining, außerdem musst du jedes Jahr einen Kurs in Übernatürlichen Wissenschaften belegen, aber die Reihenfolge spielt keine Rolle. Die meisten von uns belegen zuerst Dämonenkunde, damit wir wissen, womit wir es zu tun haben."

Ich halte eine Hand hoch, um sie zu unterbrechen. „Moment mal. Dämonen sind echt?"

Sie blinzelt mich an. „Natürlich sind sie das."

„Wow. Okay." Ich atme tief ein. „Sorry, das ist alles noch neu für mich. Vor einer Woche dachte ich, die Welt wäre voller Menschen und das war's und jetzt erfahre ich, dass es nicht nur Engel gibt, sondern auch Dämonen."

„Und Feen", fügte Grace hinzu. „Obwohl sie es vorziehen, in ihrem eigenen Reich zu bleiben, also wirst du wahrscheinlich nie einer begegnen. Mach dir vorerst keine Gedanken über sie."

„Gute Idee. Mir schwirrt schon genug im Kopf herum." Die Lüge kommt mir leicht über die Lippen, wie immer, besonders mit Mutters Halskette. Ich kann jetzt ihre Stimme in meinem Kopf hören. *Einer der besten Wege, jemanden zu verführen — oder zu täuschen — ist, so zu tun, als sei man nicht sehr klug oder kompetent. Die Leute sind immer schnell geneigt zu glauben, dass jemand dümmer ist als sie selbst, besonders wenn man eine Frau ist. Das kannst du zu deinem Vorteil nutzen."*

Grace schenkt mir ein Lächeln, das fast mitleidig ist. „Das muss sicher sehr überwältigend für dich sein. Oh, du solltest auch einen Kurs haben, der auf deinem Chor basiert." Sie wirft einen Blick auf meinen Stundenplan. „Das ist seltsam. Da steht: ‚noch zu bestimmen'. Hast du eine Ahnung, welche Art von Engel du bist?"

„Ähm, ich wusste gar nicht, dass es verschiedene Arten von Engeln *gibt*."

„Es gibt vier Chöre, denen alle Engel angehören, je nachdem, wie sie das Licht kontrollieren", erklärt sie mit der Geduld einer Heiligen. „Erelim erzeugen ein brennendes Licht, das andere verletzen kann, so ähnlich wie ein Laser. Malakim nutzen Licht, um Körper und Geist zu heilen und sie können sogar Pflanzen wachsen lassen. Ishim, wie ich, manipulieren Licht, um sich und andere Objekte unsichtbar zu machen. Und Ofanim benutzen das Licht der Wahrheit, um Lügen zu erkennen, Illusionen und Zauber zu durchschauen und einige von ihnen können in seltenen Fällen sogar in die Zukunft sehen."

„Woher weiß ich, welcher von ihnen ich bin?", frage ich, während wir dem Pfad weiter folgen.

„Das ist genetisch bedingt, das heißt, man übernimmt die Eigenschaften der Eltern."

„Da habe ich wohl Pech gehabt. Ich bin bei Pflegeeltern aufgewachsen. Sie haben mir zwar erzählt, dass mein Vater ein Engel ist, aber ich habe ihn nie getroffen und meine Mutter war ein Mensch."

„Das könnte die Sache tatsächlich etwas schwieriger gestalten. Hast du irgendwelche Magie bemerkt, seit du deine Flügel hast? Irgendetwas Ungewöhnliches?"

„Nö. Nichts." Lügen, Lügen, Lügen. Sie sprudeln jetzt nur so aus mir heraus.

Sie zuckt mit den Schultern. „Manchmal dauert es länger. Du brauchst dir keine Sorgen zu machen. Die Professoren hier werden dir helfen, es herauszufinden."

Ich seufze. „Oder vielleicht habe ich, da ich halb menschlich bin, gar keine dieser Kräfte."

„Das bezweifle ich, aber ich weiß nicht viel darüber, tut mir leid. Direktor Uriel kann dir vielleicht mehr darüber erzählen." Sie bleibt vor einem weiteren Gebäude mit einer Außenterrasse stehen. „Das ist die Cafeteria. Es gibt ein Buffet, also kannst du kommen, wann immer du Hunger hast und dir so viel Essen holen, wie du willst. Man kann sich auch Essen mitnehmen, wenn man in seinem Zimmer oder am See essen möchte."

„Ist es teuer?"

Sie lacht leise. „Nein, für Studenten ist es kostenlos. Wie so ziemlich alles hier."

Meine Augen weiten sich. „Wow. Das ist wirklich großzügig von der Akademie."

„Aerie Industries finanziert die Akademie und sie kümmern sich gut um uns. Das sollten sie auch, denn die meisten von uns werden nach der Ausbildung für sie arbeiten."

Wir setzen unseren Rundgang fort und in den nächsten Minuten zeigt Grace mir das Haus des Direktors, die Bibliothek, den Laden für Studenten und führt mich dann einen kurzen Weg hinunter zu einem vierstöckigen Steingebäude. „Das ist das Wohnheim. Dir sollte bereits eine Wohnung zugewiesen worden sein, die du dir mit einem anderen Studienanfänger teilen wirst."

„Wohnheim, hm? Ich habe noch nie in so etwas gewohnt."

„Warst du auf dem College?"

„Nur zwei Jahre lang auf einem örtlichen Community College." Ich zucke mit den Schultern. „Was ist mit dir? Besuchen Engel das College?"

„Einige von uns schon. Wir wachsen in Engelsgemeinschaften auf der ganzen Welt auf, aber da wir unsere Flügel erst mit einundzwanzig Jahren bekommen, haben wir Zeit, vorher einen Abschluss zu machen, wenn wir das möchten. Ich war zum Beispiel in Stanford. Die Seraphim Akademie ist in diesem Sinne so etwas wie eine Hochschule für höhere Fachsemester. Natürlich fühlt es sich manchmal immer noch wie eine Highschool an.“

Während sie das sagt, bleiben ihre dunklen Augen an einer Gruppe von Frauen hängen, die an uns vorbeilaufen. Sie sind wunderschön, selbst für Engel und sie tragen ihre Köpfe hoch erhoben und schreiten selbstbewusst, als wären sie es gewohnt, dass Leute ihnen aus dem Weg gehen. Jede einzelne von ihnen hat eine athletische Figur und identische strohblonde Haare. Die vordere hat ihr Haar zu einem kecken Pferdeschwanz zurückgebunden, sie sieht mir in die Augen und grinst mich an, bevor sie sich als Gruppe umdrehen und in Richtung Schlafsaal gehen. Die hintere stößt mich hart mit ihrer Tasche an, bevor sie hineingeht.

Es fällt mir schwer, sie nicht im Vorbeigehen darauf anzusprechen. „Ich sehe, was du meinst. Wer sind sie?“

„Die gemeinen Mädchen der Seraphim Akademie. Sie stammen alle von Walküren ab und halten sich deshalb für etwas Besseres als alle anderen. Die ganz vorne ist Tanwen, ihre neue Anführerin, obwohl sie auch ein Studienanfänger ist.“

„Warte, Walküren? Ich dachte, die gehören zur Nordischen Mythologie. Du meinst, die sind auch real?“

„Das sind sie. Wie du in Engelsgeschichte erfahren wirst, kann jede Art von geflügeltem Wesen in der Mythologie oder Religion wahrscheinlich auf uns zurückgeführt werden.“ Sie winkt abwehrend mit einer Hand. „Wie dem auch sei, ich schlage vor, ihnen so gut es geht aus dem Weg zu gehen. Es ist besser, ihre Aufmerksamkeit nicht zu erregen.“

„Also, man sollte die königlichen Engel meiden und den

gemeinen Mädchen aus dem Weg gehen. Gibt es jemanden, den ich *nicht* meiden muss?"

„Alle anderen sollten in Ordnung sein, hoffe ich. Obwohl wir hier nicht viele Halbmenschen haben, also könnten einige Leute deswegen unhöflich zu dir sein."

„Genau das, was ich brauche", murmle ich.

„Ich *glaube* nicht, dass dich jemand belästigen wird", sagt sie mit einem Lächeln. „Wenn du jemals etwas brauchst oder irgendwelche Fragen hast, dann sag mir einfach Bescheid."

Ich schenke ihr im Gegenzug ein aufrichtiges Lächeln. Sie ist nett, auch wenn sie es nicht sein muss. Ich weiß es zu schätzen. „Das werde ich. Danke."

Grace scheint eine freundliche und fürsorgliche Person zu sein, weshalb ich mich fast schlecht fühle, dass ich sie getäuscht und benutzt habe. *Fast*.

6

OLIVIA

Grace und ich trennen uns vor dem Wohnheim und ich begebe mich ins Innere, um mein neues Zuhause zu erkunden und meine neue Mitbewohnerin kennenzulernen. Das Gebäude ist wie die anderen Gebäude auf dem Campus aus weißem Stein und im gotischen Design gehalten. Es gibt eine kleine Lobby mit einem Aufzug und ein paar Automaten, außerdem sitzt ein Typ mit Klemmbrett hinter einem provisorischen Schreibtisch. Auf seinem Namensschild steht *Blake*, er hat aschblondes Haar und viel zu braune Haut. Da hat wohl jemand viel Zeit in der Sonne verbracht.

„Möchtest du einchecken?", fragt er. „Name?"

„Olivia Monroe."

Seine Lippen verziehen sich. „Oh, du bist der Halbmensch. Trag dich hier ein."

Ich unterschreibe und er zieht einen Schlüssel aus einer Schublade des Schreibtisches. Ich wusste, dass das Vortäuschen ein Halbmensch zu sein, mich zu einem Außenseiter machen würde, aber ich hatte keine Ahnung, dass es so schlimm sein würde. Es verletzt mich ein wenig, auch wenn ich nicht wirklich halb menschlich bin.

„Du bist in Zimmer 302 mit Araceli." Er schnaubt. „Das passt ja."

Ich greife nach dem Schlüssel. „Was soll das heißen?"

Er verzieht seine Lippen zu einem spöttischen Grinsen. „Diesen spitzohrigen Freak will auch niemand hier haben."

Ich verdrehe die Augen. Das reicht jetzt. „Ich kann nicht für sie sprechen, aber ich gehe nirgendwo hin, also kannst du genauso gut gleich von deinem hohen Ross heruntersteigen."

Er lehnt sich zurück, zuckt mit den Schultern und ich stecke meinen Schlüssel ein und stapfe los. Hier nach Jonah zu suchen, könnte schwieriger werden, als ich dachte, wenn sich alle hier wie totale Arschlöcher verhalten. Andererseits würden sie mich noch viel schlechter behandeln, wenn sie wüssten, dass ich tatsächlich zum Teil Dämon bin. Sich mit einem Menschen zu paaren ist verboten, aber mit einem *Dämon*? Das ist ein solches Tabu, dass es unvorstellbar ist.

Ich werfe einen Blick in den Gemeinschaftsraum, in dem es Ledersofas, schwere Holztische und Stühle mit dicken Armlehnen gibt. Auf einer Seite steht ein Großbildfernseher, aber er ist ausgeschaltet. Vom Boden bis zur Decke reichende Fenster lassen viel Licht herein und Schiebetüren führen zu einer Außenterrasse mit Tischen und Stühlen. Ein paar Studenten lümmeln herum, lesen Bücher, arbeiten an ihren Laptops oder unterhalten sich, während sie eine Kleinigkeit essen. Eine von ihnen entdeckt mich und stupst ihre Freundin an, dann wird es ganz still im Raum, denn alle bleiben stehen und starren mich an.

Ich winke unbeholfen, bevor ich von der Tür zurücktrete. So viel dazu, dieses Jahr ohne viel Aufsehen zu überstehen. Es ist klar, dass jeder weiß, wer ich bin und sie haben bereits eine Vielzahl von Meinungen dazu. Es ist mir eigentlich egal, was diese

Leute denken, zumal alles, was sie über mich wissen, eine Lüge ist, aber ich muss Informationen über Jonah auftreiben und das wäre viel einfacher, wenn die Leute mich wie eine normale Person behandeln würden.

Ich steige in den Aufzug und fahre in den dritten Stock. Als sich die Tür öffnet, trete ich hinaus und stoße fast mit jemandem zusammen, der einsteigt. Es ist die höhnische Walküre von vorhin, von der Grace sagte, sie heiße Tanwen. Ihre blauen Augen verengen sich, als sie mein Gesicht sieht. „Geh mir aus dem Weg, menschlicher Abschaum."

Meine Augenbrauen schnellen hoch. „Wie hast du mich genannt?"

„Du hast mich gehört." Sie verschränkt die Arme und sieht mich an, als wolle sie mich herausfordern, gegen sie zu kämpfen.

Die Fahrstuhltür schließt sich, bevor ich etwas Kluges erwidern kann. Was für ein Miststück. Ich bin eher wütend als beleidigt, vor allem, weil das Walküren-Mädchen sich wahrscheinlich in die Hose machen würde, wenn sie wüsste, dass ich tatsächlich ein Sukkubus bin.

Ich schüttle es ab. Ich habe keine Zeit für belanglosen Scheiß, ich habe eine Mission zu erfüllen und dafür muss ich meine Operationsbasis einrichten.

Hier vor dem Aufzug befindet sich ein weiterer kleiner Aufenthaltsbereich und auf der anderen Seite ist Raum 302. Mit meinem Schlüssel schließe ich das Zimmer auf und betrete einen kleinen Wohnbereich mit einer Miniküche und einem Bad. Auf beiden Seiten führt jeweils eine Tür zu den Schlafzimmern und ich bin erleichtert, dass ich das Schlafzimmer nicht mit jemand anderem teilen muss. Ich werde zwar einen Mitbewohner haben, aber jeder von uns hat ein bisschen Privatsphäre – eine wirklich gute Sache, wenn man sich von Sex ernähren muss, um zu überleben. Nicht, dass ich erwarte, hier viel zu bekommen. Das wäre viel zu gefährlich. Aber hey, man weiß ja nie.

In einem der Schlafzimmer unterhalten sich zwei Frauen, also gehe ich in das leere Zimmer, bevor sie mich bemerken. Ich lege meine Tasche auf dem Doppelbett ab und sehe mich in dem kleinen Raum um. Es gibt einen Schreibtisch, einen Kleiderschrank und ein Fenster mit Blick auf den See. Es ist nicht besonders viel, aber es ist auch nicht so schlecht. Alles sieht sauber und gepflegt aus, wobei es spärlich genug ist, damit wir unsere eigenen Akzente setzen können. Es erinnert mich sehr an einige der Orte, an denen ich gelebt habe, als ich in Pflegefamilien war und es fühlt sich auch genauso einsam an. Ja, ich bin wirklich in einer Pflegefamilie aufgewachsen, da keiner meiner Eltern mich sicher aufziehen konnte und die Einsamkeit war mein bester Freund – bis Jonah in mein Leben trat.

Es gibt auch einen Zugang zu einem Balkon, der sich über die gesamte Länge der Wohnung erstreckt, ausgestattet mit zwei Stühlen und einem Tisch. Er ist groß genug, dass ein Engel seine Flügel ausbreiten und abheben könnte. Das könnte sich als nützlich erweisen.

Ich gehe wieder nach draußen, um den Rest meiner Sachen zu holen, aber ich werde von den beiden Frauen aufgehalten. Sie sehen aus, als könnten sie Schwestern sein, sie haben dieselben gefühlvollen braunen Augen, nur dass eine von ihnen eine lila Strähne in ihrem braunen Haar trägt. Die andere strahlt das Selbstvertrauen und die Anmut von jemandem aus, der schon Hunderte von Jahren gelebt hat, auch wenn sie nicht älter als dreißig aussieht.

„Oh Schatz, das muss deine Mitbewohnerin sein", sagt der ältere Engel.

„Hey, ich bin Araceli", sagt das Mädchen mit der lila Strähne und bietet mir ihre Hand an. „Schön, dich kennenzulernen."

„Liv", sage ich, während ich sie schüttle. „Kurz für Olivia."

„Ich bin ihre Mutter, Muriel." Sie schenkt mir ein breites Lächeln, dann schaut sie wieder zu ihrer Tochter. „Brauchst du noch etwas? Soll ich bleiben und dir etwas zu essen machen? Brauchst du Hilfe beim Einräumen deines Kleiderschranks?"

„Nein, Mama", sagt Araceli mit einem Stöhnen. „Mir geht's gut. Wirklich. Du kannst jetzt gehen."

„Bist du sicher? Liv, brauchst du Hilfe, um dich einzurichten?", fragt Muriel.

„Ich komme zurecht, danke."

Aracelis Tonfall wird immer verärgerter. „Mama. Bitte."

„In Ordnung, ich gehe ja schon. Obwohl ich finde, dass dein Badezimmer etwas besser organisiert sein könnte ..."

„Mama!" Araceli stampft praktisch mit dem Fuß auf.

„Schon gut, tut mir leid." Muriel beugt sich vor und gibt Araceli einen Kuss auf die Stirn. „Ich kann einfach nicht glauben, dass mein Baby schon erwachsen ist und die Seraphim Akademie besucht. Ich bin so stolz."

Araceli verdreht die Augen, aber sie umarmt ihre Mutter. „Danke für deine Hilfe, Mama."

„Natürlich, Schatz. Ruf mich an, wenn du irgendetwas brauchst und ich komme sofort vorbei. Liv, es war mir ein Vergnügen, dich kennenzulernen." Sie schenkt mir ein warmes Lächeln, bevor sie sich auf die Tür zubewegt. Sie zögert wieder, als wolle sie nicht gehen, aber schließlich winkt sie kurz und schließt die Tür hinter sich.

Araceli stößt einen tiefen Seufzer aus und lässt sich auf die Couch fallen, sobald ihre Mutter weg ist. „Endlich! Ich dachte schon, sie würde nie gehen!"

Ich schaue wehmütig zur Tür. „Ich fand das süß. Sie hat dich offensichtlich sehr lieb. Du hast Glück."

Die Worte rutschen mir heraus und ich bereue sie sofort, aber es ist schwer, nicht neidisch zu sein, wenn mein Vater gerade so tut, als gäbe es mich nicht und ich seit drei Jahren nichts mehr von meiner Mutter gehört habe.

Sie sieht mich genauer an. „Du bist das halbmenschliche

Mädchen. Ich schätze, sie haben die beiden Ausgestoßenen zusammen in eine Wohneinheit gesteckt. Stärke in der Menge oder so."

„Du bist auch eine Ausgestoßene?" Vielleicht habe ich dann wenigstens eine neue Freundin. Nicht, dass es mir helfen würde, da sie ja auch brandneu ist.

„Jap." Sie schiebt ihre lila Strähne zurück und zeigt mir eines ihrer Ohren, das nach oben hin leicht spitz zuläuft. „Ich habe Feen-Blut von der Seite meines Vaters, deshalb gelte ich unter den Engeln als Ausgestoßene, obwohl ich mit ihnen aufgewachsen bin und meine Feen-Seite überhaupt nicht kenne. Ich bin sicher, du hast bemerkt, dass sie Leute, die anders sind, nicht gerade willkommen heißen."

„Was du nicht sagst. Ich wurde heute schon von mehreren Leuten aufgefordert, nach Hause zu gehen."

Sie legt ihre limettengrünen Kampfstiefel auf die Armlehne der Couch. „Ignorier sie einfach. Manche Leute denken, Engel sollten rein sein oder so." Sie verdreht die Augen. „Wusstest du bis zu deinem Erwachen wirklich nicht, dass du zum Teil ein Engel bist?"

Ich lasse mich neben ihr auf dem Sofa nieder und beschließe, dass ich momentan jeden Freund gebrauchen kann, den ich bekommen kann. „Ich wusste es nicht. Das war alles ein totaler Schock. Was ist das Erwachen?"

„So nennen wir es, wenn Engel ihre Flügel bekommen. Für die meisten von uns ist das ein freudiges Ereignis."

Ich schnaube. „Meins war alles andere als erfreulich."

„Das habe ich schon gehört."

Ich ziehe die Augenbrauen hoch. „Du weißt davon?"

Sie stößt ein kurzes Lachen aus. „Die Gemeinschaft der Engel ist klein und eng verbunden. Jeder weiß davon. Wir haben alle das Video gesehen, wie du in den Pool gefallen bist. Selbst eine Außenseiterin wie ich."

Ich schlucke. „Na toll. Kein Wunder, dass mich alle angestarrt haben."

„Mach dir keine Sorgen. Wir halten zusammen und zeigen jedem, der uns blöd anmacht, den Mittelfinger. Hey, welche Kurse hast du denn?"

Ich mag dieses Mädchen jetzt schon. Ich ziehe meinen Stundenplan aus der Hosentasche und sie sieht ihn sich schnell an.

„Super, wir haben Kampftraining und Flugunterricht zusammen." Sie runzelt die Stirn, als sie auf etwas anderes auf der Seite starrt. „Du weißt also nicht, welchem Chor du angehörst?"

„Nee. Ich bin völlig ahnungslos, was alles angeht. Was ist mit dir?"

„Ich bin ein Malakim, oder eine Heilerin, wie meine Mutter."

„Hast du schon viel Erfahrung im Heilen?"

„Nicht wirklich. Ich habe versucht, an ein paar Pflanzen und einem kranken Hund zu üben, aber ich weiß noch nicht wirklich, was ich tue. Davor war ich auf der Krankenpflegeschule, also habe ich eine gewisse Vorstellung davon, wie man kranken oder verletzten Menschen hilft, aber Magie anzuwenden ist etwas völlig anderes als Medizin zu praktizieren." Sie wirft mir einen nachdenklichen Blick zu. „Ich empfange keine Malakim-Vibes von dir. Du wirkst eher wie ein Ofanim oder so."

Ich schlage meine Beine übereinander und mache es mir bequem. Mit Araceli kann man sich gut unterhalten. „Vielleicht. Ich habe wirklich keine Ahnung. Von nichts. Ich bin ziemlich ratlos, seit ich die Einladung zu dieser Akademie erhalten habe." Ich fühle mich schlecht, Araceli anzulügen, da sie so aufrichtig und offen zu sein scheint und als Studienanfängerin steht sie nicht auf meiner Liste der Leute, die ich überprüfen will, aber ich muss meine Tarnung aufrechterhalten, solange ich hier bin.

Sie schenkt mir ein breites Grinsen. „Nun, es ist gut, dass du mich als Mitbewohnerin bekommen hast. Ich kann dir helfen, das alles zu ergründen und ich weiß auch ein bisschen, wie es ist, eine Ausgestoßene in der Engelsgemeinschaft zu sein."

„Das wäre toll, danke."

Sie hilft mir, den Rest meiner Sachen hochzubringen und dann geht jeder von uns in sein eigenes Schlafzimmer, um zu Ende auszupacken und sich vor der Orientierung morgen früh einzurichten. Doch als ich meine Zimmertür schließe, bemerke ich etwas auf dem Bett, das vorher nicht da war. Eine quadratische Schachtel, eingewickelt in braunes Papier mit einer goldenen Schleife.

Ich öffne es vorsichtig, für den Fall, dass es sich um eine Art Trick handelt, aber ich bin noch verwirrter, als ich einen weißen Kapuzenmantel und eine schlichte weiße Maske herausziehe, die bis auf die Augen das ganze Gesicht bedeckt. Darunter befindet sich eine auf dickem Papier gedruckte Karte mit geprägten Buchstaben in goldener Schrift. Das Bild eines goldenen Throns nimmt den größten Teil der Seite ein, darunter stehen ein Datum, eine Uhrzeit und Koordinaten. Am unteren Rand stehen die Worte: „Teilnahme auf eigene Gefahr. Verschwiegenheit ist Pflicht. Loyalität ist das oberste Gebot."

Ich laufe beinahe hinaus, um Araceli zu fragen, ob sie auch eine bekommen hat, aber dann fahre ich mit dem Finger wieder an den unteren Worten entlang. Was, wenn sie keine Einladung bekommen hat? Ich könnte schon gegen die Regeln verstoßen, indem ich ihr überhaupt von der Einladung erzähle. Aber wozu genau bin ich eingeladen worden?

7

OLIVIA

Sobald wir uns eingerichtet haben, gehen Araceli und ich rüber in die Cafeteria zum Abendessen. Wie das Wohnheim hat auch die Cafeteria raumhohe Fenster, die tagsüber viel Licht hereinlassen. Weiße Tische und Stühle sind in dem großen Raum verteilt und an den Seiten sind Buffetstationen mit allen möglichen Speisen aufgebaut, von Tacos über Lasagne bis hin zu Roastbeef.

Anfangs kann ich nicht anders, als mich im Raum umzusehen und alles in mich aufzunehmen. Es ist schwer zu glauben, dass all dieses Essen umsonst ist. Meine leiblichen Eltern haben dafür gesorgt, dass keine meiner Pflegestellen zu schrecklich war, also habe ich mir nie Sorgen um Essen gemacht – aber Geld war eine andere Geschichte. Keiner meiner Eltern konnte irgendeine Form von Beziehung zu mir haben, weil es ihrer Meinung nach zu gefährlich war, etwas zu haben, was uns drei verband. Das bedeutete auch keinerlei Unterstützung von ihnen. Alles, was ich hatte – mein Auto, meine Wohnung, meine Ausbildung – musste ich mir selbst erarbeiten. Währenddessen bekam Jonah alles, was er sich nur wünschen konnte, wuchs in einer verdammten Villa auf und wurde von allen um ihn herum angebetet, weil er der Sohn von zwei Erzengeln war. Nicht, dass ich eifersüchtig wäre oder so. Ich liebe Jonah. Aber trotzdem.

Die Engel hier nehmen es als selbstverständlich hin, am Buffet herumzulaufen und sich zu nehmen, was sie wollen, so wie sie alles andere an dieser Schule als gottgegeben betrachten. Keiner von ihnen weiß, wie es ist, mit so gut wie nichts aufzuwachsen.

Ich schnappe mir ein paar Fisch-Tacos und einen Salat und mache mich dann auf den Weg zu dem Tisch, an dem Araceli schon sitzt. Jemand rempelt mich heftig an und mein Tablett fällt auf den Boden, sodass mein Essen überall verteilt wird und ein so lautes Geräusch entsteht, dass sich alle in der Cafeteria umdrehen und mich ansehen.

„Ups", sagt Tanwen mit einem Lächeln, das alles andere als entschuldigend ist. „Vielleicht solltest du nächstes Mal besser aufpassen, wo du hingehst, du tollpatschiger Mensch."

„Du hast mich angerempelt!", erwidere ich, aber sie ist schon weitergegangen und ihre Walküren-Freundinnen kichern nur, während sie ihr hinterherlaufen. Ich starre auf ihre Rücken und frage mich, ob sie sich die Haare gefärbt haben, um zusammenzupassen, oder ob sie einfach alle Klone der anderen sind.

Ich schnaufe verärgert und fange an, das Chaos aufzuräumen. Einer der Cafeteria-Mitarbeiter kommt, um zu übernehmen und ich entschuldige mich ausgiebig dafür, dass ich ihnen mehr Arbeit bereitet habe, bevor ich ein weiteres Tablett mit Essen hole. Ich weiß, wie es ist, wenn man hinter jemand anderem aufwischen muss.

Als ich zurückkomme, hat Araceli ihr Abendessen fast aufgegessen. „Wie ich sehe, hast du die Walküren schon kennengelernt", sagt sie, als ich mich setze.

Ich werfe der Gruppe von Frauen, die einen großen Ecktisch eingenommen haben, einen bösen Blick zu. „Ich Glückspilz."

Grace kommt mit einem Tablett in der Hand an unseren Tisch und lächelt uns an. Neben ihr steht ein Lockenkopf in einem lilafarbenen Poloshirt und diesen Hipster-Jeans, die nur ein kleines bisschen zu kurz sind. „Können wir uns zu euch setzen?"

„Klar." Ich rutsche ein bisschen rüber, damit sie sich beide zu uns an den Tisch setzen können. Ich bin froh, sie zu sehen. Grace kennt meinen Bruder, also tut es der Typ hoffentlich auch.

Araceli sieht überrascht aus angesichts unserer neuen Gäste, lächelt aber. „Je mehr, desto besser."

„Das ist Cyrus", sagt Grace und deutet auf ihren Freund. „Er ist wie ich im zweiten Jahr und ein Ofanim."

„Schön, dich kennenzulernen", sage ich.

„Schön, euch wiederzusehen", sagt Araceli.

„Woher kennt ihr euch alle?", frage ich.

Araceli lehnt sich zurück und schiebt ihren leeren Teller weg. „Wir sind alle in der gleichen Gemeinde in Arizona aufgewachsen, in der Nähe von Yuma. Dort gibt es viel Sonne. Woher kennst du Grace?"

„Sie war so freundlich, mich heute Nachmittag vor den Prinzen zu retten und sie hat mir den Campus gezeigt."

Aracelis dunkle Augenbrauen schießen in die Höhe. „Was meinst du damit, sie hat dich gerettet?"

„Pssst, da sind sie", sagt Cyrus und wir drehen uns alle um, um nachzusehen.

Die drei Männer betreten die Cafeteria, als würde ihnen der Laden gehören und jeder springt ihnen praktisch aus dem Weg, als sie sich auf das Buffet zubewegen. Der große, muskulöse Blonde läuft voran, als ginge es dabei um eine Mission auf Leben und Tod. Ich glaube, er macht keine halben Sachen. Der große, schwarzhaarige ist direkt hinter ihm und schießt mit seinen kalten Augen Dolche auf jeden, der es wagt, sie anzuschauen. Der dritte Typ, der mit der olivgrünen Haut und dem sexy

Mund, bewegt sich lässiger und wirft der Menge ein Lächeln zu, als wolle er allen versichern, dass sie gar nicht so schlimm sind.

Während ich zu ihnen schaue, entdeckt mich der Anführer und seine Augen verengen sich. Er starrt mich mit offener Feindseligkeit an und die beiden anderen Männer folgen seinem Blick. Toll, jetzt starren mich auch alle anderen in der Cafeteria an und fragen sich wahrscheinlich, warum ich das Interesse der Prinzen geweckt habe. Im ersten Moment bin ich genervt, bis die Lust und das Verlangen mir einen kleinen Schub geben. Selbst Engel können der Anziehungskraft eines Sukkubus nicht widerstehen – die Prinzen eingeschlossen.

Es dauert eine Ewigkeit, bis sich die drei Männer abwenden, um ihr Essen zu holen, aber der Schaden ist angerichtet. Ich kann bereits das leise Flüstern im Raum hören, das zweifellos mir gilt. Wenn irgendjemand in der Schule vorher nicht über mich Bescheid wusste, dann wissen sie es jetzt ganz sicher.

„Was war das denn?", fragt Cyrus.

„Die drei haben mich umzingelt, als ich ankam und mir gesagt, ich gehöre hier nicht her", sage ich.

„Wow, ich hatte keine Ahnung, dass sie Halbmenschen so sehr hassen", sagt Araceli. „Sie sind noch schlimmer, als ich gehört habe."

„Das hätte ich auch nie gedacht", sagt Grace seufzend. „Aber Leute ändern sich."

Cyrus lehnt sich vor und sagt laut flüsternd: „Sie sollte es wissen, sie war mal mit einem von ihnen zusammen."

„Wirklich?", frage ich. „Mit welchem?"

Cyrus winkt mit der Hand ab. „Nicht mit einem von den dreien. Letztes Jahr gab es noch einen vierten Prinzen."

Grace lässt den Kopf sinken und die Traurigkeit in ihren Augen kehrt zurück. „Sein Name ist Jonah. Er ist am Ende des letzten Studienjahres verschwunden."

Ich bin begeistert, dass sich das Gespräch bereits um meinen

Bruder dreht. „Wirklich? Was ist mit ihm passiert?", frage ich, als wäre es das erste Mal, dass ich von Jonah höre, als würde es mir nicht jedes Mal das Herz zerreißen, wenn ich an sein Verschwinden denke.

„Das weiß niemand", sagt Cyrus. „Er ist spurlos verschwunden und keiner hat ihn finden können. Manche Leute glauben, er sei weggelaufen und andere denken, Dämonen hätten ihn geholt."

„Glaubst du, dass die Prinzen etwas mit seinem Verschwinden zu tun haben?", frage ich.

„Nein, sie waren wie Brüder", sagt Grace, während sie auf ihrem Teller herumstochert, ohne wirklich etwas zu essen. „Aber sie haben sich nach Jonahs Verschwinden verändert. Sie sind jetzt härter. Fieser."

Wir werden still, als die Prinzen damit fertig sind ihr Essen zusammenzustellen, mir einen letzten feindseligen Blick zuwerfen und dann aus der Cafeteria gehen. Der Raum scheint sich kollektiv zu entspannen, sobald sie weg sind.

„Nun, eine Sache hat sich nicht geändert – sie essen immer noch nicht mit uns Normalsterblichen", sagt Cyrus.

„Was könnt ihr mir noch über sie erzählen?", frage ich.

Cyrus grinst und ich merke, dass er gerne plaudert. „Der Blonde heißt Callan, er ist der Sohn von Erzengel Jophiel und Erzengel Michael. Er ist ein Erelim und im Grunde der Anführer der Prinzen, so wie Michael seinerzeit der Anführer der Erzengel war, und das lässt er niemanden vergessen."

Ich ziehe die Augenbrauen hoch. „War der Anführer?"

„Michael wurde vor zwei Jahren von Luzifer getötet. Es hätte beinahe den Waffenstillstand zwischen Engeln und Dämonen beendet, aber niemand konnte beweisen, dass es tatsächlich Luzifer war, der es getan hat. Er hatte ein Alibi, aber wir alle wissen, dass er es war."

„Natürlich." Das klingt wie etwas, dem ich zustimmen sollte.

Ich habe keine Ahnung, ob Luzifer Michael getötet hat oder nicht, aber das ist nicht wirklich relevant für meine Suche nach Jonah, also bohre ich weiter. „Was ist mit den anderen?"

Cyrus lehnt sich vor, er genießt das hier offensichtlich. „Der mit den schwarzen Haaren ist Bastian, er ist ein Ofanim und ein kalter, gefühlloser Idiot. Er ist der Sohn von Direktor Uriel, deshalb genießen die Prinzen auch so viele Privilegien."

„Was für Privilegien?"

„Zum einen nehmen sie den gesamten Glockenturm für sich allein in Anspruch und nutzen ihn als eine Art private Lounge. Sie sind immer dort oben und niemand sonst darf hinein, es sei denn, er wird von ihnen eingeladen. Aber du warst doch schon mal da, oder Grace?"

„Das war ich." Sie konzentriert sich auf ihr Essen, dieses Gespräch fällt ihr offensichtlich schwer. Entweder ist sie eine sehr gute Schauspielerin oder sie ist wirklich traurig über das Verschwinden meines Bruders.

„Ich habe sie da oben gesehen", sage ich. „Sie wachen über die Akademie, als würde sie ihnen gehören oder so."

„Das tut sie ja auch", fährt Cyrus fort. „Der dritte ist Marcus, er ist einer der vielen Söhne von Erzengel Raphael. Er ist ein Malakim und er war letztes Jahr Jonahs Zimmergenosse. Ich habe gehört, dass er dieses Jahr keinen Zimmergenossen hat, weil Direktor Uriel hofft, dass Jonah bald wieder zurück in die Schule kommen wird. Sie haben sogar all seine Sachen dort gelassen."

Grace schüttelt den Kopf. „Er wird nicht zurückkommen, weil er nicht weggelaufen ist. Er würde so etwas nie tun, nicht ohne jemandem mitzuteilen, wohin er geht, oder ohne etwas mitzunehmen." Ihre Stimme versagt ein wenig und sie schnappt sich eine Serviette und tupft sich die Augen ab. „Es tut mir leid, ich vermisse ihn einfach so sehr und ich mache mir solche Sorgen um ihn."

Ich auch. Ich schiebe mir einen Bissen Taco in den Mund, um nichts zu sagen.

„Jemand wird ihn finden", sagt Araceli. „Alle Erzengel sind auf der Suche nach ihm. Er wird bald zurück sein."

Grace schnieft. „Ich hoffe es."

Das wird er, zumindest, wenn ich etwas dazu zu sagen habe. Und jetzt weiß ich auch genau, wo ich anfangen muss zu suchen: Marcus' Wohneinheit.

8

MARCUS

Callan geht wieder unruhig auf und ab. Seit Jonah verschwunden ist, macht er das sehr oft. Auf und ab an der Kante des Glockenturms, seine Schritte auf dem Stein so vorhersehbar, dass ich ein Lied zu ihrem Takt schreiben könnte.

„Wir brauchen einen Plan", sagt er.

Ich strecke meine Beine auf der Couch aus und verschränke die Arme hinter dem Kopf. „Einen Plan wofür?"

„Um die Frau auf Jonahs Foto loszuwerden."

„Ihr Name ist Olivia Monroe", sagt Bastien mit seiner sachlichen Stimme. „Ich habe nach unserer Begegnung ein wenig recherchiert. Leider steht nicht viel in ihren Akten."

Callan hört endlich auf, auf und ab zu gehen. „Was hast du herausgefunden?"

„Sie ist in Südkalifornien in verschiedenen Pflegefamilien aufgewachsen. Ihre Mutter starb, als sie sechs Jahre alt war an einer Überdosis Drogen und ihr Vater ist unbekannt, obwohl er zweifellos ein Engel war. Bis vor kurzem arbeitete sie in einer Hotelbar in der Nähe des Los Angeles' Flughafens."

„Chor?", fragt Callan.

„Unbekannt."

„Was ist ihre Verbindung zu Jonah?"

„Ebenfalls unbekannt."

„Er hat sie mir gegenüber nie erwähnt", sage ich mit einer Spur von Bitterkeit in der Stimme. Ich ärgere mich immer noch, dass Jonah Callan das Foto gegeben hat und nicht mir. Ich war sein Mitbewohner und sein bester Freund, aber offenbar hatte er mehr Vertrauen zu Callan.

Callan holt das Foto wieder hervor und streicht mit dem Daumen darüber. „Er hat es mir nur wenige Stunden vor seiner Abreise gegeben. Es war ihm offensichtlich wichtig und wir haben ihm ein Versprechen gegeben."

„Wir müssen alles über sie herausfinden, was wir nur können", sagt Bastien. „Findet heraus, was ihre Verbindung zu Jonah ist. Vielleicht weiß sie, warum er nicht zurückgekehrt ist."

„Wir müssen sie so weit wie möglich von dieser Schule fernhalten", knurrt Callan.

„Wie?", frage ich. „Sie schien nicht sonderlich eingeschüchtert von uns zu sein."

„Möglicherweise noch nicht. Wir werden drastischere Maßnahmen ergreifen müssen."

„Was zum Beispiel?"

„Wir fangen damit an, ihr das Leben zur Hölle zu machen. Wenn sie das nicht überzeugt, zu verschwinden, gehen wir noch einen Schritt weiter."

Die ganze Sache fühlt sich falsch an. Ich schüttle den Kopf. „Ich fühle mich nicht wohl bei der Sache. Und ich bin mir auch nicht sicher, ob Jonah das gutheißen würde."

Ich denke an den Moment am Ende des letzten Schuljahres zurück.

„Bist du sicher, dass du das tun willst?", fragte Bastien.

„Ja, und wir alle wissen, dass ich es tun muss", sagte Jonah. Er trug seine Baseball-Uniform und würde in nur

einer Stunde im Meisterschaftsspiel gegen die Feen antreten. Und danach ... Daran konnte ich nicht einmal denken. „Mach dir keine Sorgen. Ich komme schon zurecht, im Ernst. Aber ich muss euch um einen Gefallen bitten, bevor ich gehe."

„Alles, was du willst", sagte ich.

Jonah zog das Foto heraus und reichte es Callan. „Wenn dieses Mädchen jemals in der Seraphim Akademie auftaucht, müsst ihr dafür sorgen, dass sie geht, wie auch immer ihr das anstellt. Es ist hier nicht sicher für sie."

„Wovon redest du?" Ich beugte mich hinüber und betrachtete das Foto. Ich war sofort von der Schönheit des Mädchens beeindruckt und von ihr fasziniert.

„Wer ist sie?", fragte Bastien.

„Das kann ich dir nicht sagen", sagte Jonah.

Ich hob eine Augenbraue. „Eine neue Geliebte vielleicht? Sollte Grace sich Sorgen machen?"

Jonah schüttelte den Kopf. „Versprich mir einfach, dass du alles tust, was nötig ist, um sie von diesem Ort wegzuschaffen – zu ihrem eigenen Wohl."

In dem Moment wurde mir klar, wie ernst es Jonah war und wie besorgt er aussah. Er musste sich ehrlich Sorgen um dieses Mädchen machen. Ich klopfte ihm auf den Rücken, um ihn aufzumuntern und etwas Leichtigkeit in die Situation zu bringen. „Klar Mann, wir versprechen es."

„Danke. Ich wusste, ich kann mich auf euch verlassen."

„Wir haben ihm ein Versprechen gegeben", sagt Callan und holt mich in die Gegenwart zurück. „Wir sagten, wir würden alles tun, was nötig ist und das werden wir auch."

Ich stehe auf und breite meine Flügel aus. „Ja, das haben wir, aber das heißt nicht, dass ich mit deinen Methoden einverstanden bin. Aber gut, zwingen wir sie, zu gehen, wenn ihr denkt, dass das funktioniert. Bastien kann versuchen, alle ihre dunklen

Geheimnisse aufzudecken. Ich werde auf meine Art mit ihr umgehen.“

„Ja, wir wissen alle, wie du mit Frauen umgehst“, knurrt Callan.

Ich schenke ihm ein schiefes Grinsen. „Dann weißt du ja auch, dass ich verdammt gut darin bin.“

Ich springe vom Rand des Glockenturms und breite meine Flügel aus, lasse die kühle Nachtluft durch sie hindurchströmen und schwebe empor. Es ist ein kurzer Flug zum Wohnheim und obwohl ich durch die Balkontür direkt in mein Zimmer fliegen könnte, entscheide ich mich, auf dem Boden zu landen und zuerst in den Gemeinschaftsbereich zu gehen. Vielleicht befindet sich die besagte Frau – Olivia – ja dort und ich kann mir überlegen, was ich mit ihr anstellen soll.

Ich gehe am Gemeinschaftsraum vorbei und werfe einigen Damen, an denen ich vorbeikomme, ein umwerfendes Lächeln zu, aber keine von ihnen ist diejenige, nach der ich heute Abend suche. Ein paar von ihnen werfen mir verführerische Blicke zu und ich könnte wahrscheinlich eine von ihnen mit auf mein Zimmer nehmen, wenn ich wollte, aber ich fühle mich nicht danach. Die Wahrheit ist, dass ich seit dem Vorfall mit Grace, nachdem Jonah verschwunden war, nicht mehr so viel Interesse an Frauen hatte. Bis jetzt. Ein Blick auf Olivia hat das alles verändert.

Andererseits wird es schwer sein, heute Abend in diese leere Wohneinheit zurückzugehen. Mir war nicht klar, wie schwer es sein würde, bis wir tatsächlich für dieses Semester zurückkehrten und ich Jonahs Tür weit offen stehen sah, mit all seinen persönlichen Sachen darin. Jemanden mit auf mein Zimmer zu nehmen, klingt plötzlich doch nach einem guten Plan. Aber dann kehren die Schuldgefühle zurück und der Wunsch verfliegt. Ich trete in den Aufzug und finde mich mit einer langen einsamen Nacht ab.

Olivia erscheint in der Tür und schlüpft hinein, gerade als

sich der Aufzug schließt. Ihre Augen wandern einen Moment lang über meinen Körper, bevor sie sich abwendet und so tut, als würde ich nicht existieren. Schön, das habe ich wahrscheinlich verdient. Ich war vorhin nicht gerade freundlich zu ihr. Ganz im Gegenteil.

Der Aufzug ist alt und langsam und meine Augen können nicht anders, als über ihren Körper und ihr Gesicht zu schweifen. Sie begegnet meinem Blick und ein Funke des Verlangens springt zwischen uns über. Wir sind allein in einem kleinen Aufzug und plötzlich fühlt es sich sehr intim an. Ich kann den Blick nicht abwenden und ich habe das starke Verlangen, sie zu berühren, behalte meine Hände aber bei mir.

„Wegen vorhin." Ich räuspere mich. „Ich habe wirklich nichts gegen Halbmenschen, weißt du."

Sie richtet langsam diese grünen Augen auf mich, die mir keine Gnade erweisen. „Klar. Deshalb haben du und deine Freunde mir ja auch gesagt, ich soll die Schule verlassen."

„Es ist nur zu deinem Besten. Wir versuchen, dir zu helfen."

Sie schnaubt. „Danke, aber ich brauche eure Art von Hilfe nicht."

Die Fahrstuhltüren öffnen sich zum vierten Stock und ich steige aus und gehe in mein Zimmer. Sie steigt ebenfalls aus dem Aufzug, geht aber in die entgegengesetzte Richtung, den Flur hinunter. Ich krame nach meinem Schlüssel, während sie sich entfernt und sehe, dass sie zurückblickt, gerade als ich die Tür öffne. Unsere Blicke treffen sich und dasselbe Verlangen entfacht sich zwischen uns. Sie streicht schnell eine Strähne ihres dunklen Haares hinters Ohr und schaut weg.

Ich betrete mein Zimmer und schließe die Tür. Sie muss es auch gespürt haben, diese Anziehung zwischen uns. Ich war noch nie sehr gut darin, mir etwas zu versagen, wenn ich erst einmal etwas will – und sie ist definitiv sehr verlockend.

Die Jungs haben ihre Methoden, und ich habe meine. Es mag

ihnen nicht gefallen, aber ich werde sie anwenden. Ich werde ihr nahe kommen, sie dazu bringen, mir zu vertrauen und dann herausfinden, wie sie mit Jonah in Verbindung steht – und das werde ich dann nutzen, um mein Versprechen zu erfüllen und sie weit weg von hier zu bringen.

9

OLIVIA

Mein neuer Plan ist in vollem Gange.

Mein ursprünglicher Plan war, mich mit Grace anzufreunden und die Prinzen zu verführen, aber bisher funktioniert nur ein Teil davon. Die vier stehen ganz oben auf meiner Verdächtigenliste – okay, im Moment sind sie die *einzigen* auf meiner Verdächtigenliste – aber ich muss auch über die naheliegenden Optionen hinausschauen. Wenn es so einfach wäre, hätte mein Vater Jonah schon längst gefunden.

Daher der neue Plan. Letzte Nacht habe darauf gewartet, dass Marcus ins Wohnheim zurückkehrt und bin ihm dann zu seinem Zimmer gefolgt. Jetzt weiß ich, welches seins ist und werde irgendwann einbrechen, wenn er nicht da ist, damit ich das Zimmer meines Bruders durchsuchen kann. Ich werde so viel wie möglich über Jonahs Zeit hier an der Seraphim Akademie herausfinden, damit ich nachvollziehen kann, was mit ihm passiert ist und ihn dann suchen kann. Ich weigere mich zu glauben, dass er tot oder für immer verschwunden ist. Und wenn er es doch ist? Dann werde ich die Bastarde finden, die sein Leben genommen haben und sie dafür bezahlen lassen.

Am Morgen gehen Araceli und ich zur Orientierung in das Auditorium, das Grace mir gestern bei unserem Rundgang kurz gezeigt hat. Wir finden einen Platz in der Mitte der eleganten, grauen Sitzreihen, während ein paar andere Engel zu uns schauen und tuscheln oder ihre Freunde anstupsen. Araceli winkt ihnen zu und macht deutlich, dass wir wissen, dass sie uns anstarren und die Studenten drehen sich schnell wieder um. Sie wendet sich mir zu und verdreht die Augen. „Glaubst du, sie werden jemals genug davon haben, uns anzuglotzen?"

„Das kann man nur hoffen." Ich schaue mich um, während sich die anderen Plätze schnell füllen. Ich sehe Tanwen und den Rest der Walküren in der ersten Reihe mit ihren identischen strohblonden Haaren und erhasche einen Blick auf die Prinzen in der Ecke, die dort wie Könige auf ihre Untergebenen blicken.

Nachdem alle Platz genommen haben, betritt ein sehr großer, schlanker Mann mit schwarzen Haaren die Bühne und geht zum Podium. Sofort verstummt der ganze Raum und ich setze mich interessiert auf, denn er sieht Bastien sehr ähnlich, mit dem Unterschied, dass dieser Mann die Kraft und Anziehungskraft eines Erzengels ausstrahlt. Er muss der Direktor sein.

Als Uriels Augen durch das Auditorium wandern, scheint er sich auf jeden einzelnen von uns zu konzentrieren und viele Studenten zucken unter seinem Blick zusammen. Uriel ist ein Ofanim, was ihm die Macht gibt, die Wahrheit zu erkennen und wahrscheinlich hat er auch noch andere Kräfte, da er ein Erzengel ist. Ich erschaudere ein wenig, als dieser intensive Blick auf mich fällt und dort verweilt. Die Haare auf meinem Arm stellen sich auf und in seinen Augen erblicke ich eine riesige, unfassbare Intelligenz aus vielen Jahrhunderten des Lebens. Ich habe das Gefühl, dass Uriel in meine Seele blicken kann und habe Angst vor dem, was er dort finden könnte. Meine Halskette sollte mich zwar beschützen, aber ich kann nicht anders, als sie zu umklammern und im Stillen zu beten, dass sie funktioniert, bis Uriel seinen Blick endlich auf den nächsten Studenten lenkt. Erst dann kann ich wieder aufatmen, aber ich bin immer noch aufgewühlt von dieser kurzen Begegnung.

„Willkommen an der Seraphim Akademie", sagt Uriel und seine Stimme reicht auch ohne Mikrofon durch den Raum. Sie ist nicht laut oder gebieterisch, doch irgendwie können wir sie alle perfekt hören, als wären wir in einem intimen Gespräch mit ihm. Erzengel und ihre Tricks. „Ich bin Direktor Uriel und es ist mir ein Privileg, die Seraphim Akademie zu leiten, während ein neues Schuljahr beginnt. Ich heiße sowohl unsere neuen Studenten als auch unsere Wiederkehrer willkommen und würde gerne ein paar Dinge durchgehen, bevor wir morgen mit dem Unterricht beginnen.

Zuerst möchte ich denjenigen, die neu sind, etwas über diese Einrichtung erzählen. Die Seraphim Akademie wurde 1921 gegründet, als viele Engel vom Himmel zur Erde flohen. Dies war der erste Massenexodus von Engeln und damals gab es nur sehr wenige Engel, die die Akademie besuchten - vierzehn, um genau zu sein. Doch die Akademie wuchs weiter, als immer mehr Engel vor dem verheerenden Krieg im Himmel flohen, der schließlich vor zweiunddreißig Jahren in dem Erden-Abkommen seinen Abschluss fand. Zu diesem Zeitpunkt expandierte die Hochschule drastisch und jedes Jahr wächst sie weiter, da immer mehr Engel auf der Erde geboren werden. Dieses Jahr haben wir mit vierhundertzwölf Studenten aus der ganzen Welt einen neuen Rekord aufgestellt und haben daher auch ein paar neue Professoren in den Lehrkörper aufgenommen. Ich würde sie gerne zu uns auf die Bühne bitten, damit ich sie nun vorstellen kann."

Er dreht sich zur Seite, während vier Personen die Bühne betreten. Mein Blick wandert über die Reihe der Professoren, bis meine Augen an einem Mann, der ganz am Ende steht hängen bleiben. Er ist umwerfend gut aussehend, mit fast schwarzem Haar, dunklen Bartstoppeln, die seinen Kiefer bedecken und stechend grünen Augen. Er sieht viel zu gut aus für einen Lehrer, mit einem Mund, der zum Küssen gemacht ist und einem starken Körper, der darum bettelt, berührt zu werden. Ich sollte es wissen.

Mein Atem schnürt mir die Kehle zu, als er den Blick über das Publikum schweifen lässt und ich sinke in meinem Sitz ein wenig nach unten, damit er mich nicht sehen kann. Zuerst rede ich mir ein, dass er es nicht sein kann. So ein Pech kann ich nicht haben, aber ich kann es nicht leugnen. *Er* ist es.

Ich beginne aufzustehen, ohne zu realisieren, was ich tue und nur Aracelis Hand auf meinem Arm hält mich auf. „Was machst du denn?", flüstert sie.

Ich schüttle den Kopf, nicht wirklich sicher, *was* ich tue, ich weiß nur, dass mir das Herz bis zum Hals schlägt und ich so schnell wie möglich von hier verschwinden muss, aber das würde nur noch mehr Aufmerksamkeit auf mich ziehen und das ist das Allerletzte, was ich im Moment brauche. Mist.

Ich lasse mich wieder in meinen Sitz zurücksinken. Es ist in Ordnung. Vielleicht kann ich ihm aus dem Weg gehen und es wird nichts Schlimmes passieren. Es gibt hier viele Professoren und ich habe nur vier Kurse, oder vielleicht fünf, wenn sie herausfinden, was für ein Engel ich bin. Wie groß ist die Chance, dass er mein Professor sein wird?

Uriel gestikuliert zu dem Mann, von dem ich die Augen nicht abwenden kann. „Ich möchte Ihnen Professor Kassiel vorstellen, der an der Seraphim Akademie Engelsgeschichte für alle Studienanfänger unterrichten wird."

Scheiße, Scheiße, Scheiße. Ich werde nicht verhindern können, dass er mein Lehrer sein wird. Das ist schlecht, wirklich schlecht.

Denn ich kenne ihn.
Und zwar sehr gut.
Und das Schlimmste ist, er kennt mich auch.
Er kennt mein Geheimnis.
Er weiß, was ich wirklich bin.
Ich bin am Arsch.

OLIVIA

Vor vier Monaten

Die Bar ist heute Abend wie ausgestorben und ich fange an zu denken, dass ich vielleicht allein und hungrig ins Bett gehen muss, bis ein Mann hereinkommt, der mich den Atem anhalten lässt. Ich hätte zu diesem Zeitpunkt jeden genommen, Mann oder Frau, egal wie sie aussehen, aber eine attraktive Person macht das, was ich tun muss, definitiv leichter. Und dieser Typ? *Verdammt!* Ich lecke mir erwartungsvoll die Lippen, als er sich der Bar nähert.

Er trägt einen schwarzen dreiteiligen Anzug, der bestimmt mehr als meine Monatsmiete gekostet hat – was nicht gerade wenig ist, schließlich sind wir hier in Los Angeles – und er passt ihm, als wäre er ihm auf den Leib geschneidert worden. Und wow, was für ein Körper das ist. Breite Schultern. Groß, aber nicht zu groß. Eine schmal zulaufende Taille, die mich vermuten lässt, dass er darunter ein Sixpack hat. Ich habe vor, das bald herauszufinden.

Er zieht sein Jackett aus und faltet es ordentlich über die Rückenlehne des Barhockers. Jetzt trägt er nur noch sein weißes Hemd und eine anthrazitfarbene Krawatte. Langsam krempelt er die Ärmel bis zu den Ellbogen hoch und enthüllt dadurch maskuline Handgelenke und starke, sexy Unterarme. Warum sind Männer eigentlich so viel sexyer, wenn sie ihre Ärmel so hochkrempeln? Ich würde am liebsten über die Theke springen und mich direkt auf ihn stürzen. Er ist einer der umwerfendsten Männer, die ich je gesehen habe, und ich habe schon viele umwerfende Männer kennengelernt ... ganz intim. Dieser Typ stellt sie alle in den Schatten und ich kann nicht mal sagen, warum. Er hat etwas an sich, das mich anzieht wie kein anderer zuvor.

Sein Haar ist kurz, voll und so dunkel, dass es schwarz aussieht, bis das Licht darauf fällt. Er hat dazu passende Bartstoppeln im Gesicht, aber es sind seine Augen, die mich wirklich anziehen. Sie sind grün, ganz ähnlich wie meine, und er hat etwas an sich, das sich vertraut anfühlt und ihn unwiderstehlich macht.

Er ist genau das, was ich brauche.

Unsere Blicke verweilen ein wenig länger als gewöhnlich aufeinander und ich frage mich, ob er diese seltsame Verbindung auch spürt. Sexuelle Spannung flimmert zwischen uns, ohne dass auch nur ein Wort gesprochen wird. Eine Sekunde lang frage ich mich, ob er wie ich ist, aber dann verwerfe ich diesen Gedanken wieder. Ich wäre nicht in der Lage, mich von einem anderen Lilim zu ernähren und ich spüre bereits, wie ein Funken seiner köstlichen Lust mir einen Hauch von Stärke verleiht.

Er löst sich von meinem Blick und räuspert sich. Als er seine Hände auf dem Marmortresen faltet, wird mir klar, dass ich die ganze Zeit über ein Glas so kräftig poliert habe, dass es wahrscheinlich bleibende Schlieren haben wird. Es sieht mir nicht ähnlich, wegen eines Kerls völlig aus der Fassung zu geraten. Ich reiße mich zusammen und schenke ihm ein langsames, verführerisches Lächeln. „Was darf es sein?"

„Einen Scotch, pur."

Nun, das ist einfach unfair. Er hat einen britischen Akzent, als ob er nicht schon heiß genug wäre. Ich wette, Frauen stürzen sich auf ihn, egal wo er ist. Ich kenne ihn erst eine Sekunde und sabbere schon über die ganze Bar.

Ich gieße seinen Drink ein und lasse mir dabei Zeit. Ich habe meine Routine und muss mich nur daran halten. Zuerst bereitet man langsam die Bestellung zu und lässt sich dabei von allen Seiten begutachten. Einige Drinks sind sexyer zuzubereiten als andere. Dieser hier ist zu langweilig und zu einfach, um die meisten meiner Tricks anzuwenden, wie z. B. den Drink so zu schütteln, dass die Aufmerksamkeit auf meine Brüste gelenkt wird, aber seine Augen verweilen trotzdem auf mir. Es ist hilfreich, dass es hier sonst nicht viel zu sehen gibt, es sei denn, er dreht sich um, um aus den raumhohen Fenstern die Aussicht auf das nächtliche Los Angeles oder die Flugzeuge, die in Anflug auf LAX vorbeischweben, zu bewundern. Diese Rooftop-Hotelbar ist dunkel, mit leiser, unaufdringlicher Musik im Hintergrund und alles ist in Glas, Metall und Marmor gehalten. Hochwertiges Mobiliar und teurer Alkohol für einen anspruchsvollen Reisenden – meine bevorzugte Beute.

Hotelbars in der Nähe großer Flughäfen sind ein erstklassiges Jagdrevier, gleich nach Stripclubs. Meine Mutter hat mir das beigebracht, und sie sollte es wissen – sie macht das schließlich schon seit Jahrhunderten. Natürlich zieht sie es vor, während ihrer endlosen Reisen durch die Welt in den Hotels zu übernachten, während ich in einem arbeite. Ich brauche einen Weg, um Geld zu verdienen und Jonah würde es nie gutheißen, wenn ich in einem Stripclub arbeiten würde. Nicht, dass ich ihn zurzeit noch oft sehen würde. Außerdem hat man in Stripclubs Stammgäste und das führt nur zu Ärger. Sich an Reisenden zu stärken ist viel sicherer.

Zu meinem Leidwesen ist es Dienstagabend und das ist immer die ruhigste Nacht. LAX ist wie ausgestorben, was bedeutet, dass diese Hotelbar auch ausgestorben ist. Bevor dieser Typ hereinkam, blickte ich wehmütig über die leeren Tische, während mein Hunger stärker wurde. Das Leben im Stripclub sah von Tag zu Tag attraktiver aus – ich würde dort nie hungern und wahrscheinlich würde ich auch mehr Geld verdienen.

Gut, dass der Typ noch rechtzeitig kam.

Ich stellte seinen Drink auf den Tresen. „Was führt dich nach L.A.?"

„Ich bin hier, um meinen Vater zu besuchen." Seine Stimme macht deutlich, dass er von dieser Aussicht nicht gerade begeistert ist. Er nimmt den Scotch und kippt ihn schnell hinunter.

Ich kichere, als sein leeres Glas auf den Tresen kracht und greife nach der Flasche, um es nachzufüllen. „So schlimm, was?"

Sein Mund verzieht sich. „Er ist kein schlechter Mensch, nicht wirklich, aber er ist definitiv eine Herausforderung. Unsere Beziehung ist ... kompliziert."

„Glaube mir, damit kenne ich mich aus." Mein Lächeln ist echt, weil ich es dieses Mal tatsächlich nachvollziehen kann. „Ich bin mir nicht sicher, wer anstrengender ist – meine Mutter oder mein Vater."

Er blickt stirnrunzelnd auf sein Getränk und ich spüre, dass ich einen Nerv getroffen habe. Das läuft nicht gut. Normalerweise würde mich mein Auserwählter jetzt schon anflehen, mit ihm auf sein Zimmer zu gehen.

Ich versuche es noch einmal. „Von woher besuchst du uns?"

„Ich bin gerade nach Nordkalifornien gezogen."

„Und was machst du dort?"

„Ich bin Geschichtsprofessor."

„Wirklich?" Ich ziehe die Augenbrauen hoch.

„Warum ist das so überraschend?"

„Deiner Kleidung nach zu urteilen hätte ich dich für einen reichen Unternehmenstypen gehalten. Einen Finanztypen. CEO vielleicht."

„Die Schuld dafür gebührt meinem Vater. Er hat einen makellosen Geschmack." Er zupft an dem glänzenden Knopf an seinem Hemdärmel. „Der Teufel steckt eben doch im Detail."

„So sagt man." Das Sprichwort ist ein bisschen zu nah an der Realität. Ich muss die Kontrolle über diese Situation zurückgewinnen. Ich lehne mich auf dem Tresen vor und zeige mein üppiges Dekolleté. „Es gibt nichts Besseres als einen gut aussehenden Mann in einem gut sitzenden Anzug."

„Mein Vater würde da zustimmen." Seine Augen tanzen an meinem Körper entlang. „Obwohl ich behaupte, dass eine schöne Frau in einem kleinen schwarzen Kleid noch besser ist."

Und einfach so bin ich wieder im Spiel.

Ich strecke die Hand aus und streichle leicht sein Handgelenk, setze meine Kräfte ein kleines bisschen ein, um das Verlangen in ihm zu entfachen. „Ich habe in zwanzig Minuten Pause."

Durch meine Berührung huscht für einen kurzen Moment ein Hauch von Verwirrung über sein Gesicht, so schnell, dass ich es beinahe übersehe. Dann schenkt er mir ein verführerisches Lächeln. „Ist das so?"

Dreißig Minuten später klopfe ich an seine Tür. Er reißt sie auf und zuerst können wir uns nur anstarren, während die sexuelle Spannung steigt – dann greifen wir ohne ein Wort nacheinander. Unsere Lippen treffen sich und der Kuss ist leidenschaftlich und intensiv. Ich habe noch nie so etwas wie ihn geschmeckt und ich brauche mehr, mehr, mehr.

Ich stoße mit dem Rücken gegen die Wand und seine Hände liegen auf meinen nackten Oberschenkeln und schieben mein schwarzes Kleid nach oben. Ich greife nach der Vorderseite seines Hemdes und reiße es auf und tatsächlich, da ist das Sixpack, auf das ich gehofft hatte. Seine Brust ist schlank und stark und ich fahre mit meinen Händen über seine straffe Haut, genieße das Gefühl seines Körpers unter meinen Fingerspitzen. Dann greife ich nach der Vorderseite seiner Hose.

„Wozu die Eile?", fragt er, während ich den Reißverschluss herunterziehe.

„Ich muss bald wieder zur Arbeit."

Er gibt ein sexy Knurren von sich, als er mich an sich zieht und meinen Oberschenkel hochhebt. „Gut, aber wenn deine Schicht vorbei ist, kommst du für die zweite Runde zurück und ich werde mir Zeit mit dir lassen."

Ich wünschte, das wäre möglich, aber zu seiner eigenen Sicherheit kann ich nur einmal mit ihm schlafen. Es ist eine Schande, denn ich fühle tatsächlich eine Verbindung zu diesem Kerl, obwohl wir uns gerade erst kennengelernt und nur eine Handvoll Worte gewechselt haben. Wenn es nach mir ginge, würde ich die ganze Nacht in seinem Bett verbringen. Wir würden nebeneinander aufwachen und zum Frühstück den Zimmerservice in Anspruch nehmen. Vielleicht würde sich danach sogar etwas mehr daraus entwickeln. Etwas, das ich noch nie hatte – eine Beziehung.

Es ist unmöglich. Sukkubi und Inkubi – kollektiv als Lilim bekannt – sind verdammt zu einem Leben mit vielen Liebhabern, aber ohne echte Liebe. Wir können uns Menschen nicht nähern, ohne sie zu töten, aber auch Engeln, Dämonen und Feen ergeht es nicht viel besser. Wir können mit Übernatürlichen mehr als einmal schlafen, ohne sie zu töten, aber mit der Zeit trocknen wir sie trotzdem aus. Es bedürfte schon einer Gruppe sehr starker Übernatürlicher, um dem unstillbaren Hunger eines Sukkubus zu trotzen und so etwas zu finden ist fast unmöglich. Wenn meine Mutter, die seit Tausenden von Jahren auf der Erde wandelt, keine dauerhafte Liebe gefunden hat, habe ich auch keine Hoffnung darauf.

Aber dann schiebt er mein Höschen beiseite und ich vergesse all das. Das Einzige, was in diesem Moment zählt, ist dieser Augenblick mit ihm, mit seinem Mund an meinem Hals und seinem Schwanz, der in mich gleitet. Er stößt kräftig zu, füllt mich aus, klemmt mich zwischen sich und der Wand ein. Jedes Mal, wenn seine Hüften gegen meine stoßen, spüre ich, wie seine köstliche Lust mir Kraft und Stärke verleiht und meinen Hunger vorübergehend stillt. Ich lehne meinen Kopf zurück und schließe die Augen, zum Teil, weil es sich zu gut anfühlt, zum Teil aber auch, damit er nicht merkt, dass meine Augen schwarz geworden sind – ein Nebeneffekt eines Sukkubus, der sich ernährt.

Er hebt mich hoch und schlingt meine Beine um sich und sein Mund findet meinen erneut und nimmt ihn mit jeder Berührung seiner Lippen und jedem Zungenschlag in Besitz. Normalerweise fühle ich nichts, wenn ich mit x-beliebigen Fremden Sex habe, aber in diesem Moment kann ich nicht *aufhören* zu fühlen. Sex mit diesem Fremden im Anzug ist anders als alles, was ich bisher erlebt habe und es ist berauschend.

Als er heftiger in mich stößt, trifft er genau die richtige Stelle und ich bin nah dran, so nah. Er nimmt mein Kinn in seine Hand und nimmt meinen Mund wieder in Beschlag, was mich über den Abgrund schickt. Ich klammere mich an seinen Körper, als mein Höhepunkt über mich hereinbricht und ich spüre, wie er sich nur Augenblicke später in mir erlöst. Ich werde von einer Welle der Kraft überrollt, die so stark ist, dass sie mich von den Füßen reißen würde, wenn ich nicht bereits um diesen Mann geschlungen wäre. Seine Energie ist so viel stärker als alles, was mir bisher begegnet ist und ich fühle mich, als hätte ich von zehn Männern gezehrt, anstatt nur von einem.

Ich weiß nicht, was er ist – aber ich merke, dass er kein Mensch ist.

Er unterbricht den Kuss und sieht mich überrascht an. „Du bist ein Sukkubus."

Er weiß es.

Ich stoße ihn von mir weg, mein Herz klopft, meine Augen sind weit aufgerissen. Sie sind noch schwarz von meinem Festmahl, was seine Aussage bestätigt.

Es gibt nur drei Menschen auf der Welt, die wissen, was ich bin. Bis jetzt.

Ich habe einen großen Fehler begangen.

Ich reiße die Tür auf und renne so schnell ich kann aus seinem Hotelzimmer heraus. Er ruft: „Warte!", aber ich bin schon um die Ecke und hämmere auf den Rufknopf des Aufzugs, als hinge mein Leben davon ab, während ich gleichzeitig mein Kleid nach unten zerre. Der Aufzug öffnet sich sofort und ich eile hinein und drücke dann den Türschließknopf. Er erreicht den Aufzug gerade, als die Tür zugeht.

Ich lasse mich gegen die verspiegelte Wand fallen und versuche, zu Atem zu kommen. Wie konnte er das wissen? Ich habe darauf geachtet, meine Augen geschlossen zu halten, was bedeutet, dass er es gespürt haben muss, als ich mich an ihm genährt habe. Scheiße, Scheiße, Scheiße. Ich hätte wissen müssen, dass ein so heißer Typ kein Mensch sein kann, aber ich war hungrig und leichtsinnig und habe alles ignoriert, was meine Eltern mir beigebracht haben. Sie werden mich für immer einsperren, wenn sie hören, was gerade passiert ist.

Ich werde sofort meine Kündigung in der Bar einreichen müssen. Vielleicht muss ich sogar die Stadt verlassen. Aber er kennt weder meinen Namen noch weiß er irgendetwas anderes über mich, außer dass ich in diesem Hotel arbeite. Und er wohnt auch nicht in Los Angeles. Ich werde ihn nie wieder sehen. Hoffentlich.

11

OLIVIA

„Und zur Erinnerung", sagt Uriel, „das Fliegen ist über dem Campus, dem umliegenden Wald und der nahe gelegenen Stadt Angel Peak erlaubt, aber nirgendwo sonst. Vielen Dank und ein wundervolles Jahr an der Seraphim Akademie."

Die anderen Schüler stehen auf und ich blinzle schnell, während die Welt wieder in den Fokus rückt. Die Einführungsveranstaltung ist vorbei und ich habe keine Ahnung, was passiert ist, nachdem Professor Kassiel vorgestellt wurde und meine Gedanken zu der Nacht zurückkehrten, in der wir uns kennengelernt haben. Er erzählte mir, dass er gerade nach Nordkalifornien gezogen ist. Er sagte, er sei ein Geschichtsprofessor. Er war offensichtlich kein Mensch. Verdammt, ich hätte die Verbindung herstellen müssen. Aber Jonah verschwand nur ein paar Wochen später und ich vergaß die Begegnung völlig. Bis jetzt.

Wie soll ich dieses Jahr überstehen, wenn einer meiner Professoren weiß, was ich wirklich bin?

Alle strömen nach draußen und ich hoffe, dass ich in der Menge untertauchen kann, ohne dass Kassiel mich sieht. Als ich Araceli in den Gang folge, drängt sich ein großer, imposanter

Mann vor mich. Bastiens Augen verengen sich, als er mir den Weg versperrt. „Direktor Uriel würde dich jetzt gerne in seinem Büro sprechen."

Ich bin völlig überrumpelt und frage dümmlich: „Will er das?"

„Das habe ich doch gesagt, oder? Folge mir."

Ich werfe einen letzten Blick auf Araceli, aber sie kann mich keineswegs retten. Warum sollte Direktor Uriel mich sehen wollen? Was weiß er wohl?

Die Leute gehen aus dem Weg, als wäre Bastien eine Schlange, die sie beißen könnte und wir verlassen schnell das Auditorium, sodass ich mich zumindest außer Sichtweite von Kassiel befinde. Bastien folgt dem Weg und ich gehe neben ihm her, meine Bewegungen sind steif. Er sagt kein Wort, obwohl ich immer wieder zu ihm hinüberschaue. Ich kann es nicht verhindern. Er hat etwas an sich, das ich so faszinierend finde. Ich möchte seine harte Schale und seine arroganten Lagen abstreifen und sehen, was sich darunter verbirgt.

Er bringt mich zu einem zweistöckigen viktorianischen Haus, das hier auf dem Campus völlig deplatziert wirkt und führt mich durch die Eingangstür. „Das ist das Haus des Direktors", erklärt Bastien kurz und knapp. Es verfügt über eine verschnörkelte Treppe aus dunklem Holz und einen blau-goldenen Perserteppich unter uns, dennoch fühlt sich das Haus kalt und wenig einladend an.

„Wohnst du auch hier?", frage ich.

„Nein, natürlich nicht. Ich wohne jetzt im Studentenwohnheim, wie alle anderen Studenten auch."

„Aber früher hast du hier gelebt?"

Sein Ton wird mit jeder Frage schärfer. „Ja, ich bin hier aufgewachsen."

Ich bin neugierig, wie es wohl war, als Sohn des Direktors Uriel aufzuwachsen und als Kind hier auf dem Campus zu leben. Und was ist mit seiner Mutter? Ist sie auch hier? Aber Bastiens Blick zwingt mich, den Mund zu halten.

Er bleibt vor einer dunklen Holztür stehen. „Das ist das Büro des Direktors. Bitte warte dort drinnen, mein Vater wird gleich bei dir sein."

„Wird gemacht." Ich zögere vor der Tür. Okay, nur noch eine Frage. „Bist du sein Assistent oder so?"

Er sieht mich finster an. „Ja, das bin ich."

Er macht auf dem Absatz kehrt und lässt mich dort zurück. Ich bin so versucht, durch das Haus zu schleichen und in Uriels Sachen zu stöbern, oder noch besser, Bastiens Kinderzimmer ausfindig zu machen, aber ich habe Gerüchte über Uriel gehört und ich fürchte, er könnte wissen, was ich tue, selbst wenn ich meine Halskette trage. Das wäre wahrscheinlich eine schlechte Idee – ich will nicht an meinem ersten Tag von der Akademie fliegen. Oder getötet werden.

Ich trete in das Büro und setze mich in einen der schwarzen Ledersessel vor seinem massiven Mahagonischreibtisch. Er hat ein Bücherregal bestückt mit antik aussehenden, in Leder gebundenen Büchern, einige der Titel sind so verblasst, dass ich sie kaum noch lesen kann. Alte Relikte sind im Raum verstreut – ein antiker Globus in der Ecke seines Schreibtisches, ein silbernes Schwert mit einem Saphir im Griff, das an der Wand hängt und ein Glaskasten mit einer einzelnen Feder darin, die aus der Dunkelheit selbst zu bestehen scheint.

Die Tür öffnet sich und Uriel tritt ein. Ich stehe schnell auf, mein Herz macht einen Satz. Aus der Nähe ist er sogar noch unheimlicher. Er hat die gleiche subtile Ausstrahlung wie mein Vater, nur dass er wie die Sonne an einem kalten Wintertag strahlt – er mag hell sein, aber er ist nicht gerade warm.

„Danke, dass Sie gekommen sind." Er geht hinter seinen Schreibtisch und nimmt Platz. „Sie können sich setzen."

Ich setze mich wieder. „Bastien sagte, Sie wollten mit mir sprechen?"

„In der Tat. Ich bin darüber informiert worden, dass Sie nicht wussten, dass Sie ein Halbengel sind und dass Sie nicht wissen, wer Ihr Vater ist. Sie haben auch keinen Hinweis darauf bekommen, zu welchem Chor Sie angehören. Ist das richtig?"

„Ja. Das ist alles neu für mich und ich bin mir immer noch nicht ganz sicher, ob ich hierhergehöre." Es ist nicht einfach, meinen Gesichtsausdruck unter seiner Beobachtung neutral zu halten.

Sein kaltes Lächeln lässt mich ein wenig erschaudern. „Das tun Sie. Daran habe ich keinen Zweifel. Allerdings könnte es einige Zeit dauern, bis Ihre Kräfte zum Vorschein kommen, so wie es bei Ihren Flügeln der Fall war, besonders wenn Sie sie unbewusst unterdrückt haben. Ich möchte, dass Sie einige Zeit privat mit Bastien verbringen, damit er Sie besser einschätzen kann."

Ich stöhne fast auf, schaffe es aber, es zu unterdrücken. „Mich einschätzen? Inwiefern?"

„Er wird seine Kräfte als Ofanim nutzen, um die Wahrheit zu erkennen, außerdem wird er ein paar Tests durchführen und Ihnen ein paar Fragen stellen." Uriel hält beschwichtigend eine Hand hoch. „Nichts zu Extremes oder Invasives, das verspreche ich."

Ich versuche, mich nicht auf meinem Platz zu winden, aber der Gedanke, mit Bastien allein zu sein, während er mich wie eine Laborratte studiert, lässt mich erschaudern. Andererseits könnte das die perfekte Gelegenheit für mich sein, selbst ein wenig zu ermitteln, um herauszufinden, was er über Jonahs Verschwinden weiß. „Wenn Sie denken, dass es hilfreich wäre, bin ich damit einverstanden."

„Ausgezeichnet." Uriel reicht mir ein Stück Papier, auf dem mein neuer Stundenplan gedruckt ist. Wo zuvor *noch zu bestimmen* zu lesen war, steht jetzt, dass ich mich am Ende eines jeden Schultages mit Bastien in der Bibliothek treffen soll. „Ich glaube, mit Bastiens Hilfe werden wir mehr über Sie in Erfahrung bringen können, angefangen bei Ihrem Chor."

„Toll", schaffe ich es, hervorzupressen. Abgesehen davon, dass ich bereits weiß, zu welchem Chor ich gehöre, brauche ich keine Hilfe, um meine Kräfte zu erwecken und ich will definitiv nicht, dass jemand mehr über mich erfährt. Besonders nicht Uriel.

Aber jedes Mal, wenn er mich anstarrt, habe ich das Gefühl, dass er bereits jedes meiner Geheimnisse kennt. Ein Schauer läuft mir über den Rücken, als sein Blick auf meine Brust fällt. „Das ist eine interessante Halskette."

Ich lasse meine Hand schnell sinken, als mir klar wird, dass ich seit ein paar Minuten mit der Kette spiele. Das ist eine nervöse Angewohnheit von mir und eine, die ich mir schnell abgewöhnen muss, wenn ich hier an der Seraphim Akademie bleiben will. „Danke schön."

„So ein einzigartiges Design. Gold mit einem Alexandrit-Edelstein, nicht wahr? Sie erinnert mich an ein Stück, das ich vor langer Zeit gesehen habe. Ein Feenrelikt." Er hebt eine Augenbraue. „Ich nehme nicht an, dass Sie etwas darüber wissen, oder?"

„Ich weiß noch nicht einmal, was eine Fee ist." Ich zucke mit den Schultern und es kostet mich all meine schauspielerischen Fähigkeiten, ruhig zu bleiben. „Ich glaube, es ist nur Modeschmuck, aber sie gehörte meiner Mutter, daher hat sie einen sentimentalen Wert für mich."

„Natürlich", sagt er, obwohl ich mir nicht sicher bin, ob er überzeugt ist. Er schließt die Akte, die er geöffnet hatte – meine Akte? – und stützt seine Hände auf den Tisch. „Ich hoffe, Sie genießen Ihre Zeit hier an der Seraphim Akademie und finden alles, wonach Sie suchen. Sollten Sie jemals Hilfe benötigen oder Fragen haben, können Sie jederzeit in mein Büro kommen."

Alles, wonach ich suche ... Weiß er, warum ich wirklich hier bin? Ich kann nicht sagen, ob er nur höflich ist oder ob hinter seinen Worten eine verborgene Bedeutung steckt, aber die Art, wie er mich ansieht, macht mir Angst und so springe ich schnell auf. „Danke", krächze ich, bevor ich durch die Tür stürme.

Auf dem Weg nach draußen stoße ich fast mit Bastien zusammen, der mir einen vernichtenden Blick zuwirft. „Auf der Flucht, was?"

Ich drehe mich um, sammle all meine innere Kraft und richte mich auf. Ich werde mich von diesen Idioten nicht einschüchtern oder schikanieren lassen. Ich werde die Akademie nicht verlassen, nicht bevor ich herausgefunden habe, was mit meinem Bruder passiert ist und sie werden sich damit abfinden müssen. „Eigentlich nicht. Im Gegenteil, wir sehen uns morgen in der Bibliothek."

Verwirrung macht sich in seinem Gesicht breit, dann grinst er und eilt zurück ins Haus. Uriel hat es ihm noch nicht erzählt. Ein sanftes Lächeln breitet sich auf meinem Gesicht aus.

Tag. Versüßt.

12

BASTIEN

Ich stürme mit zu Fäusten geballten Händen aus dem Haus. Es ist typisch für meinen Vater, so etwas zu tun, ohne mich vorher zu fragen oder mich in seine Pläne einzuweihen. Wahrscheinlich ist es wieder eines seiner Experimente, an die ich mich nach zweiundzwanzig Jahren gewöhnt haben sollte, aber er schafft es immer wieder, mich zu überrumpeln. Das Lächerlichste daran ist, dass er den Chor des Halbmenschen wahrscheinlich viel leichter und schneller selbst feststellen könnte als ich, aber er behauptet, dass es eine gute Trainingsübung für mich sei. Ein weiterer Test, um zu sehen, ob ich würdig bin, eines Tages seinen Platz einzunehmen.

Uriel hat mich sowieso nur aus der Not heraus bekommen. Als die Erzengel sahen, wie schnell sich andere Engel fortpflanzten, jetzt, wo wir auf der Erde lebten, befürchteten sie, dass sie ihre Macht verlieren würden, wenn sie keine eigenen Kinder bekämen, die eines Tages ihren Platz einnehmen könnten, also schlossen sie alle einen Pakt, mindestens ein Kind zu bekommen. Zu diesem Zeitpunkt hatte Erzengel Raphael schon viele Kinder, aber er zeugte Marcus trotzdem als Teil des Deals, und danach noch zwei weitere. Mein Vater stimmte dem Plan nur widerwillig zu und wählte einen anderen Ofanim, um sicherzustellen, dass sein Kind demselben Chor angehören würde. Meine Mutter, Dina, war eine sehr angesehene Prophetin, aber sie empfand keine Liebe für meinen Vater und hatte keinen Wunsch, ein Kind aufzuziehen. Sie tat es aus Pflichtgefühl und als Teil ihrer Abmachung hat sie mich als kleines Kind an Uriel abgegeben, damit ich von ihm aufgezogen werde. Ich habe sie nur ein paar Mal gesehen, seit sie gegangen ist.

So entstanden die Prinzen – fünf männliche Kinder, gezeugt von den Erzengeln. Azraels Sohn Ekariel war der erste, aber er wurde im Kindesalter getötet, vermutlich von Dämonen, aber das kann niemand bestätigen. Marcus und ich waren die nächsten, gefolgt von Callan und Jonah, die nicht nur von einem, sondern von zwei Erzengeln gezeugt wurden, was zur Folge hat, dass die gesamte Engelsgemeinschaft hohe Erwartungen an sie stellt. Das ist ein Grund, warum es ein noch größerer Schock war, als Jonah verschwand. Natürlich ist er nicht wirklich verschwunden – einige von uns wissen, wohin er gegangen ist. Aber er hätte schon längst zurück sein müssen und es ist beunruhigend, dass wir nichts von ihm gehört haben.

Ich denke über Jonah und unser Versprechen an ihn nach, als ich den Studentenshop betrete, was eigentlich eine falsche Bezeichnung dafür ist, da hier nichts Geld kostet. Ich muss noch meine Bücher für mein zweites Jahr an der Seraphim Akademie abholen und als ich eintrete, sieht es so aus, als ob es vielen anderen Schülern genau so geht. Der Laden ist gefüllt mit Büchern, Sportkleidung und allem, was wir sonst noch für den Unterricht brauchen könnten. Man bekommt hier auch einige Snacks und Dinge für unsere Wohneinheiten, wie Bettwäsche, Handtücher und so weiter. Außerdem gibt es ein paar Kleidungsstücke, von wichtigen Dingen wie Unterwäsche für den Notfall bis hin zu Sweatshirts mit dem Logo der Seraphim Akademie darauf. Alles im Shop wird von der Schule kostenlos zur Verfügung gestellt, allerdings wird von den Schülern erwartet, dass sie nur das mitnehmen, was sie auch wirklich brauchen. Wenn jemand dabei erwischt wird, dass er zu verschwenderisch oder gierig ist, können ihm seine Zugangsrechte zum Studentenshop und der Cafeteria entzogen werden. Das hat eine abschreckende Wirkung, denn niemand möchte derjenige sein, der keine Mahlzeit mehr bekommt oder etwas von seinem eigenen Geld kaufen muss. Die Gemeinschaft der Engel ist klein und eng verbunden und die potenzielle Schande schüchtert die Leute ein.

Ich steuere auf die Bücherabteilung zu, nehme das für Menschenkunde und als ich mich umdrehe, sehe ich das halbmenschliche Mädchen den Gang entlanggehen, während sie auf einen Zettel schaut. Es ist unmöglich, ihr aus dem Weg zu gehen.

Olivia bleibt neben mir stehen und schnappt sich das Lehrbuch für Dämonenkunde aus dem Regal. Sie legt den Kopf schief. „Verfolgst du mich etwa?"

„Wohl kaum. Ich muss auch Bücher besorgen, wie jeder andere Student auch."

„Aber du bist nicht wie jeder andere Student, oder?"

„Was soll das denn heißen?"

Sie zuckt leicht mit den Achseln und lenkt damit meinen Blick auf ihre nackten Schultern und ihre geschmeidige Haut. „Mir wurde erzählt, dass du gewisse Privilegien genießt, wie deinen eigenen privaten Aufenthaltsraum im Glockenturm. Ich bin sicher, es gibt auch noch andere Dinge, von denen ich nichts weiß."

„Du hast keine Ahnung, wovon du redest." Meine Stimme ist noch kälter als sonst, aber sie reagiert überhaupt nicht. Jeder andere Student der Schule würde bei dem Blick, den ich ihr zuwerfe, die Flucht ergreifen, aber sie scheint immun gegen meine Einschüchterungsversuche zu sein.

„Warum belehrst du mich dann nicht? Oder ist es das, was

du während unserer Sitzungen tun wirst?" Ihre dunklen Augenbrauen heben sich und ihre Worte klingen schmutzig, obwohl das vielleicht nur an ihrer Stimme liegt. Alles, was sie sagt, klingt sinnlich. Die Frau trieft vor Sexappeal und obwohl sie so gar nicht mein Typ ist, ist es unmöglich, das nicht zu bemerken.

Ich sehe sie finster an. „In unseren Sitzungen werde ich dich studieren, um herauszufinden, welchem Chor du angehörst. Mehr nicht. Mit etwas Glück werden wir deine Kräfte schnell aufdecken, sodass ich nicht noch mehr Zeit mit dir verschwenden muss."

Sie zuckt mit den Schultern. „Wie du willst."

Sie dreht sich um und geht zum nächsten Regal, um ein weiteres Buch zu suchen. Als sie es in die Hand nimmt, starre ich sie an und versuche, etwas, irgendetwas, über ihren Chor zu erkennen. Die Chöre der meisten Leute sind offensichtlich. Ihre Mitbewohnerin zum Beispiel hat eine Aura, die einem ins Gesicht schreit, dass sie eine Heilerin ist, eine Malakim. Die Walküren sind auch ganz offensichtlich Kriegerinnen, Erelim, und wurden praktisch mit brennendem Licht an ihren Fingerspitzen geboren. Aber dieser Halbmensch ist mir ein Rätsel. Ich kann ihre Aura überhaupt nicht lesen, was mich beunruhigt. Ich habe noch nie jemanden wie sie getroffen. Liegt es an ihrer menschlichen Seite? Vielleicht hat sie gar keine Kräfte. Ich muss ein paar Nachforschungen über andere Halbmenschen anstellen, um genauer einschätzen zu können, was mich erwartet.

Ich freue mich nicht auf die Sitzungen mit Olivia, aber es wird mir eine Chance geben, sie besser analysieren zu können. Callan will das Mädchen so schnell wie möglich loswerden und es ist ihm egal, was er tun muss, um dieses Ziel zu erreichen. Er war schon immer der Typ, der sich etwas in den Kopf setzt und es durchzieht, egal, wen er dafür aus dem Weg schubsen muss. Marcus hingegen denkt, wir sollten sie kennenlernen, um etwas über ihre Verbindung zu Jonah zu erfahren. Aber Marcus denkt immer mit seinem Schwanz und es ist klar, dass er dieses Mädchen auch ficken will. Er ist schließlich nicht gerade wählerisch.

Und ich? Meine Augen verengen sich, als Olivia davon schlendert, ihre Hüften verführerisch schwingend, während sie sich ein paar Sportklamotten in ihrer Größe schnappt. Ich will sie studieren, bis ich ihre Geheimnisse aufgedeckt habe. Ich werde jede Fassade einreißen, hinter der sie sich versteckt, bis ihre Vergangenheit offengelegt ist und all ihre Wahrheiten unverhüllt zum Vorschein kommen. Dann werde ich wissen, was wir mit ihr machen sollten.

13

OLIVIA

Am nächsten Morgen wache ich mit einem mulmigen Gefühl im Magen auf. Der Unterricht beginnt heute und allein bei dem Gedanken an meinen Kurs in Engelsgeschichte dreht sich mir der Magen um. Es gibt nichts, was ich dagegen tun kann, außer die Akademie zu verlassen, was definitiv nicht passieren wird. Ich muss einfach hoffen, dass Professor Kassiel mich nicht erkennt. Es sind schon vier Monate vergangen. Vielleicht hat er mich völlig vergessen. Das bezweifle ich zwar, aber ich weiß nicht, was ich sonst tun soll. Wenn er auf diese Nacht zu sprechen kommt, werde ich alles abstreiten – allerdings kann ich mir nicht vorstellen, dass er möchte, dass der Direktor erfährt, dass er mit einer Schülerin geschlafen hat, schon gar nicht, wenn er gerade erst hier angefangen hat.

Ich brauche eine Weile, um mich fertig zu machen, weil ich um Araceli herum arbeiten muss. Ich habe seit ich achtzehn wurde und nicht mehr bei Pflegeeltern untergebracht war, nicht mehr mit einer anderen Person zusammengewohnt und ich habe ganz vergessen, wie nervig es ist, sich ein Bad zu teilen. Dämonen bekommen ihre Kräfte mit achtzehn und wenn man ständig einen neuen Typen oder ein neues Mädchen im Bett hat, ist es einfach viel bequemer, alleine zu leben. Andererseits ist es auch viel weniger einsam, mit Araceli in der Nähe, aber sie ist auch verdammt schwer zu ignorieren. Sie singt ständig vor sich hin, tanzt in der Wohnung herum und füllt den ganzen Ort mit ihrer Präsenz. Ich kann mir vorstellen, dass das schnell nervig wird, vor allem weil Engel generell Morgenmenschen sind und ich es definitiv nicht bin, aber im Moment finde ich es irgendwie charmant.

Ich kippe eine Unmenge Kaffee herunter, wir essen schnell etwas in der Cafeteria und gehen dann zu unserem ersten Kurs, dem Kampftraining. Araceli und ich tragen beide unsere Sportklamotten, die aus einem weißen T-Shirt mit dem Logo der Seraphim Akademie und einer taubengrauen Shorts bestehen. Araceli hüpft förmlich, als wir in die Turnhalle gehen, während das morgendliche Sonnenlicht auf ihre Haut scheint und sie ein wenig zum Glühen bringt. Sie trägt ihre braunen und lila Haare zurückgebunden und ich kann die leicht zugespitzten Ohren ihrer Feenherkunft sehen. Sie verspürt wohl nicht das Bedürfnis, diese Seite von sich zu verstecken, was ich bewundere.

„Ich kann das Kampftraining kaum erwarten", sagt sie. „Meine Mutter hat mir zwar ein bisschen was beigebracht, aber sie ist eine Heilerin und keine Kämpferin, deshalb sind ihre Fähigkeiten ein bisschen eingerostet."

Während wir weiterlaufen, binde ich mein Haar zu einem schnellen, unordentlichen Dutt zusammen. Die Morgensonne wärmt meinen Nacken und meine Engelshälfte nimmt sie in sich auf. „Du wirst dich besser schlagen als ich. Meine Fähigkeiten sind nicht existent."

„Die Menschen haben dir keine Form des Kampfes beigebracht?"

„Nicht wirklich. Ich habe mal einen Selbstverteidigungskurs gemacht, aber irgendwie glaube ich nicht, dass das die Art von Kampf ist, die wir jetzt praktizieren werden."

„Wahrscheinlich nicht. Professorin Hilda ist eine Walküre und ein ehemaliges Mitglied der Engelsarmee. Ich habe gehört, sie ist knallhart."

„Was genau sind die Walküren?", frage ich. „Alle reden über sie, als wären sie eine große Sache, aber alles, was ich über sie weiß, stammt aus der Mythologie. Ich hätte nie gedacht, dass es sie wirklich gibt."

„Walküren bilden eine Division der Engelsarmee mit ausschließlich weiblichen Kriegern, die für ihre Kampffähigkeiten bekannt sind und dafür, dass es fast unmöglich ist, sie zu töten. Sie dienten einst direkt unter Erzengel Michael, jedenfalls vor seinem Tod. Jetzt dienen sie wohl unter Michaels Nachfolger, Zadkiel. Und apropos Zadkiel, wie ich sehe, ist Tanwen auch in unserer Klasse."

Ich stöhne beim Anblick des blonden Mädchens, das vor uns in die Turnhalle geht. „Das hat mir gerade noch gefehlt. Sie wird mich sicher noch oft daran erinnern, dass ich dank meiner menschlichen Hälfte nicht hierhergehöre."

Araceli hält mir die Tür auf. „Tanwen ist ein totales Miststück, aber um fair zu sein, hat sie einen besseren Grund als die meisten, Menschen zu hassen. Ihre Mutter war die Anführerin der Walküren, aber sie wurde von menschlichen Jägern getötet, als Tanwen noch ein Kind war. Das sind Leute, die nach jeder Art von Übernatürlichem suchen und es auslöschen."

„Ich wusste nicht, dass es Menschen gibt, die so etwas tun. Aber das bedeutet nicht, dass sie alle Menschen hassen sollte."

„Nein, das ist richtig. Ich glaube, es macht ihr einfach Spaß, das gemeinste Mädchen hier zu sein und sie wird alles, was dich anders oder in ihren Augen minderwertiger macht, gegen dich verwenden, um dich zu schikanieren. Ich kenne sie schon mein Leben lang und bin ziemlich gut darin geworden, ihr aus dem Weg zu gehen oder sie zu ignorieren. Leider ist ihr Vater Zadkiel und jetzt, wo er den freien Platz im Erzengelrat eingenommen hat, wird sie unerträglich sein. Sie ist die einzige Tochter der Erzengel, auch wenn ihr Vater keiner war, als sie geboren wurde."

Außer, dass sie nicht die Einzige ist und mein Vater schon immer ein Erzengel gewesen ist. Aber dieses kleine Geheimnis behalte ich für mich.

Wir betreten die Turnhalle, die aussieht wie jede andere Turnhalle sämtlicher Schulen, die ich je besucht habe, abgesehen von den altmodischen Waffen, an der einen Wand und den Rüstungen an der anderen. Professorin Hilda steht mit verschränkten Armen in der Mitte des Raumes und beobachtet die hereinströmenden Studenten. Sie ist eine große Frau, gebaut wie ein Wikinger mit breiten Schultern und breiten Hüften und hat kurzgeschorenes, weiß-blondes Haar.

Die Schüler stehen herum und unterhalten sich und Araceli und ich machen uns auf den Weg zur hinteren Wand, um auf den Beginn des Unterrichts zu warten. In diesem Moment betritt ein Engel, den ich nicht erwartet hätte, hier zu sehen, den Raum. Callan sieht nicht aus, als gehöre er in einen Kampftrainingskurs für Anfänger. Nein, er sieht eher so aus, als sollte er draußen auf einem Schlachtfeld stehen, ein Breitschwert schwingen und seinen Feind zur Strecke bringen. Vielleicht geht er deshalb zu Hilda und beginnt, sich leise mit ihr zu unterhalten.

Ich stupse Araceli an und deute mit einem Nicken auf Callan. „Was macht der denn hier?"

„Ich bin mir nicht sicher. Er sollte im Kurs des zweiten Jahres sein, nicht in diesem."

Ein gutaussehender Typ mit dunkler Haut und freundlichen Augen, der vor uns steht, dreht sich um und grinst. „Ich habe gehört, dass er im Kämpfen so weit fortgeschritten ist, dass er sogar den Kurs des dritten Jahres überspringen konnte. Vermutlich dank des vielen Trainings mit Michael. Aber er muss irgendetwas tun, also assistiert er Hilda während des Kampfunterrichts."

Na, das ist ja großartig. Jetzt kann ich ihm nicht mehr entkommen. Da die Prinzen alle im zweiten Jahr sind, dachte ich, dass wir keine gemeinsamen Kurse hätten, aber egal wo ich hingehe oder was ich tue, einer von ihnen scheint immer vor meiner Nase herumzuhängen. Aber hey, wenigstens habe ich die Chance, Callan in diesem Kurs zu vermöbeln. Okay, wem mache ich hier etwas vor? Bei diesen Muskeln an seinen Armen und dem Sixpack, das sich unter seinem Sporthemd abzeichnet. Sogar seine Oberschenkel sind beeindruckend, soweit ich das unter den Shorts erkennen kann. Ich habe nicht die geringste Chance, ihn zu verprügeln. Selbst wenn ich es schaffe, einen Schlag zu landen, wird er wahrscheinlich darüber lachen.

Hilda klatscht in die Hände und als sie sich zu Wort meldet, hat sie einen starken Akzent, der deutsch klingt. „Willkommen zum Kampftraining, Erstsemester. Ich bin Professorin Hilda und das ist mein Assistent, Callan. Wir überspringen den Teil, in dem ich meinen Werdegang erläutere und erkläre, warum ich qualifiziert bin, diesen Kurs zu unterrichten, und kommen gleich zur Sache. Sie sind hier, um kämpfen zu lernen, denn auch wenn der Große Krieg vorbei ist, werden wir nie völlig in Sicherheit sein. Wir müssen uns immer noch gegen Dämonen verteidigen und die Menschen werden immer wagemutiger und versuchen, uns zu jagen. Und wer weiß, vielleicht beschließen die Feen eines Tages, dass sie als nächstes die Erde erobern wollen. Wir müssen stets wachsam sein." Sie schlägt mit der Faust in die Hand und einige der Schüler zucken zusammen. Ja, das ist definitiv viel intensiver als mein Selbstverteidigungskurs.

„Zuerst muss ich sehen, womit wir hier arbeiten", erklärt Professorin Hilda. „Einige von Ihnen hatten bereits etwas Kampftraining und einige Ihrer Eltern haben diesen wichtigen Teil Ihrer Ausbildung sträflich vernachlässigt, aber keine Sorge, in den nächsten drei Jahren werde ich Sie alle auf den aktuellen Stand bringen. Nach Abschluss der Ausbildung wird jeder von Ihnen in der Lage sein, in die Engelsarmee einzutreten, wenn Sie sich dazu entschließen sollten. Das verspreche ich."

Callan verschränkt seine Arme und mustert die Schüler mit einem teilnahmslosen, starren Gesichtsausdruck. Als seine blauen Augen auf mir landen, verkrampft sich sein Kiefer. Ich warte darauf, dass er wegschaut, aber er tut es nicht. Er starrt einfach weiter, und auch ich weigere mich, den Blick abzuwenden und verenge stattdessen meine Augen in einer unverhohlenen Herausforderung. Hitze breitet sich in meinem Inneren aus, während wir uns in der Turnhalle gegenüberstehen und alles andere um mich herum verblasst. Es gibt nur noch mich und ihn und die Erregung, die zwischen uns wächst. Das Starren verwandelt sich von feindselig zu etwas anderem, etwas, das meinen inneren Sukkubus hungrig macht. Fühlt er es auch?

Ich kann nicht anders, ich lecke mir über die Lippen. Erst dann runzelt er die Stirn und schaut weg. Dieser Punkt geht an mich.

„Wenn ich Ihren Namen aufrufe, treten Sie bitte vor, Sie bekommen dann einen Partner zugewiesen", sagt Hilda. Sie beginnt, ihre Liste durchzugehen und Araceli wird mit dem freundlichen Kerl vor uns, der Darel heißt, gepaart. Er schenkt ihr ein breites Lächeln und scheint ein ganz netter Kerl zu sein, was bislang eine Seltenheit an dieser Uni zu sein scheint.

Als Araceli nach vorne geht, murmelt jemand: „Ich bin froh, dass ich nicht mit dem Spitzohr da zusammengesteckt wurde."

Aracelis Lächeln verblasst und sie berührt verlegen die Haare an ihren Ohren, aber dann macht sie weiter, als hätten wir alle diesen Satz nicht gehört. Ich ertappe mich dabei, wie ich mich für sie ärgere, obwohl ich sie kaum kenne. Vielleicht, weil ich nachempfinden kann, was sie gerade durchmacht. Ich werfe der Walküre, die das gesagt hat, einen finsteren Blick zu, aber sie ignoriert mich.

Hilda ruft Tanwens Namen auf und die Blondine schlendert mit einem arroganten Grinsen nach vorne. Als Tochter einer Walküre hat sie offensichtlich eine Menge Kampferfahrung und kann es nicht erwarten, diese zur Schau zu stellen.

„Ihre Partnerin ist Olivia", ruft Hilda.

Mir wird ganz flau im Magen. Ernsthaft, Tanwen und ich als Partner. Hat Hilda das mit Absicht gemacht? Sie muss Tanwen kennen und sie muss über meine Situation im Bilde sein. Warum sollte sie uns einander zuteilen, wenn nicht, um mich zu demütigen?

Sobald die ganze Klasse paarweise eingeteilt ist, tritt Hilda an die Seite und verschränkt die Arme. „Versuchen Sie, Ihren Gegner so gut es geht zu Fall zu bringen, damit ich sehen kann, womit ich es hier zu tun habe. Sobald sie auf dem Boden sind, ist es vorbei. Und denken Sie daran, Sie dürfen keine Ihrer Engelskräfte einsetzen. Das gilt auch für Sie, Erelim. Ich möchte niemanden in den Heilungsraum schicken müssen."

Wir verteilen uns im Raum und ich trete Tanwen gegenüber, deren blaue Augen mich mit Verachtung mustern. Meine Eltern haben mich ein klein wenig im Kampf ausgebildet, aber nicht sonderlich intensiv. Gerade genug, um mich aus einer brenzligen Situation zu befreien, damit ich fliehen und mich verstecken kann. Ich habe das Gefühl, dass das hier nicht ausreichen wird.

Ein Pfiff ertönt und ich lande mit dem Rücken auf dem Boden der Turnhalle, während Tanwens hübsches Gesicht auf mich herabblickt. Es geht so schnell, dass ich nicht einmal Zeit habe, zu reagieren.

Das verheißt nichts Gutes für mich.

Während mir Schmerzen durch den Rücken fahren, schüttelt Tanwen den Kopf. „Das war nicht einmal eine Herausforderung. Das kannst du doch sicher besser."

Ich erhebe mich schwerfällig vom Boden, da mir bereits alles weh tut. Gut, dass Engel und Dämonen schnell heilen, obwohl es immer noch höllisch schmerzt, wenn wir den Hintern versohlt bekommen.

Und das passiert mir, immer und immer wieder. Tanwen ist brutal und mich zu besiegen ist nicht einmal eine Herausforderung für sie. Währenddessen kichern Araceli und Darel, während sie sich auf der Matte wälzen und ich muss nicht einmal ein Sukkubus sein, um die Lust zwischen ihnen zu spüren. Ich versuche, nicht zu schmollen, aber warum konnte ich nicht mit einem heißen Kerl gepaart werden, anstatt einer Walküre als Boxsack zu dienen?

Callan kommt zu uns herüber, als ich gerade wieder auf dem Boden aufschlage, dieses Mal durch einen Tritt, der mir die Füße unter dem Hintern wegfegt. Diesmal lande ich auf der Seite und Tanwen schüttelt nur den Kopf.

„Ich sehe, dass du den Halbmenschen auf die Probe stellst", sagt Callan, während er mich überragt. Aus diesem Winkel habe ich zumindest einen schönen Blick auf seine sehr strammen Beine.

„Natürlich tue ich das", sagt Tanwen und wirft ihren Pferdeschwanz zurück. „Wie soll sie es sonst lernen?"

„Stimmt, obwohl ich mir nicht sicher bin, ob sie deine Schläge einstecken kann", sagt Callan.

Tanwen zuckt mit den Schultern. „Ich versuche nicht, ihr Kampffähigkeiten beizubringen. Ich versuche, ihr zu zeigen, dass sie nicht hierhergehört."

Ich rappele mich wieder auf. „Das sagen sie mir alle ständig, aber ich bin immer noch hier."

„Es ist ja auch erst der erste Tag", sagt Callan. „Es wäre ein Wunder, wenn du die Woche überleben würdest."

Falls ich dachte, dass Callan mir in seiner Rolle als Assistent helfen würde, habe ich mich wohl gewaltig getäuscht. Er dreht sich wieder zu Tanwen und nickt.

„Beeindruckende Leistung. Ich kann sehen, dass du fleißig trainierst."

„Immer", schnurrt sie praktisch. Sie schenkt ihm ein kokettes Lächeln und einen Fick-mich-Blick. „Wie geht's dir denn so? Es ist schon viel zu lange her, dass wir uns gesehen haben. Wir sollten mal wieder essen gehen. Jetzt, wo ich hier studiere, können wir uns mal wieder auf den neuesten Stand bringen."

„Das wäre schön", sagt er, aber dann sieht er mich an und ich erkenne, dass er sie nicht so sehr will, wie sie ihn will. Nein, so sehr er es auch leugnen mag, seine Lust gilt mir und nicht ihr. Es reicht aus, um meine Verletzungen zu heilen und mir den Schmerz zu nehmen und ich dehne meine Arme und meinen Hals voller Erleichterung.

Er geht weg und Tanwen grinst mich an wie eine Katze, die gerade eine Maus gefangen hat. „Bereit für einen weiteren Versuch? Da ich so gut gelaunt bin, lasse ich dich vielleicht sogar einen Schlag austeilen."

Spoiler-Alarm: Das tut sie nicht.

14

OLIVIA

Es gibt eine kurze Pause, damit wir uns ausruhen und unsere Wunden lecken können, dann ist es Zeit für den nächsten Kurs, und zwar Flugunterricht. Wir bleiben in denselben Sportuniformen, gehen aber nach draußen an den See und ich bin so erschöpft von Tanwens Schlägen, dass ich nicht mal groß so tun muss, als wüsste ich nicht, wie man fliegt. Dieser erste Tag ist in erster Linie eine Einführung in die Grundidee des Fliegens, bei der der Professor sicherstellt, dass wir alle wissen, wie wir unsere Flügel ohne Probleme aus- und einfahren können. Der größte Teil des Kurses hat kein Problem damit, obwohl ich eine gute Show hinlege, indem ich vorgebe, dass ich Schwierigkeiten habe, woraufhin Tanwen die Augen verdreht und ihren Freundinnen etwas über mich zuflüstert. Ich ignoriere ihre gehässigen Blicke. Ich will, dass mich jeder unterschätzt, auch wenn es manchmal frustrierend ist. Wenigstens ist keiner der Prinzen in diesem Kurs.

Nach dem Ende des Flugunterrichts haben wir eine längere Pause, um zu Mittag zu essen und ich ziehe mir nach dem Duschen frische Kleidung an. Ich esse ein Sandwich, trinke einen Kaffee aus meinem *Ich bin ein verdammter Engel* Becher und mache mich dann auf den Weg zur Dämonenkunde.

Dieser Kurs findet im zweiten Stock des Hauptgebäudes statt und als ich das große, gotische, kirchenähnliche Gebäude betrete, kann ich meinen ersten Tag hier nicht vergessen, als die Prinzen vom Glockenturm auf mich herabstürzten. Diesmal tut das keiner von ihnen, vermutlich liegt es daran, dass sie alle im Unterricht sind, was eine Erleichterung ist.

Ich bemerke die Blicke und das Geflüster, als ich die Treppe hinaufsteige und frage mich, wie lange das wohl andauern wird. Ich halte meinen Kopf hoch erhoben, während ich über den weißen Steinboden spaziere, aber als ich den Raum betrete, bleibe ich stehen – weil Marcus dort drinnen ist und an einem der Tische sitzt. Und das Schlimmste ist, dass der einzige freie Platz direkt hinter ihm ist. So viel dazu, die Prinzen zu meiden.

Ich weigere mich, mich von ihnen einschüchtern zu lassen, also gehe ich mit gespielter Souveränität auf den Schreibtisch zu, auch wenn ich innerlich etwas strauchle. Ich erinnere mich daran, dass ich Informationen von ihnen brauche, also ist es vielleicht doch nicht so schlimm, sie in meinen Kursen zu haben, außerdem scheint Marcus der toleranteste von ihnen zu sein. Er nickt mir kurz zu, als ich an ihm vorbeigehe, was ich ignoriere. Sein dunkles Haar ist heute besonders wild und als ich hinter ihm sitze, kann ich nicht anders, als zu bemerken, wie üppig und voll es aussieht. Er hat Haare, um die ihn jedes Mädchen beneiden würde. Oder davon träumt, mit ihren Fingern hindurchzufahren. Nicht, dass ich das tun würde. Überhaupt nicht.

Der Professor kommt herein, er trägt eine Fliege mit winzigen Blitzen, die mich an Harry Potter erinnert. Dazu trägt er einen adretten kleinen, cremefarbenen Anzug und es würde mich nicht wundern, wenn seine Flügel die gleiche Farbe hätten.

Er hat ein freundliches Lächeln und hellblaue Augen, mit graumelierten Haaren.

„Willkommen zur Dämonenkunde", sagt er. „Ich nehme zumindest an, dass Sie alle für Dämonenkunde hier sind. Wenn nicht, dann sollten Sie sich beeilen, zu Ihrem eigentlichen Kurs zu kommen, bevor es zu spät ist. Schließlich wollen Sie doch an Ihrem ersten Unterrichtstag nicht direkt zu spät kommen!" Er klatscht in die Hände. „Nun, da wir alle am richtigen Ort sind, würde ich gerne ein wenig darüber sprechen, was Sie hier erwarten können. Dies ist einer der wenigen Kurse, in dem Studenten aus allen drei Jahrgängen zusammenkommen, genau wie in den anderen Kursen der Übernatürlichen Wissenschaften. Einige von Ihnen kenne ich bereits aus dem letztjährigen Kurs der Feenkunde und es ist schön, Sie wiederzusehen." Er winkt ein wenig. „Für den Rest von Ihnen, ich bin Professor Raziel und es ist mir eine Freude, Sie alle kennenzulernen. Ich kann es kaum erwarten, Ihnen etwas über Dämonen, unsere ältesten Feinde, beizubringen." Er lässt es so klingen, als würde er darüber sprechen, wie man einen Kuchen backt und nicht über die Bewohner der Hölle, die die Engel seit Tausenden von Jahren bekämpfen.

Marcus flüstert beiläufig über seine Schulter: „Übermäßig fröhlich, nicht wahr?" Er schenkt mir ein rasches Grinsen und dreht sich dann wieder um. Falls Raziel ihn bemerkt oder hört, reagiert er nicht darauf. Ich wette, die Prinzen kommen auch im Unterricht mit allen möglichen Dingen durch.

„Dieses Jahr werden wir alles über die verschiedenen Arten von Dämonen lernen, denn genau wie bei den Engeln gibt es viele verschiedene Arten. Tatsächlich gibt es sogar sieben Arten, die mit den berüchtigten Sieben Todsünden übereinstimmen. Ich bin mir sicher, dass Sie alle schon einmal davon gehört haben und vielleicht haben Sie von Ihren Eltern oder von anderen Engeln, die Sie kennen, Dinge über Dämonen gehört, aber in diesem Kurs werden wir versuchen, uns an Fakten zu halten, anstelle von Stereotypen oder Meinungen. Einiges von dem, was Sie zuvor gelernt haben, könnte falsch sein, also möchte ich, dass Sie gegenüber allem aufgeschlossen bleiben. Dämonen sind nicht mehr unsere Feinde, nicht so wie früher. Seit den Erden-Abkommen haben wir einen unruhigen Waffenstillstand mit ihnen und es ist wichtig, mehr über sie zu lernen, damit wir sie besser verstehen können."

„Und damit wir sie besiegen können, wenn sie den Waffenstillstand brechen", sagt Blake, dieser Idiot, der mir meinen Wohnheimschlüssel gegeben hat.

Raziel sieht verwirrt aus, aber er nickt schnell. „Ja, ja, natürlich, wir müssen darauf vorbereitet sein, sie zu bekämpfen, falls es dazu kommen sollte. Wie ich schon sagte, werden wir die verschiedenen Arten von Dämonen durchgehen, von Kobolden bis hin zu den Gefallenen, und alles dazwischen."

„Und Sukkubi, richtig?", fragt ein Typ, der neben Blake sitzt.

Es stellen sich mir die Nackenhaare auf und ich mache mir Sorgen, dass vielleicht jemand hier etwas weiß, aber der Typ, der gefragt hat, grinst nur und stupst Blake an, als hätte er etwas Lustiges gesagt und mir wird schnell klar, dass es daran liegt, dass er ein geiler Bock ist, der einfach nur über Sex-Dämonen sprechen will.

„Ja, wir werden später über die zwei verschiedenen Arten von Lilim sprechen." Raziel stößt einen verärgerten Seufzer aus, als hätte er diese Frage schon ein Dutzend Mal gehört. „Aber zuerst wollen wir besprechen, inwiefern sich Engel und Dämonen ähneln und unterscheiden. Wie Engel haben Dämonen eine begrenzte Unsterblichkeit, was bedeutet, dass sie ab einem bestimmten Punkt nicht mehr altern, aber sie können immer noch getötet werden. Sie sind auch stärker und schneller als Menschen und heilen schneller als diese, genau wie wir. Eine weitere Ähnlichkeit? Aufgrund ihrer Unsterblichkeit fiel es ihnen in der Hölle schwer, Kinder zu bekommen, so wie uns im Himmel, aber auf der Erde ist es für uns alle viel einfacher, uns fortzupflanzen. Niemand ist sich ganz sicher, warum, aber es bedeutet, dass es seit dem Erden-Abkommen einen Boom in der Engel- und Dämonenpopulation gibt."

Er fährt fort, aber ich blende ihn aus und ertappe mich dabei, wie ich stattdessen auf Marcus' Rücken starre. Der Mann ist viel heißer, als gut für ihn ist, und er weiß es genau. Man merkt es an seinem Lächeln, als wäre ihm sein ganzes Leben lang alles leicht gefallen und als würde er einfach erwarten, dass man ihn anbetet. Er dreht sich um und schenkt mir dieses verträumte Lächeln, woraufhin ich ihm einen finsteren Blick zuwerfe, auch wenn mein Herz ein wenig schneller schlägt. Verdammtes Sukkubusblut.

Ich versuche, mich auf das zu konzentrieren, was Raziel sagt, aber es ist schwierig. Als Marcus sich mit der Hand durch die Haare fährt, rieche ich einen verführerischen Hauch von Sandelholz und mein Hunger erwacht. Ich beiße auf meinen Stift und konzentriere mich stärker auf den Unterricht.

„Nun, lassen Sie uns über die Unterschiede sprechen", sagt Raziel. „Während Engel ihre Kräfte mit einundzwanzig bekommen, bekommen Dämonen ihre Kräfte früher, bereits mit achtzehn."

Bis jetzt war alles, was er gesagt hat, wahr. Ich kann nur hoffen, dass sein Unterricht fair und fundiert sein wird und auf echtem Fachwissen beruht. Und hey, zumindest diesen Kurs sollte ich locker bestehen, oder?

Vorausgesetzt, ich lasse mich nicht zu sehr von Marcus ablenken.

15

OLIVIA

Als Nächstes steht die Vorlesung auf dem Stundenplan, die ich am meisten gefürchtet habe: Engelsgeschichte. Sie findet ebenfalls im Hauptgebäude statt, aber im dritten Stock und während ich den langen Flur entlanggehe, habe ich das Gefühl, direkt in mein Verderben zu marschieren. Ich überlege, wie ich mich vor diesem Kurs drücken kann, aber wenn ich verrate, dass ich mich sowohl in der Geschichte der Engel als auch der Dämonen gut auskenne, ruiniere ich meine Tarnung und enthülle, was ich bin. Ich muss meine ahnungslose Halbmensch-Nummer aufrechterhalten und dazu brauche ich diesen Kurs.

Professor Kassiel ist bereits im Klassenzimmer und sitzt an seinem Eckschreibtisch mit einem Buch in der Hand, blickt aber nicht auf, als ich eintrete. Ich atme erleichtert auf und halte mich an der Wand, während ich mit gesenktem Kopf möglichst unauffällig in den hinteren Teil des Raumes eile. Ich finde einen Platz ganz hinten hinter einem großen Engel und lasse mich auf meinem Stuhl nieder. So weit, so gut. Jetzt muss ich nur noch die nächsten paar Monate überstehen, ohne dass er mich bemerkt.

Unwahrscheinlich.

Weitere Studienanfänger strömen in den Unterricht und ich sehe ein paar bekannte Gesichter aus meinen anderen Kursen, aber niemanden, den ich beim Namen kenne. Ich bin traurig, dass Araceli in einem anderen Kurs für Engelsgeschichte ist, nicht aber, dass Tanwen nicht hier ist.

Als die Uhr zur vollen Stunde schlägt, erhebt sich Kassiel von seinem Schreibtisch und begibt sich in die Mitte des Raumes. Er trägt einen weiteren tadellosen, perfekt geschneiderten Anzug, der offensichtlich ein Vermögen gekostet hat und ich kann meinen Blick nicht von ihm abwenden.

„Mein Name ist Professor Kassiel und ich unterrichte Sie dieses Jahr in Engelsgeschichte 101. Wir werden die Grundlagen behandeln und auch wenn einige von Ihnen denken, dass Sie diese Dinge schon wissen, werden Sie überrascht sein, was Sie lernen, wenn wir erst einmal ins Details gehen."

Seine Stimme ist genau so sinnlich, wie ich sie in Erinnerung habe, mit dem melodischen britischen Akzent und es ist unmöglich, nicht in seine auffallend grünen Augen zu starren. Ich bin nicht die Einzige, der das auffällt. Das Verlangen, das in der Luft liegt, ist spürbar und ich rutsche unbehaglich auf meinem Sitz hin und her, weil ich plötzlich Appetit habe – aber nicht auf Essen. Ich wusste, dass es ein Problem sein könnte, ein Sukkubus an einer Engelsschule zu sein, aber bis jetzt war mir nicht klar, wie schwer es werden könnte. Ich wette, die Lilim an der Hellspawn Akademie haben dieses Problem nicht.

Kassiel verschränkt seine Hände hinter dem Rücken, während er vor der Klasse auf und ab schreitet. „Geschichte ist wichtig, um zu wissen, wo wir herkommen und um aus der Vergangenheit zu lernen, damit wir sie nicht wiederholen. Wenn wir nicht wissen, was wir getan haben, werden wir nicht wissen, wie wir es in Zukunft besser machen können. Sie verschafft auch

Einblick in die Gegenwart und warum die Welt so ist, wie sie im Moment ist."

Ich kann mich kaum auf das konzentrieren, was er sagt. Alles, woran ich denken kann, ist, wie er schmeckt und sich unter meinen Händen anfühlt. Ich schlage die Beine übereinander und bewege mich unruhig auf meinem Platz, während ich versuche, das wachsende Pochen zwischen meinen Beinen zu ignorieren.

„Fangen wir mit einem kurzen Überblick an, denn mir wurde gesagt, dass mindestens eine Person in dieser Klasse in der menschlichen Welt aufgewachsen ist."

Oh, verdammt. Das wäre dann ich. Ich sinke ein wenig tiefer in meinem Sitz, auch als die Leute mich anstarren und es offensichtlich machen, dass ich diejenige bin, von der er spricht.

Zum Glück redet Kassiel weiter und bemerkt es nicht. „Es gibt vier bekannte Welten – die Erde, den Himmel, die Hölle und das Feenreich Die, in der wir uns befinden, ist offensichtlich die Erde und ist die Welt der Menschen. Die Engel kamen ursprünglich alle aus dem Himmel, während die Dämonen aus der Hölle und die Feen aus dem Feenreich kamen. Vor tausenden von Jahren lernten die Feen, wie man Tore zwischen den Welten öffnet und teilten diese Magie mit Engeln und Dämonen. Diese eine Aktion hatte viele langanhaltende Konsequenzen, einschließlich vieler Kriege und die Feen bereuten es, diese Magie geteilt zu haben – aber das ist wohl eher ein Thema für Ihren Kurs in Feenkunde. Alles was uns vorerst interessiert, ist, dass es Engeln und Dämonen erlaubt hat, die Erde zu besuchen.

Die Engel hielten ihre Tore stark unter Kontrolle, sodass immer nur wenige von ihnen auf einmal auf die Erde kamen und anfangs schickten sie Leute wie Sandalphon und Metatron, die wir in ein paar Wochen im Detail besprechen werden. Andere besuchten später verschiedene Teile der Welt und brachten Wissen aus der zivilisierteren und fortgeschritteneren Gesellschaft des Himmels mit. In der Zwischenzeit begannen auch Dämonen und Feen die Erde zu bevölkern und die Menschen begannen, unsere drei Rassen als Götter zu verehren. Viele Gelehrte haben sich gefragt, warum es in der Mythologie so viele geflügelte Götter und Göttinnen gibt, sowohl gute als auch schlechte – Walküren, Harpyien, Amor, Isis und so weiter. Dabei handelt es sich um Engel, während einige der anderen Götter, wie etwa die halbtierischen wie Horus und Pan, Dämonen sind. Viele der Elementar- und Naturgötter basieren auf den Feen. Wie Sie sehen können, haben Engel, Dämonen und Feen die Welt der Menschen schon seit Beginn der Geschichtsschreibung beeinflusst und darüber werden wir dieses Jahr noch mehr erfahren."

Ich weiß das alles schon, aber es ist faszinierend, es aus seinem Mund zu hören. Die Art, wie er redet, hat etwas an sich, das mich dazu bringt, meine Hand unter mein Kinn zu stützen und ihm stundenlang dabei zuzusehen, wie er über Geschichte redet, auch wenn es nie zu meinen Lieblingsthemen gehörte.

„Die meiste Zeit der Geschichte lebten Engel, Dämonen und Feen in ihren eigenen Welten, mit ein paar Ausnahmen. Die Engel waren immer sehr streng, wen sie auf die Erde reisen ließen und die Tore wurden vom Erzengelrat überwacht. Dämonen hingegen ließen jeden durch, der wollte und viele Dämonen entschieden sich, auf der Erde statt in der Hölle zu leben, wodurch Blutlinien entstanden, die Jahrhunderte zurückreichen. Die Feen besuchen die Erde nur selten und ziehen es vor, in ihrer eigenen Welt zu bleiben – und sie sehen es auch nicht gerne, wenn jemand zu ihnen kommt, besonders nach den Feenkriegen, die wir nächstes Jahr behandeln werden. Dieses Jahr werden wir uns außerdem eingehend mit dem langen Krieg zwischen Engeln und Dämonen beschäftigen, der, wie Sie sicher alle wissen, vor zweiunddreißig Jahren zu Ende ging, als Michael und Luzifer das Erden-Abkommen unterzeichneten. Weiß jemand, warum sie das getan haben?"

Ein Mädchen vorne hebt die Hand und scheint ein wenig aufgeregt zu sein, als er ihr zunickt. „Wir haben so viele Engel verloren, dass der Rat besorgt war, wir könnten ausgelöscht werden."

„Das ist ein Teil des Grundes, ja. Die Dämonen hatten das gleiche Problem. Nach Tausenden von Jahren des Krieges, in denen nur wenige neue Engel und Dämonen pro Jahr geboren wurden, waren beide Rassen vom Aussterben bedroht. Was noch?"

„Himmel und Hölle wurden beide zerstört", ruft ein Typ von rechts.

„Korrekt. Infolge des Krieges lagen beide Welten in Trümmern. Sie waren zu trostlosen Schlachtfeldern geworden, mit leeren Städten und verbrannten Feldern. Sowohl der Erzengelrat als auch die Erzdämonen erkannten, dass unsere Zukunft auf der Erde zu suchen war, um unsere beiden Arten am Leben zu erhalten. Sie riefen zu einem Waffenstillstand auf und nach vielen Wochen der Verhandlungen beendeten sie den Krieg mit der Unterzeichnung des Erden-Abkommens. Michael und Luzifer arbeiteten zusammen und benutzten einen magischen Gegenstand, der von den Feen erschaffen wurde und als Stab der Ewigkeit bekannt ist, um jeden letzten Engel und Dämon auf die Erde zu schicken und Himmel und Hölle für alle Zeit zu versiegeln. Als Teil des Waffenstillstands darf es keine Kämpfe oder Fortpflanzung zwischen Engeln und Dämonen geben und wir müssen unsere Existenz vor der Menschheit geheim halten."

„Aber was ist mit den Dämonenangriffen?", fragt ein anderes Mädchen. „Die passieren immer wieder, trotz des Waffenstillstands."

„Ja und was ist mit Michael?", mischt sich der große Engel vor mir ein.

„Dämonenangriffe gibt es immer noch, aber sie kommen ziemlich selten vor, genauso wie Angriffe von Engeln auf Dämonen ebenfalls ungewöhnlich sind. Wenn sie vorkommen, werden die Täter schnell und entschieden bestraft, damit sie nicht als Beginn eines neuen Krieges oder als Bedrohung des Waffenstillstandes interpretiert werden können. Sowohl die Engel- als auch die Dämonenherrschaft nehmen diese Angriffe sehr ernst. Was Michaels Tod betrifft ...“

Er wendet sich dem Schüler zu, der die Frage gestellt hat, aber dann bleibt sein Blick an mir hängen. Verdammt. Ich war so fasziniert von seinen Worten, dass ich vergaß, mich zu ducken und jetzt ist es zu spät. Er schaut ein zweites Mal hin, seine Worte sind längst vergessen und seine Kinnlade klappt herunter, als sein Blick mich trifft. Alles, was vor vier Monaten passiert ist, liegt offen vor uns und ich weiß, dass er sich an alles erinnert, genauso wie ich es auch getan habe. Jede Hoffnung, dass er mich vergessen hat oder dass ich unbemerkt bleiben könnte, ist verflogen.

Ich kann es in seinen Augen sehen – er weiß, was ich bin.

Er versucht, sich von seinem Schock zu erholen und wendet sich wieder der Tafel zu, aber er starrt sie an, als hätte er völlig vergessen, wo er ist und was er gerade tut. Toll, ich habe unseren Professor kaputt gemacht.

Er schaut mich noch einmal an, während die anderen Studenten sich gegenseitig fragende Blicke zuwerfen und dann fährt er sich mit der Hand über das Gesicht und braucht einen Moment, um sich zu fassen.

„Wie ich schon sagte“, beginnt er. „Michaels Tod ist ein Rätsel und da Luzifer ein Alibi hatte, kann im Moment niemand beweisen, dass es die Dämonen waren, die es getan haben.“

„Blödsinn“, murmelt jemand halblaut.

Kassiel räuspert sich. „Die Ermittlungen laufen noch. Was wir wissen, ist, dass in den letzten zweiunddreißig Jahren beide

Seiten versucht haben, Frieden zu schließen, aber es war nicht immer einfach und auf beiden Seiten wünschen sich viele Leute einen neuen Beginn des Krieges. Alter Hass lässt sich schwer ausrotten, vor allem unter Unsterblichen, die sich seit Tausenden von Jahren gegenseitig bekriegt haben. Aber andere hoffen, dass diese jüngere Generation, die auf der Erde geboren wurde, anders sein wird und lernen kann, sowohl unter Menschen als auch unter Dämonen friedlich zu leben."

Seine Augen richten sich erneut auf mich und als sich unsere Blicke treffen, macht mein Herz einen Sprung. Will er damit sagen, dass er mich nicht verraten wird, oder dass er mich akzeptiert, obwohl ich ein Halbdämon bin? Dass er Dämonen nicht so sehr hasst, wie manche andere vielleicht? Oder interpretiere ich zu viel in seine Worte?

Was ich definitiv nicht überinterpretiere, ist die sexuelle Spannung zwischen uns. Sogar im Klassenzimmer, mit einem Dutzend anderer Schüler um uns herum, ist die Hitze spürbar. Ich weiß, dass er sie auch spüren kann und mein innerer Sukkubus möchte über die Tische springen, ihn gegen die Tafel drücken und meine Beine um ihn schlingen, bis wir beide vor Lust keuchen. Ich wende meinen Blick ab, bevor ich anfange zu sabbern und presse meine Schenkel zusammen. *Nicht jetzt*, befehle ich dem Hunger. Aber ich brauche definitiv bald etwas, sonst überstehe ich die Woche nicht.

Er erzählt weiter und ich schaffe es irgendwie, den Unterricht zu überstehen, ohne mir oder Kassiel die Kleider vom Leib zu reißen, trotz seiner zahlreichen feurigen Blicke. Es ist eine große Erleichterung, als der Unterricht vorbei ist. Ich schnappe mir meine Tasche und will mit den anderen Schülern nach draußen eilen, aber dann hält mich seine Stimme auf.

„Olivia, kann ich Sie einen Moment sprechen?"

Oh, Scheiße. Das kann nichts Gutes bedeuten.

Ich bleibe an der Seite stehen, bis alle den Raum verlassen

haben und gehe dann langsam auf Kassiel zu, der an der Seite seines Schreibtisches lehnt. Er beobachtet mich mit strengem, unleserlichem Blick, als ich näherkomme.

Ich atme tief ein. „Wenn es um diese eine Nacht geht, in der keiner von uns wusste, wer der andere war und …"

„Genau darüber möchte ich sprechen." Er runzelt die Stirn und ich weiß, dass er die Sukkubus-Sache erwähnen wird.

Ich unterbreche ihn schnell. „Keine Sorge, ich werde niemandem erzählen, was passiert ist. Je weniger wir über diese Nacht sprechen, desto besser, denke ich."

Er runzelt die Stirn, während er mich genau studiert und ich möchte unbedingt wissen, was er denkt. „Natürlich."

„Ist es ein Problem, dass ich in diesem Kurs bin? Wir könnten Uriel bitten, mich zu einem anderen Professor zu versetzen."

Er stellt sich aufrechter hin. „Nein, das ist kein Problem. Unsere Beziehung wird völlig professionell bleiben. Beziehungen zwischen Studenten und Professoren sind streng verboten und ich glaube nicht, dass einer von uns beiden seine Position hier aufs Spiel setzen will."

Ich nicke. „Das sehe ich genauso."

Aber zu wissen, dass es verboten ist? Das lässt mich ihn nur noch mehr begehren.

16

KASSIEL

Ich kann Olivia nur anstarren, als sie den Raum verlässt. Wie kann das sein?

Ich habe sie seit jener Nacht in Los Angeles nicht vergessen. Sie ist weggelaufen, als mir klar wurde, dass sie ein Sukkubus war, danach habe ich ein bisschen nachgeforscht, aber niemand wusste, wer sie war und letztendlich habe ich es bleiben lassen. Es gibt viele Dämonen, die nicht entdeckt werden wollen und ihre Reaktion machte deutlich, dass sie einer davon war. Aber was macht sie jetzt hier? Wie kann ein Sukkubus die Seraphim Akademie besuchen? Handelt es sich um einen Irrtum?

Und die größte Frage von allen, kennt sie auch mein Geheimnis?

Ich packe meine Sachen zusammen und verlasse das Klassenzimmer, da ich für heute mit dem Unterricht fertig bin. Ich laufe über den Campus zum Professorengebäude, in dem alle unsere Büros und ein Aufenthaltsraum untergebracht sind. Es dient auch als Wohnheim für die Professoren, die auf dem Campus wohnen, so wie ich.

Ich gehe in den Aufenthaltsraum der Professoren und nehme

mir dort eines der Sandwiches, dann lehne ich mich an den Tresen. Hilda und Raziel sind ebenfalls hier und sitzen jeder für sich an einem Tisch. Hilda schlingt ein Sandwich hinunter, als hätte sie seit Tagen nichts mehr gegessen, während Raziel eine Zeitung liest. Ich habe mit beiden noch nicht viel gesprochen, seit ich hier angekommen bin, aber sie waren bisher freundlich.

„Was wissen Sie über diese Studentin, Olivia Monroe?", frage ich und versuche, meine Stimme ungezwungen zu halten. Ich habe schon gehört, wie die anderen Professoren über ihre Studenten getratscht haben, also wird meine Frage hoffentlich nicht zu merkwürdig erscheinen.

„Der Halbmensch?", schnaubt Hilda. „Sie wird eine Menge Hilfe brauchen, wenn ich sie in Kampfform bringen soll."

Halb ... Mensch? Das kann nicht richtig sein. „Sind sie sicher, dass sie halb menschlich ist? Woher wissen sie das?"

Raziel faltet seine Zeitung zusammen. „Ihre Mutter war ein Mensch."

„Und ihr Vater?", frage ich.

„Keiner weiß, wer er ist", sagt Raziel.

„Ein Feigling", sagt Hilda. „Er sollte vortreten und seinen Fehler eingestehen, seiner Tochter zuliebe. Es wäre das Richtige."

„Ja, das wäre es", sage ich. „Aber woher wissen sie, dass sie ein Engel und keine Gefallene ist?"

Raziels legt den Kopf schief. „Nun, sie hat Flügel, obwohl sie schwarz sind, was ein bisschen ungewöhnlich ist, das gebe ich zu. Aber sie kann Licht erschaffen, also ist sie definitiv keine Gefallene."

„Es gibt ein Video von ihrem Erwachen, aus dem ziemlich eindeutig hervorgeht, dass sie ein Engel ist", fügt Hilda hinzu. „Es sollte in ihrer Datei sein, obwohl es von Aerie Industries aus dem Internet genommen wurde."

Ich ziehe die Augenbrauen hoch. „Ein Video?"

Hilda nickt. „Ja, sie hat ihre Flügel bei einer Party bekommen, als sie vom Balkon gefallen ist. Sie sollten sich das Video ansehen, es ist ziemlich schockierend.“

„Das muss den Engeln von Aerie eine Menge Aufräumarbeit beschert haben“, fügt Raziel hinzu.

„Danke“, sage ich. „Ich werde es mir ansehen.“

Ich schnappe mir noch ein Sandwich und mache mich auf den Weg in mein Büro. Sobald ich drinnen bin, rufe ich Olivias Datei auf, die nur Direktor Uriel und den Professoren zugänglich ist. Ich lese mir das Wenige durch, das sie über sie wissen, einschließlich der Informationen über den Tod ihrer Mutter und bin danach noch verwirrter. Als ich sie in der Bar traf, erwähnte Olivia, dass sie eine komplizierte Beziehung zu ihrer Mutter und ihrem Vater hatte. Entweder hat sie damals gelogen oder sie lügt jetzt. Aber ich habe schon eine Vermutung.

Ich spiele das Video ab. Jemand hat den Vorfall mit seinem Kamerahandy aufgezeichnet und filmt zunächst jemanden, der auf einer St. Patrick's Day-Party am Pool ein paar Kurze trinkt. Dann gibt es einen Schrei und die Kamera schwenkt nach oben, um ein Mädchen einzufangen, das über dem Pool fliegt, mit ausgebreiteten schwarzen Flügeln und einem Licht, das von ihrem gesamten Körper ausstrahlt. Sie schwebt dort für einen Moment und fällt dann ins Wasser, wo ihre Flügel zusammen mit dem Licht verschwinden. Ein totales Chaos bricht aus, als eine Gruppe von Leuten ins Wasser stürzt, um sie zu retten und als sie sie herausziehen, ist sie bewusstlos. An dieser Stelle endet das Video.

Ich lehne mich mit einem Stirnrunzeln zurück. Sie ist definitiv ein Engel. Hatte ich Unrecht damit, dass sie ein Sukkubus ist? Nein, ich weiß, wie sie sich anfühlen und ich habe dieses schwarze Glühen in ihren Augen erkannt, nachdem sie sich an mir gesättigt hatte. Aber sie hat auch Flügel und ich hätte sie für eine Gefallene gehalten, wäre da nicht das Leuchten gewesen. Es sei denn, das war alles nur vorgetäuscht, aber Aerie Industries muss sie nach diesem Vorfall gründlich überprüft haben.

Was bedeutet, dass sie etwas ist, was unmöglich sein sollte. Etwas, das so verboten ist, dass nie darüber gesprochen wird. Etwas, das alles verändern könnte, wenn es bekannt würde.

Sie ist halb Engel und halb Dämon.

Kein Wunder, dass sie so nervös aussah, als sich unsere Blicke trafen. Und jetzt, wo ich die Wahrheit über sie kenne, bin ich nicht sicher, was ich damit anfangen soll.

Ich kenne ihr Geheimnis, aber kennt sie auch meins? Habe ich in dieser Nacht etwas über meine Vergangenheit gesagt? Ich durchforste mein Gedächtnis und versuche, mich an unser Gespräch zu erinnern. Wir sprachen über meinen Vater und ich erwähnte, dass ich Geschichtsprofessor war, aber sonst nicht viel. Ich glaube nicht, dass sie irgendetwas über mich weiß, genauso wenig wie ich etwas über sie weiß.

Weiß Uriel, was sie wirklich ist? Das muss er wohl. Er weiß alles, was an dieser Schule vor sich geht. Wenn ja, gibt es keinen Grund für mich, es zu erwähnen. Sie hält diese Seite von sich offensichtlich geheim, aber was macht sie hier? Sie muss wissen, dass sie hier nicht sicher ist, obwohl ich bezweifle, dass die Dämonenschule ein sicherer Ort für sie wäre.

Ich starre auf ihr Foto auf meinem Bildschirm und blicke in diese mysteriösen grünen Augen. Ich werde ihr Geheimnis für mich behalten, solange sie meine eigenen Pläne nicht durchkreuzt. Ich werde ihr Professor sein und nichts weiter, egal wie sehr mein Blut pulsiert, wenn sie in der Nähe ist. Es wird eine Qual sein, sie in meinem Unterricht zu haben, aber ich habe schon Schlimmeres überstanden. Wenn jemand einem Sukkubus widerstehen kann, dann ich.

Aber verdammt, das wird ein langes Jahr werden.

OLIVIA

Gerade als ich denke, dass mein erster Schultag nicht noch schlimmer werden kann, fällt mir ein, dass ich mich mit Bastien treffen muss.

Ich mache mich auf den Weg zur Bibliothek, die auf der anderen Seite des Sees liegt und an den Wald grenzt. Die Vorderseite des Gebäudes ist mit Mosaiken bedeckt, auf denen Engel und Dämonen gegeneinander kämpfen und eine große Tür führt in das Innere.

Bastien wartet an der Rezeption und wirft mir einen strengen Blick zu, als ich eintrete. „Du bist drei Minuten zu spät."

„Tut mir leid, Professor Kassiel wollte nach dem Unterricht noch mit mir sprechen."

Bastiens Augen verengen sich ein wenig, aber dann macht er auf dem Absatz kehrt. „Folge mir. Ich habe einen privaten Raum für uns reserviert, um mit den Tests zu beginnen."

Er führt mich durch die Bibliothek, deren hohe Regale komplett mit neuen und alten Büchern gefüllt sind. Ich erhasche einen flüchtigen Blick auf alte Texte über Dämonen, kombiniert mit neuen Texten über Biologie. Vater erzählte mir, dass die

Engel, als sie den Himmel verlassen mussten, nur eine Woche Zeit hatten, um die wichtigsten Dinge zusammenzutragen und mitzunehmen. Die meisten Bibliotheken waren bereits im Krieg zerstört worden, aber die wenigen Bücher, die gerettet werden konnten, wurden zu dieser Bibliothek geschickt. Es ist ein seltsames Gefühl, zu wissen, dass der größte Teil der Engelsliteratur und ihres Jahrtausende zurückreichenden Wissens in diesen Mauern aufbewahrt wird. Vielleicht ist das für Unsterbliche mit einem derart langen Erinnerungsvermögen nicht so beeindruckend, aber für mich ist es das.

Auf der anderen Seite der Bibliothek gibt es private Räume zum Lernen und Bastien führt mich in einen davon. Er schaltet das Licht an und setzt sich an eine Seite des Tisches, den Rücken gestreckt und in perfekter Haltung. Ich nehme ihm gegenüber Platz, viel langsamer.

„Inzwischen solltest du über die vier Chöre Bescheid wissen", beginnt er. „Ich bin ein Ofanim, die unter anderem Lügen aufdecken und die Wahrheit sehen können."

„Hast du bei mir irgendwelche Lügen entdeckt?", frage ich.

Seine Augen verengen sich. „Bisher nicht, aber wir werden sehen, was während dieser Sitzung passiert."

„Ich habe keinen Grund zu lügen", lüge ich. Ich bin kurz davor, meine Halskette zu berühren, aber ich habe sie heute im Kragen meines Shirts verstaut. Ich kann nicht zulassen, dass noch jemand sie bemerkt und misstrauisch wird und ich muss einfach auf ihren Schutz vertrauen. Mutter hätte sie mir nicht gegeben, wenn sie nicht denken würde, dass sie auch dem stärksten Ofanim standhalten kann.

„Das werden wir ja sehen. Ich werde jetzt das Licht der Wahrheit auf dich richten, das mir mehr über dich verraten sollte."

Er hält seine Hände dicht aneinander und ein glühendes weißes Licht erscheint zwischen seinen Handflächen. Er lässt es immer größer werden, bis es fast die Fläche seines Oberkörpers annimmt, dann gibt er es in meine Richtung frei. Ich zucke zusammen, als das Licht mich umgibt und spüre ein leichtes Kribbeln, aber sonst passiert nichts. Sein finsterer Blick wird intensiver und in diesem Moment weiß ich, dass die Halskette funktioniert.

„Siehst du etwas?", frage ich und versuche, unschuldig auszusehen und zu klingen.

„Nein. Sehr ungewöhnlich. Ich sollte in der Lage sein, etwas zu erkennen, aber ich bekomme rein gar nichts von dir. Es ist fast so, als ob irgendeine Art von Magie es blockieren würde. Aber davon weißt du nicht zufällig etwas, oder?"

„Nein. Ich weiß gar nichts über Magie."

Er beugt sich mit Entschlossenheit in seinen grauen Augen nach vorne. „Ich werde es noch einmal versuchen."

Er fährt fort, verschiedene Wahrheitszauber auf mich zu richten, aber er bekommt immer noch keine der Informationen, die er sich so verzweifelt herbeisehnt. Ein Gefühl der Befriedigung breitet sich in meiner Brust aus, als ich sehe, wie viel Mühe er hat und es gibt mir die Zuversicht, dass ich in der Lage sein könnte, diese Täuschung lange genug aufrecht zu erhalten, um Jonah zu finden.

„Hat jemand dein Blut getestet?", fragt er.

Bei dem Gedanken daran erstarre ich ein wenig. Würden sie Dämonenblut in mir nachweisen können? Wahrscheinlich schon. Ich werfe ihm einen verwirrten Blick zu, um zu zeigen, dass ich nur ein einfältiger Mensch bin. „Nein und ich glaube nicht, dass das für mich in Ordnung ist."

„Na gut", brummt er. Offensichtlich würde er mich gerne mit allen möglichen scharfen Gegenständen aufspießen, vielleicht sogar mit dem in seiner Hose, so wie er mich manchmal anschaut, während ich einen Funken Lust von ihm ausgehen spüre. Ich kann mich nicht entscheiden, ob er mich will, mich hasst, oder mich einfach nur als ein großes Puzzle betrachtet. Vielleicht alles gleichzeitig. Ich denke, so werde ich an ihn herankommen. Wenn er mich als ein Rätsel sieht, das er lösen kann, dann ist er vielleicht eher geneigt, sich mir gegenüber über Jonah zu öffnen. Wenn einer der Prinzen etwas über sein Verschwinden weiß, dann ist es Bastien.

Er verschränkt seine Finger auf dem Tisch. „Es gibt andere Wege, um zu erkennen, zu welchem Chor man gehört. Wir werden eine Liste von Fragen durchgehen. Erstens: Hast du in letzter Zeit etwas gespürt, wenn dich jemand belogen hat? Wie ein starkes Gefühl von Verkehrtheit?"

„Nein, so etwas habe ich nicht gefühlt. Aber vielleicht hat mich auch niemand belogen."

„Das bezweifle ich, aber lass es uns versuchen. Der Himmel ist orange. Irgendetwas?"

„Nö. Nichts."

„Hm. Ich halte es für unwahrscheinlich, dass du ein Ofanim bist. Vielleicht ein Malakim? Hast du jemals einen verletzten Menschen oder ein Tier oder sogar eine Pflanze, die im Sterben lagen, berührt und sie heilen oder wieder zum Leben erwecken können?"

Die Fragen gehen die nächste Stunde weiter und ich verneine jede einzelne. Als unsere Zeit um ist, ist er frustrierter als je zuvor und den Antworten keinen Schritt näher gekommen. Er weist mich an, ihn morgen wieder zur gleichen Zeit und am gleichen Ort zu treffen, damit er noch mehr Tests durchführen, mir noch mehr Fragen stellen und generell noch frustrierter werden kann.

Das Spiel ist in vollem Gange und ich stelle fest, dass es mir sehr gut gefällt. Ich habe die Künste der Täuschung schon immer genossen und wenn er mir helfen kann, meinen Bruder zu finden, werde ich tun, was nötig ist und sein, wer immer ich sein muss ... solange ich gewinne.

Als ich an diesem Abend mit dem Abendessen in der Cafeteria fertig bin, erkläre ich Araceli, als wir zurück zum Wohnheim gehen, dass ich früh schlafen gehen werde. Ich warte, bis ich sicher bin, dass sie in ihrem eigenen Zimmer ist, bevor ich leise auf den Balkon trete, ganz in Schwarz gekleidet und mit zurückgebundenem Haar. Ich breite meine schwarzen Flügel aus und schwebe vorsichtig zu Boden, ohne ein Geräusch zu machen. Das Fliegen beherrsche ich noch nicht, aber ich kann zumindest vorsichtig landen.

Meine Flügel verschwinden und ich bewege mich leise über den Rasen und halte mich dabei in den dunkelsten Bereichen des Geländes auf. In der Nacht ist die Anlage ziemlich leer. Engel bevorzugen den Tag, während die Nacht den Dämonen gehört. Meine Zeit.

Zuerst sehe ich niemanden draußen. Es ist fast zu einfach. Dann höre ich ein Kichern und ein leises Flüstern und entdecke einen schwachen Lichtstrahl hinter einem Baum. Ein Mann und eine Frau sind dort zusammen und tun etwas, das meinen Hunger nur noch verstärkt. Der Sukkubus in mir ist versucht, zu ihnen hinüberzugehen und sich von ihnen zu ernähren, aber der Engel in mir schleicht sich an ihnen vorbei, ohne dass sie mich bemerken.

Als ich das Hauptgebäude erreiche, verstecke ich mich in seinem Schatten und beobachte das Licht im Glockenturm. Die Prinzen sind, wie ich gehofft hatte, dort oben. Ab und zu erhasche ich einen Blick auf Callan, der an den hohen Fenstern vorbeischreitet, aber ohne hinaufzufliegen, kann ich keinen besseren Blick darauf erhaschen, was sie tun. Und ich kann nicht riskieren, dass sie mich sehen oder hören, wenn ich das tue. Also warte ich, und warte und gerade als ich denke, dass ich morgen

Abend zurückkehren muss, geht Marcus am Fenster vorbei. Das ist die einzige Bestätigung, die ich brauche.

Ich schleiche zurück zum Wohnheim und fahre hoch in den vierten Stock. Dank Vater habe ich die Gabe der Unsichtbarkeit, wie jeder andere Ishim auch. Ich benutze sie jetzt, indem ich das Licht um mich herum verbiege, damit ich nicht gesehen werde, während ich das Schloss an Marcus' Tür knacke – etwas, das Mutter mir beigebracht hat. Es dauert ein paar Minuten und ich schaue mich immer wieder nervös um, weil ich Angst habe, dass mich trotz meiner Halskette und meiner Kräfte jemand entdecken könnte, aber der Flur ist ruhig und leer und schließlich erfüllen die Dietriche ihre Aufgabe und öffnen mir die Tür mit einem sanften Klicken.

Ich mache mir nicht die Mühe, das Licht einzuschalten, als ich leise hineinschlüpfe. Dank meiner dämonischen Sehkraft brauche ich es nicht. Der Wohnbereich ist dem, den ich mit Araceli teile, sehr ähnlich, obwohl er mehr persönliche Akzente, wie zum Beispiel einige Bilder an den Wänden, besitzt. Es gibt auch einen viel größeren Fernseher. Ich verbringe nicht viel Zeit damit, hier herumzuschnüffeln und gehe stattdessen direkt in eines der Schlafzimmer.

In diesem Zimmer sind die Decken zurückgeschlagen, die Kleidung hängt über der Rückenlehne des Schreibtischstuhls und in der Ecke steht eine rote Gitarre. Das muss das Zimmer von Marcus sein. Ich erhasche einen Blick auf ein Foto auf seinem Schreibtisch, auf dem Marcus, Erzengel Raphael und eine Menge anderer Jungs zu sehen sind, die ihnen ähnlich sehen, aber ich verlasse den Raum. Ich habe keine Ahnung, wann Marcus zurück kommen wird, und ich muss mich beeilen. So gerne ich auch alle seine Sachen durchwühlen würde – natürlich im Interesse der Suche nach meinem Bruder –, ich habe keine Zeit.

Das andere Schlafzimmer ist das genaue Gegenteil. Das Bett

ist gemacht und alles ist aufgeräumt, als wäre es seit Monaten nicht angerührt worden. Die Laken haben ein dunkles Jagdgrün, Jonahs Lieblingsfarbe, und auf dem Nachttisch steht ein Bild von ihm mit Grace am See. Ich berühre sein Kopfkissen und kann mir fast bildlich vorstellen, wie er hier liegt und einen der Horrorromane liest, die er so sehr liebt. Ich fahre mit der Hand über den Schreibtisch, wirbele eine leichte Staubschicht auf und stelle mir vor, wie Jonah hier sitzt und arbeitet. Ich berühre den abgenutzten Baseball, der in der Ecke liegt und stelle mir vor, wie er ihn in die Luft wirft. Mein Herz zieht sich zusammen, meine Brust spannt sich an und ich schließe die Augen, als die Sorge um meinen Bruder die Oberhand gewinnt.

Ich schüttle den Gedanken ab und durchstöbere seinen Schreibtisch, aber alles, was ich finde, sind Flyer für eine Pizzeria in Angel Peak, ein paar Kugelschreiber und Bleistifte und ein paar verstaubte Büroklammern. Nichts Aufregendes. Ich hatte gehofft, einen Laptop oder sein Smartphone zu finden, aber ich bin mir sicher, dass jemand anderes sie vor mir in die Finger bekommen hat.

Als nächstes öffne ich seine Schranktür und durchstöbere seine Klamotten darin. Als ich sein Baseballtrikot entdecke, durchfährt ein weiterer Schmerz der Sehnsucht meine Brust. Ich durchsuche den Rest des Schranks und will gerade aufgeben, als ich hinten auf dem Boden eine Mülltüte finde. Darin befindet sich eine lange goldene Robe und eine passende Maske, die genauso aussieht, wie die, die ich bekommen habe, abgesehen von der Farbe.

Ich weiß nicht, was es zu bedeuten hat, aber es ist die einzige Spur, die ich habe. Jetzt muss ich auf jeden Fall an diesem Treffen – oder was auch immer es ist – an diesem Wochenende teilnehmen.

Ich höre, wie die Eingangstür geöffnet wird und schiebe das Gewand zurück in die Tasche und in den Kleiderschrank. Ich werde wieder unsichtbar und bleibe still, als ich Marcus' Schritte durch den Wohnbereich gehen höre. Er hält an der Tür zu Jonahs Zimmer inne und mir wird klar, dass ich die Tür offen gelassen habe. Er runzelt die Stirn, macht das Licht an und starrt dann auf das Bett. Ich halte den Atem an, während die Sekunden vergehen und ich schon denke, dass meine Tarnung aufgeflogen ist. Ich kann nicht anders, als den Kummer in Marcus' Gesicht zu betrachten, aber ich sehe auch noch etwas anderes in seinen Augen – vielleicht Schuldgefühle? Oder bilde ich es mir nur ein, weil ich es sehen will?

Er schließt die Tür und sobald er weg ist, kann ich wieder durchatmen. Ich warte, bis er in sein eigenes Zimmer gegangen ist und dann schleiche ich mich leise auf den Balkon und verschwinde. Das war knapp.

Aber jetzt bin ich einen Schritt näher dran, herauszufinden, was mit Jonah passiert ist.

OLIVIA

Mein zweiter Unterrichtstag verläuft ungefähr genauso gut wie der erste. Diesmal bilden wir im Kampftraining zumindest keine Paare, sodass Tanwen mich heute nicht verprügeln kann. Stattdessen machen wir ein paar grundlegende Dehnungs- und Kampfsportübungen, die uns helfen, unser Gleichgewicht zu verbessern und üben, unterschiedliche Positionen einzunehmen. Nach der gestrigen Prügelattacke ist es eine willkommene Abwechslung und da ich schon seit Jahren Yoga mache, bin ich auch gar nicht so schlecht darin. Araceli und Darel werfen sich während der ganzen Stunde verstohlene Blicke zu, während Callan mit verschränkten Armen in der Ecke steht und mir finstere Blicke zuwirft, während ich mich dehne und meine Vorzüge betone, um ihn ein bisschen in den Wahnsinn zu treiben.

Im Flugunterricht üben wir den Absprung, indem wir von einem Vorsprung auf eine weich gepolsterte Fläche in der Turnhalle springen. Ich tue so, als wäre ich noch am Lernen und falle ein paar Mal hin und jedes Mal stupst sich die Truppe der fiesen Mädchen gegenseitig an und lacht. Man sollte meinen, dass erwachsene Frauen über solche Dinge hinauswachsen, aber ich schätze, manche Dinge ändern sich nie.

In Dämonenkunde bin ich gezwungen, wieder hinter Marcus zu sitzen, der mir wieder eines seiner charmanten Lächeln schenkt, das zweifellos die meisten Mädchen zum Schmelzen bringt. Wenn er so weitermacht, könnte es auch bei mir funktionieren, aber im Moment halte ich noch durch. Je nachdem, wie hungrig ich werde, könnte sich das allerdings ändern.

Professor Raziel kommt herein und trägt einen weißen Anzug mit einer Fliege mit grünen Pünktchen. „Hallo liebe Studenten! Heute werden wir eine spezielle Art von Dämon behandeln, nämlich den Gefallenen. Das ist wahrscheinlich der Dämon, von dem Sie alle am meisten gehört haben, also scheint es passend, damit zu beginnen, da es viele falsche Vorstellungen über sie und über ihren Anführer, Luzifer, gibt. Was können Sie mir über den König der Hölle erzählen?"

„Er war einst ein Engel", meldet sich Marcus zu Wort. „Das waren alle Gefallenen."

Raziel nickt. „Ja, und was Sie vielleicht nicht wissen, ist, dass Luzifer eigentlich ein Erzengel war. Was noch?"

„Er verließ den Himmel und ging in die Hölle", sagt Blake.

„Das stimmt, das tat er, obwohl der genaue Grund dafür umstritten ist. Manche sagen, es tat es, weil er mehr Macht wollte. Andere, weil er mit der Art und Weise, wie die Erzengel die Angelegenheiten führten, nicht einverstanden war. Manche sagen, er sah eine Gelegenheit und ergriff sie. Vielleicht ist all das wahr. Wer weiß das schon? Was wir wissen, ist, dass er den Himmel, das Land des Lichts, für die Hölle, das Reich der Dunkelheit, verließ. Es gab bereits viele verschiedene Arten von Dämonen, die dort lebten, aber sie gehörten alle zu unterschiedlichen Stämmen, die manchmal gegeneinander kämpften. Als Luzifer zum König der Hölle wurde, vereinigte er diese verschiedenen Gruppen und verwandelte sie unter seiner Herrschaft in eine organisierte Legion. Viele Engel folgten ihm, hauptsächlich diejenigen, die ebenfalls von den Erzengeln desillusioniert waren, aber es gab auch andere, die ihm gegenüber einfach loyal waren. Diese Engel veränderten sich alle, als sie sich an die Hölle anpassten und sie begannen, sich von der Dunkelheit zu ernähren, und diese zu kontrollieren, ähnlich wie wir es mit dem Licht tun. Sie wurden zu den Gefallenen, deren Todsünde der Stolz ist."

Während er über die Gefallenen spricht, frage ich mich, wie dieser Kurs von der anderen Partei gelehrt werden würde. Die Sieben Todsünden sind eine Schöpfung der Engel – Dämonen reden nicht so über sich selbst. Und mir fällt auf, dass Raziel nicht erwähnt, dass die Gefallenen die Sünde des Stolzes repräsentieren, weil die Engel bereits so verdammt stolz sind.

Außerdem erzählen die Dämonen eine andere Geschichte, warum Luzifer gefallen ist. Sie sagen, er sei auf der Suche nach Freiheit gewesen. Nicht nur für sich selbst und für diejenigen, die ihm folgten, sondern für die Menschheit. Luzifer stimmte nicht mit dem Glauben der Engel überein, dass die Menschen geführt werden sollten, oder wie Dämonen es nennen, „kontrolliert". Dämonen glauben, dass Freiheit der bedeutendste Grundsatz ist, manchmal sogar bis zum Punkt der Anarchie und des Chaos. Aus diesem Grund verließ Luzifer die Engel und scharte die Dämonen um sich, um seine eigenen Pläne auf der Erde zu verwirklichen. Das soll nicht heißen, dass er es nicht auch getan hat, um Macht zu erlangen und sein eigenes Volk zu beherrschen. Jede Geschichte hat ihre verschiedenen Seiten und in jeder steckt ein bisschen Wahrheit.

Bevor wir den Unterricht beenden, sagt Raziel: „Oh, das hätte ich fast vergessen zu erwähnen. Ich werde Sie in Zweiergruppen einteilen und zusammen werden Sie dann einen ausführlichen Bericht über eine Art von Dämon schreiben, die ich Ihnen zuteilen werde. Ich möchte, dass Sie sich darauf konzentrieren, historische, religiöse und mythologische Figuren der Erde zu finden, die als diese Art von Dämonen bekannt sind und einen Aufsatz über sie zu schreiben. Dieser Aufsatz wird am Ende des Jahres fällig sein und als Abschlussprüfung zählen. Also, schauen wir mal ...“

Er fängt an, die Leute einzuteilen und ich weiß jetzt schon, dass ich garantiert das Glück haben werde, mit Marcus zusammenzuarbeiten zu müssen. Ich kann nur hoffen, dass man uns nicht die Lilim zuweist – das wäre dann doch etwas zu nahe an der Realität.

„Marcus und Olivia“, sagt Raziel, wie ich erwartet habe. Ich glaube, sogar die Professoren haben etwas gegen mich. „Sie werden sich mit den Kobolden beschäftigen.“

Nun gut, wenigstens etwas.

Nach einer weiteren unangenehmen Stunde Engelsgeschichte mit Kassiel und einer unproduktiven Sitzung mit Bastien ist es eine Wohltat, in mein Zimmer zurückkehren und mich entspannen zu können. Obwohl daraus nicht viel wird, denn mein Sukkubus-Hunger ist stark und ich muss etwas dagegen unternehmen, bevor es so schlimm wird, dass ich jedem Engel, den ich sehe, einen Fick-mich-Blick zuwerfe. Das würde dazu führen, dass ich etwas tue, was meine Tarnung auffliegen lassen könnte. Nein, ich muss dieses Problem schnell im Keim ersticken, aber zuerst brauche ich eine Tasse Kaffee und ein paar Minuten Ruhe, um mich von dem langen Tag zu erholen.

Ich verlasse den Aufzug und ziehe meinen Schlüssel heraus, aber dann erstarre ich. Auf meine Tür sind in großen schwarzen Buchstaben die Worte *DU GEHÖRST HIER NICHT HER* gesprüht. Es ist ein Schock, so etwas zu sehen und einen langen

Moment lang kann ich es nur anstarren. Dann schaue ich mich um, aber es ist niemand sonst da. Und selbst wenn, bezweifle ich, dass jemand mitfühlend wäre oder mir sagen würde, wer es getan hat. Nicht, dass ich es nicht erraten könnte. Ich bin mir sicher, dass es Tanwen war und ich beiße die Zähne zusammen, als ich die Tür aufschließe und eintrete. Sie kann mich so viel schikanieren, wie sie will, aber es wird nicht funktionieren. Ich bin hierhergekommen, um zu bleiben.

OLIVIA

Nachdem ich so viel Zeit in der Nähe von so vielen verlockenden Männern verbracht habe, muss ich mich früher ernähren, als ich erwartet habe. Die meisten Sukkubi müssen sich einmal pro Woche an einem Menschen laben und bevor ich meine Engelskräfte bekam, war ich genauso. Nachdem ich einundzwanzig geworden bin, habe ich gelernt, dass ich mich auch von Licht stärken kann, so wie es die Engel tun, obwohl ich davon allein nicht leben kann. Ich muss immer noch alle paar Wochen meine Sukkubus-Seite füttern. Der Sex mit Kassiel hat mich allerdings länger genährt und Mutter erklärte mir bereits, dass das der Fall wäre, wenn ich mich von übernatürlichen Wesen ernähren würde, besonders von mächtigen.

Das einzige Problem ist, dass ich das in der Akademie nicht tun kann, weil es viel zu riskant wäre. Ich habe mich noch nie an einem Engel gesättigt, abgesehen von der Sache mit Kassiel und wir haben ja gesehen, wie das ausgegangen ist. Ich muss davon ausgehen, dass einige der anderen Engel mich möglicherweise auch als Sukkubus erkennen könnten, was bedeutet, dass ich an einen anderen Ort als den Campus oder Angel Peak gehen muss. Es gibt eine kleine Stadt an der Hauptstraße am Fuße des Berges, und dort sollte ich finden können, wonach ich suche.

Ich warte, bis Araceli eingeschlafen ist, was einfach an ihrem Schnarchen zu erkennen ist und schleiche mich dann raus und gehe zum Parkplatz. Ich springe in mein Auto und fahre los, wobei ich das Auto, von dem Araceli mir erzählt hat, dass es Callans Cabrio sei, wieder nur knapp verpasse. Ich bin versucht, es zu klauen, da er es verdienen würde, aber ich lasse es dann doch bleiben.

Niemand hält mich auf meinem Weg nach draußen auf, aber ich habe das Gefühl, dass mich jemand beobachtet, während ich aus dem Tor fahre. Zweifellos gibt es Kameras, die mich aufzeichnen, aber warum sollte mich das interessieren? Das hier ist kein Gefängnis und ich kann kommen und gehen, wie ich will.

Die Fahrt den Berg hinunter kommt mir noch länger vor, besonders in der Dunkelheit. Ich fahre extra langsam in den scharfen Kurven an den steilen Klippen. Als ich den Fuß des Berges erreiche, bereue ich ernsthaft, dass ich nicht geflogen bin. Ich muss mich beeilen, wenn ich rechtzeitig zurück sein will, um vor den morgigen Vorlesungen noch etwas Schlaf zu bekommen.

Ich halte an einer Spelunke mit mehreren Lastwagen und Autos vor der Tür und denke mir, dass dies für heute Abend wahrscheinlich meine beste Option sein wird. Ich überprüfe mein Make-up und glätte meine Haare im Rückspiegel, dann steige ich aus dem Auto. Ich trage ein enges rotes Kleidchen und ein paar hochhackige Fick-mich-Schuhe, die immer Aufmerksamkeit erregen, vor allem wegen meiner kurvigen Beine und Hüften. Ich bin nicht eitel, aber ich bin schließlich ein Sukkubus und wir sind verdammt gut aussehend. Es ist Teil meiner Natur, mein Aussehen zu meinem Vorteil zu nutzen, um mich zu ernähren.

Im Inneren der Bar ist es dunkel, es gibt kitschige Neon-Bierschilder, klischeehaften Sprüche an der Wand und Sägemehl auf dem Boden. Die Auswahl heute Abend ist dürftig, aber ich mustere die Bar und nehme jeden einzelnen in Augenschein. Mein Blick fällt sofort auf einen heißen Typen, der an der Wand sitzt, mit dunklen Haaren, einem kurzen Bart und keinem Ehering. Perfekt.

Sein Kopf dreht sich in meine Richtung und als unsere Blicke sich treffen, schenke ich ihm ein aufmunterndes Lächeln und lege ein wenig von meiner Kraft hinein. Nicht, dass ich das wirklich müsste, aber ich würde es gerne schnell über die Bühne bringen, damit ich ins Bett gehen kann. Ich habe morgen früh wieder Unterricht und ich muss wachsam sein, falls ich wieder mit Tanwen für das Kampftraining eingeteilt werde.

Ein langsames Grinsen breitet sich auf den Lippen meines Auserwählten aus und ich denke, *wow, das ist zu einfach*, als ich beginne, auf ihn zuzugehen. Er steht auf, kommt auf mich zu und ich mache mir gerade schon Sorgen, dass ich vielleicht etwas zu viel Magie eingesetzt habe, aber dann sagt er: „Entschuldigung" und schiebt sich an mir vorbei. Mir bleibt der Mund offen stehen, als er die Bar verlässt.

Verdammt, sind meine Fähigkeiten eingerostet, oder was?

Ich streiche mein Kleid glatt, schüttle mein Ego ab und gehe weiter. Es sind noch vier andere Typen in der Bar, von denen jedoch zwei Eheringe tragen, die somit aus dem Rennen sind. Ich könnte sie verführen, aber das werde ich nicht. Ich lasse mich nicht mit verheirateten Leuten ein. Ich mag ein Sexdämon sein, aber ich habe Prinzipien. Vielleicht liegt das an meiner engelsgleichen Seite.

Damit bleiben nur noch zwei Männer übrig, der eine ist mindestens sechzig und hat eine riesige Glatze, während der andere aussieht, als hätte er seit einer Woche nicht geduscht. Die einzigen anderen Leute ohne Eheringe sitzen in Gruppen oder Paaren und das würde viel mehr Zeit in Anspruch nehmen. Die Barkeeperin wäre noch eine Option, aber mit der will ich eigentlich nichts anfangen, falls ich noch mal wiederkommen muss. Bleiben also nur die beiden Männer. Als ich näher komme, macht mir der Gestank des Keine-Dusche-Typen die Entscheidung leicht. Ich setze mich neben den älteren Mann und versuche, mich nicht von der Tatsache abschrecken zu lassen, dass er mein Vater sein könnte, wenn mein Vater ein Mensch wäre. Die Ironie ist, dass Vater etwa halb so alt aussieht wie dieser Typ, auch wenn er Tausende von Jahren älter ist. Dank der Unsterblichkeit.

Ich könnte es langsam angehen lassen, aber mein Hunger ist groß und ich will es einfach hinter mich bringen. Ich lege meine Hand auf den Arm des Mannes und lehne mich dicht an ihn heran. „Brauchst du etwas Gesellschaft?"

Ich lege etwas Magie in meine Berührung und er reagiert sofort auf mich und schaut mich mit unverhülltem Verlangen an. Sein Blick wandert direkt zu meinen Brüsten und ich verdrehe fast die Augen, behalte aber mein aufgesetztes Lächeln bei. Manchmal nervt es mich wirklich, dass ich das tun muss, auch wenn es für mich lebensnotwendig ist. Aber im Ernst, sich nur von Licht oder Dunkelheit zu ernähren, wäre viel einfacher.

„Ja, verdammt", sagt er und tippt gegen seinen Hut.

Ja, verdammt, in der Tat.

Es dauert nicht lange, bis wir vorne in seinem Truck sitzen und ich ihn mit zugekniffenen Augen reite, während seine fleischigen Hände meinen Hintern umschließen. Der Sukkubus in mir sagt ja, ja, ja, während der Rest von mir versucht, nicht zu würgen. Ich habe keine andere Wahl, erinnere ich mich. Ich muss es tun, um zu überleben. Aber ich hasse es trotzdem.

Die einzige Möglichkeit, es besser zu machen, ist, mir stattdessen Kassiels Hände auf meinem Körper vorzustellen. Ich erinnere mich an seine Lippen an meinem Hals und daran, wie er mich ausfüllte. Ich stöhne leise und mein namenloser Partner bewegt sich schneller, aber es ist die Erinnerung an Kassiel, die mich anmacht, nicht dieser LKW-Fahrer.

Doch dann ist es plötzlich nicht mehr Kassiel, den ich reite, sondern Bastien. Er starrt mich mit diesen intensiven, intelligenten Augen an und presst seinen sinnlichen Mund auf meinen. Ich drehe meinen Kopf und jetzt ist es Marcus, der mich stattdessen küsst und ich fahre mit meinen Fingern durch sein dichtes braunes Haar, während er leicht an meinen Nacken knabbert. Dann ist es Callan, der diese großen muskulösen Arme um mich schlingt und mich festhält, während er tief in mich stößt.

Mit den vieren im Kopf überstehe ich die Begegnung schnell und meine Augen werden schwarz, während ich mich von dem Mann ernähre. Sukkubi – und die männliche Version, Inkubi – können sich von Sex oder sogar von Lust und Verlangen auf viele Arten ernähren. Lust oder Verlangen auf uns gerichtet zu spüren, ist wie ein kleiner Snack, während Sex eine ganzen Mahlzeit ist – und Orgasmen sind das perfekte Dessert. Und Sex mit Kassiel? Das war wie ein All-you-can-eat-Buffet, das mich einen Monat lang gesättigt hat. Ich kann nur vermuten, dass das daran lag, dass er kein Mensch war, aber ich konnte diese Theorie seither an keinem anderen Engel oder Dämon testen.

Als wir fertig sind, sage ich: „Danke" und springe praktisch von ihm runter. Ich säubere mich mit ein paar Taschentüchern aus meiner Handtasche und gehe dann zurück zu meinem Auto. Der Trucker ruft mir verblüfft hinterher. Menschen trifft es hart, wenn wir uns von ihnen ernähren und sie werden schnell süchtig nach uns, auch wenn wir nur einmal mit ihnen schlafen können, ohne sie zu töten. Das Gefühl wird bald verfliegen und nachdem er sich ausgeschlafen hat, wird es ihm gut gehen und er kann seinen Freunden die Geschichte erzählen, wie eine heiße Frau ihn vorne in seinem LKW gevögelt hat.

Und ich? Ich bin erst mal satt genug. Der alles verzehrende Hunger nach Sex ist vorerst gestillt. Ich wünschte nur, Begegnungen wie diese würden nicht so eine verdammte Leere in mir zurücklassen.

20

BASTIEN

Ich sage euch, irgendetwas stimmt nicht mit ihr", sage ich, „während ich müßig auf die Tastatur tippe und auf den Bildschirm starre. Ich habe Olivias Dateien bereits durchforstet, in der Hoffnung, dass sie etwas enthalten, das uns hilft, ihre Geheimnisse zu enträtseln, aber sie haben sich als wertlos erwiesen.

Vater muss die Wahrheit darüber wissen, wer und was sie ist, aber er schweigt bisher zu diesem Thema. Ich übernehme heute Nachmittag den Dienst, während er bei einem Treffen der Erzengel ist. Alles, was ich tun muss, ist, in seinem Büro zu sitzen und das Telefon zu beantworten. Ziemlich einfach ... und extrem langweilig. Was der einzige Grund ist, warum meine Gedanken zurück zu Olivia und dem, was ich letzte Nacht beobachtet habe, wandern und warum ich Callan und Marcus hierher gerufen habe. Der einzige Grund.

Marcus dreht sich mit zurückgelegtem Kopf in einem Bürostuhl, sein Haar ist wild. „Du denkst, dass an jedem etwas verdächtig ist."

„Diesmal könnte er recht haben." Callan blickt durch das

große Fenster über das Gelände, die Arme verschränkt und die Schultern gestrafft. „Sie ist aus irgendeinem Grund wichtig für Jonah. Wir müssen herausfinden, woher sie sich kennen."

Ich schüttele den Kopf. „Es ist nicht nur das. Als wir gestern Abend zum Wohnheim zurückkehrten, fiel mir auf, dass ihr Auto weg war."

Callan wendet sich vom Fenster ab. „Was meinst du, wo sie hingefahren ist?"

„Ich weiß es nicht, aber wir sollten es herausfinden." *So schnell wie möglich.*

Marcus zuckt mit den Schultern. „Viele Leute verlassen den Campus zu ungewöhnlichen Zeiten. Es gibt keine Regel, die sie daran hindert."

Ich schüttele den Kopf. „Aber mit dem Auto anstatt zu fliegen? Und noch dazu so spät? Nein, wir sind es Jonah schuldig, der Sache auf den Grund zu gehen. Wenn es nichts ist, dann müssen wir uns keine Gedanken darüber machen und können weitermachen. Aber wenn es doch etwas ist, sollten wir es lieber früher als später aufdecken." Mit ihrer Verbindung zu Jonah können wir es uns nicht leisten auch nur die kleinste Spur zu übersehen. „Ich werde die Sicherheitskameras überprüfen."

„Ist das nicht unethisch?", fragt Marcus.

Meine Finger fliegen bereits über die Tastatur. „Vater hat mir Zugang zu ihnen gegeben, damit ich die Akademie auf mögliche Bedrohungen überwachen kann. Ich denke, das hier fällt in diese Kategorie."

„Sie ist wohl kaum eine Bedrohung", murmelt Callan, aber er beugt sich über meine Schulter, damit er zusehen kann. Marcus rückt ebenfalls näher heran.

Es dauert nur ein paar Minuten, um das Videomaterial vom Parkplatz von letzter Nacht zu finden. Ich spule vor, bis ich sehe, wie Olivia mit hohen Absätzen und einem Kleid, das jede Kurve betont, zu ihrem Auto geht. Sie trägt nichts weiter als ihre Handtasche.

Marcus pfeift leise. „Wo will sie denn in diesem Outfit hin? Zu einem Date?"

Ich hebe meine Hand, um ihn zum Schweigen zu bringen, während das Filmmaterial weiterläuft. Callan zuckt zusammen, als wir sehen, wie Olivia erneut fast sein Auto zerstört und dann wechsle ich zu den Kameras an den Toren, als sie wegfährt. Wir folgen ihr mit ein paar anderen Kameras, die außerhalb des Geländes aufgestellt sind, verlieren sie aber den Hügel hinunter aus den Augen.

Etwas mehr als eine Stunde später kehrt sie zurück. Sie parkt und wir verfolgen mit Hilfe der Kameras, wie sie geradewegs zum Wohnheim geht, wieder nur mit ihrer Handtasche in der Hand. Ihr Haar sieht ein wenig zerzaust aus, aber das ist nichts, was nicht durch den Wind erklärt werden könnte. Sie geht etwas langsamer, als würde sie etwas belasten, aber es könnte auch einfach nur Müdigkeit sein. Sie kehrt in ihr Zimmer zurück und verschwindet.

„Nichts", murmle ich. Verdammter Mist.

Callan reibt sich den Kiefer. „Aber auf jeden Fall verdächtig. Wir werden sie im Auge behalten und wenn sie das nächste Mal auf einen dieser nächtlichen Ausflüge geht, werden wir ihr folgen. In der Zwischenzeit üb weiter Druck auf sie aus, die Akademie zu verlassen. Denk daran, es ist nur zu ihrem Besten."

Ich nicke. „Ja, und vielleicht können wir das, was wir herausfinden, nutzen, um sie von der Akademie verweisen zu lassen."

„Falls sie irgendetwas Falsches macht", betont Marcus, während er sich wieder in meinem Stuhl zu drehen beginnt. „Hast du irgendetwas während eurer Einzelsitzungen herausgefunden?"

Wir hatten erst ein paar, aber die waren, gelinde gesagt, frustrierend. „Noch nicht. Aber ich werde bald etwas entdecken.

Irgendeine Art von Magie hindert mich daran, etwas über ihre Kräfte herauszufinden. Könnte sie über Feenmagie verfügen und wir sind nicht in der Lage, sie zu erkennen?"

Marcus unterbricht seine Drehung. „Wie sollte sie an diese Art von Magie kommen? Glaubst du, sie ist zum Teil eine Fee?"

„Könnte sie einen von den Feen angefertigten Gegenstand haben?", fragt Callan. „Wie der Stab der Ewigkeit, mit dem mein lieber alter Vater den Himmel zu schließen pflegte." Bitterkeit liegt in seiner Stimme, wie es manchmal der Fall ist, wenn wir allein sind und er über Michael spricht. Allerdings nur, wenn wir allein sind.

Das Bürotelefon klingelt und ich halte einen Finger hoch und gehe ran. Es ist die Mutter eines Studenten aus dem dritten Jahr namens Blake, die seit Tagen nicht in der Lage ist, ihr kostbares Baby zu erreichen. Ich versichere ihr, dass ich ihren Sohn vorhin gesehen habe und dass er sie so schnell wie möglich anrufen wird. Nachdem ich aufgelegt habe, ziehe ich mein Handy heraus und schreibe ihm eine Nachricht. Er ist ein Idiot, jemand, mit dem ich normalerweise nie etwas zu tun haben würde, aber ich speichere die Nummern von allen aus genau solchen Gründen in meinem Handy. **Deine Mutter hat sich in der Schule gemeldet, weil sie sich Sorgen um dich macht. Ruf sie an. Sofort.**

Er antwortet in Sekundenschnelle. **Ich werde sie sofort anrufen. Entschuldige die Unannehmlichkeiten.** Das ist genau die Reaktion, die ich erwartet habe. Wenn einer von uns jemandem sagt, dass sie etwas tun sollen, dann machen sie es auch. Außer Olivia.

Während ich mein Handy weglege, beantworte ich die Fragen von Callan und Marcus. „Ich habe nichts gesehen, was darauf hindeutet, dass sie zum Teil eine Fee ist oder eines ihrer

Objekte besitzt, aber es ist zu früh, um das mit Sicherheit sagen zu können."

„Ich habe versucht, Druck auf sie auszuüben, damit sie die Akademie verlässt, aber bisher scheint nichts zu funktionieren", sagt Callan. „Sie ist sehr stur. Ich werde mich mehr anstrengen müssen."

„Was hast du im Sinn?", frage ich.

„Ich bin mir noch nicht sicher, aber ich könnte Tanwen fragen. Sie ist gut in solchen Dingen."

„Wirst du wieder mit ihr zusammenkommen?", fragt Marcus.

Callan schnaubt. „Definitiv nicht."

Marcus gluckst. „Das sieht sie aber anders. Pass besser auf, sonst kommt sie noch auf falsche Gedanken."

„Ich werde es deutlich machen."

Ich blende ihr Gespräch aus, als meine Gedanken wieder zu Olivia zurückkehren. Ich rufe die Live-Überwachungskameras auf und klicke mich durch sie hindurch, bis ich sie dabei entdecke, wie sie aus dem Wohnheim kommt. Sie streicht sich eine dunkle Haarsträhne hinters Ohr, während der Wind zunimmt, wie es in dieser Höhe oft der Fall ist. Meine Augen verengen sich, als ich sie aus dem Blickfeld verschwinden sehe. *Ich werde deine Geheimnisse aufdecken, koste es, was es wolle. Du kannst die Wahrheit nicht vor mir verbergen.*

21

OLIVIA

Die restliche Woche vergeht wie im Fluge, während ich die Prinzen und Walküren weitestgehend meide und ich einfach nur froh bin, dass ich es ohne Probleme ins Wochenende schaffe. Am Samstagabend findet das Treffen des Geheimbundes statt, oder was auch immer es ist, und dann bin ich hoffentlich einen Schritt näher dran, meinen Bruder zu finden.

Als der Samstagmorgen anbricht, stürmt Araceli in aller Herrgottsfrühe in mein Zimmer. Sie reißt die Vorhänge auf und verkündet: „Wir gehen einkaufen!"

Verdammte Engel. Sie sind alle solche Morgenmenschen. Ich habe mich darauf gefreut, bis mittags im Bett zu bleiben. Ich bin immer noch an den Zeitplan eines Barkeepers gewöhnt. Oder den eines Dämons.

Ich schaue aus dem Fenster, durch das ich einen grauen Himmel und Bäume erblicke, die sich heftig im Wind bewegen. Es ist die Art von Tag, bei der man genau weiß, dass er kühl und trostlos sein wird.

„Heute? Es ist viel zu kalt." Ich ziehe die Decke bis zur Nase hoch und verstecke mich.

Engel hassen die Kälte absolut, also muss ich so tun, als ob ich es auch täte. Das ist der Grund, warum das Schuljahr an der Seraphim Akademie von Frühling bis Herbst geht, gefolgt von einer Winterpause. Dämonen hingegen mögen keine Hitze. Die ganze Sache, dass die Hölle aus Feuer und Schwefel besteht? Das ist reine Engelspropaganda. Es ist eher ein ewiges Reich der Nacht, sagt jedenfalls meine Mutter.

Araceli guckt nach draußen. „Können wir dein Auto nehmen? Es hat doch eine Heizung, oder?"

„Ja, klar." Ich bin nicht sonderlich begeistert von der Idee, da mein Auto so ein Schrotthaufen ist, aber ich muss die Tarnung aufrechterhalten und bin auch noch nicht die Beste im Fliegen. „Aber ich warne dich schon mal vor, ich bin nicht gerade die beste Fahrerin."

„Ach, wir kommen schon klar." Sie winkt mit der Hand. „Fliegen wäre heute Morgen eine Qual und ich will wirklich gerne los."

„In Ordnung, aber gib mir ein paar Minuten, um mich anzuziehen und einen Kaffee zu trinken. Du weißt, dass ich ohne nicht überleben kann."

Sie verdreht die Augen, sagt aber: „Gut, gut."

Ich dusche schnell, trinke meinen Kaffee und eine Stunde später sind wir auch schon unterwegs. Als uns beim Verlassen des Wohnheims die kalte Luft ins Gesicht schlägt, erwäge ich es noch einmal, zu fliegen. Da ich sowohl Dämonen- als auch Engelsblut in mir trage, habe ich weder eine Vorliebe für Kälte noch für Hitze, aber heute ist es wirklich verdammt kalt, besonders für Ende März.

Wir gehen in Richtung Parkplatz, als ich sehe, wie die Prinzen herumschleichen. Ich ziehe Araceli zurück und verstecke mich hinter dem Backsteinbau des Hauptgebäudes.

„Warte." Ich habe heute Morgen noch nicht annähernd

genug Kaffee getrunken, um mich mit ihrem Mist auseinander-
zusetzen.

„Was?" Sie sieht sich besorgt um. „Was ist los?"

„Die Prinzen." Ich spähe um die Mauer herum und beobachte, wie sie zu Callans Auto schlendern. Araceli duckt sich, um
unter meinem Arm hindurchzuschauen, als ein anderer Student
vorbeigeht und uns einen seltsamen Blick zuwirft. Ich stelle mir
vor, wie dumm wir aussehen müssen, wie wir uns hier hinter
dem Gebäude verstecken und richte mich auf. „Na los."

„Warum?" Araceli folgt mir in Richtung Parkplatz, aber sie
ist noch zögerlicher als ich. „Ich will auch nichts mit ihnen zu tun
haben."

„Wenn wir uns vor ihnen verstecken, gewinnen sie." Obwohl
ich glaube, was ich sage, kann ich nicht umhin, einen kleinen
Seufzer der Erleichterung auszustoßen, als ich Callans Auto vom
Parkplatz fahren sehe, ohne dass sie uns bemerkt haben.

Nachdem sie weg sind, eilen wir zu meinem Auto. Je eher
wir losfahren, desto eher wird es warm. Ich verschwende keine
Zeit, vom Parkplatz zu fahren und mache mich auf den Weg zur
kurzen Fahrt nach Angel Peak, wobei Araceli mir die Richtung
weist, da das GPS meines Handys hier oben nicht gut funktioniert. Nee, das wäre ja auch zu einfach.

Wir machen uns auf den Weg in die winzige Stadt, die
gerade genug Geschäfte hat, damit wir nicht in eine größere
Stadt fahren müssen. Es ist das malerischste Städtchen, das ich je
gesehen habe. Jede Ladenfront sieht aus, als wäre sie direkt aus
den 1950er Jahren teleportiert worden, alles ist in Pastellfarben
gehalten und dekorativ verziert. Ich finde einen Parkplatz und als
wir aussteigen, schaue ich mich um, während ich versuche, mein
Kinn nicht über den Boden schleifen zu lassen. Ein Schuster,
eine Näherin, Bürobedarf. Es gibt sogar eine Eisdiele.

Ich drehe mich langsam im Kreis. „Wow."

„Es ist wie eine Zeitreise, nicht wahr?" Araceli grinst mich an. „Meine Tante lebt hier, also habe ich einen Großteil meiner Kindheit hier verbracht.“

Ich kann mir den Neid nicht verkneifen, der mich durchströmt, als ich das höre. Sogar die Halbfee-Außenseiterin hatte eine glücklichere Kindheit als ich. Ich verdränge diese Gedanken und versuche, die negativen Gefühle gegenüber der Person, die seit ich hier bin am nettesten zu mir war, zu unterdrücken. Sie hat es nicht verdient.

„Wir sollten hier ein paar lustige Sachen für unsere Wohnung besorgen können“, sagt Araceli.

„Okay, aber ich habe nicht viel Geld“, sage ich.

Araceli schaut von ihrer Handtasche auf. „Haben sie dir kein Taschengeld gegeben? Ich weiß, es ist nicht viel, aber es sollte reichen.“

„Nein, obwohl ich mich daran erinnere, dass mir gesagt wurde, dass ich eine Art Stipendium erhalten würde. Ich war mir aber nicht sicher, wie ich an das Geld herankomme.“ Und ich war mir auch nicht sicher, ob ich das wollte. Nichts im Leben ist umsonst. Diese Lektion habe ich früh lernen müssen.

„Komm schon.“ Sie packt mich am Ellbogen und zieht mich die Straße entlang. „Wir gehen zuerst zur Bank. Ich wette, es ist dort.“

„Es gibt eine Engelsbank?“ Das ist etwas, das ich tatsächlich noch nicht wusste.

„Ja. In der Menschenwelt geht sie als Kreditgenossenschaft für Angestellte von Aerie Industries durch und sie hat nur Filialen in Engelsgemeinden. Viele Engel haben auch Konten bei anderen Banken, aber diese hier ist nur für uns und wird von Engeln geführt. Die Stadt ist sowieso verzaubert, um Menschen fernzuhalten, also wäre es für einen Menschen fast unmöglich, ein Konto zu eröffnen, selbst wenn er die Filiale finden würde.“

Die Bank befindet sich am Ende der Straße in einem Gebäude, das wie ein altes, pastellblau gestrichenes, viktorianisches Haus aussieht. Wir betreten die vordere Veranda und die alten Dielen knarren unter unseren Füßen. Ich ziehe eine Augenbraue hoch und frage mich, ob sie halten werden.

Araceli grinst. „Urig."

Urig trifft es nicht ganz. Wir treten ein und Araceli geht direkt zu einer der Bankangestellten, die in einer kleinen Kabine auf Kunden warten.

„Hallo", sagt die Dame mit heller Stimme. „Wie können wir Ihnen helfen?"

„Ich möchte eine Abhebung von meinem Konto machen und meine Freundin Liv ebenfalls."

„Ich bin mir nicht sicher, ob ich überhaupt ein Konto habe." Ich schüttele kurz den Finger und werfe ihr einen entschuldigenden Blick zu. „Wenn Sie das überprüfen könnten, wäre ich Ihnen sehr dankbar. Olivia Monroe, bitte."

„Natürlich." Die Rothaarige tippt auf ihrem Computer herum. „Haben Sie einen Ausweis dabei?"

Ich reiche ihr meinen Führerschein und beobachte, wie sie ihn überprüft. Dieses Erlebnis ist so eine seltsame Mischung aus Menschen- und Engelsprozeduren.

„Es scheint alles in Ordnung zu sein, Ms. Monroe." Sie reicht mir meinen Führerschein und sieht mich mit ihren perfekt geformten, hochgezogenen Augenbrauen an. „Wie viel möchten Sie abheben?"

„Wie viel ist denn auf dem Konto?", frage ich.

„Eintausend." Das fade Lächeln der Rothaarigen ist beunruhigend. Für sie sind eintausend Dollar keine große Sache. Für mich ist es eine Menge.

Ich verhaspele mich beinahe. Ich habe ein Konto, das ich nicht eröffnet oder beantragt habe, mit einem Haufen Geld darauf. Aerie Industries zahlt mir tausend Dollar, nur damit ich zur Akademie gehe. Für eine Sekunde fühle ich mich fast schlecht, weil ich alle getäuscht habe, aber dann verdränge ich es wieder. Ich bin wegen einer Mission hier. Die Engel können meinen Bruder nicht finden, also können sie mich auch genauso gut dafür bezahlen, dass ich ihren Job für sie mache.

„Ist das für das Schuljahr?", frage ich. Ich rechne schnell in meinem Kopf nach. Ich habe ein paar hundert Dollar von meinem Job in der Bar gespart. Das sollte für das nächste Jahr reichen, auch ohne Job, wenn man bedenkt, dass ich viele Dinge umsonst bekomme und keine Wohnung mehr bezahlen muss. Ich werde Benzin für das Auto brauchen, das zumindest abbezahlt ist, plus Geld für die Versicherung und mein Handy, auch wenn es hier oben keinen Empfang hat.

„Nein, nur für diesen Monat", sagt Araceli, während sie auf einen Zettel in ihrer Handtasche schaut. „Es ist anteilig, da wir nur einen Teil des März hier sind. Nächsten Monat bekommst du zweitausend."

Mir fällt die Kinnlade runter. Wofür in aller Welt soll ich denn zwei Riesen im Monat ausgeben?

Für nichts. Das Zeug kommt in mein Wohnheimzimmer, falls ich schnell fliehen muss. Ich könnte auch etwas außerhalb des Campus verstecken. Wenn jemand herausfindet, dass ich zur Hälfte ein Dämon bin, muss ich auf alles gefasst sein.

„Ich nehme alles mit, bitte." Ich versuche, zuversichtlich zu klingen, als ob ich mir bei einem Tausender für einen halben Monat nicht in die Hose machen würde.

Die Angestellte, die mir plötzlich sehr sympathisch ist, reicht mir zehn Hundertdollarscheine und zählt sie in meine Hand ab. Ich falte neun davon dreimal und stecke sie in eine kleine Tasche meiner schwarzen Jeans. Den anderen stecke ich in meine Brieftasche, um ihn heute auszugeben. Ich habe noch nie in meinem Leben so viel Geld mit mir herumgetragen und mir wird ganz mulmig zumute.

Araceli hebt auch etwas Geld ab, dann machen wir uns wieder auf den Weg. „Ich habe dieses Konto schon, seit ich klein bir. Es gibt auch eine Filiale dieser Bank in Arizona." Als wir hinaus in die Kälte treten, hellt sich ihr Gesicht auf. „Da sind Grace und Cyrus. Sie sind hergeflogen."

Sie landen auf dem Bürgersteig und Grace schenkt uns eines ihrer warmen Lächeln. „Geht ihr einkaufen? Können wir euch begleiten?"

„Natürlich", sage ich, während ich sie in ihren kurzärmeligen Hemden beäuge. Araceli und ich sind so dick eingemummelt, als würden wir in den Schnee hinausgehen. „Wie haltet ihr die Kälte aus?"

„Das ist etwas, das wir diese Woche in Lichtkontrolle gelernt haben, den Kurs werdet ihr im nächsten Jahr haben", sagt Cyrus und grinst.

„Sammle einfach ein bisschen Sonnenlicht um dich herum, etwa so", sagt Grace. Sie konzentriert sich und ein sanftes Licht umgibt sie und verschwindet dann wieder. „Das hält dich schön warm."

Grace und Cyrus gehen zur Bank und während wir warten, arbeitet Araceli daran, Licht wie einen warmen Wintermantel um sich zu ziehen. Ich will es auch versuchen, aber das würde verraten, dass ich meine Engelsmagie beherrsche und das darf niemand wissen. Also zittere ich stattdessen nur, während sie sich selbst aufwärmt.

„Du wirst es bald lernen", sagt Araceli, während sie meine Schulter reibt und ich fühle einen weiteren Anflug von Schuld, weil ich sie täusche. „Bald wird dieser ganze Engelskram einen Sinn ergeben, das verspreche ich."

„Danke", sage ich.

„Araceli!" Darel hüpft praktisch die Straße entlang auf uns zu. „Was macht ihr denn hier an diesem schönen Morgen?"

„Wir gehen einkaufen", sagt sie und lacht. „Willst du dich uns anschließen?"

„So schöne Damen begleite ich doch gerne." Er zwinkert ihr

zu und nimmt dann ihren Arm wie ein Gentleman. Die beiden schlendern die Straße entlang und vergessen mich dabei völlig. Es ist schwer, einen Sukkubus zu ignorieren, aber so ist das mit der Liebe, gerade in den ersten Momenten. Ich bin aber nicht sauer. Ich hoffe, dass es gut für sie ausgeht. Außerdem genieße ich den Geschmack ihrer wachsenden Lust.

Grace und Cyrus kommen raus und kichern, als sie sehen, dass Araceli uns abserviert hat. „Ich schätze, das macht man jetzt so", sagt Cyrus, erfreut über diesen neuen Klatsch.

„Scheint so", sage ich.

„Sie sind süß zusammen", sagt Grace.

„Wir können euch hören", ruft Araceli zurück.

Wir fangen alle an zu kichern und für eine Sekunde spüre ich etwas Seltenes: Glück. Es ist leicht, sich bei diesen Leuten zu verstellen. Sie sind freundlich und offen zu mir, nehmen mich in ihre Mitte auf, obwohl sie mich erst seit einer Woche kennen. Ich wünschte, es wäre nicht alles eine Lüge.

Während wir die Straße hinuntergehen und die süßen kleinen Läden bewundern, plaudere und lache ich mit den anderen, aber ich erinnere mich auch daran, dass ich aus einem bestimmten Grund hier bin. Als Cyrus und Darel in ein Bekleidungsgeschäft für Männer verschwinden, nutze ich die Gelegenheit, um Grace und Araceli noch ein wenig auszuquetschen. Ich muss alle Informationen bekommen, die ich kriegen kann.

Nachdem wir uns an einem kleinen Stand an der Ecke einen Kaffee geholt haben, frage ich sie: „Hey, habt ihr irgendwelche Gerüchte über einen Geheimbund auf dem Campus gehört?"

„Ein Geheimbund?", fragt Araceli mit einem leichten Lachen. Es klingt gezwungen und ihre Augen huschen von einer Seite zur anderen. „An der Seraphim? Niemals."

Grace winkt abwehrend mit der Hand. „Das sind nur Gerüchte. Sie gehen jedes Jahr um und jeder spekuliert darüber, wer eingeladen wurde und wer nicht, aber dann verblassen sie wieder, weil nichts dran ist." Sie zuckt mit den Schultern. „Sorry. Es wäre allerdings ziemlich cool, wenn die Akademie einen hätte."

Ich nehme einen kleinen Schluck von meinem Kaffee. „Ich dachte mir schon, dass das nur eine verrückte Verschwörungstheorie ist."

Es ist schwer zu sagen, ob sie etwas wissen oder nicht, obwohl Araceli definitiv seltsam reagiert hat. Wurde sie zu dem Treffen heute Abend eingeladen? Oder Darel, frage ich mich, als er mit leeren Händen aus dem Herrengeschäft kommt und direkt auf meine Mitbewohnerin zusteuert?

Cyrus erscheint an meiner Seite und trägt eine Einkaufstasche. „Wohin gehen wir jetzt?"

Wir schlendern den Rest des Tages durch die Stadt und obwohl ich mir vorgenommen habe, nur wenig auszugeben, sind die Preise hier höher als in Los Angeles. Nachdem ich einen hübschen Tagesplaner gekauft habe, um den Überblick über meine Aufgaben zu behalten, ein paar Bilder, um sie in unserer Wohnung aufzuhängen und eine Jeans, die ich durch ein Fenster erspäht habe, ist mein Geldbeutel um einiges leichter. Ich schätze, Engel zahlen gerne einen höheren Preis, damit sie einen Ort haben, an dem sie ihre Flügel oder ihre Magie nicht verstecken müssen. Es ist hier üblich, jemanden über sich fliegen oder im Vorbeigehen sanft leuchten zu sehen und jeder scheint jeden zu kennen. Außer mir, natürlich. Ich bekomme immer noch die gleichen seltsamen Blicke und das hektische Geflüster zu spüren. Aber mit Freunden an meiner Seite stören sie mich nicht ganz so sehr.

22

OLIVIA

An diesem Abend schleiche ich mich lautlos mit der weißen Maske und dem Gewand durch den Wald in Richtung des Ortes der Einladung. Hier draußen ist es stockdunkel, kein Mond beleuchtet meinen Weg, aber das stört mich nicht. Hier oben auf dem Berg ist es so klar, dass ich jede einzelne Konstellation am Himmel sehen kann – ganz anders als in meiner Heimat in Südkalifornien.

Schon bald erreiche ich eine kleine Lichtung, auf der bereits zwei Personen in weißen Gewändern mit Masken warten. Ich kann nicht erkennen, wer sie sind, aber es müssen Studienanfänger wie ich sein. Bei meinem Glück ist einer von ihnen wahrscheinlich Tanwen. Die beiden Gestalten in den Roben werfen mir einen nervösen Blick zu, als ich einen Platz auf der Lichtung in einiger Entfernung von ihnen einnehme. Wir stehen alle etwas unbeholfen herum, während noch ein paar weitere Leute dazukommen, bis wir insgesamt vierzehn sind. Ich bin nicht überrascht – sieben ist eine heilige Zahl für Engel, genau wie sechs für Dämonen.

Von allen Seiten des Waldes tauchen plötzlich Menschen in

goldenen Gewändern und Masken auf und umringen uns auf der Lichtung, es ist schwer zu sagen, wie viele von ihnen es sind. Einer von ihnen trägt eine goldene Krone über der Maske, ihre Stimmen sind unkenntlich. „Glückwunsch. Unter allen Engeln dieser Akademie wurdet ihr ausgewählt, um möglicherweise dem Orden des Goldenen Throns beizutreten, dem ältesten Geheimbund dieser Welt. Der Orden wurde vor dreitausend Jahren gegründet und arbeitet seit jeher im Verborgenen, um die Menschheit und die Engel auf der Erde zu führen. Wir rekrutieren sowohl Studenten als auch Professoren direkt von der Akademie, die nach dem Abschluss ihrer Ausbildung zu Führern der Engelsgesellschaft werden.“ Der Anführer hält inne und wirft einen Blick in die Runde der Leute in weißen Roben. „Aber nur weil ihr eine Einladung zur heutigen Versammlung erhalten habt, bedeutet das noch nicht, dass ihr in den Orden aufgenommen wurdet. Nein, im Moment seid ihr lediglich Anwärter. Um in den Orden aufgenommen zu werden, müsst ihr drei Prüfungen absolvieren. Erst dann werdet ihr am Ende des Studienjahres zu einem vollwertigen Mitglied ernannt.“

Wenn dieser Geheimbund so weit zurückreicht, dann haben mir meine Eltern eine ernsthaft mangelhafte Erziehung zuteil werden lassen. Ich habe in der letzten Woche angefangen, das herauszufinden, aber es ist noch viel schlimmer, als ich dachte, es gibt einfach so vieles, von dem ich nichts weiß. Dieses Geheimbund-Zeug klingt mehr nach der „Engel sind heiliger als alle anderen“-Philosophie, die ich nicht ausstehen kann, aber ich bin mir ziemlich sicher, dass mein Bruder ein Mitglied war und bisher ist das der einzige Hinweis, den ich habe. Was bedeutet, dass ich alle Prüfungen bestehen muss, die sie mir auferlegen werden.

„Doch bevor wir euch eure erste Prüfungsaufgabe geben, wollen wir über unsere Grundwerte sprechen“, fährt der Anführer fort. „Wir glauben, dass Engel überlegene Wesen sind und dass es unsere Aufgabe ist, die Erde aus den Schatten heraus zu kontrollieren, um die Menschheit in eine strahlende Zukunft zu führen. Wir glauben, dass Dämonen böse sind und von der Erde ausgerottet werden müssen, um die Menschheit zu schützen. Und schließlich glauben wir, dass Loyalität gegenüber dem Orden an erster Stelle steht, ebenso wie Diskretion. Ihr dürft mit niemandem über den Orden oder dieses Treffen sprechen, auch nicht, wenn ihr kein Mitglied werdet. Solltet ihr diese Regel brechen, werden wir das herausfinden und Konsequenzen folgen lassen."

Ups, ich schätze, ich habe diese Regel bereits gebrochen. Ich frage mich, was diese schwerwiegenden Konsequenzen wohl sein werden?

Die Person zu meiner Rechten schnaubt, sie muss wohl ähnlich denken wie ich. Alle goldenen Masken drehen sich auf einmal zu ihm um und er versteift sich sichtlich. Es gibt nichts Beunruhigenderes als ein Dutzend oder mehr Menschen mit Masken, die einen alle anstarren.

„Findest du das amüsant?", fragt der Anführer mit seiner unnatürlichen Stimme. „Anwärter?"

Die Person, von der ich aufgrund ihres Körperbaus annehme, dass sie ein Mann ist, obwohl ich mich irren könnte, rückt ihre Maske zurecht. „Nein, es ist nur so, dass jeder bereits über den Orden Bescheid weiß. Die Leute reden." Wie der Anführer ist auch die Stimme dieser Person irgendwie verschleiert, genau wie ihr Gesicht.

„Sorge dafür, dass du nicht zu ihnen gehörst", befiehlt der Anführer. „Ihr fragt euch vielleicht, warum wir euch als Anwärter ausgewählt haben. Wir beobachten euch schon seit einiger Zeit und mindestens eines unserer Mitglieder hat euch nominiert, weil wir glauben, dass ihr über die Eigenschaften verfügt, nach denen wir suchen. Einige von euch kommen aus einer angesehenen Engelsfamilie, während andere einen starken

Hass auf Dämonen gezeigt haben oder die Bereitschaft, Menschen zum Licht zu führen. Stellt euch nicht selbst in Frage. Wenn ihr eine Einladung erhalten habt, dann habt ihr es verdient, hier zu sein – aber denkt daran, dass nur wenige von euch es zur letzten Prüfung schaffen werden.

Für die erste Prüfung bitten wir euch, dem Orden eure größte Loyalität zu beweisen. Dazu müsst ihr einen Gegenstand von einem Professor stehlen, oder sogar vom Direktor, wenn ihr euch traut. Passt auf, dass ihr nicht erwischt werdet, da ihr für eine solche Tat wahrscheinlich suspendiert oder verwiesen werdet. Für die Beschaffung dieses Gegenstandes habt ihr einen Monat Zeit, danach erhaltet ihr eine weitere Einladung zum nächsten Treffen, bei dem ihr ihn uns präsentieren werdet. Sorgt dafür, dass es etwas Gutes ist, sonst könnten wir euer Angebot ablehnen. Sollten wir es annehmen, werdet ihr eine zweite Prüfung erhalten. Viel Glück!"

Mit diesen letzten Worten treten die Goldgewandeten zurück in die Dunkelheit des Waldes und verschwinden, während wir in den weißen Roben unbeholfen zurückbleiben. Wir schauen uns gegenseitig an, aber da wir niemanden erkennen können, können wir unsere Konkurrenz nicht wirklich einschätzen.

Ich kann nicht anders, als mich zu fragen, wer mich nominiert hat. Ich erfülle keines ihrer Kriterien und kann mir nur schwer vorstellen, dass sie den Halbmenschen mit unbekannter Herkunft einladen würden. Entweder weiß jemand, wer mein Vater ist, oder ich bin aus einem anderen Grund eingeladen worden. Vielleicht ist es ein Scherz. Oder vielleicht war die Einladung für jemand anderen bestimmt, wurde aber aus Versehen in mein Zimmer gelegt.

Was auch immer der Grund ist, ich werde es ausnutzen. Ich habe kein Interesse daran, Mitglied des Ordens zu werden und glaube auch nicht an die Dinge, an die sie glauben, aber ich habe

das Gefühl, dass ich auf dem richtigen Weg bin. Mein Bauchgefühl sagt mir, dass dieser Geheimbund der Schlüssel zu Jonah ist,
was bedeutet, dass ich jede Prüfung, die sie mir auferlegen,
bestehen werde. Na dann mal los.

Nach der Rückkehr in mein Zimmer kann ich nicht
schlafen und meine Gedanken schweifen zurück zu der
Nacht, in der ich Jonah kennengelernt habe.

*Ein Geräusch vor meinem Fenster hat mich schnell aus
meinem Bett springen lassen. Mein Vater war gerade gegangen
und meine Mutter kam selten zu mir, höchstens manchmal im
Traum. Wer auch immer da draußen war, konnte nichts Gutes für
mich bedeuten.*

*Meine derzeitigen Pflegeeltern schenkten mir nicht viel
Aufmerksamkeit, deshalb hatten sie nicht einmal bemerkt, dass ich
einen Baseballschläger unter meinem Bett versteckte. Ich zog ihn
hervor und presste mich an die Wand, dann spähte ich aus dem
Fenster mit der Tapferkeit einer Zehnjährigen, die es zwar
gewohnt war, auf sich selbst aufzupassen, aber auch wusste, dass
es da draußen definitiv auch Monster gab.*

*Zu meiner Überraschung und Erleichterung drückte ein
schlaksiger Junge in etwa meinem Alter sein Gesicht gegen die
Scheibe. Ich war im zweiten Stock, aber seine Flügel erlaubten
ihm, auf meiner Höhe zu schweben. Ich starrte ihn eine Minute
lang an, dann riss ich das Fenster auf und erhob meinen Schläger,
nur für den Fall. „Wer bist du?"*

„Jonah", sagte er, ein bisschen zu laut. „Wer bist du?"

*„Pssst! Ich stelle hier die Fragen." Meine Pflegeeltern sahen
sich zu viele Krimiserien im Fernsehen an und das fing an, auf
mich abzufärben. „Warum fliegst du vor meinem Fenster herum?"*

„Ich bin gekommen, um zu sehen, warum mein Vater dich besucht hat", sagte der Junge. „Ich bin ihm hierher gefolgt."

„Dein Vater?" Ich blinzelte ihn an und ließ meinen Schläger sinken, dann redete ich, ohne nachzudenken. „Er ist auch mein Vater."

„Wirklich?" Jonahs Gesicht erhellte sich.

Oje. Ich durfte niemandem von meinen richtigen Eltern erzählen. Vater hatte mich über meine Herkunft aufgeklärt und mich mehrmals gewarnt, dass sie mir etwas antun würden, wenn sie mich fänden, aber ich war zu aufgeregt angesichts der Vorstellung, jemanden zu treffen, der so war wie ich. Ich öffnete das Fenster ganz und winkte Jonah herein.

Jonah setzte sich nicht, sondern zitterte vor Aufregung, seine Flügel immer noch ausgebreitet. Sie waren funkelnd weiß mit silbernen Streifen und ich wollte sie unbedingt anfassen, aber ich wusste, dass das nicht erlaubt war. „Du bist meine Schwester?"

Ich nickte, während ich mir auf die Lippe biss. Sein Haar war dunkelblond und sein strahlendes Lächeln sah meinem eigenen überhaupt nicht ähnlich, sodass es schwer zu glauben war, dass wir verwandt sein könnten. Seine blauen Augen waren fast grau, während meine ein eigentümliches Grün hatten, das die Leute für gewöhnlich kommentierten, wenn sie mich zum ersten Mal trafen. „Wie kannst du fliegen? Ich dachte, Engel bekommen ihre Flügel erst mit einundzwanzig."

„Ich habe meine bekommen, als ich sieben war", sagte er, während er sich im Zimmer umsah und alles untersuchte. Es gab nicht viel zu sehen, da ich erst vor ein paar Wochen eingezogen war. „Meine Mama sagt, es ist selten, aber es kommt manchmal vor."

„Wer ist deine Mutter?" Konnte das möglich sein? Gab es noch jemanden wie mich?

„Erzengel Ariel."

„Oh", sagte ich enttäuscht. Er war ein vollwertiger Engel, und ich war es … nicht.

Plötzlich erschien Vater in einem Lichtblitz im Raum und Jonah und ich stießen beide einen überraschten Schrei aus. Er musterte uns mit einem strengen und furchterregenden Blick. „Jonah, was machst du hier?"

Jonah blickte trotzig zu seinem Vater auf. „Ich wollte wissen, wo du dich manchmal hinschleichst. Warum hast du mir nicht erzählt, dass ich eine Schwester habe?"

„Es war zu Olivias Schutz. Niemand darf von ihr wissen. Nicht einmal du."

„Du hättest es uns sagen sollen." Ich verspürte ein leichtes Glühen in meiner Brust, weil ich mich auf Jonahs Seite gestellt hatte. Ich hatte einen Bruder. Ich war nicht mehr völlig allein.

Vater legte die Stirn in Falten und seufzte. „Vielleicht hast du recht. Aber Olivia ist sicherer, solange niemand von ihr weiß. Jonah, ich werde Jophiel bitten müssen, deine Erinnerungen zu löschen. Es tut mir leid."

„Nein!", riefen wir beide.

Ich klammerte mich an Vaters Ärmel und sah mit Augen, die den Tränen nahe waren, zu ihm auf. „Bitte, Vater. Ich habe niemanden. Nimm mir Jonah nicht auch noch weg."

Er starrte mich an und ausnahmsweise schmolz seine harte Miene. Er berührte meinen Kopf sanft in einem seltenen Akt der Zärtlichkeit. „Also gut. Aber ihr beide müsst mir versprechen, dass ihr niemals jemandem etwas über den anderen erzählen werdet. Das gilt besonders für dich, Jonah. Keiner deiner Freunde darf jemals von Olivia erfahren."

„Und wenn ich das verspreche, darf ich dann zurückkommen und Liv besuchen?", fragte Jonah.

„Ja, wann immer du willst", sagte Vater.

„Dann verspreche ich es!"

„Ich auch!", fügte ich hinzu.

Vater nahm uns beide in die Arme und als er uns so festhielt, fühlte ich etwas Seltenes ... Zugehörigkeit. Ich hatte eine Familie. Ich war nicht allein.

Von dieser Nacht an kam Jonah mich regelmäßig besuchen und wir hielten unser Versprechen. Es war ihm egal, dass ich ein Halbdämon war, denn ich war seine Schwester. Er erzählte mir alles über die Welt der Engel und seine Besuche waren der Höhepunkt meiner Tage. Bis er dann verschwand und ich mich daran erinnerte, wie es sich anfühlte, ganz allein auf der Welt zu sein – und da schwor ich, alles daranzusetzen, ihn zu finden.

23

OLIVIA

Am Montag betreten Bastien, Callan und Marcus gerade die Cafeteria, als Araceli und ich nach dem Frühstück hinausgehen. Krampfhaft versuche ich, ihnen auszuweichen, aber sie stellen sich mir in voller Größe in den Weg.

Natürlich tun sie das.

Marcus schenkt mir ein sanftes Lächeln, aber es hat einen leicht raubtierhaften Ausdruck. „In Eile?"

„Das hoffe ich doch", knurrt Callan. Ihn mag ich mit Abstand am wenigsten von den Prinzen.

Dieses Mal werde ich mich nicht wie ein Feigling vor ihnen verstecken. Ich weigere mich, mich zu rühren und verschränke einfach die Arme und starre sie an, bis sie an mir vorbeihuschen. *Ein weiterer Punkt für Liv.* Bei jedem anderen wäre ich höflich ausgewichen, aber nicht bei diesen Idioten. Die können mir ruhig aus dem Weg gehen.

Mit einem kleinen Grinsen schlendere ich aus der Cafeteria, Araceli gafft mich dabei an. „Das war großartig", sagt sie, während sie einen Blick hinter uns wirft, als hätte sie Angst, dass sie zurückkommen könnten. „Als ich sie sah, habe ich mich ohne nachzudenken vor ihnen geduckt, aber du hast dich ihnen entgegengestellt."

Ich zucke leicht mit den Schultern. „Es ist keine große Sache. Ich finde einfach nicht, dass sie das Recht haben, herumzulaufen, als würden ihnen die Akademie gehören."

„Das tun wir beide, aber ich bin nicht verrückt genug, sie herauszufordern. Du bist mutig, Mädchen."

Meine gute Laune hält genauso lange an, bis das Kampftraining beginnt und ich mich darauf vorbereite, mir erneut von Tanwen in den Hintern treten zu lassen. Überraschenderweise tut sie das aber nicht. Weniger überraschend ist sie so damit beschäftigt, Callan in den Hintern zu kriechen, dass sie vergisst, mir auf die Nerven zu gehen. Ich verbringe die Zeit damit, mit Araceli und Darel zu kämpfen, während ich mich an kleinen Leckerbissen lustvoller Energieschübe von Callen erfreue. Denn auch wenn Tanwen ihn will, will er mich.

Ich bleibe für den Rest des Tages auf der Hut, aber er vergeht ohne größere Komplikationen. Marcus und ich ignorieren uns in Dämonenkunde, wo Professor Raziel uns immer noch über die Gefallenen unterrichtet. In Engelsgeschichte versucht Professor Kassiel, so zu tun, als würde ich nicht existieren, scheitert allerdings und ich winde mich die ganze Zeit, während ich seiner sexy Stimme zuhöre. Während er uns unterrichtet, starre ich auf die Stoppeln an seinem Hals und träume davon, mit meiner Zunge daran entlang zu fahren. Wenn ich diesen Kurs bestehen will, muss ich mich besser beherrschen können. Danach nutzt Bastien unsere gemeinsame Zeit, um mich über meine Kindheit auszuquetschen. Es klingt eher so, als würde er nach Lücken in meiner Geschichte suchen, als dass er herausfinden will, welchem Chor ich angehöre. Die Sitzung macht ihn nur noch mürrischer.

Zum Abendessen hole ich mir Pizza und setze mich mit Araceli, Grace und Cyrus an unseren üblichen Tisch. Auch Darel, in den Araceli schon fast völlig verliebt ist und den sie definitiv begehrt, gesellt sich zu uns. Es ist schön, eine Gruppe von Freunden zu haben, auch wenn ich weiß, dass unsere Freundschaften nicht von Dauer sein können. Sie werden nie mit mir befreundet bleiben, wenn sie herausfinden, was ich wirklich bin, oder dass ich sie hintergangen habe, aber zumindest für den Moment ist es schön.

„Was sind das für Flyer, die ich überall auf dem Campus sehe, für ein Footballspiel gegen Dämonen?", frage ich.

„Das findet jedes Jahr statt", sagt Cyrus. „Wir veranstalten Spiele gegen die Dämonen-Uni, die Hellspawn Akademie und die Feen-Uni, die Ethereal Akademie, als Teil eines Aufbaus von freundschaftlichen Beziehungen zu ihnen, oder so ein Scheiß."

Darel grinst. „Ich habe gehört, dass wir das machen, damit wir gegen sie kämpfen können, ohne dass es echte Konsequenzen nach sich zieht. Etwas Dampf ablassen und die Aggressionen abbauen, da es illegal wäre, tatsächlich gegen sie zu kämpfen."

„Also gibt es auch eine Dämonen-Akademie?", frage ich. „Heißt die wirklich Hellspawn Akademie?"

„Das tut sie wirklich", sagt Cyrus. „Ob du es glaubst oder nicht, sie betrachten es nicht als Beleidigung."

„Die Spiele machen ziemlich viel Spaß, auch wenn niemand seine Kräfte einsetzen darf", sagt Darel. „Kein Fliegen, kein brennendes Licht, nichts von alledem. Aber wir können trotzdem unsere überdurchschnittliche Geschwindigkeit und Stärke nutzen, da alle Übernatürlichen diese Eigenschaften besitzen. Das sorgt für ein ziemlich rasantes und intensives Spiel." Er grinst. „Ich habe es dieses Jahr ins Team geschafft, also müsst ihr alle zu den Spielen kommen."

Araceli wirft ihr Haar zurück und lächelt. „Wir werden es nicht verpassen."

Cyrus verschluckt sich an einem großen Bissen Pizza. „Das erste Spiel gegen die Dämonen ist hier auf dem Campus. Dann haben die Feen und Dämonen ein Spiel in der Hellspawn Akademie und wir spielen dann noch einmal gegen die Feen. Am Ende des Jahres treten die beiden Siegerteams im Kampf um die Meisterschaft gegeneinander an."

„Hat die Akademie auch andere Sportteams?", frage ich.

„Nein, der Sport wechselt jedes Jahr, da wir nicht genug Studenten für verschiedene Teams haben. Letztes Jahr war es Baseball und dieses Jahr ist es Football."

Baseball. Jonahs Lieblingssport. Ich bin sicher, dass er im Team gespielt hat. Ich muss mal nachsehen, wer sonst noch mit ihm im Team war und ob sie einen Grund gehabt hätten, ihm etwas anzutun.

Ich stochere in meiner Pizza und versuche, unschuldig zu klingen. „Ist es sicher, Dämonen und Feen hier auf dem Campus zu haben?"

Grace schenkt mir ein leicht mitleidiges Lächeln. „Ziemlich sicher. Es gibt viele Professoren und offizielle Leute, die aufpassen, dass nichts Schlimmes passiert. Manchmal bricht ein Kampf aus, aber es ist nichts Ernstes. Du brauchst dir keine Sorgen zu machen."

Cyrus wirft ihr einen kurzen Blick zu. „Na ja, ich meine, Jonah ist nach dem letzten Meisterschaftsspiel gegen die Feen verschwunden, aber das war wahrscheinlich nur ein Zufall."

Ich blicke schnell auf, dann schiebe ich mir ein Stück Pizza in den Mund, um meine Überraschung zu verbergen. Das ist neu für mich.

Graces Gesicht verzieht sich bei der Erwähnung meines Bruders. „Wir wissen nicht, ob es einen Zusammenhang gibt. Die Erzengel haben die Feen von jeglicher Beteiligung freigesprochen."

Ich weiß nicht viel über die Feen, aber es klingt, als sollte ich mehr über sie in Erfahrung bringen ... und darüber, was bei diesem Spiel passiert ist.

Araceli und ich beenden unser Abendessen, sagen unseren Freunden gute Nacht und gehen zur Tür hinaus. Als wir in die kühle Nachtluft hinaustreten, sehe ich Marcus draußen an der Wand lehnen. Er sieht unglaublich sexy aus in seiner schwarzen Lederjacke, während die Brise sein gewelltes Haar zerzaust. Seine dunklen Augen treffen auf meine und zwischen uns entflammt die Lust, so stark, dass ich fast zittere, als sie mich trifft.

„Da bist du ja", sagt er und richtet sich auf. „Ich würde gerne mit dir reden. Alleine."

Araceli wirft mir einen nervösen Blick zu, aber ich nicke ihr zu. „Es ist in Ordnung", sage ich. „Ich sehe dich dann im Wohnheim."

„Okay." Sie zögert, aber dann reibt sie sich die Arme und stürmt davon.

Als wir allein sind, frage ich: „Hast du auf mich gewartet?"

„Das habe ich", sagt er. „Wir müssen einen Termin für unser Projekt in Dämonenkunde vereinbaren."

„Ist das alles?" Ich stoße ein leises Lachen aus. „Ich war schon beunruhigt, als du sagtest, du wolltest mit mir allein sprechen."

Er schenkt mir das süßeste kleine Grinsen. „Ich wollte dich einfach ganz für mich allein haben."

Ich verdrehe die Augen bei diesem kitschigen Spruch. „Ich habe am Mittwoch um sechzehn Uhr Zeit. Passt dir das?"

„Klingt gut. Treffen wir uns in der Bibliothek?"

Ich nicke. „Bis dann."

Als ich weggehe, ruft er mit neckischer Stimme: „Wir wissen beide, dass du auch mit mir allein sein wolltest."

Ich tue so, als würde ich ihn nicht hören, aber ich hasse es, dass er so richtig liegt. Ich will mit ihm allein sein. In meinem Bett. Auf einem Tisch. Auf dem Fußboden. Es ist egal, solange wir beide nackt sind. Aber das wird nicht passieren, also schlucke ich mein Verlangen herunter und gehe zurück ins Wohnheim ... allein.

dass er so richtig liegt. Ich will mit ihm allein sein. In meinem Bett. Auf einem Tisch. Auf dem Fußboden. Es ist egal, solange wir beide nackt sind. Aber das wird nicht passieren, also schlucke ich mein Verlangen herunter und gehe zurück ins Wohnheim ... allein.

24

KASSIEL

Um Mitternacht herrscht auf dem Campus Totenstille, besonders hier draußen am See. Das Mondlicht glitzert auf dem schwarzen Wasser, das sich sanft im Wind bewegt und ich atme tief ein, um alles in mich aufzunehmen. Nach einem langen Unterrichtstag hilft es mir, den Kopf frei zu bekommen, wenn ich hier draußen einen Moment für mich allein habe.

„Ich hätte nie gedacht, dass ich dich mal ohne deinen Anzug sehen würde."

Die schwüle, vertraute Stimme lässt mich zusammenzucken, bevor ich mich umdrehe und die Besitzerin der Stimme auf mich zukommen sehe. „Olivia."

Sie trägt einen schwarzen Kapuzenpulli, den sie zurückschiebt, als sie sich mir nähert, dann schüttelt sie diese wunderschöne dunkle Haarmähne aus. „Was machst du denn hier draußen?"

„Das könnte ich dich auch fragen."

„Ich konnte nicht schlafen, also dachte ich, ich mache einen Spaziergang um den See. Ich hatte nicht erwartet, hier draußen noch jemanden zu treffen."

„Manchmal entspanne ich mich hier draußen nach einem langen Tag des Unterrichtens." Ich sollte aufstehen, ihr Gute Nacht wünschen und mich verabschieden, um ihr möglichst aus dem Weg zu gehen, aber ich verharre wie angewurzelt auf der Bank, auf der ich sitze. Etwas in ihren Augen sieht so verletzlich und verloren aus, dass ich sie nicht wegschicken kann. Ich tätschele den Platz neben mir auf der Steinbank. „Möchtest du dich ein paar Minuten zu mir setzen?"

Sie blickt auf ihre Uhr und nickt. Wenn sie halb menschlich wäre, wie alle dachten, hätte sie die Uhrzeit im spärlichen Mondlicht nicht erkennen können. Aber sie ist es nicht und sie hat es mir gerade bestätigt, ohne es zu bemerken. *Vorsicht, meine Liebe, sonst bemerkt es bald noch jemand anderes.*

„Ich denke, ich kann noch ein paar Minuten entbehren." Sie setzt sich auf den Rand der Bank und starrt auf das Wasser, als ob sie gezielt versucht, mich nicht anzuschauen. Dann wird mir klar... sie hat Hunger. Lilim sind immer hungrig, besonders junge wie sie. Da sie nur ein halber Sukkubus ist, bin ich mir nicht sicher, wie oft sie sich ernähren muss, aber sie kann vermutlich jedes Mal, wenn ich sie ansehe, mein eigenes Verlangen nach ihr spüren und das macht es wahrscheinlich noch schlimmer.

Ich reiße meinen Blick von ihr los und versuche, nicht daran zu denken, wie sehr ich sie will. „Wie geht es dir? Mit deiner ... speziellen Diät?"

Ihr Körper versteift sich sichtlich. „Ich weiß nicht, was du meinst."

„Sicher weißt du das nicht." Ich beuge mich vor, hebe einen Stein auf und werfe ihn in den See. Dank meiner übernatürlichen Kraft hüpft er bis auf die andere Seite und verschwindet aus dem Blickfeld.

„Guter Wurf."

„Ich hatte eine Menge Übung."

Sie zieht eine Augenbraue hoch. „Wie alt bist du? Oder ist es unpassend, einen Engel danach zu fragen?"

Ich kichere leise. „Es gilt als unhöflich zu fragen, denn je älter man ist, desto mächtiger ist man, aber es ist in Ordnung. Ich bin nur einhundertzweiundsiebzig Jahre alt."

„*Nur?*", fragt sie und lacht dabei ein wenig.

„In der übernatürlichen Welt gilt das praktisch als Baby."

Sie schüttelt mit einem amüsierten Lächeln den Kopf. „Und in der menschlichen Welt ist es alt genug, um mein Ur-Ur-Großvater zu sein oder so etwas in der Art."

„Die Zeit hat eine andere Bedeutung für diejenigen von uns, die eine unsterbliche Lebensspanne haben. Die Jahre vergehen wie im Flug und du fragst dich, wo sie geblieben sind. Dann schaut man auf und plötzlich ist die ganze Technologie veraltet und man muss alles neu lernen."

„Du willst also damit sagen, dass du alt bist", sagt sie mit einem neckischen Grinsen.

Ich grinse sie an. „So ziemlich, ja. Und jetzt verschwinde von meinem Rasen, Kleine."

„Keine Chance." Sie legt den Kopf schief, während sie mich studiert und mir fällt wieder einmal auf, wie hübsch sie ist. „Du siehst definitiv nicht alt aus. Vor allem nicht in Jeans und T-Shirt. Ich dachte, du lebst in diesen Anzügen."

„Nur, wenn ich in der Öffentlichkeit bin. Wie ich dir schon erzählt habe, hat mir mein Vater eingetrichtert, dass ein Mann nur so gut ist wie sein Anzug und selbst nach all den Jahren ist es schwer, diese Gewohnheiten zu ändern. Aber du weißt ja, wie kompliziert die Beziehung mit den eigenen Eltern sein kann, nicht wahr?"

Es ist eine Suggestivfrage, die auf das zurückgeht, was sie in jener Nacht gesagt hat, bei der sie sich augenblicklich wieder anspannt. „Ich weiß nicht, wer mein Vater ist."

„Ach, tatsächlich?", frage ich. „Das ist schade. Vielleicht wird er sich jetzt, wo du hier bist, bei dir melden. Was ist mit deiner Mutter?"

„Tot."

„Das ist nicht das, was du mir an dem Abend in der Bar erzählt hast."

„Du musst mich falsch verstanden haben." Sie schaut auf das Wasser und steht auf. „Es ist schon spät. Ich sollte zurück in mein Zimmer gehen."

Damit fällt sie wieder auf ihre Lügen zurück. Ich hatte gehofft, sie würde ehrlich zu mir sein, aber ich verstehe ihr Bedürfnis nach Geheimhaltung besser als jeder andere. Als sie beginnt, sich zu entfernen, rufe ich: „Olivia."

Sie dreht sich um und sieht mich in der Dunkelheit an, wobei sie meinem Blick dank ihres Dämonenblutes leicht begegnen kann. „Ja?"

„Ich werde dich nicht verraten." Ich kann nicht erklären, warum, aber ich werde sie nicht ausliefern. Es sei denn, ich werde dazu gezwungen. „Dein Geheimnis ist sicher bei mir, ich schwöre es. Und nicht nur, weil ich eine Ermittlung befürchte, weil ich mit einer Studentin geschlafen habe. Wenn du also jemals reden willst ... ich bin hier."

Ihr Blick senkt sich für einen Augenblick in Richtung Boden, bevor sie meinem noch einmal begegnet. Dann nickt sie mir knapp zu und sagt: „Gute Nacht."

Als sie weggeht, atme ich langsam aus. Olivia nahe zu kommen, ist aus so vielen Gründen gefährlich. Zum einen ist es verboten, dass ein Lehrer eine Beziehung mit einer Studentin eingeht. Zum anderen könnte sie herausfinden, was ich bin und mich ebenfalls verraten. Ich kann es mir nicht leisten, dass meine Tarnung auffliegt, besonders nicht, wenn ich näher dran bin als je zuvor.

Und das gefährlichste daran? Wenn sie in meiner Nähe ist, fühle ich so viel wie seit einem Jahrhundert nicht mehr.

OLIVIA

GEH, *BEVOR DU VERLETZT WIRST*
Ich knülle das Papier zusammen und stopfe es tief in meine Tasche, bevor es jemand anderes sieht. „Arschlöcher."

Diese Drohung ist die jüngste in einer langen Reihe von Drohungen, die ich in meiner Tasche gefunden habe, die unter die Tür meines Studentenwohnheims geschoben oder unter dem Scheibenwischer meines Autos befestigt wurden. Ich fand sogar eine in meiner Tasche, nachdem ich im Studentenshop eingekauft hatte. Tanwen war an dem Tag in der Nähe, also bin ich mir ziemlich sicher, dass sie dahintersteckt.

Ich habe gerade meine letzte Sitzung mit Bastien beendet und nach einem langen Unterrichtstag möchte ich nur noch in mein Zimmer gehen und meinen BH ausziehen, aber das ist heute offensichtlich nicht möglich. Ich gehe in die Cafeteria, um mir einen Kaffee zu holen und mache mich dann auf den Weg zurück in die Bibliothek. Ich bin ein paar Minuten zu früh dran, aber Marcus kommt mir noch zuvor und wartet bereits in einem der Privaträume.

„Hey, Hübsche." Er steht auf, als er mich sieht und rückt mir einen Stuhl zurecht. „Bist du bereit?"

Er hat bereits mehrere Bücher über Kobolde zusammengesucht, die ich allesamt nicht brauche. Mutter hat mir alles über die anderen Dämonenarten beigebracht und ich bin mir nicht sicher, ob ich diesen Büchern überhaupt zutraue, unvoreingenommen zu sein. Andererseits dachte ich auch, ich wüsste alles über Engel, bevor ich auf die Seraphim Akademie kam und ich habe in der letzten Woche eine Menge gelernt. Vielleicht steht ja doch noch etwas Hilfreiches in den Büchern.

Marcus klappt eines davon auf. „Nach dem, was ich bisher gelesen habe, repräsentieren Kobolde die Todsünde des Neids und können Illusionen erzeugen. Sie zehren von Aufmerksamkeit und Ehrfurcht, deshalb haben sie oft Berufe wie Schauspieler, Musiker und Magier. Das sollte dieses Projekt einfacher machen."

„Müssen wir eine Präsentation halten oder nur die Hausarbeit schreiben?", frage ich, während ich nach einem der Bücher greife.

„Wir müssen ein 3D-Modell von einem Kobold, der seine Kräfte einsetzt, anfertigen." Marcus starrt mich an, als hätte ich das wissen müssen.

„Du machst Witze." Ein 3D-Modell? Aus was? Pappmaché? Das glaube ich nicht. „Das ist ein bisschen übertrieben, findest du nicht? Und Kobolde sehen genauso aus wie Menschen, sie haben nur die Kraft der Illusion."

Marcus bricht in Gelächter aus. „Wir müssen kein 3D-Modell anfertigen. Wir schreiben einfach einen Aufsatz."

„Oh, ich verstehe, wie das geht." Ich kann mir das Lächeln nicht verkneifen, das sich auf meinem Gesicht ausbreitet, als er lacht. Seine Gesichtszüge, klar und gut aussehend, werden weicher, als er kichert.

Er schlägt sein Notizbuch auf und prüft seine unordentliche

Handschrift. „Wir sollen historische, religiöse und mythologische Personen finden, die Kobolde sind und bis zum Ende des Jahres einen zehnseitigen Aufsatz über sie schreiben. So etwas Ähnliches haben wir letztes Jahr auch in Feenkunde gemacht."

„Das sollte nicht allzu schwer sein. Da wären Loki, Houdini ..."

Marcus' Augenbrauen schießen in die Höhe. „Woher weißt du, dass sie Kobolde sind?"

Scheiße. Mutter hat es mir erzählt. Ich darf so etwas nicht wissen. Für eine Sekunde habe ich es vergessen. Ich zucke ein wenig mit den Schultern und versuche, cool zu bleiben. „Grace hat es mir erzählt. Sie hatte letztes Jahr Dämonenkunde."

„Cool. Wir können die beiden auf jeden Fall untersuchen. Ich glaube, wir brauchen noch jemanden. Vielleicht eine Frau. Mal sehen, was in den Büchern steht."

Wir verbringen die nächste Stunde damit, die Bücher, die Marcus mitgebracht hat, zu durchforsten, uns Notizen zu machen und einen Überblick darüber zu gewinnen, was wir noch recherchieren müssen. Obwohl ich mir Marcus ursprünglich eher als süßen Sportlertypen vorgestellt hatte, ist er klüger als ich erwartet hatte.

„Hmm, es gibt noch ein Buch, das wir nicht haben." Marcus wühlt sich durch die Bücher auf dem Tisch. „Es handelt von der Dunkelheit der Kobolde und davon, dass sie als die unschuldigeren Dämonen angesehen werden, aber es beschreibt die Gräueltaten, die einige von ihnen begangen haben. Ich weiß, dass ich es schon mal gesehen habe."

„Das könnte nützlich sein."

Er schnippt mit den Fingern. „Ich weiß! Es ist in Uriels Privatbibliothek. Ich werde es holen, wenn ich das nächste Mal mit Bastien dort bin und bringe es mit, wenn wir uns nächste Woche wieder treffen, um die Recherchen zu beenden."

„Uriel hat seine eigene Privatbibliothek?", frage ich, während ich helfe, die Bücher auf dem Tisch zusammenzuräumen und versuche, beiläufig zu klingen. Ich muss immer noch etwas für meine erste Prüfung stehlen und ich habe weniger als einen Monat, um es zu tun. Ich erinnere mich, dass ich ein Bücherregal gesehen habe, als ich mich zuvor mit Uriel getroffen habe, aber ich war damals ziemlich abgelenkt und überfordert.

„Ja, in seinem Büro. Hauptsächlich Zeug, das als gefährlich gilt oder nicht dazu geeignet ist, dass Studenten es in ihrer Freizeit lesen. Dunkle Magie und so ein Zeug. Alte dämonische Wälzer.“

Wir stellen die Bücher zurück ins Regal und ich betrachte einige der anderen Bücher über Dämonen in der Nähe. Eins davon sieht interessant aus und ich ziehe es aus dem Regal und blättere es durch.

„Nächste Woche wieder zur gleichen Zeit?“, fragt Marcus.

„Klingt gut“, sage ich und schlage das Buch zu. Ich schaue es mir an und nehme es mit in mein Zimmer, denn es hat einen Abschnitt über Lilim, der interessant aussieht. Sicherlich weiß ich alles, was es über meine Art zu wissen gibt, aber angesichts dessen, was ich über Engel und Dämonen herausgefunden habe, könnte es auch in diesem Buch noch etwas geben, das ich lernen könnte.

Er lehnt sich an das Bücherregal neben mir und ich nehme einen Hauch seines Duftes wahr. Sandelholz. „Das hat Spaß gemacht. Wir sollten öfters etwas zusammen unternehmen.“

Meine Sukkubus-Seite erwacht und schnurrt, sodass ich versucht bin, mein Gesicht in seiner Brust zu vergraben und seinen Duft einzuatmen. Ich drücke das Buch an meine Brust, um mich davon abzuhalten. „Ich glaube nicht, dass deine Freunde das gutheißen würden.“

„Das ist ihr Problem. Ich möchte dich besser kennen lernen. Vielleicht mal bei einem Abendessen. Was hältst du davon?“

„Ich halte das für eine ganz schlechte Idee.“ Inzwischen ist mein Hunger beträchtlich gewachsen und diese ganze sexuelle Spannung mit Marcus hilft nicht im Geringsten. „Wir sehen uns im Unterricht."

Ich drehe mich auf dem Absatz um und mache mich auf den Weg nach draußen. Warum ist Marcus plötzlich so nett zu mir? Ist das eine neue Masche, mich auszutricksen, damit ich ihm vertraue, um mich dann zu hintergehen? Ich habe viele High-school-Dramen im Fernsehen gesehen, ich weiß, wie sowas läuft. Oder bin ich zu misstrauisch? Vielleicht mag er mich tatsächlich ...? Aber das wäre ebenfalls ein Problem. Ich kann keinen festen Freund haben. Langfristige Beziehungen sind für einen Sukkubus ausgeschlossen. Ich bin dazu bestimmt, für den Rest meiner unsterblichen Tage allein zu sein. Marcus an mich heran-zulassen, wird uns beiden nur Probleme bereiten.

„Liv", ruft er mir zu. Ich drehe mich um und sehe ihn auf mich zukommen, mit meinem Planer in der Hand. „Den hast du vergessen."

„Danke." Ich strecke meine Hand aus und Marcus legt den Planer hinein, seine Finger streifen meine. Das Verlangen schießt durch mich hindurch, kraftvoll und stark. So etwas habe ich seit der Nacht mit Kassiel nicht mehr gefühlt. Aber das hier ist anders. Ich bin mir nur noch nicht sicher, auf welche Weise.

Ich atme tief ein, ziehe meine Hand weg und stecke den Planer in meine Tasche. Mit diesem entfachten Verlangen und nagendem Hunger wegzugehen, ist eines der schwierigsten Dinge, die ich in meinem Leben getan habe.

———

In dieser Nacht treffe ich Kassiel wieder am See. Ich bin mir nicht sicher, warum ich zurückkomme, außer vielleicht, weil ich ihm geglaubt habe, als er sagte, er würde mich nicht verraten. Er muss inzwischen herausgefunden haben, dass ich halb Dämon und halb Engel bin, eine Kreatur, deren Existenz verboten ist, aber das scheint ihn nicht zu stören. Es ist eine Erleichterung, in der Gesellschaft von jemandem zu sein, der weiß, was ich wirklich bin. In der kurzen Zeit mit ihm, muss ich mich nicht verstellen.

Ich sitze schweigend neben ihm und weiß nicht genau, was ich sagen soll. Indem ich hierherkomme, erkenne ich an, dass ich mit ihm reden will und dass er in Bezug auf mich richtig liegt, aber ich will es auch nicht laut aussprechen. Außerdem herrscht diese unausgesprochene Spannung zwischen uns. Die Spannung zweier Menschen, die einmal umwerfenden Sex miteinander hatten, es aber nicht wieder tun können ... egal wie sehr wir es auch wollen.

„Welcher Kurs gefällt dir am besten?", fragt er. „Und sag nicht meiner, ich habe gesehen, wie deine Augen glasig werden, wenn ich über Dinge rede, die vor Tausenden von Jahren passiert sind."

Ich lache und entspanne mich ein wenig auf der Bank. „Flugunterricht, natürlich. Ist das nicht jedermanns Favorit?"

„Okay, abgesehen von dem."

„Wahrscheinlich Dämonenkunde."

Er gluckst. „Weil du dich auf dem Gebiet schon so gut auskennst?"

Na ja, schon, aber ... „Nein, weil Professor Raziel lustig ist. Er trägt die albernsten Fliegen."

„Das tut er in der Tat. Und ich habe ihn noch nie die gleiche zweimal tragen sehen. Er muss Dutzende davon haben."

„Eine für jeden Tag des Jahres, vielleicht?"

Ich ertappe mich dabei, wie ich grinse, während wir über Kurse und Professoren reden, bis der Mond hoch am Himmel steht. Wir hören erst auf, als die Luft sich verändert und es anfängt, auf uns herunter zu nieseln. Wir lachen beide und stehen auf, strecken unsere Hände nach den winzigen Tropfen aus. Während wir hier sitzen, hat sich ein Frühlingsgewitter über uns zusammengebraut, das sich jeden Moment entladen könnte.

„Ich werde zurückfliegen, bevor es anfängt zu schütten", sagt Kassiel, während er sich erhebt. „Ich schlage vor, du tust dasselbe."

Ich nicke. „Gute Idee."

„Bis bald, Olivia."

Seine Flügel erscheinen, so schwarz wie die Nacht selbst und fast identisch mit meinen. Erst als er mir den Rücken zudreht, bemerke ich, dass seine Federn silbern glänzende Spitzen haben und als er seine Flügel weit ausbreitet, ist es, als würde man in den mit Sternen funkelnden Nachthimmel schauen. Sie sind so schön, dass sie mir den Atem rauben, als er sich in die Lüfte erhebt.

Meine eigenen Flügel glänzen schwarz, so dunkel, dass sie wie Tinte aussehen, ich fliege einen Moment lang neben Kassiel her und genieße die kühle, feuchte Luft, die mein Gesicht streift. Wir umkreisen einander in einem Tanz, der nur Engeln vorbehalten ist und meine Brust schnürt sich zusammen, weil es so romantisch ist, mit ihm zu fliegen. Dann trennen wir uns, ich fliege zum Studentenwohnheim und er zum Professorenwohnheim und ich erinnere mich daran, dass wir keine gemeinsame Zukunft haben.

26

OLIVIA

Seit dem Schulbeginn sind einige Wochen vergangen und ich fange endlich an, mich an der Seraphim Akademie zurechtzufinden. Die Leute gehen mir immer noch weitestgehend aus dem Weg, aber ansonsten hat das Mobbing fast aufgehört, abgesehen von den lästigen Nachrichten von Tanwen. Die Prinzen sind ein Problem, aber ich habe mich daran gewöhnt, mit ihrer hochmütigen Art umzugehen. Marcus und ich treffen uns jeden Mittwoch, um an unserem Aufsatz zu arbeiten und er flirtet schamlos mit mir, während ich versuche, mich von ihm nicht weichkriegen zu lassen. Callan treibt während des Kampftrainings weiterhin seine Spielchen mit mir, während Bastien immer noch nicht herausfinden kann, was ich bin. Kassiel und ich haben uns noch ein paar Mal nachts am See getroffen und er versucht, mit gezielten Fragen herauszufinden, was ich bin, aber ich weiche ihnen immer aus. Sonntags gehe ich zum Yogaunterricht auf der Wiese und auch wenn Tanwen zwar dabei ist, hilft es mir, einen klaren Kopf zu bekommen und meinen Körper flexibel zu halten. Zwei wichtige Dinge, wenn man zum Teil Sukkubus ist.

Manchmal vergesse ich fast, warum ich wirklich hier bin. Es ist ganz einfach, wenn die Kurse interessant sind und ich zur Abwechslung echte Freunde habe, mit denen ich was unternehmen kann. Aber gestern Abend habe ich wieder eine Einladung vom Orden des Goldenen Throns erhalten und mir ist bewusst geworden, dass seit dem letzten Treffen schon ein Monat vergangen ist. Ich muss morgen Abend einen Gegenstand mitbringen, um diese erste Prüfung zu bestehen. Dieser Geheimbund ist die einzige Spur, die ich habe, also darf ich es auf keinen Fall vermasseln.

Ich habe alles andere getan was mir in den Sinn kam, um Jonah zu finden. Ich habe mir ein Video vom Meisterschaftsspiel gegen die Feen letztes Jahr angesehen, aber es war so langweilig, dass ich fast eingeschlafen bin. Es ist nichts passiert, was verdächtig aussah und niemand, den ich danach gefragt habe, hat in dieser Nacht etwas Seltsames gesehen. Eine weitere Sackgasse. Ich habe die anderen Mitglieder des Baseballteams unter die Lupe genommen, aber keiner von ihnen hat einen Grund, Jonah zu schaden. Und bis jetzt haben mir weder Grace noch die Prinzen weitere Hinweise geliefert, obwohl ich mich allen angenähert habe und versucht habe, ihnen subtil Fragen über Jonah zu stellen.

Der Orden des Goldenen Throns ist meine einzige Hoffnung, ihn zu finden. Seit Marcus mir von Uriels Privatbibliothek erzählt hat, beobachte ich den Direktor mithilfe meiner Ishim-Unsichtbarkeit und Mutters Halskette. Er hält einen strengen Zeitplan ein, was nicht besonders förderlich für seine Sicherheit ist, aber es ist großartig für mein Vorhaben, etwas aus seinem Büro zu stehlen. Es muss dort etwas geben, das interessant für mich ist und ich habe absichtlich bis kurz vor dem nächsten Meeting gewartet, um es zu stehlen. Ich will nicht, dass der entwendete Gegenstand in meiner Nähe ist, wenn er merkt, dass er fehlt und sich auf die Suche danach begibt.

Selbst mit einem Plan im Kopf, bin ich ein reinstes Nervenbündel. Ich habe Engelsgeschichte geschwänzt und habe Kassiel gesagt, dass ich Kopfschmerzen habe und er hat mir einen skeptischen Blick zugeworfen, aber genickt. Wahrscheinlich denkt er, ich müsste mich ernähren, was ja auch stimmt, aber momentan halte ich mich mit Licht und der Lust, die ich von ihm und den Prinzen erhalte, über Wasser und es geht mir gut. Ich werde aber bald etwas mehr brauchen.

Mit meinen Dietrichen in der Tasche und dem um mich gebogenen Licht, das mich unsichtbar macht, verlasse ich mein Zimmer und mache mich auf den Weg zum Haus des Direktors. Da die Glocke bereits geläutet hat und alle in der vierten Stunde sind, ist es einfach, sich unbemerkt über den Campus zu bewegen. Zu dieser Tageszeit weiß ich, dass das Haus leer sein wird, weil die Prinzen gerade Unterricht haben und Uriel die Zeit nutzt, um über den Campus zu spazieren und sich mit einigen Mitarbeitern zu treffen.

Ich schleiche mich auf Zehenspitzen auf die Veranda von Uriels Haus, aber Schritte hinter mir lassen mich erstarren. Bastien läuft den Weg zum Haus entlang. Soll das ein Scherz sein? Sie haben einen Monat lang das gleiche Muster verfolgt und dann, an dem einen Tag, an dem ich einbrechen will, muss Bastien seinen hinterhältigen Arsch hierher bewegen. Warum ist er nicht im Unterricht?

Ich erstarre, da ich Angst habe, dass jegliche Bewegung das Holz unter meinen Füßen knarren lässt und er mich hören könnte. Ich stehe rechts von der Tür und es bleibt gerade genug Platz für Bastien, um mit seinem Schlüssel aufzuschließen und die Tür zu öffnen. Wenn er sich ein paar Zentimeter nach rechts bewegt, stößt er mit mir zusammen. Ich halte den Atem an.

Während ich so warte und versuche, mich nicht zu bewegen und ihn im Stillen dazu dränge, hineinzugehen, versteift er sich plötzlich und atmet tief ein. Er sieht sich um, mit einem weißen

Glühen in den Augen. Er muss vermuten, dass sich ein Ishim in seiner Nähe versteckt, aber selbst seine Ofanim-Magie kommt nicht gegen meine Halskette an. Er sieht nichts.

„Seltsam." Er öffnet die Tür und schreitet ins Haus, ohne sicherzustellen, dass sie sich hinter ihm schließt. Ich schlüpfe dicht hinter ihm hinein und atme leise auf, als ich es schaffe, ohne dass die Tür gegen mich stößt.

Ich mache mich auf den Weg zu Uriels Büro, das ich an meinem zweiten Tag hier besucht habe, aber ich möchte vor Frustration schreien, als Bastien direkt in genau diesen Raum geht. Aber dann, Glück gehabt! Er schließt es mit seinem eigenen Schlüssel auf und lässt die Tür offen stehen. Ich schleiche mich hinein und beobachte, wie er sich an Uriels großen Schreibtisch setzt und den Computer anschaltet. Ich schleiche mich lautlos an ihn heran und blicke über seine Schulter, um zu sehen, was er vorhat. Der Monitor leuchtet auf und zeigt die Aufnahmen aller Kameras auf dem Campus. Bastien fummelt an den Steuerelementen herum und ruft den Parkplatz auf, dann spult er die ganze verfluchte Nacht zurück. Aber er spielt es nicht mit voller Geschwindigkeit ab, oh nein. Er schaut es langsam genug an, um jede Bewegung auf dem Parkplatz genau beobachten zu können. Er hält ein paar Mal inne, als er meint, etwas zu sehen, spult dann weiter zurück, bis der gestrige Abenddämmerung hereinbricht und die Sonne wieder zum Vorschein kommt.

Das dauert ewig. Bastien muss endlich abhauen, damit ich ein Buch aus dem Regal nehmen und aus diesem Haus verschwinden kann. Wenn Bastien noch hier ist, wenn sein Vater nach Hause kommt, könnte ich auffliegen. Ich vertraue immer noch nicht darauf, dass meine Halskette auch tatsächlich bei Uriel funktioniert und ich will es nicht noch einmal riskieren.

Bastien drückt ein paar Knöpfe und schaut sich den Live-Feed an, überfliegt die Kameras, als ob er nach etwas sucht. „Ich werde dich schon noch beim Gehen erwischen, Olivia. Es ist nur eine Frage der Zeit.“

Dieses hinterhältige Arschloch sucht nach mir. Er weiß, dass ich den Campus nachts verlassen habe. Verdammt noch mal. Das bedeutet, dass ich von jetzt an fliegen muss. Es werde langsam besser und kann es wahrscheinlich bis zur Stadt schaffen, aber ich will es eigentlich nicht. Der Gedanke, über all diese Bäume zu fliegen, macht mich nervös. Was, wenn ich zu erschöpft bin, um zurückzufliegen? Ich bin noch nie lange Strecken geflogen.

Gerade als ich denke, dass wir hier ewig festsitzen, steht Bastien auf, verlässt das Büro und schließt die Tür hinter sich ab. Gut, dass ich meine Dietriche dabei habe.

Eins nach dem anderen. Ein Buch finden, das dunkel und gruselig genug ist, um den Orden des Goldenen Throns zu beeindrucken. Nachdem ich Uriels Bücherregal durchstöbert habe, finde ich im obersten Regal, was ich brauche: Dämonentode, aufgedruckt auf einem Einband, der verdächtig nach Haut aussieht. Ich erschaudere und stecke das Buch in einen Beutel, den ich nur zu diesem Zweck quer über den Körper trage.

Das Geräusch von Schritten lässt mich zum Fenster stürmen und beten, dass es sich lautlos öffnen lässt. Uriel muss von seinen Besprechungen zurück sein. Keine Zeit für Dietriche, ich muss sofort hier raus.

Ich springe aus dem Fenster, rolle mich ab, lande auf meinen Füßen und renne zur Vorderseite des Hauses und um die Ecke. Das haben wir letzte Woche im Kampftraining gelernt und ich danke Hilda im Stillen dafür, dass sie es uns beigebracht hat.

Vor dem Haus angekommen, flitze ich den Weg entlang und bete, dass Uriel nicht aus dem Fenster schaut und Bastien nicht gerade hinter einem Busch hervorlugt. Ich fühle mich viel wohler, wenn ich nachts umher schleiche, obwohl meine Ishim-Magie mich eigentlich schützen sollte, fühle ich mich trotzdem viel besser, als ich endlich der Nähe der Cafeteria ankomme. Ich verstecke mich hinter einem Baum, bis ich sicher bin, dass die Luft rein ist, dann gebe ich das um mich herum gebogene Licht frei und komme wieder zum Vorschein.

Ich trete aus dem Schutz des Baumes heraus und gehe in die Cafeteria wie an jedem anderen Tag der Woche. Hier gibt es nichts Seltsames zu sehen. Nur ein Mädchen, das sich etwas zu essen holt, mit einem dunklen und gefährlichen Buch, das auf ihrer Hüfte ruht.

27

OLIVIA

Das Treffen findet am gleichen Ort wie beim letzten Mal statt, daher finde ich problemlos dorthin, sogar im Dunkeln. Diesmal gleichen meine weiße Maske und mein Gewand nur denen von zehn anderen Leuten. Wir stehen einige Zeit in einer Reihe und warten darauf, dass das Treffen beginnt. Ohne Vorwarnung tauchen die goldgewandeten Gestalten zwischen den Bäumen auf und umringen uns.

„Ihr seid deutlich weniger geworden", sagt der Anführer, der vorne steht und die Krone auf dem Kopf trägt. „Aber das haben wir auch erwartet."

Eine weitere gewandete Gestalt mit kleinerer Statur tritt vor. Ich glaube, es ist eine Frau, obwohl es in den Roben und mit den stimmverändernden Masken schwer zu sagen ist. Sie streckt ihre Hand nach der Person ganz links aus. „Einer nach dem anderen, zeigt uns eure gestohlenen Gegenstände."

Die Person tritt nach vorne und zieht ein Armband unter ihrer weißen Robe hervor. „Das Armband von Professor Hilda."

Der Anführer nickt und die geheimnisvolle Stimme spricht. „Wir nehmen deine Gabe an."

Die weißgewandete Person geht mit einem Seufzer der Erleichterung wieder auf ihren Platz zurück. Die nächste Person tritt vor. „Eine von Professor Raziels Fliegen."

Die kleinere Person in Gold nimmt die Fliege. Eine weitere Person in goldenem Gewand tritt vor und schüttelt den Kopf. „Die gehört nicht Raziel. Sie trägt keine Spur von seiner Essenz." Die vermummte Gestalt legt den Kopf schief. „Du hast sie in einem Laden gekauft und gehofft, uns damit täuschen zu können, stimmt's?"

„Ähm, nein, das würde ich niemals ...", stottert die Person in Weiß.

„Dein Angebot ist inakzeptabel", sagt der Anführer. „Verlasse diese Lichtung und sprich nie wieder über das, was du hier gesehen hast."

„Was?", fragt der Anwärter. „Ihr irrt euch! Ich habe sie aus seinem Schlafzimmer, ich verspreche es!"

„Glaubst du, wir können deine Lügen nicht durchschauen?", fragt eine zweite Gestalt in goldener Robe. Etwas an der Art, wie er spricht und sich bewegt, erinnert mich an Bastien. Könnte er es sein? „Du Narr."

Auf einmal umringen Menschen in goldenen Gewändern den Anwärter, packen ihn an den Armen und zerren ihn von der Lichtung. Es herrscht eine Menge Geschrei, doch dann wird es unheimlich still. Nach ein paar Minuten kehren die maskierten Gestalten auf ihre Plätze zwischen den Bäumen zurück. Alle weißgewandeten Personen bewegen sich unruhig, jetzt, da wir gesehen haben, was passiert, wenn unsere Opfergaben nicht gut genug sind. Nachdem er gegangen ist, tritt die nächste Person mit einem engen schwarzen Slip vor. „Professor Kassiels Unterwäsche."

Oh, verdammt. Der Gedanke an Kassiel in diesen Unterhosen lässt mich vor Lust und Eifersucht zusammenzucken. Wie ist diese Person an seine Unterwäsche gekommen? Lässt sich

Kassiel mit einer anderen Studentin ein? Ich verwerfe den Gedanken schnell wieder, denn das scheint nicht etwas zu sein, was er tun würde, besonders wenn er mir widerstehen kann. Diese Person muss sich in sein Schlafzimmer geschlichen haben, um die hier zu bekommen.

„Ist sie sauber?", fragt die Frau in Gold und klingt dabei fast amüsiert. Ich höre mehrere Leute Schnauben und Hüsteln.

„Ja, das ist sie. Und es war verdammt schwer, unbemerkt in das Professorenwohnheim zu gelangen."

Es herrscht eine lange Zeit des Schweigens und ich fürchte schon, dass noch eine weitere Person hinausbegleitet wird, doch dann sagt der Anführer: „Wir nehmen deine Gabe an."

Sie arbeiten sich weiter durch die Gruppe, bis ich an der Reihe bin. Ich schlucke schwer, trete vor und versuche, das Buch aus der Tasche unter meinem Gewand zu befreien. Verdammter Mist.

„Einen Moment", grunze ich, aber meine Stimme klingt seltsam. Ich halte inne, dann merke ich, dass es an der Stimmveränderung liegt. Reiß dich zusammen, Mädchen! Ich schaffe es, das Buch hervorzuholen, dieses Mal vorbereitet auf die seltsame Stimme. „Dies ist ein verbotenes Buch aus der Privatbibliothek von Direktor Uriel."

Die goldgewandete Gestalt zögert, bevor sie das Buch entgegennimmt. „Dämonentode." Die dunklen Augen hinter der Maske kommen mir bekannt vor, aber ich kann sie nicht einordnen. Ich muss mehr über diese Leute herausfinden und schmiede einen Plan. „Wusstest du, dass dieses Buch verflucht ist?"

Ich ziehe meine Hand zurück. Gut, dass ich es heute morgen erst besorgt habe. Wer weiß, was es angerichtet hätte, wenn ich es wochenlang in meinem Zimmer aufbewahrt hätte. „Das wusste ich nicht."

Stille breitet sich über die Lichtung aus und ich halte den Atem an, weil ich befürchte, dass der verfluchte Gegenstand ein

Problem darstellen wird und sie mich auch von der Lichtung zerren werden. Aber dann nickt der Anführer. "Wir nehmen deine Gabe an."

Ich atme erleichtert auf, als ich mich wieder in die Reihe stelle. Ich habe die erste Prüfung bestanden. Ich bin einen Schritt näher dran, Jonah zu finden.

Sie setzen die Reihe fort, schicken eine weitere Person nach Hause, bis auch der letzte Anwärter sein Opfer dargebracht hat.

„Herzlichen Glückwunsch zum Bestehen der ersten Prüfung. Eure nächste Aufgabe ist es, einen Menschen zur Beichte zu führen, sofern ihr dazu gewillt seid. Ihr müsst beweisen, dass ihr bereit seid, die Menschheit auf den Weg zu führen, den wir für sie gewählt haben und Maßnahmen gegen diejenigen zu ergreifen, die Böses tun. Viele Menschen haben dunkle Geheimnisse und haben Dinge getan, auf die sie nicht stolz sind. Findet einen von ihnen, überzeugt ihn oder sie, seine Geheimnisse preiszugeben und stellt sie dann bloß."

„Sorry, aber ich bin raus", sagt der Anwärter zu meiner Linken plötzlich. „Einen Gegenstand zu stehlen ist eine Sache. Das Leben eines Menschen ruinieren? Nee. Da mache ich nicht mit."

„Du musst es tun, wenn du dem Orden beitreten willst."

„Ja, nein. Das ist nicht mein Ding. Danke, aber nein danke."

Die Person verlässt die Lichtung, während der Rest von uns fassungslos dasteht. Die Gestalten in den goldenen Roben tuscheln untereinander und bewegen sich angesichts der Störung unbehaglich hin und her, aber der Anführer hält eine Hand hoch, um sie zum Schweigen zu bringen. „Es ist in Ordnung. Diese Person wird ihre Meinung ändern und zu uns zurückkommen. Wenn nicht, hat sie es sowieso nicht verdient, im Orden zu sein."

Ich bin auch angewidert von dieser Aufgabe, aber ich muss es tun und mit meinen Sukkubus-Kräften sollte es nicht allzu schwer sein. Trotzdem bin ich ernsthaft beeindruckt von dieser Person, dass sie einfach weggegangen ist, als sich das für sie nicht richtig angefühlt hat. Das ist nicht einfach, besonders in einer Gruppe wie dieser.

Der Anführer ergreift erneut das Wort. „Wir werden euch eine Kamera zur Verfügung stellen, mit der ihr die Beichte aufnehmen könnt. Die Kamera ist ein Feen-Relikt, genau wie die Masken, die ihr tragt. Ihr könnt sie nicht täuschen und es gibt keine Möglichkeit, sich aus dieser Prüfung herauszuschwindeln. Entweder ihr tut es, oder ihr tut es nicht. Wenn ihr die Mission erfüllt habt, bringt die Kameras hierher und wenn wir eure Opfergabe akzeptieren, erhaltet ihr eine Einladung zum nächsten Treffen.“

Damit sind wir entlassen und die anderen Leute in weißen Roben gehen zurück in den Wald. Ich entferne mich ein wenig von den anderen sieben Leuten, biege dann das Licht um mich herum und werde unsichtbar. Dann gehe ich zurück auf die Lichtung. Es wird Zeit, herauszufinden, wer diese Mistkerle sind.

Mit der Hand um meine Halskette gewickelt, mache ich gerade noch rechtzeitig kehrt, um durch die Äste einen Blick auf etwas Goldenes zu erhaschen. Ich eile weiter und nähere mich der Gruppe der maskierten Gestalten. Sie gehen lautlos auf den See zu und gerade als ich denke, dass sie aus dem Wald ins Freie treten, bleiben sie neben einem Felsen stehen. Die vorderste Gestalt ergreift einen Ast an einem nahen Baum und zieht daran. Der Felsbrocken rollt zur Seite, als ob mehrere große Männer ihn bewegen würden, aber niemand ist nahe genug, um ihn zu berühren.

Überhaupt nicht unheimlich.

Eine versteckte Höhle hat sich aufgetan und die Mitglieder strömen einer nach dem anderen hinein. Ich sprinte vorwärts, auf den Fersen der letzten Person, die hindurchgeht und schaffe es gerade noch hinein. Der Felsbrocken kann mich mit meiner

Halskette wohl nicht spüren, denn er versucht, zurückzurollen, sobald die Person vor mir eintritt. Ich stoße beinahe mit ihr zusammen, als ich gerade noch ausweichen kann, bevor sich der Felsbrocken hinter mir schließt und ich im Inneren gefangen bin.

Der Tunnel hinter dem Felsbrocken führt einem steilen Abhang hinunter. Damit habe ich nicht gerechnet, ich stolpere fast und falle auf den Hintern. Ich fange mich an der rauen Steinwand und setze meinen Weg in die Dunkelheit fort. Der Boden flacht ab, während die Wände und der Untergrund feucht werden. Ausgehend davon, wo wir eingetreten sind und wie weit wir gelaufen sind, schätze ich, dass wir uns jetzt unter dem See befinden.

Die goldgewandeten Gestalten betreten eine große Höhle mit verzierten Steinbänken, die in einem Kreis angeordnet sind. Es gibt einen schmalen Durchgang, der zu einem großen Thron führt, der aus etwas besteht, das wie Gold aussieht und mit komplizierten Mustern von Engeln und Dämonen im Kampf verziert ist. Er sieht uralt aus.

Die Mitglieder des Ordens nehmen auf den Steinbänken Platz und die Person mit der Krone steht vorne. Merkwürdigerweise sitzt er oder sie nicht auf dem Thron. Ist er nicht für den Anführer? Wer sonst sollte dort sitzen?

„Wir beginnen eine weitere Sitzung des Ordens des Goldenen Throns. Hat jemand Fortschritte bei unserer Mission verzeichnet?"

Stille. Ich umklammere meine Halskette fester und starre die Gestalten in den Gewändern an. Wer könnten sie sein? Warum nehmen sie ihre Masken nicht ab? Heißt das, dass auch die anderen Leute im Orden nicht wissen, wer die anderen Mitglieder sind? Anhand von Körpergröße und Statur kann ich nichts erkennen. Ich kenne diese Leute nicht gut genug, selbst nach all der Zeit, die ich bereits auf dem Campus bin, aber ich werde es herausfinden. Ich habe mich schon einmal hier hereingeschlichen, ich kann es wieder tun.

„Enttäuschend", sagt der Anführer. „Unser Meister wird höchst unzufrieden sein."

Meister? Wer kann das sein? Ich will unbedingt wissen, wer diese Leute sind, aber ich kann nichts tun, außer zuzusehen und zuzuhören. Ich kann mich nicht einmal bewegen, aus Angst, dass jemand meine Schritte auf dem kalten Steinboden hören könnte.

Eine der maskierten Gestalten ergreift das Wort. „Die Anwärter, die die zweite Prüfung verweigert hat und gegangen ist. Sie ist diejenige, die wir brauchen, nicht wahr?"

„Ja, das war sie", sagt der Anführer.

„Wie sollen wir das ohne sie schaffen?", fragt eine andere Person.

„Wir müssen sie wohl doch überreden, mitzumachen", sagt der Anführer. „Vielleicht erinnern wir sie an das Böse der Dämonen und zeigen ihr, dass der Orden die einzige Möglichkeit ist, sie aufzuhalten."

„Was schwebt dir vor?", fragt eine andere Person.

„Ich habe eine Idee. Wir werden beim Footballspiel gegen die Dämonen vorgehen."

„Selbst wenn wir sie einsetzen können, wie kommst du darauf, dass wir dieses Mal Erfolg haben werden? Jonah ist immer noch verschwunden. Wenn er gescheitert ist, welche Hoffnung haben wir anderen dann noch?"

Meine Ohren spitzen sich bei der Erwähnung meines Bruders. Ich wusste, dass das hier der Schlüssel war, um ihn zu finden. Sie müssen wissen, wo er ist!

„Wir müssen uns darauf konzentrieren, Jonah zu finden", sagt eine andere maskierte Gestalt. „Er ist jetzt schon viel zu lange fort."

„Hat jemand etwas von ihm gehört?", fragt eine andere. „Irgendetwas?"

„Nein, trotz all unserer Bemühungen konnten wir keinen Kontakt zu Jonah herstellen", sagt der Anführer. „Aber sobald wir das Mädchen haben, können wir ein Team losschicken, um ihn zu finden. Deshalb müssen wir sie überzeugen, sich uns anzuschließen, ganz gleich, welche dunkle Tat es erfordert."

Die Art, wie der Anführer spricht, gefällt mir nicht und ich komme nicht umhin, mich zu fragen, wer das Mädchen ist und warum sie so wichtig ist. Wie kann sie ihnen helfen, Jonah zu finden? Ich muss herausfinden, wer sie ist.

„Sobald ich einen Plan habe, werde euch Anweisungen zukommen lassen. Seid bereit dafür. Ihr könnt nun gehen."

Die maskierten Gestalten stehen auf und einige von ihnen beginnen, sich zu entfernen, während andere sich zu Gruppen zusammenschließen und miteinander flüstern. Einer von ihnen geht auf den Anführer zu und spricht leise zu ihm. Ich möchte wirklich zuhören, was sie sagen, aber ich mache mir auch Sorgen, hier unten gefangen zu bleiben. Außerdem habe ich eine Idee.

Ich folge einer der Gestalten den Tunnel hinauf und aus der Höhle heraus und beobachte, wie sie einen Stein herunterdrückt, um den Felsblock zu bewegen. Ich folge ihr lautlos, während sie ein Stück durch den Wald geht, bevor die Person innehält, um ihr Gewand und ihre Maske abzulegen. Ich halte mir eine Hand vor den Mund, damit ich nicht sichtbar zusammenzucke, als ich erkenne, wer es ist.

Cyrus.

28

CALLAN

Es sind zwei Monate vergangen, seit die Akademie begonnen hat und es gibt noch immer kein Anzeichen von Jonah. Noch schlimmer, wir haben unser Versprechen ihm gegenüber nicht gehalten. Ich habe Olivias Tür mit Graffiti beschmiert und habe ihr Drohbriefe geschickt, aber nichts hat funktioniert. Sie ist nicht verängstigt genug, um die Akademie zu verlassen, was bedeutet, dass ich meine Bemühungen wohl irgendwie noch verstärken muss.

Eines Morgens schlage ich Professorin Hilda vor, Tanwen an diesem Tag mit Araceli zusammenzustecken. Tanwen hat Liv letzte Woche hart rangenommen, was ich völlig in Ordnung finde, aber jetzt will ich es bei ihr versuchen.

„Du trainierst heute mit mir", sage ich. Olivia macht einen Satz, als sie sich zu mir dreht und ich kann mir ein Schmunzeln nicht verkneifen. Sie hat nicht bemerkt, dass ich hinter ihr stand. Gut. Ich bin froh, die Oberhand zu haben. Vielleicht bleibt sie weiterhin so nervös und dann kann ich das gegen sie verwenden.

„Hattest du ein schönes Wochenende, Halbmensch?" Mein Tonfall ist bissig, aber sie reagiert nicht darauf.

„Hatte ich, danke, dass du nachfragst. Wie war dein Wochenende?" Ihre höfliche Stimme ist das Gegenteil von meiner und lässt mich wie ein großer Idiot dastehen. Es macht mir nicht wirklich Spaß, sie zu schikanieren, aber ich kann nicht aufgeben. Jonah würde uns umbringen, wenn er wüsste, dass wir immer noch keinen Weg gefunden haben, sie zum Gehen zu bewegen. Er war der festen Überzeugung, dass sie zu ihrer eigenen Sicherheit gehen muss. Und da ich nichts tun kann, um ihn zurückzubringen, muss ich das hier für ihn tun.

Ich gebe ihr ein Zeichen, mir auf eine der Matten zu folgen. „Heute werde ich versuchen, dir beizubringen, wie man einen Angriff von hinten abwehrt."

Ich führe die Bewegungen vor und sie steht mit den Händen hinter dem Rücken da, sodass ihre Brüste noch deutlicher hervortreten. Wenn ich nicht wüsste, dass sie mich hasst, würde ich denken, dass sie versucht, mich zu verführen. Als ob sie das versuchen müsste. Selbst in der unförmigen Sportkleidung schreit ihr Körper mich förmlich an. ich wünschte ich könnte meine Hände um ihre Taille legen. Ihre Kurven sind das, wovon Menschen singen. Perfekt proportioniert, ein Körper, der wie angegossen zu meinem passen würde.

Frustriert über die Richtung, in die meine Gedanken abschweifen, greife ich ohne Vorwarnung an. Natürlich hat sie keine Zeit, mir auszuweichen. Ich habe sie auf der Matte festgenagelt, noch bevor einer von uns beiden einen weiteren Atemzug getan hat.

Sie blinzelt mich mit großen Augen an und ich stoße mich von ihr weg. Verdammt noch mal. Mit ihr zu arbeiten ist wohl doch keine gute Idee. „Haben dir die Menschen denn gar nichts beigebracht?", knurre ich. „Warum gehst du nicht zu ihnen zurück?"

Sie schnaubt, als sie aufsteht. „Ich war nicht bereit, aber

nächstes Mal werde ich es sein. Können wir es noch einmal versuchen?"

Ich grunze und erinnere mich daran, dass ich ihr eigentlich etwas beibringen sollte. Diesmal greife ich langsamer an, um ihr die Chance zu geben, die Technik anzuwenden, die ich ihr vorhin gezeigt habe und sie kann den Angriff leicht abwehren. Wir wiederholen die Bewegung mehrere Male, bis sie sie beherrscht. Als die Stunde vorbei ist, habe ich sie intensiv trainiert und wir schwitzen beide, aber ich bin keinen Schritt weiter gekommen, sie loszuwerden.

Als sie die Turnhalle verlässt und für den Flugunterricht an den See geht, reibe ich mir mit den Handflächen über die Augen. Ich scheitere immer wieder daran, mein Versprechen gegenüber Jonah einzuhalten und kann praktisch hören, wie mein Vater mich anschreit, weil ich mein Potenzial nicht ausschöpfe. Er würde mich verprügeln, wenn er wüsste, dass ich mein Wort gegenüber jemandem nicht halte. Als Sohn von zwei Erzengeln ist Versagen keine Option für mich.

Es ist Zeit für ein paar drastische Maßnahmen. Ich habe keine Freude an dem, was ich tun muss, aber es ist der einzige Weg, um mein Versprechen an Jonah zu erfüllen. Ich schleiche mich hinaus auf den Parkplatz, wo Livs verbeulter alter Honda wieder neben meinem Audi Cabrio geparkt ist. Ich überprüfe die Umgebung, aber niemand ist in der Nähe und selbst wenn, was würden sie schon machen? Keiner würde es wagen, mich aufzuhalten.

Ich sammle Licht in meinen Handflächen und sprenge die Windschutzscheibe mit einem gezielten Treffer in tausend Teile. Winzige Glassplitter fliegen überall hin, bedecken die Autositze und machen es ihr unmöglich, den Wagen zu benutzen, bevor sie ihn gereinigt hat. *Versuch doch jetzt noch mal einen deiner Mitternachtsausflüge zu machen.*

Das ist aber nicht genug. Das könnte sie für einen zufälligen

Akt der Natur oder so halten. Ich benutze mein brennendes Licht wie einen Laser und schreibe in großen Buchstaben auf den Bürgersteig hinter ihrem Auto: „DU GEHÖRST HIER NICHT HER." Darunter füge ich hinzu: „GEH JETZT ODER DU WIRST ES BEREUEN."

Ich trete zurück und betrachte das Wrack, das ihr Auto darstellt. So. Das sollte sie überzeugen, die Akademie zu verlassen. Und dann habe ich mein Versprechen an Jonah endlich erfüllt.

29

OLIVIA

Im Flugunterricht geht es heute über den See. Wenn wir abstürzen, werden wir im besten Fall nass, im schlimmsten Fall ertrinken wir. Es ist inzwischen genug Zeit vergangen, damit ich nicht mehr so tun muss, als wäre ich ein schlechter Flieger. Ich bin jetzt ein ehrlicher, aber mittelmäßiger Flieger und nutze den Kurs, um mich zu verbessern. Ich bin zwar immer noch nicht die Beste, aber ich falle nicht mehr in den See, also betrachte ich es als Erfolg.

In Dämonenkunde lernen wir jetzt über Lilim, was mich amüsiert, aber auch ein bisschen nervös macht. Ich habe Angst, dass jemand in der Klasse herausfinden könnte, dass nur ein paar Meter von ihm entfernt ein Sukkubus sitzt. Das tut natürlich niemand.

„Stell dir vor, du brauchst Sex zum Überleben", sagt Marcus grinsend, als wir nach dem Unterricht zusammen rausgehen. „Klingt doch gar nicht so übel."

Ich verdrehe die Augen. „Natürlich denkst du das. Aber es bedeutet auch, dass die Lilim nie mit jemandem sesshaft werden können."

„Es sei denn, sie hätten einen Harem oder so etwas, schätze ich." Marcus wackelt mit den Augenbrauen. „Sag nicht, dass dir das nicht zusagt."

Ich schüttle den Kopf, kann mir aber ein Lächeln nicht verkneifen. „Aber dann besteht der Trick darin, Leute zu finden, die damit einverstanden sind, dich mit anderen zu teilen."

Marcus grinst und will gerade etwas erwidern, als Grace zu mir gerannt kommt. „Liv! Dein Auto!"

Meine gute Laune verfliegt augenblicklich. „Was? Was ist damit?"

„Es wurde beschädigt. Du musst nachschauen gehen. Ich werde es dem Direktor melden."

„Ich komme mit", sagt Marcus, während wir die Treppe hinunter und auf den Hof stürmen.

Mit einem flauen Gefühl in der Brust eile ich zum Parkplatz und erstarre, als ich dort ankomme. Meine Windschutzscheibe ist komplett zerstört, winzige Glassplitter bedecken alles. Aber das ist nicht das Schlimmste daran. Nein, das Schlimmste ist die Nachricht auf dem Bürgersteig.

Mir steigen Tränen in die Augen und es fällt mir schwer, sie zurückzuhalten. Monatelang bin ich stark geblieben, selbst als die Leute gemein zu mir waren, als sie mir Drohbriefe hinterließen und meine Wohnungstür beschmierten, aber das ist zu viel. Ich habe mir das Auto selbst gekauft, habe genug Geld zusammengekratzt, um es mir leisten zu können und auch wenn es ein Stück Schrott ist, *gehört es mir*. Jedes Mal, wenn ich es ansehe, werde ich mich von nun an an diesen Moment erinnern.

DU GEHÖRST HIER NICHT HER, verhöhnt mich die Botschaft. Und vielleicht hat sie recht. Ich gehöre nicht an die Seraphim Akademie. Ich bin kein Engel, nicht so wie diese Leute. Aber ich gehöre aber auch nicht an die Hellspawn Akademie. Ich gehöre nirgendwo hin.

Für eine Sekunde bin ich versucht scheiß drauf zu sagen und zu gehen. Meinen Feinden zu geben was sie wollen. Es wäre so viel einfacher, wieder in mein altes Leben zurückzukehren und all das hier zu vergessen. Aber ich kann es nicht. Ich werde es nicht tun.

Jedenfalls nicht, bis ich Jonah gefunden habe.

Marcus legt einen Arm um meine Schultern. „Es tut mir so leid, Liv."

Ich nicke abwesend. „Wer würde so etwas tun?"

„Das ist das Werk eines Erelim. Sie sind die Einzigen, die so etwas mit Licht einbrennen können."

Meine Hände verkrampfen sich an meinen Seiten. Tanwen. Sie muss es sein. Dafür wird das Miststück bezahlen.

Marcus nimmt mein Gesicht in seine Hände und starrt mir in die Augen. „Hör nicht auf sie", sagt er. „Du gehörst hierher, genauso wie jeder andere von uns auch."

Seine freundlichen Worte werden mir zum Verhängnis und bevor ich weiß, was ich tue, presse ich meine Lippen auf seine. Ich musste es tun oder ich wäre in Tränen ausgebrochen, schätze ich. Er erwidert meinen Kuss, als hätte er sich genauso sehr auf diesen Moment gefreut wie ich, schlingt seine Arme um mich und hält mich fest. Ich lasse meine Hände über seinen starken Rücken gleiten und für eine Sekunde fühle ich mich bei ihm sicher und geliebt, ein Gefühl, das so selten und schön ist, dass ich nicht möchte, dass es jemals endet. Aber das muss es. Es ist eine Illusion, denn alles zwischen uns ist eine Lüge und so etwas kann nicht von Dauer sein.

Ich ziehe mich von ihm zurück und renne davon, lasse ihn zurück, zusammen mit meinem kaputten Auto. Während ich das tue, spüre ich die Nachwirkungen des Kusses, die mir Kraft durch die Adern jagen. Marcus ist der Sohn eines Erzengels und damit stärker als die meisten anderen Engel und selbst ein Kuss reicht schon aus, um mir einen Energieschub zu geben und den

Hunger für eine Weile zu stillen. Aber jetzt, wo ich ihn gekostet habe, will ich mehr davon.

Ich schwänze Engelsgeschichte, weil ich Kassiel nicht mit der Lust, die durch meine Adern fließt, gegenübertreten kann, aber ich beruhige mich genug, um Bastien für unseren speziellen Unterricht zu treffen. Ich bin abgelenkt, völlig beschäftigt mit der mutwilligen Beschädigung meines Autos und dem Kuss mit Marcus, und das merkt er wahrscheinlich auch.

Er trifft mich heute vor der Bibliothek. „Da bisher nichts funktioniert hat, um deinen Chor zu bestimmen, werden wir jetzt etwas anderes ausprobieren. Heute gehen wir in den Ishim-Kurs und schauen ihnen beim Üben zu, um zu sehen, ob du etwas spürst. Dann gehen wir das nächste Mal zu einem anderen Chor und beobachten ihn so lange, bis wir den finden, zu dem du gehörst."

Ich nicke, aber mein Magen verkrampft sich. Warum mussten wir mit dem Chor anfangen, zu dem ich tatsächlich gehöre?

Der Chor-Unterricht findet in einem großen Gebäude auf der anderen Seite des Campus statt, das dem Wald zugewandt ist. Ich war noch nie in diesem Gebäude, aber es ist in vier Bereiche unterteilt. Wir gehen einen Korridor entlang, der sowohl zu den Ishim-Kursen als auch zum Trainingsbereich der Malakim und zur Krankenstation der Schule führt. In den seltenen Fällen, in denen ein Engel krank oder verletzt ist, kommen sie hierher und die Malakim verarzten sie.

Bastien führt mich in einen Raum, der bis auf einen Mann mit blasser Haut, blassen Augen und blassem Haar leer zu sein scheint. Er sieht aus wie ein Engel, der von der Sonne gebleicht wurde.

„Das ist Professor Nariel, er unterrichtet die Ishim-Kurse", sagt Bastien und stellt uns vor. "Olivia hier hat ihren Chor noch nicht gefunden und wir wollten einige Ishim bei der Arbeit beobachten, um zu sehen, ob sie etwas spürt."

„Schön, Sie kennenzulernen", sagt Nariel und schüttelt mir die Hand. „Wir haben gerade geübt, wie man Gruppen von Personen und Gegenständen versteckt."

Er macht eine Geste und plötzlich erscheint ein halbes Dutzend Studenten um uns herum, woraufhin ich zusammenzucke. Sie waren die ganze Zeit unsichtbar und ich hatte keine Ahnung. Bastien scheint nicht überrascht zu sein, aber ich wette, er hat ihre Unsichtbarkeit mit seinem Ofanim-Blick durchschaut. Nur meine Halskette hindert ihn daran, mich zu sehen, wenn ich herumschleiche.

Grace ist eine der Studentinnen dieses Kurses und sie winkt mir mit einem mitfühlenden Blick zu. Die anderen Studenten kenne ich nicht, aber sie starren mich mit unverhohlen neugierigen Blicken an.

„Als Ishim biegen wir das Licht um uns herum, um unsichtbar zu werden", sagt Nariel und erzählt mir nichts, was ich nicht schon wüsste. „Mit etwas Training können wir diese Kraft auch auf andere Objekte und Menschen ausweiten. Die Stärksten von uns können ganze Gebäude unsichtbar machen."

„Ich wette, das macht die Ishim zu guten Spionen", sage ich und klinge beeindruckt. *Und Attentäter,* füge ich im Stillen hinzu.

„Spione und Aufklärer, ja, aber wir machen viel mehr als das. Wir bewegen uns häufiger als andere Engel durch die Menschenwelt und fungieren oft als Boten. Einige von uns arbeiten auch als Schutzengel, die über wichtige Menschen wachen, um sie bei Bedarf zu beeinflussen und zu schützen."

„Oh wow. Ich hatte keine Ahnung, dass Engel so viel mit den

Menschen zu tun haben. Wie werden die Menschen ausgewählt, die beschützt werden sollen?"

„Der Erzengelrat weist uns die Menschen zu", sagt Nariel.

„Können wir Olivia ein paar Ishim-Kräfte in Aktion zeigen?", fragt Bastien.

„Natürlich." Er gestikuliert zu Grace und den anderen Schülern. „Fahren Sie fort, Grace."

Grace löst sich in Luft auf und dann machen die anderen Studenten das Gleiche. Sekunden später verschwinden die Tische auf einer Seite des Raumes einer nach dem anderen, zusammen mit den Taschen und Jacken, die daran hängen. Bald scheint das Klassenzimmer völlig leer zu sein, bis auf uns drei, die wir dort stehen.

„Beeindruckend", sage ich und meine Brust zieht sich zusammen. Ich kann mich unsichtbar machen, zusammen mit allem, was ich in der Hand halte, aber das war's dann auch schon. Ich könnte so viel mehr lernen, wenn ich mit den anderen meiner Art an diesem Unterricht teilnehmen würde. Aber wenn ich meinen Chor preisgebe, würde mich das mit Vater und Jonah verbinden und diese Verbindung kann ich nicht herstellen. Für den Moment muss ich das machtlose halbmenschliche Mädchen ohne Chor bleiben.

Grace taucht plötzlich an meiner Seite auf, obwohl ich nicht einmal gehört habe, dass sie sich bewegt hat. „Hast du etwas gespürt?"

„Nee." Ich sehe Bastien an und zucke mit den Schultern. „Tut mir leid."

Meine Halskette hält ihn davon ab, die Lüge in meinen Worten zu erkennen. „Danke für Ihre Hilfe", sagt er zu Nariel. Als wir aus dem Gebäude hinausgehen, zieht Bastien eine Augenbraue hoch. „Du hast wirklich nichts gespürt?"

„Nee. Hattest du was anderes erwartet?"

Er schaut mich mit eisigem Blick und zusammengekniffen

Augen an. „Ich habe eine Theorie getestet. Keine Sorge, ich habe noch viele andere. Morgen sehen wir zu, wie die Malakim Menschen heilen. Sei pünktlich."

Als ich über den Campus zum Wohnheim laufe, überkommt mich eine Erinnerung an Jonah. Es war sein zweiter Besuch nach dem Eintritt in die Seraphim Akademie und ich weiß noch, wie er sich mit einem großen, verträumten Seufzer auf mein Bett fallen ließ.

„Was hat es damit auf sich?", fragte ich.

Er löste sich aus seinen Gedanken mit einem albernen Grinsen im Gesicht. „Hmm?"

„Dein albernes Lächeln." Ich schubste ihn zur Seite, damit ich mich neben ihn setzen konnte. „Lass mich raten. Du hast ein Mädchen kennengelernt."

„Woher weißt du das?"

„Ein Sukkubus kann so etwas spüren", sagte ich mit einem Augenzwinkern. „Erzähl mir von ihr."

„Ihr Name ist Grace. Wir lernten uns beim Ishim-Training kennen und sie ist einfach … die Beste. So klug und freundlich und sie hat die hübschesten großen, braunen Augen. Hier, ich zeige sie dir." Er scrollte durch die Fotos auf seinem Handy und zeigte mir dann eins. Er stand in einem Baseballtrikot mit dem Logo der Seraphim Akademie vor einem See und hatte den Arm um eine rotblonde Frau mit einem hübschen Gesicht gelegt. Sie grinsten beide wie blöd und Jonah strahlte, als er das Foto betrachtete.

„Wir haben vor ein paar Wochen angefangen miteinander auszugehen und es ist einfach großartig. Ich glaube ernsthaft, dass ich dieses Mädchen eines Tages heiraten könnte."

Ich verdrehte die Augen und warf ein Kissen nach ihm. „Immer mal langsam, Loverboy. Du kennst sie noch nicht so lange."

„Ja, aber manchmal weiß man es einfach. Man weiß es einfach."

Mein Bruder, der Romantiker. Er hat Grace wirklich geliebt und nachdem ich in den letzten Monaten viel Zeit mit ihr verbracht habe, kann ich verstehen, warum.

Ich schwöre erneut, ihn zu finden. Nicht nur für mich, sondern um die Traurigkeit, die ich immer noch gelegentlich in Graces Augen sehe, zu lindern.

Aber zuerst muss ich mich an Tanwen rächen, weil sie mein Auto zerstört hat. Heute Abend werde ich mich in ihr Zimmer schleichen, während sie mit den Walküren an ihrem üblichen Tisch zu Abend isst. Morgen, wenn sie sich für das Kampftraining anzieht, wird sie feststellen, dass all ihre Sportklamotten zerfetzt sind. Das ist das Mindeste, was sie verdient hat. Sicher, sie kann sich im Studentenshop neue besorgen, aber das wird lästig für sie sein und sie wird merken, dass ich mich nicht mehr zurückhalte und den Missbrauch über mich ergehen lassen werde. Ich bin es leid, schikaniert zu werden.

30

OLIVIA

Es ist zwei Wochen her, dass mein Auto zerstört wurde und heute Abend findet das Footballspiel gegen die Hellspawn Akademie statt. Tanwen ist eine der Cheerleaderinnen, wie sollte es auch anders sein. Sie muss vermuten, dass ich diejenige bin, die ihr einen Streich gespielt hat, aber sie hat nichts zu mir gesagt. Ich warte immer auf irgendeine Art von Vergeltung, aber alles, was ich bekomme, sind spöttische Beleidigungen und die regelmäßigen Prügel im Kampftraining, obwohl ich besser darin geworden bin, mich zu wehren. In seltenen Fällen schaffe ich es sogar, sie auf den Rücken zu werfen.

Wir gehen zum Sportplatz hinter der Turnhalle und treffen auf dem Weg dorthin auf Darel, der sein Football-Uniform trägt. In letzter Zeit verbringt er mehr Zeit in unserem Wohnheim als in seinem eigenen. Wenn er in Aracelis Schlafzimmer ist, ist die Lust, die von dort ausgeht, mehr, als ich abwehren kann. Ich sitze einfach auf der Couch und sauge sie in mich auf, auch wenn ich mir wie ein verdammter Widerling vorkomme. Es ist wie mit einem leichten Salat, es ist eine tolle Nahrung, aber es macht nicht lange satt. Ich brauche bald wieder eine richtige Mahlzeit.

Ich lächle über ihre verschränkten Hände. Ich bin so froh, dass Araceli jemanden gefunden hat, der sie so akzeptiert, wie sie ist.

Sobald wir die Turnhalle umrunden, sehen wir, dass das riesige Feld dort umgestaltet worden ist. Auf beiden Seiten stehen Tribünen und es ist auf den ersten Blick ersichtlich, dass sich die Besucher nicht mit dem Heimteam vermischen. Auf den Tribünen sitzen locker sieben- oder achthundert Engel zusammengedrängt. Vielleicht sogar tausend. Auf der Dämonenseite wahrscheinlich halb so viele.

Ich drehe mich mit offenem Mund im Kreis. Ich habe noch nie so viele Engel und Dämonen auf einem Haufen gesehen. „Wow."

„Ja, ich schätze, es ist eine Menge, wenn man noch nie hier war", sagt Darel. „Mein Vater hat mich als Kind zu einigen Spielen mitgenommen. Er ist begeistert, dass ich es dieses Jahr ins Team geschafft habe, auch wenn er dieses Spiel leider nicht sehen kann. Er wird aber beim nächsten dabei sein und dann kannst du ihn kennenlernen."

„Das wäre toll", sagt Araceli.

„Ich muss jetzt los. Das Spiel fängt bald an." Darel gibt Araceli einen innigen Kuss und ich schaue demonstrativ weg.

„Viel Glück!", rufen wir, als er davonjoggt, um sich dem Rest der Mannschaft anzuschließen. Professorin Hilda brüllt ihm ein paar Befehle zu und er verschwindet in der Turnhalle.

„Suchen wir uns einen Platz", sagt Araceli.

Wir holen uns ein paar Biere und setzen uns gerade hin, als die Football Mannschaft unter großem Jubel der Menge auf das Spielfeld kommt. Sie haben ihre Helme noch nicht auf und ich entdecke Callan. Ich kann nicht anders, als auf seinen Hintern zu starren, als er in dieser engen, kleinen Hose über das Feld rennt. Auch wenn ich den Kerl nicht ausstehen kann, muss ich zugeben, dass er sie gut ausfüllt. Lecker.

Ich lasse meinen Blick über die Menge schweifen und entdecke Bastien und Marcus im Publikum und ein Stück hinter ihnen sitzt Kassiel mit Nariel und Raziel. Ich mache mir eine mentale Notiz, nicht mehr in diese Richtung zu schauen, um nicht zu riskieren, dass meine Lust wieder aufflackert. Grace und Cyrus winken uns zu, als sie vorbeigehen und ergattern Plätze ein paar Reihen vor uns. Seitdem ich herausgefunden habe, dass Cyrus ein Mitglied des Ordens ist, bin ich supervorsichtig mit dem, was ich in seiner Nähe sage, ebenso mit Grace, falls sie auch ein Mitglied ist.

Die Menge beruhigt sich, als die Dämonen herauskommen. Ihre Tribüne bricht in Jubel aus, aber es ist nicht annähernd so laut wie auf der Engelseite. Ich schätze, wenn wir bei einem Spiel in der Hellspawn Akademie wären, wären wir auch in der Minderheit vertreten.

„Gibt es auch Spiele in der Hellspawn Akademie?", frage ich. Ich kann es kaum erwarten, die Akademie zu besuchen. Theoretisch hätte ich auch dorthin gehen können, wenn ich meine engelhafte Seite vor ihnen hätte verbergen können. Es wäre schön gewesen, von beiden Seiten meines Ursprungs lernen zu können.

„Ja, normalerweise würde dieses Spiel sogar dort stattfinden, aber ihr Feld wurde diesen Frühling überflutet. Es sollte aber für das Spiel gegen die Feen wieder in Ordnung sein."

„Warum wird es nicht in der Feen-Akademie abgehalten? Die Ethereal Akademie, richtig?"

„Sie erlauben uns nicht, ins Feenreich zu reisen. Ich war selbst noch nie dort."

„Oh, wie schade."

Das Spiel beginnt und wir jubeln, als Darel einen Touchdown erzielt. „Er ist der Beste im Team", sagt Araceli verträumt. „Sogar besser als Callan."

„Es ist schön zu sehen, dass Callan mal nicht der Beste in

etwas ist. Die Prinzen denken, sie sind in allem so verdammt gut.“

„Das sind sie auch. In den meisten Dingen. Aber zum Football gehört mehr als angeborenes Können. Es erfordert Übung und Training.“

Das Spiel ist knapp, aber Callan, groß und schnell, führt die Verteidigung der Engel an und blockiert viele der Versuche der Dämonen zu punkten. Darel ist der Held des Abends, er erzielt dreizehn Touchdowns. Beim Sieg der Engel juble ich genauso laut wie alle anderen.

Am Ende schütteln sich die Teams die Hände, aber selbst aus der Ferne ist die Anspannung deutlich zu erkennen. Es gibt kein fröhliches Geplänkel, keinen echten Sportsgeist. Es herrscht eine kaum verhüllte Feindseligkeit zwischen den beiden Teams.

Darel rennt zu Araceli hinüber und ich muss lächeln, als er sie in einer riesigen Umarmung von den Füßen hebt. Ihre Zuneigung füreinander ist schön mitanzusehen, aber ich fühle mich wie ein drittes Rad. Ich kann nicht anders, als neidisch auf die beiden zu sein, weil sie etwas haben, was ich selbst nie haben werde.

„Kommt ihr beide im Anschluss auf die Party?“, fragt er uns.

„Das würden wir uns nicht entgehen lassen“, sagt Araceli.

„Cool, dann sehe ich dich dort.“ Er gibt ihr noch einen Kuss und rennt dann zurück, um mit dem Rest seines Teams zu feiern. Mein Blick folgt ihm und landet dann auf Callan. Tanwen steht in ihrer Cheerleader-Uniform neben ihm und umklammert seinen Bizeps, aber seine Augen sind auf mich gerichtet. Ich werfe ihm einen Kuss zu, nur weil ich weiß, dass es ihn verärgern wird und werde dafür unmittelbar mit einem finsteren Blick bestraft.

„Ich glaube, ich gehe zurück in mein Zimmer“, sage ich zu Araceli.

„Du kommst nicht mit zur Party?“

„Nein, ich bin nicht in der Stimmung dafür. Ich glaube, der Hotdog hat meinem Magen nicht gut getan."

„Oh nein! Soll ich versuchen, dich zu heilen?"

Ich lache. „Ich komme schon klar. Ganz im Ernst. Geh und hab Spaß mit Darel."

„Ok, aber falls du dich besser fühlst, solltest du vorbeikommen."

„Mache ich."

Ich mache mich auf den Weg zurück zum Wohnheim, werde aber von Marcus aufgehalten, der sich mir in den Weg stellt. Er trägt ein schwarzes Shirt, das seine Muskeln umspielt, sein wunderschönes Haar flattert im Wind und sein Mund sieht zum Küssen köstlich aus. Es tut weh, ihn anzuschauen, denn ich weiß, wie gut er schmeckt und es kostet mich all meine Kraft, nicht mehr davon zu kosten.

„Liv", sagt er. „Du bist nicht aufgetaucht, um an unserem Projekt zu arbeiten. Was ist denn los?"

Ich starre auf das Gras unter meinen Füßen. „Ich dachte, wir bräuchten uns nicht mehr zu treffen. Wir sind so gut wie fertig damit."

„Es geht um diesen Kuss, nicht wahr?", fragt er. „Seitdem gehst du mir aus dem Weg. Streite es nicht ab."

Ich seufze. „Gut, ich bin dir aus dem Weg gegangen. Dieser Kuss hätte nicht passieren sollen."

„Warum nicht?", er tritt näher, an mich heran, bis er in gefährliche Reichweite ist. „Ich fand ihn ziemlich fantastisch und ich würde das gerne irgendwann wiederholen."

Mein Herz zieht sich schmerzhaft zusammen. „Hör zu, Marcus, es war ein guter Kuss, aber ich bin im Moment nicht auf der Suche nach etwas Ernstem. Ich habe gerade keine Zeit für einen festen Freund oder so."

„Das ist in Ordnung. Ich will auch nichts Ernstes. Wir können es zwanglos halten."

Nur dass meine Vorstellung von zwanglos bedeutet, mit ihm und ein paar anderen Leuten zu schlafen. Nicht, weil ich es will, sondern weil ich es tun muss, um zu überleben. Trotz seines Witzes über einen Harem, glaube ich nicht, dass Marcus mit so etwas einverstanden wäre. Außerdem kann ich ihm das sowieso nicht anvertrauen, nicht ohne meine Sukkubus-Seite zu offenbaren und alles aufs Spiel zu setzen.

„Ich bin einfach nicht interessiert", sage ich, mit einer Nonchalance, die ich nicht spüre. „Tut mir leid."

Seine Kinnlade klappt herunter und ich wette, dass ich das erste Mädchen bin, das ihn jemals zurückgewiesen hat. Er kann nicht einmal etwas erwidern, als ich weggehe. *Ein weiterer Punkt für Liv*, denke ich, obwohl es mich dieses Mal nicht tröstet, zu wissen, dass ich einen weiteren Prinzen in seine Schranken gewiesen habe.

Ich kehre mein Wohnheimzimmer zurück und mache es mir in meinem Schlafanzug mit einer Tasse koffeinfreiem Kaffee und meinem Lehrbuch für Engelsgeschichte gemütlich. Wir haben morgen einen Test und obwohl Kassiel und ich uns regelmäßig treffen, weiß ich, dass er es mir nicht durchgehen lassen wird, wenn ich nicht bestehe.

Stunden später fliegt unser Wohnungstür plötzlich auf. Araceli steht da, offensichtlich verzweifelt. „Hast du Darel gesehen?"

„Nein, ich dachte, er wäre mit dir auf der Party."

„Er ist nie aufgetaucht! Ich habe gewartet und gewartet, aber er ist nicht gekommen!"

„Das ist seltsam. Vielleicht war er müde und ist nach dem Spiel eingeschlafen?"

„Nein, ich habe in seinem Wohnheimzimmer nachgesehen

und er ist nicht da. Keiner hat ihn gesehen. Er ist einfach ... verschwunden nach dem Spiel." Sie knabbert an ihren Nägeln, etwas, das sie immer tut, wenn sie nervös ist. „Meinst du, Dämonen haben ihn entführt?"

„Das bezweifle ich. Warum sollten sie das tun?"

„Ich weiß es nicht!"

Es zerreißt mich innerlich, sie so aufgewühlt zu sehen und obwohl ich mir sicher bin, dass es eine einfache Erklärung dafür gibt, stehe ich auf, schnappe mir meinen Mantel und werfe ihr dann ihren eigenen zu. „Komm, lass uns nach ihm suchen."

Wir verbringen den Rest der Nacht damit, den Campus nach Darel zu durchkämmen, aber es gibt weit und breit keine Spur von ihm. Es ist, als wäre er nach dem Spiel einfach verschwunden ... wie mein Bruder.

***

Am nächsten Morgen wird Darels Leiche im Wald gefunden.

Als Araceli die Nachricht erfährt, fällt sie mir schreiend und weinend in die Arme. Ich halte sie fest, während ihr Körper zittert und weine mit ihr, auch wenn ich mich ein wenig dafür hasse, dass ich dankbar bin, dass es nicht Jonahs Leiche war, die sie gefunden haben.

Es geht das Gerücht um, dass Darels Körper von etwas zerrissen wurde, das wie Tierklauen aussieht und dass es Reiß-zahnabdrücke in seinem Hals gab. Alle Anzeichen deuten auf einen Dämonenangriff nach dem Spiel hin und die Leute sind auf Blut aus, obwohl alles, was Uriel sagt, ist, dass die Untersuchung noch nicht abgeschlossen sei. Darel wurde von allen gemocht, ganz zu schweigen davon, dass er der Star des Football-Teams war, und sein Tod schockiert alle sehr. Besonders Araceli.

Ihr übliches Licht ist verblasst und jetzt versteckt sie sich die meiste Zeit in ihrem Zimmer. Ich kann sie durch die Wände weinen hören. Ich gebe ihr etwas Freiraum, weil ich sonst nicht viel tun kann und bringe ihr ihren Lieblingstee und -kekse, wann immer ich kann.

Ich finde es schwer zu glauben, dass Dämonen Darel töten würden, aber es scheint auch keine andere Erklärung zu geben.

Zwei Wochen, nachdem Darel tot aufgefunden wurde, kommt Araceli heraus und setzt sich neben mich auf die Couch.

„Olivia, ich muss dir etwas erzählen. Etwas Geheimes."

Ich stelle meine Lieblingstasse ab und setze mich aufrechter hin. „Okay, nur zu."

„Du hast mich einmal gefragt, ob es einen Geheimbund auf dem Campus gibt und ich habe dich angelogen und nein gesagt. Aber es gibt einen, er nennt sich Orden des Goldenen Throns und sie sind diese fanatische Pro-Engel, Anti-Dämonen Gruppe. Sie luden mich ein, ihnen beizutreten und zuerst war ich so aufgeregt, weil ich immer so eine Außenseiterin unter den Engeln gewesen bin, und es sich so schön anfühlte, gewollt und akzeptiert zu werden. Aber dann haben sie uns gebeten, Dinge zu tun, mit denen ich nicht einverstanden war. Wie zum Beispiel einen Professor zu bestehlen."

„Und das hast du getan?", frage ich. Auch wenn ich weiß, dass das die erste Aufgabe war, fällt es mir schwer, mir vorzustellen, dass Araceli etwas gestohlen hat.

„Ja, ich habe Professor Kassiels Unterwäsche gestohlen, weil ich dachte, dass es lustig wäre, obwohl ich mich schrecklich dabei gefühlt habe. Ich habe diese Prüfung bestanden, aber dann sagten sie, wir müssten einen Menschen dazu bringen, vor der Kamera ein Geständnis abzulegen und ihn dann bloßstellen. Ich weigerte mich und ging weg."

Oh, Scheiße. Sie ist diejenige, die in dieser Nacht gegangen ist – und die, von der sie sagten, dass sie sie brauchen.

„Seitdem bekomme ich immer wieder Nachrichten, dass ich

zurückkommen soll und nach Darels Tod bekam ich noch eine. Es ist offensichtlich, dass es ein Dämonenangriff war, aber die Behörden unternehmen bis jetzt nichts. Der Orden sagt, dass sie mir helfen können, Rache an den Dämonen zu verüben, die ihn getötet haben, aber nur, wenn ich die zweite Prüfung absolviere und ihnen beitrete. Und ich will Gerechtigkeit für Darel, das will ich wirklich, aber ich weiß nicht, ob ich mich noch einmal mit dem Orden einlassen will." Sie wendet ihre großen, freundlichen Augen auf mich. „Was denkst du, Liv?"

Ich nehme ihre Hände in meine und drücke sie. „Ich denke, es war richtig, den Orden zu verlassen, als du es getan hast."

Sie beißt sich auf die Lippe. „Aber sollte ich jetzt beitreten? Für Darel?"

„Nein, ich denke, das solltest du nicht. Das würde er nicht wollen."

„Das würde er nicht?"

„Nein, das würde er nicht. Uriel wird dafür sorgen, dass diejenigen, die ihn getötet haben, zur Rechenschaft gezogen werden, da bin ich mir sicher. In der Zwischenzeit kannst du Darel dadurch würdigen, dass du dein Leben so gut du kannst lebst und dir selbst treu bleibst. Das ist es, was er wollen würde."

Sie schlingt ihre Arme um mich. „Danke, Liv. Ich wusste, du würdest es verstehen. Und es tut mir leid, dass ich dich angelogen und dir nichts über den Orden erzählt habe. Ich wollte dich nur vor ihnen beschützen."

„Es ist schon in Ordnung." Ich fühle mich schuldig, weil ich sie über so vieles angelogen habe, auch über das hier. Ich bin versucht, ihr zu sagen, dass ich auch eingeladen wurde, entscheide mich aber dagegen. Das würde mir nur noch mehr Fragen einbringen und ich bin noch nicht bereit, Araceli alles zu gestehen. Außerdem ist es besser für sie, wenn sie über all das im Unklaren gelassen wird. Aracelis Herz ist so groß und rein, ich kann nicht zulassen, dass es von der Dunkelheit des Ordens vergiftet wird. Das ist meine Aufgabe – und ich habe sowieso schon genug Dunkelheit in mir.

„Ich werde dir deinen Lieblingstee kochen", sage ich zu Araceli. „Du entspannst dich hier einfach und schaust etwas fern."

Sie schnieft. „Danke."

Als ich in unsere Miniküche gehe und Wasser aufsetze, denke ich an die Nacht zurück, in der ich mich in die Höhle unter dem See geschlichen habe.

„Wir müssen sie wohl doch überreden, mitzumachen", sagt der Anführer. „Vielleicht erinnern wir sie an das Böse der Dämonen und zeigen ihr, dass der Orden die einzige Möglichkeit ist, sie aufzuhalten."

„Was schwebt dir vor?", fragt eine andere Person.

„Ich habe eine Idee. Wir werden beim Footballspiel gegen die Dämonen vorgehen."

Meine Hand zittert, als ich Araceli Becher umklammere und ich lasse ihn fast fallen. Könnte der Orden für den Tod von Darel verantwortlich sein? Würden sie wirklich so etwas Extremes tun, wie einen ihrer eigenen zu töten? Zum Glück habe ich Araceli von ihnen ferngehalten. Aber warum brauchen sie sie? Die einzige Erklärung dafür wäre, dass sie zum Teil Fee ist und sie vielleicht denken, dass ihnen das irgendwie helfen könnte, Jonah zu finden. Könnte er im Feenreich sein?

Ich muss die nächste Prüfung bestehen. Die Kamera ist schon vor einer Weile angekommen, aber ich habe die Aufgabe bisher aufgeschoben, weil ich es nicht tun will. Es ist an der Zeit, dass ich mich zusammenreiße und es hinter mich bringe, vor allem, weil ich nur noch ein paar Wochen bis zum Abgabetermin habe. Mein Bauchgefühl sagt mir, dass all das zusammenhängt und ich der Wahrheit immer näher komme. Der Orden ist der Schlüssel zu diesem Mysterium – und ich werde tun, was nötig ist, damit ich mich ihnen anschließen kann.

31

OLIVIA

Sobald die Nacht hereinbricht, überprüfe ich die Karte noch einmal und starte von meinem Balkon aus, wobei ich meine Halskette und meine angeborenen Fähigkeiten nutze, um den Campus unbemerkt zu verlassen. Es ist jetzt fast Sommer und die Luft fühlt sich wärmer an, während sie durch meine schwarzen Federn dringt. Ich breite meine Flügel weit aus und genieße das Gefühl des Fliegens. Ich bin noch nie so weit geflogen, aber das ganze Training im Flugunterricht hat sich ausgezahlt, denn es ist überhaupt kein Problem.

Als ich dort ankomme, ist die Kirche leer. Ich gehe zur Tür und drücke sie auf, da sie nicht verschlossen ist. Die große Holztür knarrt, als ich sie aufstoße. „Hallo?"

Niemand antwortet, also gehe ich weiter in den Altarraum. Im Gegensatz zu dem, was man in den Filmen sieht, gehen Dämonen in einer Kirche nicht in Flammen auf. Was für ein Glück für mich.

„Jemand zu Hause?" Ich schaue zu den wunderschönen Glasfenstern hinauf, während meine Schritte von den Steinwänden widerhallen. Die Kirche ist ziemlich alt, und für eine

Sekunde fühle ich mich wie in einem Horrorfilm oder so, als würde ich geradewegs in mein Verderben schreiten. Ich schüttle den Gedanken ab und wappne mich für das, was mir bevorsteht.

Ein kleiner Mann in einem schwarzen Anzug kommt aus dem hinteren Teil des Gebäudes geeilt. „Kann ich Ihnen helfen?"

„Sind Sie Pater Abram?", frage ich.

„Ja, das bin ich." Seine Augen wandern an meinem Körper entlang und ich spüre einen Hauch seiner Lust. Es bereitet mir Übelkeit.

„Kann ich mit Ihnen irgendwo unter vier Augen sprechen?", frage ich.

„Hier entlang."

Er führt mich in ein Hinterzimmer und schließt die Tür. „Worum geht es?"

Ich lege die Kamera auf den Schreibtisch und schalte sie ein. Es gibt keinen Grund für mich, sie zu verstecken. Abram wirft mir einen seltsamen Blick zu, aber dann lässt er sich ablenken, als ich meinen Trenchcoat öffne. Darunter trage ich eine stereotype Schulmädchenuniform, die mich mit meinen Zöpfen jünger aussehen lässt, als ich bin. Näher an dem Alter, das dieses Monster mag.

Als ich das letzte Mal auf Nahrungssuche ging, habe ich versucht, die Leute in der Bar in der Nähe der Akademie zu einem Geständnis zu bewegen, aber keiner von ihnen hatte etwas so Schreckliches getan, dass es gerechtfertigt hätte, sie bloßzustellen. Dann traf ich einen Mann, der verzweifelt war und sich fast zu Tode trank, weil seine Tochter behauptete, ein Priester hätte sie angefasst. Niemand sonst glaubte ihr, aber ich schwor diesem Mann im Stillen, dass ich die Dinge für sein kleines Mädchen in Ordnung bringen würde.

„Ich muss Ihnen ein paar Fragen stellen", sage ich, während ich mit den Händen über meine enge weiße Bluse fahre, die meinen rosafarbenen BH darunter deutlich durchschimmern lässt. Ich lasse meine Kräfte spielen und bin angewidert von der Art, wie seine Lust schmeckt. Sie ist verdorben und abscheulich und ich kann es kaum erwarten, hier rauszukommen.

Er starrt mich an, die Zunge hängt ihm praktisch aus dem Mund, während er meinen Körper anstarrt. Ich bin mir sicher, dass die Kamera einen tollen Blick auf meinen Hintern unter meinem kurzen, karierten Rock bekommt.

Abram ist böse, jeder Teil von ihm, von seinen struppigen braunen Haaren bis zu seinen praktischen, braunen Schuhen, aber er besitzt die Frechheit, zu mir zu sagen: „Sie sind eine Sünderin."

Wenn er nur wüsste.

„Das bin ich", sage ich und zupfe an meinem Rock, der kaum meine Oberschenkel bedeckt. „Sie müssen mir helfen."

Abram tritt vor, umklammert jetzt seinen Hosenbund. Der Beweis seiner Begierde wölbt sich gegen seine Hose und ich muss sagen, dass es nicht beeindruckend ist. „Ich kann Ihnen helfen."

„Wollen Sie mir wehtun, Abram?" Ich werfe mein Haar zurück und stöhne, während meine Hände meine Taille hinaufwandern. „Wollen Sie mich für meine Sünden büßen lassen?"

„Das will ich."

„Aber ich bin nicht jung genug für Sie, oder?" Ich bringe es nicht über mich, ihn an der Stelle zu berühren, die er sich wünscht, aber ich strecke meine Hand aus und berühre seine Hand, woraufhin sich meine Kraft an seiner Lust festkrallt und sie herauszieht.

„Für heute Nacht wird es genügen", sagt er, während er seinen Schwanz herausholt.

„Sie wollen mich, Abram?" Ich schiebe eine Hand unter meinen Rock, ziehe ihn hoch und enthülle mehr von meinen nackten Schenkeln. „Dann sagen Sie mir die Wahrheit. Sie berühren kleine Mädchen, nicht wahr?"

„Sie brauchen es", sagt er und streichelt seinen Schwanz,

während er mich anstarrt. Igitt, ist der widerlich. „Jemand muss sie für ihre Sünden bestrafen."

„Und das sollten selbstverständlich Sie sein."

„Ich werde Sie auch bestrafen, Sie kleiner Dämon."

Ich lache und es klingt diabolisch. „Oh, ich bin so viel mehr als das, Abram." Meine Stimme wird leiser. „Ich bin ein Engel."

Er fällt auf die Knie und greift nach meinen Beinen, sein Verlangen, mich zu spüren, ist so stark, dass er sich nicht zurückhalten kann. „Bitte, Dämon, Engel, was immer Sie auch sind. Ich will Sie bestrafen."

„Verraten Sie mir zuerst die Namen der Mädchen."

„Caroline. Melody. Amanda."

Ich übergebe mich beinahe mit jedem weiteren Geständnis, aber das ist, was ich für das Video brauche. Als er fertig ist, schalte ich das Gerät aus.

Dann strecke ich meine Hände aus und wickle sie um den Hals des Monsters. Ich will das Leben aus ihm herausquetschen, aber stattdessen intensiviere ich meine Kraft. Er wichst seinen Schwanz, unfähig, sich selbst zu stoppen, bis sein Orgasmus aus ihm herausschießt. Er musste kommen, aber ich wollte diesen Kerl definitiv nicht ficken. Ihn auch nur eine Sekunde lang zu berühren, ist schon entsetzlich.

„Wenn Sie mehr wollen, werden Sie jetzt aufstehen, Ihren Schwanz zurück in die Hose stecken und direkt zur Polizei gehen. Gestehen Sie denen alles, was Sie mir heute Abend erzählt haben." Seine Augen sind auf meine gerichtet und meine Kräfte haben volle Arbeit geleistet. Er hat glasige Augen und ist völlig in meinem Bann. „Tun Sie das, und ich werde wieder zu Ihnen kommen."

Er nickt und sobald ich ihn loslasse, springt er auf und rennt zur Tür, während er seinen Schwanz in seine Hose stopft. Ich schnappe mir meinen Mantel und meine Kamera und folge ihm, entfalte meine Flügel und werde unsichtbar. Er ist bereits in seinem Auto und fährt vom Parkplatz. Verdammt. Ich habe meine Magie noch nie auf diese Weise entfesselt – normalerweise versuche ich, sie zurückzuhalten, damit die Menschen nicht zu Schaden kommen. Aber sobald ich meine Magie wirken ließ, tat sie das auch.

Ich folge Abram zur Polizeistation und als er drinnen verschwindet, schleiche ich zum Fenster und schalte die Kamera erneut ein. Während der Aufnahme beobachte ich, wie der Priester mit einem Polizeibeamten hinter einem Schreibtisch spricht. Sein Gesicht wechselt von gelangweilt zu blass zu wütend.

Auftrag erfüllt.

Jetzt will ich nur noch nach Hause gehen und eine lange, heiße Dusche nehmen, um das Gefühl seines Verlangens von mir abzuwaschen. Der Orden sollte mich hiernach besser aufnehmen – und immerhin gibt es jetzt ein Monster weniger auf der Welt.

32

MARCUS

Während der zweiten Stunde gehen wir zu Raum 302. Bastien schließt die Tür mit dem Schlüssel auf, den er aus dem Büro gestohlen hat und ich schaue mich vorsichtig um. Er hat die Kameras im Wohnheim ausgeschaltet und selbst wenn jemand hier wäre, würde er uns nicht aufhalten oder befragen. Warum sollten sie auch? Wir machen, was wir wollen, ohne irgendwelche Konsequenzen. Olivia ist die Einzige, die uns überhaupt jemals Kummer bereitet hat.

Vielleicht ist das der Grund, warum ich nicht aufhören kann, an sie zu denken. Sie ist die einzige Frau, die mich je zurückgewiesen hat, und das tut weh. Ich weiß, sie will mich auch, aber sie hält sich zurück und das macht mich verrückt. Ausnahmsweise weiß ich mal nicht, was ich mit einer Frau tun soll.

Ich bin mir ziemlich sicher, dass in ihr Zimmer einzubrechen nicht das Richtige ist, aber die Jungs hören in diesen Dingen nie auf mich. „Das ist eine wirklich schlechte Idee", sage ich trotzdem. „Wir sollten das nicht tun."

„Alles andere funktioniert nicht", sagt Callan. „Es sind schon

Monate vergangen und sie ist immer noch hier. Wir haben keine andere Wahl."

Bastien stößt die Tür auf und Callan schiebt sich an ihm vorbei und stapft hinein. Ich massiere mir den Nasenrücken und folge ihnen. Es war schon schlimm genug, als Callan ihr nur Nachrichten schickte und unhöflich zu ihr war, aber dann hat er auch noch ihr Auto demoliert. Und jetzt das hier.

Aber vielleicht hat er recht. Wir mussten Jonah versprechen, dass wir Olivia zu ihrer eigenen Sicherheit von der Schule fernhalten würden und ich vertraute meinem besten Freund blind. Sie war offensichtlich wichtig für ihn, was sie wichtig für mich macht. Wenn das der Weg ist, sie in Sicherheit zu wissen, schätze ich, dass wir es tun müssen. Es gefällt mir aber nicht. Überhaupt nicht.

Das Wohnzimmer ist ordentlich und sehr schlicht, abgesehen von ein paar kuscheligen Kissen und ein paar Kunstwerken mit Farbspritzern an den Wänden. Auf dem Couchtisch stapeln sich Lehrbücher und in der Spüle stehen ein paar schmutzige Teller. Sowohl Olivia als auch ihre Mitbewohnerin Araceli haben laut Bastien gerade Unterricht, daher wussten wir, dass sie nicht hier sein würden, aber ich fühle mich trotzdem wie ein totaler Widerling, weil ich mich uneingeladen in ihrem Zimmer befinde.

Callan und Bastien scheint das jedoch nicht zu stören. Sie finden Olivias Schlafzimmer und machen sich gleich an die Arbeit, zuerst ziehen sie die Vorhänge zu, damit niemand etwas sehen kann. Währenddessen werfe ich immer wieder einen Blick auf die Tür und frage mich, ob ich mich hinausschleichen könnte.

Olivias Zimmer ist erstaunlich langweilig. Die Wände sind kahl und ihre Tagesdecke ist schlicht grau und kommt aus dem Studentenshop. Trotzdem kann man ihre Präsenz im Stoff spüren und ich kann sie praktisch in der Luft riechen. Da ich weiß, wie sie auf mich wirkt, schenke ich ihrem ungemachten Bett keinen zweiten Blick, obwohl ich mir denke, dass es typisch es ist, dass sie ihr Bett nicht macht.

„Sie ist undiszipliniert", sagt Callan mit angewiderter Stimme. „Nur Leute ohne richtige Struktur machen morgens nicht ihr Bett."

Ich verdrehe die Augen. „Ich wette, du machst deins jeden Tag."

„Natürlich mache ich das. Es gibt den Ton für den Tag an. Ordnung und Kontrolle."

Nach dem, was Callan uns erzählt hat, würde es mich nicht wundern, wenn Michael ihm das eingetrichtert hat. Jeder denkt, dass der ehemalige Anführer der Erzengel ein verdammter Heiliger war, aber Callan hat angedeutet, dass er auch noch eine andere Seite hatte. Eine dunkle Seite.

Bastien wühlt in ihrem Schreibtisch herum und schaut unter ihr Bett, während Callan die Schranktüren aufreißt und beginnt, ihre Kleidung herauszuziehen und auf den Boden zu werfen. Ich erschaudere bei diesem gewaltigen Eingriff in ihre Privatsphäre, aber ich halte sie nicht auf.

Callan starrt mich an. „Warum bist du mitgekommen, wenn du nicht helfen willst?"

„Es ist verkehrt", murmle ich. „Ganz gewaltig verkehrt."

Noch während ich das sage, gehe ich zu ihren Schubladen und fange an, sie aufzureißen. In der obersten Schublade befinden sich ihre Höschen und BHs. Sie mag dunkle Dessous, in den Farben von Juwelen und es ist kein einziges Oma-Höschen in Sicht. Spitze in der Farbe von Rubinen und Saphiren verlockt mich, aber ich schaue gerade lange genug, um sicherzugehen, dass nichts anderes in der Schublade versteckt ist.

„Scheiße." Ich knalle die Schublade zu. „Lass die Schublade in Ruhe", warne ich Callan, aber natürlich führen meine Worte dazu, dass er sofort herüberkommt und sie öffnet.

Er holt scharf Luft. „Das ist ...“ Er sieht mich aus den Augenwinkeln an und knallt sie ebenfalls zu. „Keine große Sache. Zieh die Schublade raus und schleudere sie durch den Raum.“

Nö. Das kann ich nicht tun. Wenn ich diese Rüschensachen anfasse, werde ich sofort aus dem Zimmer rennen und Olivia suchen. Stattdessen ziehe ich die nächste Schublade heraus, in der sich mehrere Jeans befinden. Damit kann ich umgehen. Ich lasse mir Zeit, ziehe eine nach der anderen heraus, schüttle sie, um sie auseinanderzufalten und schleudere sie dann durch den Raum. In der Zwischenzeit hat Bastien Olivias Kalender gefunden und studiert ihn, als ob er die Geheimnisse des Universums enthalten würde. Angesicht dessen, was ich bis jetzt von Olivias Zimmer gesehen habe, bezweifle ich, dass er irgendetwas Wichtiges enthält. Sie ist zu vorsichtig. Fast so, als hätte sie gewusst, dass so etwas passieren könnte.

Als ich damit fertig bin, ihre Jeans und Socken auszuräumen, hat Callan den Rest ihres Kleiderschranks herausgeholt und Bastien hat alle Seiten des Planers herausgerissen und im Zimmer verstreut.

„Keine Spur von einer weißen Robe“, sagt Callan. „Sie scheint keine Anwärter zu sein.“

Nun, das ist eine Erleichterung. Das Letzte, was wir brauchen, ist, dass Olivia auch mit dem Orden in Verbindung steht.

Bastien untersucht ihre Schuhe sorgfältig und nimmt dann einen ihrer kleinen sexy hochhakigen Schuhe, die, die sie trägt, wenn sie sich nachts rausschleicht. Er drückt etwas in sie hinein. „So, jetzt können wir ihr beim nächsten Mal folgen.“

„Was war das?“, frage ich.

„Ein Peilsender.“

Es wird schlimmer und schlimmer. Ich fühle mich wie das größte Arschloch der Welt. „Können wir jetzt gehen?“

„Eine letzte Sache noch.“ Callan nimmt eine Tasse, halbvoll mit Kaffee, von ihrem Nachttisch. Auf der Seite steht ein Spruch.

„Ich bin ein verdammter Engel", liest er und schnaubt dann. Er schüttet den Kaffee auf ihrem Bett aus, dann wirft er die Tasse mit voller Wucht gegen die Wand. Mit einem Krachen zerbricht sie in ein Dutzend Stücke, die sich auf dem Boden verteilen. Er sieht mich abschätzig an. „Jetzt können wir gehen."

OLIVIA

Nach dem Flugunterricht gehen Araceli und ich zu unserem Zimmer zurück, um uns umzuziehen und ein paar Reste zum Mittagessen aufzuwärmen, während wir uns auf unsere nächsten Kurse vorbereiten. Es ist über einen Monat her, dass Darel getötet wurde und es geht ihr ein wenig besser, obwohl ich mir Sorgen mache, dass sie ihren einstigen Elan nie wieder zurückerlangen wird.

Als wir unsere Wohneinheit betreten, steht meine Schlafzimmertür offen. Das ist seltsam. Ich schließe sie immer. Als ich in die Tür trete, bleibt mir das Herz stehen und mir fällt die Kinnlade runter. Es ist total verwüstet. Überall liegen Klamotten herum, die Seiten meines Terminplaners sind herausgerissen und verstreut und auf der ganzen Bettdecke ist Kaffee verteilt.

„Liv?", ruft Araceli und klingt besorgt. Sie blickt über meine Schulter und keucht. „Oh mein Gott. Was ist passiert?"

Ich schüttle den Kopf, während ich die Ausmaße der Verwüstung begutachte. Ich will nicht einmal in den Raum gehen, aber ich mache einen Schritt vorwärts. Es war schon schlimm genug, als mein Auto beschädigt wurde, aber jetzt das.

Ich bin mir sicher, dass es die Vergeltung dafür ist, dass ich in Tanwens Zimmer gegangen bin und ihre Sportsachen zerstört habe, aber alles, was sie mir angetan hat, war so viel schlimmer als das, was ich ihr angetan habe.

„Oh, Liv, dein Kalender." Sie hebt Papierstücke vom Boden auf und seufzt.

Tränen drohen meine Augen zu füllen, aber ich atme tief ein und blinzle sie wieder weg. Es sind nur Gegenstände und ich hänge nicht so sehr an ihnen. Es gibt nur eine Sache, an der ich hänge und ich schaue mich nach ihr um. Mein Becher von Jonah stand auf meinem Nachttisch. Wo ist er bloß?

Ich sammle die im Zimmer herumliegende Sachen auf und entdecke den Becher auf dem Fußboden.

In Scherben.

Daraufhin beginnen die Tränen zu fließen. Alles andere in diesem Zimmer bedeutete mir nichts, aber diese Tasse? Es war die einzige Verbindung zu Jonah, die ich mir erlaubte. Mein wertvollster Besitz. Und jetzt ist sie weg.

Araceli legt ihren Arm um mich. „Es tut mir leid, dass jemand so etwas getan hat."

Meine Hände verkrampfen sich an meiner Seite. „Es muss Tanwen gewesen sein."

„Wahrscheinlich." Sie seufzt, dann wirft sie meinen leeren Terminplaner in den Mülleimer. „Komm, ich helfe dir beim Aufräumen, und am Wochenende gehen wir einkaufen."

„Danke, Araceli." Ich hebe die winzigen Scherben meines Bechers auf und wische mir die Tränen aus den Augen, während ich die Bruchstücke auf meinen zerfetzten Terminplaner fallen lasse.

Nachdem sie den Raum verlassen hat, schließe ich die Tür und ziehe den Schreibtisch von der Wand weg. Dahinter befindet sich ein kleines Loch, in dem ich meine Ordensrobe und meine Maske aufbewahre, sowie ein großes Bündel Bargeld. Zum Glück ist das alles unberührt.

Ich melde den Einbruch in mein Zimmer bei Direktor Uriel und er sagt, er werde der Sache nachgehen, genauso wie er es über mein Auto gesagt hat. Also ist er im Grunde keinerlei Hilfe. Ich muss mit Tanwen allein fertig werden.

Ich komme fünf Minuten zu spät zu meinem Treffen mit Bastien, und er wirft mir einen eisigen Blick zu.

„Du bist zu spät."

„Finde dich damit ab", fahr ich ihn an. Ich kann gar nicht in Worte fassen, wie satt ich es habe, von jedem angeschnauzt zu werden. „Jemand hat mein Zimmer verwüstet und ich war damit beschäftigt, es deinem Vater zu melden."

„Ich verstehe." Er hält inne und ich denke, dass er ausnahmsweise mal was Nettes sagen könnte, aber dann läuft er los. „Wir werden den Malakim heute bei der Arbeit zusehen."

„Gut, was auch immer."

Wir gehen hinüber zur Krankenstation, die sich im selben Gebäude wie die Ishim-Kurse befindet. Eine blonde Frau in einem wallenden Kleid mit Blumenmuster empfängt uns an der Tür. „Hallo Bastien. Was kann ich für Sie tun?" Ihr Gesichtsausdruck wird besorgt. „Sind Sie verletzt?"

„Ganz und gar nicht, Professorin Lydia. Wir haben gehofft, die Malakim bei der Arbeit zu beobachten, um zu sehen, ob es uns dabei hilft, ihren Chor zu identifizieren."

„Natürlich. Sie haben sogar Glück. Wir hatten heute ein Missgeschick beim Erelim-Training und haben eine junge Dame hier, die geheilt werden muss."

Wir treten ein und ich schaue mich nach Araceli um, aber sie muss in einem anderen Malakim-Kurs sein. Ich entdecke Marcus sofort und als sich unsere Blicke treffen, legt sich seine Stirn in Sorgenfalten. Es muss mir wohl ins Gesicht geschrieben stehen, dass ich sowohl verletzt als auch sauer bin.

Er sitzt neben einem Bett, auf dem ein Walküren-Mädchen liegt, das ein Jahr älter ist als ich und Gwen heißt. Ich habe nie mit ihr gesprochen, aber sie hat sich Tanwens Sticheleien angeschlossen und ich starre sie an. Es ist schwer, wütend auf sie zu sein, denn sie hält sich den Arm und verzieht das Gesicht und ich kann eine schmerzhaft aussehende Verbrennung an ihrem Arm erkennen.

„Gwen hier hat sich während des Unterrichts verbrannt und obwohl ihr Körper in der Lage sein wird, das in ein paar Tagen zu heilen, wird es bis dahin sehr schmerzhaft sein. Deshalb wird Marcus hier seine Heilkünste anwenden und ihr dabei helfen. Nur zu.“

Marcus hebt seine Hände und sie beginnen zu leuchten, fast zu hell, um sie anzuschauen. Er hält sie über Gwens Arm und innerhalb von Sekunden verschwindet die Verbrennung und zarte rosa Haut bildet sich über der Stelle, wo die Blasen waren.

„Das war unglaublich“, flüstere ich. Ich muss mich nicht verstellen. Eine sofortige Heilung zu beobachten ist beeindruckend, auch wenn es nicht meine Affinität ist.

„Hast du etwas gespürt?“, fragt Marcus.

„Nein, tut mir leid.“

Bastien stößt einen Schrei aus und läuft davon, zweifellos enttäuscht darüber, dass ich ihn wieder einmal hintergangen habe. Gwen bedankt sich bei Marcus und steht dann auf, um mit Professorin Lydia zu sprechen, ohne mir auch nur einen zweiten Blick zu schenken.

„Geht es dir gut?“, fragt Marcus und berührt leicht meinen Arm.

Ich fahre mir seufzend mit der Hand durch die Haare. „Ja, ich hatte nur einen harten Tag. Danke.“

„Ich kann dir dabei helfen.“

„Falls du mir Sex anbietest, ich bin so was von nicht in der Stimmung.“

„Dieses Mal nicht, obwohl ich schon offen dafür bin.“ Er zwinkert mir zu. „Wir Malakim können aber auch auf andere Weise helfen, Geist und Körper zu beruhigen.“

„Ich weiß nicht ...“

„Komm schon, lass es mich versuchen. Es wird außerdem eine gute Übung für mich sein.“ Er neigt seinen Kopf in die Richtung von Professorin Lydia. „Lass mich vor dem Boss gut aussehen.“

„Okay, na gut.“

Er stützt seine Hände auf meine Oberarme und schließt die Augen. Warmes Licht umgibt mich und die Muskeln in meinem Rücken und Nacken beginnen sich zu entspannen. Ich habe gar nicht gemerkt, dass ich so angespannt war, aber Marcus massiert mich mit seiner Magie quasi am ganzen Körper und ich atme tief aus.

„Wow, das war ...“

„Fast so gut wie Sex?“, fragt Marcus mit einem Grinsen.

„Fast“, stimme ich zu. „Danke, Marcus. Ich fühle mich jetzt viel besser.“

„Gern geschehen, Liv.“

Als ich aus dem Krankenzimmer gehe, sind meine Schritte viel leichter und mein Körper fühlt sich ganz locker und warm an, als wäre ich gerade aus einer heißen Wanne gestiegen. Ich bin immer noch verärgert über mein Zimmer, aber es stört mich nicht mehr ganz so sehr.

Draußen wartet Bastien mit verschränkten Armen und einem säuerlichen Gesichtsausdruck auf mich. „Was ist dein Problem?“, frage ich.

„Du. Du bist mein Problem.“ Er stößt mit einem Finger gegen meine Brust, an die Stelle direkt über meinen Brüsten.

„Mein Vater gab mir eine Aufgabe, aber du behinderst mich auf Schritt und Tritt. Ich weiß, dass du etwas verheimlichst. Sag mir endlich, was es ist und wir können dieses lächerliche Spiel beenden."

„Tut mir leid, aber du hast nicht ‚bitte' gesagt." Ich nehme seine Hand und will sie von mir wegziehen, doch als wir uns berühren, entflammt die Lust zwischen uns. Ich gebe es nur ungern zu, aber er ist sexy, wenn er so wütend ist und ich sehne mich danach, sein kaltes Äußeres zum Schmelzen zu bringen.

„Du bist unmöglich", sagt er, aber dann legt er seine Hand um meine und zieht mich näher heran. Sein Mund ist nahe an meinem Ohr, als er flüstert. „Ich werde deine Geheimnisse aufdecken, kleiner Engel. Ich verspreche es."

„Ich werde es genießen, dir dabei zuzusehen", antworte ich.

Und bevor ich weiß, was er tut, landet sein Mund auf meinem und er gibt mir einen innigen Kuss, der mir weiche Knie bereitet. Wenn das seine Art ist, meine Geheimnisse aufzudecken, bin ich gerne dabei.

Er zieht sich zurück und lässt mich los. „Interessant", sagt er zu sich selbst, als er weggeht und reibt sich das Kinn. „Sehr interessant."

Okay, dann. Ich schätze, das war ein weiterer Test. Ich bin mir nur nicht sicher, ob ich ihn bestanden habe oder nicht.

34

OLIVIA

Der Sommer in den Bergen von Nordkalifornien ist wie im Film. Alles ist grün, der Himmel ist strahlend blau und wolkenlos und der See ist wie geschaffen zum Schwimmen nach dem Unterricht. Meine engelsgleiche Seite liebt all den Sonnenschein und saugt ihn hungrig auf.

Am Samstag machen Araceli und ich einen Tagesausflug nach Redding, um neue Kleidung zu kaufen. Diesmal kaufe ich keine neuen Sachen, sondern entdecke mit Araceli zusammen die Schätze der Secondhand-Läden. Sie war noch nie in einem Secondhand-Laden, aber ich bin mir ziemlich sicher, dass ich sie bekehrt habe.

Als ich mich am Sonntag auf den Weg zu meiner morgendlichen Yogastunde mache, ist es schon so heiß, dass ich schwitze, als ich dort ankomme. Diese wöchentlichen Yogastunden sind ein wahrer Segen, abgesehen von der Tatsache, dass Tanwen auch dabei ist.

Ich breite meine Matte so weit wie möglich von ihr entfernt aus. Als die Stunde beginnt, konzentriere ich mich stattdessen auf die Lehrerin, die uns durch die komplizierten Positionen des fortgeschrittenen Yogas führt. Ich nutze die Zeit, um zu meditieren und das Licht zu genießen und denke über meinen Bruder und das, was ich bis jetzt weiß, nach.

Er verschwand nach dem Meisterschaftsspiel gegen die Feen. Der Orden weiß, wo er ist, und ist besorgt darüber, dass er noch nicht zurückgekehrt ist. Sie brauchen Araceli aus irgendeinem Grund, wahrscheinlich wegen ihres Feenblutes. Es scheint nicht abwegig zu sein, zu dem Schluss zu kommen, dass mein Bruder im Feenreich ist.

Ich brauche mehr Informationen ... und muss herausfinden, ob meine Theorie richtig ist.

Ich habe meine Kamera in der letzten Woche abgegeben und eine Nachricht erhalten, dass ich die zweite Prüfung bestanden habe. Jetzt warte ich auf die dritte Prüfung. Wenn ich sie auch bestehe, werde ich eingeladen, dem Orden beizutreten und kann mehr darüber herausfinden, was mit Jonah passiert ist. Dann kann ich einen Plan schmieden, wie ich ihn finden kann.

Nach dem Unterricht rolle ich meine Matte zusammen und gehe in Richtung Wohnheim, nur um direkt in Tanwen zu laufen.

„Geh mir aus dem Weg", knurre ich. Nachdem sie mein Schlafzimmer verwüstet hat, habe ich überhaupt keine Geduld mehr mit ihr.

„Ganz ruhig." Sie hält die Hände hoch und tritt einen Schritt zurück. „Feindseligkeit von einem Halbmenschen."

„Wo ist dein Gefolge, Tanwen? Können sie die Hitze nicht ertragen?" Sie ist nicht so hart ohne ihre Walküren-Kumpaninnen im Rücken.

„Sie bevorzugen anstrengendere Übungen, aber ich habe gelernt, dass der Schlüssel zu einem guten Kämpfer Flexibilität ist."

„Wie auch immer." Ich weiß nicht, warum sie versucht, sich mir gegenüber zu rechtfertigen. Ich will es nicht hören. Ich dränge mich an ihr vorbei und unterdrücke den Drang, meine Kräfte bei ihr einzusetzen, damit sie mich so sehr will, dass sie nie wieder an jemand anderen denken kann.

Ich könnte es tun. Aber das werde ich nicht. Ich bin besser als das.

„Hey, warte mal." Tanwen holt mich ein. „Was ist heute mit dir los?"

Ich drehe mich zu ihr um. „Du hast mein Auto zerstört, mein Zimmer verwüstet und du fragst mich, was mit *mir* los ist? Du nennst mich feindselig? Du warst *nichts anderes als* feindselig mir gegenüber, Tanwen. Das mit den Sportklamotten tut mir leid, aber du bist viel zu weit gegangen. Ich kann nichts für die Umstände meiner Geburt und ich kann nicht gehen. Das haben sie mir deutlich zu verstehen gegeben. Also, *lass mich verdammt noch mal in Ruhe.*" Als ich zum Schluss meiner Ausführungen komme, schreie ich und alle auf dem Rasen starren uns an. Ich werfe ihnen einen finsteren Blick zu und schleiche mich davon, um zu duschen und mich umzuziehen.

„Hey, warte!", ruft sie, als sie mir hinterherläuft. Ich merke schon, ich werde sie nicht so leicht abschütteln können.

„Was?", frage ich, bleibe auf dem Weg stehen und verschränke die Arme.

„Ich habe dein Zimmer nicht verwüstet." Sie hält ihre Hände hoch. „Oder dein Auto. Ich schwöre es."

„Ja, klar. Und du hast mir auch keine Drohbriefe geschickt, richtig?"

„Habe ich nicht. Obwohl ich das vielleicht hätte tun sollen, wenn du diejenige bist, die meine Sportsachen zerfetzt hat. Ich meine, was zum Teufel?" Sie legt den Kopf schief und fasst sich an ihren strohfarbenen Pferdeschwanz.

Ich schnaufe. „Ich habe das nur als Vergeltung für das getan, was du mir angetan hast. Aber ich bin durch mit diesem Scheiß.

Ich bin endgültig fertig damit, und mit all den Beleidigungen und allem anderen. Das hört jetzt auf."

„Gut, reden wir mal Klartext. Ich habe keine Abneigung gegen dich als Person, Olivia, aber du gehörst nicht an die Seraphim Akademie. Ich bin offensichtlich nicht die Einzige, die so denkt, wenn jemand dein Zimmer verwüstet hat." Sie stößt ein hochmütiges Schnauben aus. „Glaub mir, ich würde deine Sachen nicht anfassen wollen."

Ich verdrehe die Augen, als sie weggeht. Was für ein Miststück.

Aber ... ich glaube ihr. Aber wenn sie mir das alles nicht angetan hat, wer dann?

Ich mache mich auf den Weg zum See und atme die warme Nachtluft ein. Selbst in der Nacht ist der Campus wunderschön, ich lausche dem Zirpen der Grillen. Statt mich auf meinen normalen Platz auf der Bank zu setzen, entscheide ich mich für das kühle Gras.

Bevor ich überhaupt Zeit habe, meine Gedanken zu sammeln, unterbricht Kassiels Stimme meine stille Meditation. „Schön, dich hier zu treffen."

„Wie geht es dir?", frage ich, als er sich neben mich ins Gras setzt und seine langen Beine ausstreckt.

„Gut. Und wie geht es dir? Bekommst du genug zu essen?"

Seine Augen funkeln im Mondlicht und ich kann mich des Eindrucks nicht erwehren, dass er sich wünscht, er könnte mir dabei helfen, mich zu ernähren. „Klar. Die Cafeteria hier ist toll."

Wir wissen beide, dass er das nicht gemeint hat, aber er grinst. „Du hast dich bei deiner letzten Prüfung in Engelsgeschichte gut geschlagen. Gute Arbeit."

„Danke. Ich habe einen ziemlich guten Lehrer."

Er sieht mich aus dem Augenwinkel an. „Vielleicht. Ich versuche, Geschichte so zu unterrichten, dass weder Engel noch Dämonen in einem negativen Licht erscheinen. Meinst du, das ist mir gelungen?"

Seinen Kurs zu besuchen, war bestenfalls schwierig. Nicht wegen des Themas, sondern weil Kassiel zuzusehen, wie er sich bewegt und spricht, für mich eine Lektion im Unterdrücken meiner Sukkubus-Kräfte war. Ich beantworte seine Frage mit einer Gegenfrage. „Warum tust du das? Warum interessiert es dich?"

Er zögert. „Ich ... ich habe im Laufe der Jahre einige Dämonen kennengelernt. Sie unterscheiden sich nicht so sehr von den Engeln. Die meisten von ihnen sind nicht böse oder so und wollen einfach nur ihr Leben friedlich leben, so wie wir es auch tun. Ich habe gelernt, dass jeder gut oder böse sein kann, selbst Engel. Außerdem habe ich die letzten paar Jahrzehnte des Krieges miterlebt."

Meine Augenbrauen schnellen hoch. "Natürlich. Daran hätte ich auch selbst denken sollen. Wie war es?"

„Es war furchtbar. So viele Tode, und wofür? Weil Engel und Dämonen seit Jahrhunderten verfeindet sind, aus keinem anderen Grund." Er schüttelt den Kopf. „Es war das Beste, was beiden Rassen passieren konnte, als Michael und Luzifer das Erden-Abkommen schlossen und den Krieg beendeten."

Ich kann den tiefen Schmerz in seiner Stimme hören und es bricht mir das Herz. „Du hast jemanden verloren, nicht wahr?"

„Meine Mutter."

„Das tut mir leid."

Er nickt. „Deshalb bin ich hierhergekommen, um Professor zu werden. Wenn ich jüngeren Engeln beibringen kann, was passiert ist, kann ich vielleicht verhindern, dass ein neuer Krieg beginnt."

„Du machst das gut."

„Das hoffe ich."

„Ich bin auch froh, dass der Krieg vorbei ist. Obwohl ich mir wünschte, ich hätte den Himmel sehen können, bevor er geschlossen wurde. Wie war es dort?"

„Hell."

Ich lache. „Offensichtlich."

„Tagsüber hatte der Himmel dort die Farbe der Morgendämmerung, in der alles ein sanftes Orange und ein goldenes Gelb hat. Es klingt seltsam, aber es war wunderschön."

„Das kann ich mir vorstellen. Und die Hölle? Warst du jemals dort? Wie sah der Himmel dort aus?"

„Ja, ich war mal dort." Er starrt auf den See hinaus, er wirkt abwesend, seine Augen in Erinnerungen versunken. „Kennst du den Moment, wenn die Sonne untergeht und der Himmel ein tiefes Indigo annimmt? So war es in der Hölle tagsüber. Und nachts ... war es, als würde man im Zwischenraum der Sterne leben."

„Ich merke, dass es einen starken Eindruck auf dich gemacht hat."

„Das hat es, ja." Er räuspert sich. „Vielleicht werden wir eines Tages in der Lage sein, die beiden anderen Reiche zu besuchen und wieder aufzubauen."

„Was ist mit dem Feenreich, warst du dort auch mal?"

„Nein, das war ich nicht. Aber vielleicht eines Tages." Kassiel legt sich ins Gras und verschränkt die Hände hinter dem Kopf, wodurch sein Shirt etwas hochrutscht, sodass ich seinen durchtrainierten Bauch und die dunklen Haaren darunter sehen kann. Verlangen, das nichts mit Hunger zu tun hat, steigt in mir auf. Verlangen, dem zu widerstehen immer schwieriger wird, je mehr Zeit ich mit meinem Professor verbringe.

Ich muss mich ernähren. Heute Abend.

35

OLIVIA

Ich lande wieder in der Bar, die ich schon viele Male besucht habe. Es ist zwar nicht ideal, aber es ist bestimmt schon einen Monat her, dass ich das letzte Mal hier war. Ich habe es so weit wie möglich vermieden, mich zu ernähren. Ich habe mit Sonnenlicht und kleinen Lust-Snacks von Leuten aus der Akademie überlebt und dazu kamen die Küsse von Bastien und Marcus. Aber es ist schon zu lange her, dass ich eine richtige Lustzufuhr hatte und ich bin verzweifelt.

Natürlich ist die Bar verdammt leer. Hier ist niemand außer der Barkeeperin, und die habe ich bisher gemieden. Angestellte von Orten wie diesem sind die schlechteste Option. Wenn ich mit ihr schlafe, darf sie mich nie wieder sehen, sonst will sie mehr. Aber ich kann ihr nicht mehr geben.

Verdammt noch mal.

Ich setze mich an die Bar und gebe ihr ein Zeichen, mir ein Bier zu bringen. Ich bin so hungrig, dass ich vielleicht doch gezwungen bin, die Barkeeperin zu verführen. Ich warte ein paar Minuten und schaue, ob jemand hereinkommt. Vielleicht habe ich ja Glück.

Als ich auf mein Handy schaue, sehe ich, dass es bereits nach zwei ist, an einem Sonntagabend. Ich werde heute kein Glück haben.

Als ich den Rest meines Bieres trinke und mich darauf vorbereite, die Barkeeperin mit Lust zu überschütten, geht die Tür auf und ein gutaussehender Typ kommt herein. Er ist kein Filmstar, aber er sieht zumindest gepflegt aus und er trägt keinen Ehering. Das ist doch schon mal etwas.

„Hey, Chuck", sagt die Barkeeperin. „Wie läuft's? Bist du noch mit Louann zusammen?"

Er sitzt auf der anderen Seite der Bar. „Nein. Sie ist mit dem Typen aus Redding abgehauen, der uns den Mustang verkauft hat."

„Dumm gelaufen."

Das Telefon lenkt sie ab und ich nutze die Gelegenheit. „Hey." Ich hopse auf den Platz neben Chuck und fahre mit dem Finger an seinem Arm entlang. „Willst du etwas Gesellschaft?"

Indem ich ihn mit meinem Verlangen heftig reize, stelle ich sicher, dass er nicht nein sagen wird. Sein Mund öffnet sich zu einem gemächlichen Grinsen. „Na klar."

Mit einem Auge auf die Barkeeperin gerichtet, grinse ich Chuck an. „Triff mich auf der Toilette", flüstere ich. „Beeil dich."

Die Barkeeperin steht mit dem Rücken zu uns, während sie ins Telefon spricht, also eile ich mit Chuck direkt hinter mir an ihr vorbei. Sobald wir die Toilette betreten, bin ich schon bei ihm. Ich habe extra für diese Gelegenheit einen Rock und keine Unterwäsche angezogen. Er macht einen Schritt nach vorne und ich greife in den Bund seiner Hose. Ich bin nicht an Küssen oder Streicheleinheiten interessiert, ich will das nur so schnell wie möglich hinter mich bringen.

Ich hasse es, dass ich es mit ihm machen muss, anstatt mit einem der Jungs, mit denen ich zusammen sein möchte. Nachdem ich sowohl Marcus als auch Bastien geküsst habe, würde ich heute Abend viel lieber mit einem von ihnen schlafen. Oder mit Kassiel. Aber das kommt nicht in Frage und ich muss mich ernähren.

Ich kann nicht anders. Ich muss es tun, um zu überleben.

Ich habe mir das Leben als Lilim nicht ausgesucht. Das Lilim-Leben hat mich gewählt.

Bevor ich loslegen kann, fliegt die Badezimmertür auf. Ich schubse Chuck zurück, als ein großer Mann hereinkommt. Es ist der heiße Typ, den gesehen habe, als ich das erste Mal hierherkam, der, der meiner Verführung irgendwie widerstanden hat. Er lächelt mich an wie eine Katze, die gerade eine Maus gefangen hat.

„Hallo, kleiner Sukkubus. Wir haben dich schon gesucht." Er ist groß und Verführungskraft strömt von ihm aus. Ich kann sie spüren, auch wenn sie an mir abprallt. Ein Inkubus. Ein echter Inkubus. Oh, Scheiße.

Chuck ist in einem Taumel der Lust gefangen, unsicher, ob er mich oder den Neuen ansehen soll. Ich schiebe ihn zur Tür und *treibe* ihn mit meiner Magie hinaus. „Verschwinde von hier!"

Er rennt zur Tür raus und ich nehme die Kampfhaltung ein, die Callan mir beigebracht hat und bereite mich darauf vor, mich so gut wie möglich zu verteidigen. Ich kann meine Lilim-Kräfte nicht gegen diesen Kerl einsetzen. Sie werden nicht funktionieren. Genauso wenig kann er aber seine gegen mich einsetzen. Leider nützt mir das nichts, weil zwei weitere Männer die Toilette betreten, von denen ich mir zwar sicher bin, dass sie Dämonen sind, aber nicht, was für welche.

Einer von ihnen verwandelt sich plötzlich in einen großen schwarzen Bären. Ein Shifter, von dem Raziel sagen würde, dass er die Sünde des Zorns repräsentiert. Er sieht definitiv ziemlich zornig aus, als er ein furchterregendes Brüllen ausstößt, das mich unweigerlich zurückschrecken lässt.

Der andere stößt einen Schwall von Dunkelheit aus und

vervielfacht sich, bis ich drei identische Versionen von ihm vor mir sehe. Ein Kobold, so wie die, die Marcus und ich für unser Projekt untersuchen. Er benutzt Illusionsmagie, um Kopien von sich zu machen. Ich muss den echten finden, um ihn aufzuhalten.

Scheiße, das ist eine Nummer zu groß für mich.

"Komm mit uns, und wir werden dir nicht wehtun", sagt der Inkubus. Er hält ein großes Messer in der Hand, was im Widerspruch zu dem steht, was er gerade gesagt hat.

Vater und Mutter haben mich gewarnt, dass das eines Tages passieren würde, wenn ich mich jemals zu erkennen gebe, und jetzt ist es passiert. Ich muss hier raus, und zwar schnell.

Der Inkubus stürmt auf mich zu und ich versuche, ihn abzulenken, wie Callan es mir beigebracht hat. Es funktioniert und ich drehe mich von dem Messer weg, aber dann richtet sich der Bär auf und wirft mich mit seinen riesigen Pranken zurück. Ich stoße gegen die Seite der Toilettenkabinen und stolpere, woraufhin die drei Kobolde meine Arme packen. Der Inkubus stolziert auf mich zu, spielt mit seinem Messer, lehnt sich nahe an mich heran und atmet meinen Duft ganz langsam ein. Ich habe plötzlich Angst, er könnte mich küssen. Ich habe keine Ahnung, wie ich schmecke, aber ich will nicht riskieren, dass er herausfindet, dass ich wie ein Engel schmecke.

Sie dürfen auf keinen Fall wissen, was ich wirklich bin.

Ich strample in den Armen der Kobolde und eine ihrer Hände berührt meine nackte Haut. Ich schleudere ihm einen Energieblitz entgegen, der seine Emotionen zum Auflodern bringt und ihn für einen Moment betäubt, was mir die Chance gibt, mich zu drehen und ihm ein Knie in die Leiste zu rammen. Ich wähle den richtigen, er schreit auf und lässt mich los, während seine Klone verschwinden. Ich stürme davon, aber der Bär versperrt mir den Weg.

Die Toilettentür fliegt auf und ich kann drei Männer erkennen, die mit ausgebreiteten Flügeln und glühenden Augen in der Tür stehen und aussehen wie sexy Racheengel.

Die Prinzen sind zu meiner Rettung gekommen.

Ich kann nicht glauben, dass eine starke, fähige Frau wie ich so erleichtert ist, drei Prinzen auf ihren sprichwörtlichen weißen Pferden heranreiten zu sehen, aber so sieht es gerade aus.

Callan beschießt den Bären mit einem Blitz aus brennendem Licht und Marcus und Bastien stürmen voran, um den Inkubus und sein Messer zu bekämpfen. Der gesamte Ort wird durch die Illusionsmagie des Kobolds plötzlich in Dunkelheit gehüllt, wodurch meine Jungs im Nachteil sind.

Moment mal. Nicht meine Jungs. Nur Jungs.

Der Kobold packt mich plötzlich und betatscht meinen Rock. Den, unter dem ich keine Unterwäsche trage. Verdammt, ich habe ihm zu heftig zugesetzt und jetzt will er mich. Ich setze meine mageren Kampfkünste ein, um ihn abzuwehren, doch dann zückt er eine lange Klinge. Sie leuchtet mit einer unheimlichen Dunkelheit, wie ich es noch nie zuvor gesehen habe.

„Verschwinde!“, schreit Marcus, aber dann stößt ihn der Bär zur Seite und er kracht gegen einen der Tische in der Bar.

Der Kobold stürzt sich mit der Klinge auf mich und ich weiche aus, bin aber nicht schnell genug. Die Klinge schneidet mir in die Seite und ich stoße einen schmerzerfüllten Schrei aus. Bastien packt mich und zerrt mich aus der Bar in die kühle Nachtluft, aber es hilft nicht. Meine Seite glüht und ich kann mich gerade noch so an ihm festhalten und stöhnen.

„Du wurdest von einer mit Dunkelheit versetzten Klinge verletzt“, sagt Bastien und klingt viel zu ruhig, wenn man bedenkt, dass ich mich vor Schmerzen winde. „Keine Sorge, Marcus kann dich heilen.“

Callan und Marcus stürmen eine Ewigkeit später aus der Bar und ich habe sie noch nie so wütend gesehen.

„Wir haben uns um sie gekümmert“, sagt Marcus.

„Verdammte Dämonen", knurrt Callan. „Wir müssen das melden."

„Nein, das geht nicht!" Ich darf keine Fragen darüber aufkommen lassen, was ich hier draußen gemacht habe. Doch dann durchfährt mich ein erneuter Schmerz und ich schreie auf.

„Olivia ist verletzt", sagt Bastien.

„Was ist passiert?", fragt Marcus und tritt näher heran, um die Wunde zu begutachten.

Callan schnaubt. „Sie hat beim Kampftraining nicht zugehört, das ist passiert."

„Ich verspreche, es das nächste Mal besser zu machen", bringe ich hervor, aber ich bin so schwach. Das Schlimmste ist, dass mein Hunger so übermächtig wird, dass ich ihn nicht zügeln kann. Mein Körper versucht, sich selbst zu heilen, aber er kann es nicht, weil ich ohnehin schon so kraftlos war. Wenn ich hier nicht rauskomme und jemanden finde, von dem ich mich ernähren kann, werde ich etwas tun, das ich bereue.

Marcus' Hände glühen als er meine Seite heilt und der Schmerz lässt ein wenig nach, aber es reicht nicht aus. Ich habe es zu lange herausgezögert mich zu ernähren und gehofft, dass der Kuss von Bastien vorerst ausreichen würde, aber ich habe mich geirrt. Ich kneife meine Augen zu und versuche, meine Sukkubus-Seite zu unterdrücken.

„Sie ist geheilt", sagt Marcus.

„Irgendetwas stimmt immer noch nicht mit ihr." Das ist Callan. „Versuch es noch mal."

„Was immer es ist, meine Magie kann es nicht heilen."

„Bitte", flehe ich ihn an.

„Was brauchst du?", fragt Bastien.

Marcus' sanfte, männliche Hände berühren meine Wange. „Sag es mir, Liv. Wie kann ich dir helfen?"

Schlagartig reiße ich die Augen auf, packe Marcus' Gesicht und küsse ihn intensiv. Ich kann mich nicht zurückhalten, der

Hunger ist zu groß und meine Sukkubus-Seite hat die Oberhand gewonnen. Ich sauge die Lust aus ihm heraus, die bei unserem Kuss aufsteigt und es ist ach so köstlich, aber es ist nicht genug. Am liebsten würde ich meine Beine spreizen, damit er sich zwischen ihnen niederlassen kann.

„Ihre Augen sind schwarz", sagt Bastien.

Tief im Inneren weiß ich, dass das schlecht ist. Wirklich verdammt schlecht. Aber ich kann mich nicht davon abhalten, mich wie eine verdammte Katze an Marcus zu reiben. Ich greife nach seiner Jeans, reiße sie auf und versuche, nach seinem Schwanz zu greifen.

„Ganz ruhig, jetzt warte mal", sagt er. „Ich bin voll dafür, was auch immer das hier ist, aber vielleicht sollten wir warten, bis wir irgendwo sind, wo wir etwas ungestörter sein können."

„Kann nicht erwarten", bringe ich hervor „Brauche. Jetzt."

Bastien packt mich plötzlich und küsst mich, und es reicht aus, um mich ein wenig zu beruhigen. Aber ich brauche mehr, mehr, mehr. Ich betatsche seine Brust und er schiebt mich zu Callan, der beim Anblick meiner schwarzen Augen zurückweicht.

„Küss sie!", schreit Bastien.

„Was?", fragt Callan verblüfft.

„Tu es einfach!"

Ich packe Callans Gesicht und ziehe es zu meinem. Ich bin ein bisschen stärker als vorher, aber sollte er sich auch nur ein bisschen wehren, werde ich mich nicht von ihm ernähren können.

Callan zögert zuerst, aber dann kann er nicht anders, er presst eine Hand gegen meinen Rücken und küsst mich heftig. Ich sauge die ganze sexuelle Energie aus ihm heraus, die ich durch diesen groben Kuss bekommen kann. Callan ist so kraftvoll, dass seine Energie mich gerade genug befriedigt, um mir die Anspannung zu nehmen.

Als wir fertig sind, wird mein Kopf ein wenig klarer und ich fühle mich nicht mehr so schwach. Ich bin immer noch hungrig und muss mich bald ernähren, aber vielleicht schaffe ich es noch ein paar Nächte, bevor es wieder so schlimm wird.

Bastien wirft einen Blick zurück auf die Bar. „Wir müssen von hier verschwinden. Ich bin sicher, dass sie die Menschenpolizei gerufen haben."

„Sie ist zu schwach um zu fliegen", sagt Marcus.

Callan stöhnt und sieht genervt aus, aber er nimmt mich in seine Arme. Ich klammere mich an ihn, als er abhebt und seine mächtigen weiß-goldenen Flügel durch die Nachtluft flattern. Ich schmiege mein Gesicht an seinen Nacken und atme seinen würzigen Duft ein. Ich hätte nie gedacht, dass ich mal dankbar dafür sein würde, dass die Prinzen mich ausspionieren, aber wenn sie nicht gewesen wären, wäre ich jetzt bei den Dämonen ... und ich habe keine Ahnung, was sie mit mir gemacht hätten.

„Es tut mir leid", flüstere ich gegen Callans kräftigen Hals. Ich weiß, dass er mich nie geküsst hätte, wenn Bastien ihn nicht dazu gezwungen hätte.

Er antwortet nicht, oder falls doch, höre ich es nicht, weil der Wind an meinen Ohren vorbeipfeift, während er fliegt. Aber er zieht seinen Griff fester an.

Ich döse während des Fluges und wache erst auf, als Callan mich auf die Couch legt. Sie haben mich in ihre private Lounge im Glockenturm gebracht und ich würde mich geehrt fühlen, wenn ich nicht so erschöpft wäre. Callan weicht zurück und ich setze mich auf und drücke eine Hand gegen meine Seite. Die Klinge hat mir ganz schön zugesetzt.

Als ich merke, wie die drei Männer mich anstarren, wird mir klar, was ich getan habe und mir wird flau im Magen.

Bastien schafft es, zuerst das Wort zu ergreifen. „Du bist ein Sukkubus."

36

BASTIEN

Olivias Augen sind nicht mehr schwarz, aber ich kann die Wahrheit in ihnen lesen und dazu benötige ich nicht einmal meine Ofanim-Kräfte. „Ja", antwortet sie auf meine Aussage. „Halb Sukkubus zumindest."

Callan weicht vor ihr zurück und flucht leise vor sich hin. „Du bist ein Dämon. Fuck."

Ich wusste schon immer, dass etwas an ihr verdächtig war, aber ich dachte, ich würde mehr Befriedigung empfinden, wenn ich die Wahrheit aufdecken würde. „Wie ist das möglich?"

Sie seufzt. „Mein Vater ist ein Engel, meine Mutter ist ein Sukkubus."

„Aber Beziehungen zwischen Dämonen und Engeln sind verboten", sagt Marcus.

„Deshalb habe ich mich mein ganzes Leben lang versteckt. Meine Eltern sagten mir, dass ich in Gefahr wäre, wenn jemand herausfindet, was ich bin."

„Warum bist du dann auf die Seraphim Akademie gekommen?", frage ich.

Sie zögert. „Ich war es leid, mich zu verstecken. Ich wollte lernen, meine Kräfte zu nutzen und es schien hier sicherer zu sein als in der Hellspawn Akademie."

Ich habe das Gefühl, dass da noch mehr dahintersteckt, aber ich bin mit meinem Verhör noch nicht fertig. Sie hat mich monatelang getäuscht und das hätte nicht möglich sein sollen. Ich muss mehr wissen. „Wie hast du es geschafft, deine Sukkubus-Seite vor mir zu verbergen?"

Sie berührt den Aquamarinstein an ihrem Hals. „Meine Mutter gab mir diese Halskette. Sie ermöglicht es mir, unerkannt zu lügen und die Wahrheit vor jedem zu verbergen. Sogar vor einem Erzengel."

„Das sieht aus wie ein Feenrelikt." Ich reibe mein Kinn. Das würde eine Menge erklären. Was würde ich wohl in ihrer Aura entdecken, wenn sie das verdammte Ding nicht tragen würde? Jetzt will ich es herausfinden.

„Werdet ihr mich verraten?" Wie sie da auf der Couch sitzt, die Augen weit aufgerissen und das dunkle Haar zerzaust, sieht sie verletzlicher aus, als ich sie je zuvor gesehen habe – und verängstigter. Sie hat schreckliche Angst, weil wir die Wahrheit über sie kennen.

„Nein, natürlich nicht", sagt Marcus schnell, während er Olivia mit einer Decke zudeckt.

Callan schüttelt den Kopf und schreitet vor dem Fenster hin und her. „Wir sollten es tun. Das sollten wir auf jeden Fall."

Ich bin mir da nicht so sicher. Es fällt mir schwer zu glauben, dass mein Vater nicht weiß oder zumindest vermutet, was Olivia ist. „Eine letzte Frage. Woher kennst du Jonah?"

„Jonah ...", sagt sie langsam und legt den Kopf schief. „Der Typ, der letztes Jahr verschwunden ist? Woher sollte ich ihn kennen?"

„Du lügst." Ich presse die Lippen zu einer festen Linie zusammen. Ein weiteres ihrer Geheimnisse, das es aufzudecken gilt. Ich muss zugeben, ich bin froh, dass das Spiel noch nicht vorbei ist. Ich mag es, mit ihr zu spielen. Endlich, ein würdiger Gegner.

„Tut mir leid, ich weiß nicht genau, wovon du redest", sagt sie.

„Nimm deine Halskette ab und dann sag das nochmal", schnauze ich.

Marcus hält seine Hände hoch, um uns zu trennen. „Okay, das reicht jetzt. Liv hat eine Menge durchgemacht und kann sich kaum auf den Beinen halten. Sie muss sich ausruhen, sie sollte nicht von uns dreien verhört werden."

Ich schnaufe und verschränke die Arme. „Wenn wir sie beschützen wollen, müssen wir die Wahrheit wissen."

„Ich brauche euren Schutz nicht", murmelt sie.

Callan schnaubt. „Offensichtlich brauchst du ihn doch. Diese Dämonen wollten dich heute Nacht irgendwo hinbringen."

„Sie wussten irgendwie, dass ich ein Sukkubus bin." Sie starrt ins Leere. „Wie habt ihr mich da gefunden?"

„Bastien hat dir einen Peilsender in den Schuh gesteckt", sagt Marcus mit schuldbewusster Stimme.

Daraufhin setzt sie sich auf. „Er hat *was*?"

Ich zucke mit den Schultern. „Wir wussten, dass du dich davonschleichst und wollten wissen, warum. Sei froh, dass ich das getan habe. Es ist der einzige Grund, warum du hier bist und nicht bei den Dämonen."

Sie verengt ihre Augen und zieht die Decke bis zum Hals hoch, antwortet aber nicht.

„Wir müssen Uriel von dem Angriff berichten", sagt Callan.

„Das könnt ihr nicht", sagt Olivia schnell. „Wenn ihr das tut, werden zu viele Fragen aufkommen und noch jemand wird herausfinden, was ich bin."

„Die Erzengel müssen es wissen", beharrt Callan. „Erst

Darel, jetzt das ... die Dämonen werden immer dreister. Wir müssen uns auf einen Kampf vorbereiten."

„Okay, lass uns nicht gleich zum Krieg übergehen", sagt Marcus und verdreht die Augen.

„Ich stimme zu, wir sollten die Ereignisse von heute Abend erst einmal für uns behalten", sage ich.

Callan schüttelt den Kopf. „Ihr macht da alle einen Fehler. Olivia ist ein *Dämon*. Sie ist eine von *ihnen*. Und ihr findet das einfach so okay?"

„Sie kann nicht ändern, was sie ist", sagt Marcus.

„Scheiß drauf, ich bin raus hier." Callan reißt die Balkontür auf und stürzt sich in die Lüfte, noch bevor seine Flügel ganz ausgebreitet sind. Marcus eilt ihm hinterher, seine bronzenen Flügel flattern durch die Nacht.

Ich runzle die Stirn. Jemand muss sich um die beiden kümmern. „Ich bin gleich wieder da."

Ich fliege auf die Spitze des Glockenturms, wo sich Marcus und Callan gegenüberstehen. Callan läuft auf dem alten Dach hin und her und sieht stinksauer aus. „Sie ist ein Dämon."

„Zur Hälfte", erinnert Marcus ihn.

„Das ist ein ziemlich großer Brocken." Callans Hände beginnen zu glühen. Er sammelt das brennende Licht der Erelim und wenn wir nicht aufpassen, wird er diese Kraft auf etwas abfeuern. Oder jemanden.

Ich versuche nicht, mich vor ihn zu stellen oder ihn zu beruhigen. Er muss sich selbst beherrschen und ich kann wenig tun, um ihm dabei zu helfen. Marcus allerdings ist ein größerer Idiot als ich und er geht auf Callan zu. Als Malakim kann er Callan beruhigen, aber es ist riskant, wenn er in diesem Zustand ist. Er könnte stattdessen explodieren.

„Callan", sagt Marcus.

„Was?", brüllt er.

„Sie ist auch zur Hälfte Engel." Marcus lässt das für eine

Sekunde so stehen. „Überleg mal, was das bedeutet. Sie gilt als unmöglich. Verboten."

Callans Brust hebt sich, als Marcus' Worte die Wut durchbrechen, die seinen Verstand vernebelt. „Sie ist abscheulich."

„Sie ist eine Frau." Marcus spickt seine Worte mit Licht, gerade genug, um einen leicht beruhigenden Effekt auf Callan zu haben. Und auf mich, aber ich schüttle es leicht ab. „Sie ist eine Person. Sie hat Gefühle."

Ich stehe an der Seite und warte. Im Kampf gegen Callan bin ich genauso nutzlos wie Marcus. Wir sind beide gut trainiert und können uns in einem Kampf behaupten. Gegeneinander hätten wir beide eine faire Chance. Aber Callan ist ein Erelim und er ist der Sohn von Michael. Er ist als Krieger geboren und aufgewachsen. Es liegt in seiner DNA. Manche Leute sind gut im Musizieren. Manche sind gut in Mathe. Callan ist sehr gut im Kämpfen. Das Einzige, was wir tun können, ist, zusammenzuarbeiten, um ihn zu bändigen, falls er ausrastet.

Callan starrt in den dunklen Himmel, während sich seine Brust hebt. Marcus beruhigt ihn, aber nicht genug. Callan hat mehr Grund als jeder andere, Dämonen zu hassen, da sie seinen Vater und seinen Halbbruder getötet haben. Herauszufinden, dass Olivia zum Teil Dämon ist, hat ihn schwer getroffen.

„Erzähl mir etwas, das du über Olivia weißt", sage ich.

„Sie ist ein Dämon."

Ich verdrehe die Augen. „Etwas, das nichts damit zu tun hat, dass sie ein Dämon ist."

Er seufzt und das Glühen seiner Hände verblasst wieder. Er beruhigt sich und ich nicke Marcus zu. Er unterbricht den Magiefluss, um zu sehen, wie Callan allein zurechtkommt. Es ist immer noch das Beste für ihn, wenn er sich möglichst selbständig wieder fängt. Es wird ihm helfen, zu lernen, seine Kräfte in Zukunft zu kontrollieren.

Callan holt tief Luft und schafft es, zu sagen: „Sie ist eine schreckliche Kämpferin."

Marcus lächelt. „Das ist sie. Ganz eindeutig. Sie ist auch zu stur für ihr eigenes Wohl."

„Und geheimnisvoll", füge ich hinzu. „Aber ich kann jetzt nachvollziehen, warum."

„Wir verlangen nicht, dass du sie akzeptierst." Marcus tritt wieder vor und kommt in Reichweite von Callans Fäusten. „Du musst nicht ihr Freund werden. Du darfst sie nur auch nicht verraten."

Callan schaut mich an. „Was denkst du?"

Ich reibe mir den Nacken und runzle die Stirn. „Ich denke, es ist wahrscheinlich, dass mein Vater es schon weiß. Er wollte wahrscheinlich testen, ob ich es herausfinden kann. Was ich nicht geschafft habe."

Callans Glühen erlischt und er legt mir eine große Hand auf die Schulter. „Sei nicht zu hart zu dir selbst. Sie hat ihr ganzes Leben damit verbracht, Leute zu täuschen."

„Warum hast du sie zurückgetragen?", fragt Marcus.

„Sie brauchte Hilfe", sagt er, als ob das alles erklären würde.

„Jonah muss die Wahrheit über sie gekannt haben", sage ich." Deshalb wollte er sie von der Akademie fernhalten. Er hatte Angst, dass jemand herausfinden würde, was sie wirklich ist, wenn sie hierherkommt."

„Ja, er sagte, es sei zu ihrer eigenen Sicherheit", fügt Marcus hinzu. „Jetzt wissen wir, warum. Aber woher kennen sie sich?"

„Das müssen wir herausfinden, aber sie spielt die Unschuldige. Ich werde es aber noch rechtzeitig aus ihr herausbekommen."

„Jonah wollte offensichtlich, dass sie in Sicherheit ist", sagt Marcus. „Das heißt, wir sollten sie hier behalten und sie beschützen."

„Da bin ich anderer Meinung", sagt Callan. „Wir haben

Jonah das Versprechen gegeben, sie von der Akademie fernzuhalten. Dieses Versprechen besteht immer noch, erst recht jetzt, wo wir wissen, in welcher Gefahr sie schwebt."

Marcus deutet in Richtung der Bar. „Sie ist da draußen auch in Gefahr! Du hast die Dämonen heute Nacht gesehen."

„Dann suchen wir ein sicheres Versteck für sie", sagt Callan. „Wir haben zusammen genug Geld, um dafür zu sorgen, dass sie ein angenehmes Leben führen kann, zumindest bis Jonah zurück ist."

„Ich glaube nicht, dass sie sich darauf einlassen wird", sage ich. "Das Beste, was wir im Moment tun können, ist, sie in unserer Nähe zu behalten und zu versuchen, herauszufinden, was sie sonst noch verheimlicht. Dann können wir entscheiden, wie wir weiter vorgehen."

„Gut", sagt Callan. „Ich vertraue eurem Urteilsvermögen. Aber wir dürfen unser Versprechen an Jonah trotzdem nicht vergessen."

„Das werden wir nicht."

„Ich bringe sie zurück in ihr Zimmer", sagt Marcus und schlägt mit seinen Flügeln. „Vielleicht kann ich sie auch noch ein wenig stärker heilen."

Ich hebe eine Augenbraue. „Du weißt doch, was sie braucht, um zu Kräften zu kommen?"

Er schenkt mir ein freches Grinsen. „Wenn es das ist, was sie von mir will, bin ich mehr als glücklich, es ihr zu geben."

Er verkennt den Ernst der Lage völlig. Ein schneller Fick wird es nicht bringen. „Nach dem, was ich über Lilim weiß, war sie heute Abend völlig ausgehungert. Sie bekommt wahrscheinlich nicht genug Kraft von den wenigen Malen, die sie sich aus der Akademie geschlichen hat. Sie muss sich öfters ernähren, sonst wird sie immer schwächer."

„Ernähren?", fragt Callan. „Durch Sex?"

„Genau."

„Ich kümmere mich darum", sagt Marcus.

Ich schüttle den Kopf. „Eine Person wird nicht ausreichen. Ich werde auch mit ihr schlafen müssen."

Marcus' Kinnlade klappt herunter. „Du?"

Ich winke abweisend mit der Hand. „Mach dir keine Sorgen. Ich tue es nur aus der Not heraus, um dafür zu sorgen, dass sie gesund und sicher ist, als Teil unseres Versprechens an Jonah. Ich habe keine Gefühle für sie oder so einen Quatsch."

Marcus entspannt sich ein wenig und lacht. „Natürlich hast du das nicht. Du bist so kalt wie Eis. Sex mit Olivia wird wie eine geschäftliche Vereinbarung für dich sein."

Es ärgert mich, dass er das so einfach abtut, zumal ich mich an meinen Kuss mit Olivia erinnere. Ich habe damals definitiv etwas gefühlt, auch wenn ich es nie zugeben würde.

„Es wäre am besten, wenn wir uns zu dritt um sie kümmern würden." Ich schaue Callan eindringlich an. „Sukkubi müssen sich von mehreren Leuten ernähren oder riskieren, sie zu verletzen."

„Auf keinen Fall", knurrt er. „Ich fasse keinen Dämon an."

„Gut, dann werden Marcus und ich das übernehmen. Wir sind deutlich stärker als Menschen und können uns später damit befassen, wenn es zu einem Problem wird."

„Vorausgesetzt, sie ist mit diesem Arrangement einverstanden", sagt Marcus.

Ich denke daran zurück, wie sich ihre Lippen auf meinen anfühlten und wie sich ihr Körper an mich schmiegte. Ich weiß, dass sie Marcus auch geküsst hat – ich habe es auf den Videos gesehen. Von daher glaube ich nicht, dass sie ein Problem mit diesem Vorschlag haben wird. „Sie wird damit einverstanden sein."

37

OLIVIA

Während die Jungs irgendwo unterwegs sind und über mein Schicksal diskutieren, schleppe ich mich von der Couch und reiße mich zusammen. Ich bin immer noch schwach und hungrig, aber ich werde nicht hier sitzen und auf mein Urteil warten.

Ich spanne meine schwarzen, glänzenden Flügel aus und stürze mich vom Glockenturm. Ich bin blutüberströmt von dem Schnitt der Klinge des Dämons und will nichts als eine heiße Dusche. Dann werde ich damit beginnen, eine Tasche zu packen. Nur für den Fall, dass ich schnell fliehen muss.

Als Marcus auf meinem Balkon ankommt, trage ich nur einen Bademantel und bürste mir die Haare. Vorsichtig lasse ich ihn eintreten.

„Was ist passiert?", frage ich.

„Wir haben beschlossen, niemandem von dir zu erzählen", sagt Marcus.

Ich lasse vor Erleichterung die Schultern sinken. „Danke."

„Wir haben auch beschlossen, dass wir dir bei deinem Sukkubus-Problem helfen müssen. Nun, Bastien und ich werden es tun. Callan ist kein Fan von der Idee."

Ich ziehe die Augenbrauen hoch. „Tatsächlich?"

„Solange du damit einverstanden bist." Er streckt die Hand aus und streichelt meine Wange. „Ich verstehe, warum du mich nach unserem Kuss weggestoßen hast. Aber das musst du nicht mehr tun."

Ich ergreife seine Hand und drücke sie. „Dann weißt du auch, dass ich keine richtige Beziehung führen kann. Wir können Sex haben, aber das ist auch alles."

„Ich nehme alles, was ich von dir kriegen kann." Seine Hände gleiten über meine Taille und er zieht mich an seine harte Brust. Sein Mund findet meinen und sein Kuss gibt mir augenblicklich Kraft. Ich packe sein Shirt und ziehe ihn näher an mich heran, während seine Lippen und seine Zunge verruchte Dinge mit meinen anstellen.

Aber dann denke ich nach und ziehe mich zurück, um zu ihm aufzublicken. „Ist es okay für dich, mich mit Bastien zu teilen?"

Sein Daumen fährt über meine Lippe, während er auf mich herabschaut. „Mir gefällt der Gedanke nicht, aber soweit ich mich aus Dämonenkunde erinnere, musst du dich von mehreren Leuten ernähren, richtig?"

„Genau. Wenn du ein Mensch wärst, könnte ich mich nur einmal an dir nähren, ohne dich zu töten, aber ich kann mich mehrmals an übernatürlichen Wesen nähren, ohne sie zu sehr zu schwächen." Zumindest wurde mir das gesagt. Ich habe die Theorie nie getestet.

„Da kommen wir ins Spiel. Bastien und ich sind die Söhne von Erzengeln. Wir sind stärker als die meisten übernatürlichen Wesen. Wir beide zusammen werden dich schon befriedigen." Er schenkt mir ein sündhaftes Lächeln, das mich dazu bringt, ihm in dieser Sekunde die Kleider vom Leib reißen zu wollen.

„Außerdem ist es mir lieber, du ernährst dich von uns als von Fremden."

Ich kann nicht glauben, dass die beiden mit diesem Plan einverstanden sind, aber ich bin so ausgehungert und erleichtert, dass ich nicht Nein sagen kann. Vielleicht können die beiden meinen Hunger tatsächlich ohne Probleme stillen. Wir werden es nicht erfahren, wenn wir es nicht versuchen.

Seine Lippen wandern zu meinem Hals hinab. „Wir werden uns um dich kümmern. Ich verspreche es."

In seinen starken, schützenden Armen bin ich tatsächlich bereit, mich dieser Fantasie hinzugeben, wenn auch nur für ein paar Minuten. Er greift nach dem Band meines Bademantels und zieht langsam daran, sodass der Frotteestoff, der meinen nackten Körper bedeckt, sich öffnet. Seine dunklen Augen mustern mich mit offensichtlichem Vergnügen und die Lust, die von ihm ausgeht, ist so stark, dass meine Sukkubus-Seite auf Hochtouren läuft.

„Verdammt, du bist wunderschön." Er packt sein Shirt und zieht es sich über den Kopf, bevor er es beiseite wirft. Beim Anblick seiner muskulösen Brust lecke ich mir über die Lippen, wie eine Art gefräßiges Biest. Er grinst über meine Reaktion. „Bastien sagte, du hättest dich ausgehungert."

„Ich wollte nicht erwischt werden."

„Dann bekommst du heute Abend ein Fünf-Gänge-Menü." Er öffnet seine Jeans und lässt sie ohne zu zögern heruntergleiten. Sein schwarzer Slip folgt als nächstes und dann ist er genauso nackt wie ich. Die Größe und Form von Marcus' Schwanz ist absolut perfekt. Ich habe schon so viele in meinem Leben zu Gesicht bekommen, aber seiner ist einer der besten, die ich je gesehen habe. Lang, dick und köstlich.

Ich trete vor und lege meine Hände auf seine Brust, ich kann mich nicht zurückhalten. Ich drücke mein Gesicht in seinen Nacken und atme seinen Duft ein. „Marcus, ich brauche dich jetzt, bitte. Ich kann das Verlangen nicht mehr zurückhalten."

„Nimm dir, was du brauchst."

Ich schubse ihn auf das Bett und klettere auf seinen Schoß, verschwende keine Zeit damit, mich auf seinem Schwanz abzusenken. Ich schreie auf, als er mich ausfüllt, denn er fühlt sich einfach himmlisch in mir an. Seine sexuelle Energie trifft mich wie ein Stromschlag.

Er grunzt und packt meinen Hintern, um mich näher an sich zu ziehen, aber er überlässt mir die Show. Ich schwinge meine Hüften, reite ihn intensiv und schnell und positioniere uns so, dass seine Eichel jedes Mal genau den richtigen Punkt trifft, wenn ich mich auf ihm niederlasse. Es ist so lange her, dass ich mit jemandem geschlafen habe, den ich wirklich mochte – eigentlich seit Kassiel – und es ist erstaunlich, wie anders es sich anfühlt. Man sollte meinen, nachdem man mit so vielen Leuten geschlafen hat, würde es irgendwann langweilig werden, aber das hier ist, als hätte ich zum ersten Mal Sex ... nur mit jemandem, der genau weiß, was er tut.

Mein Orgasmus baut sich schnell auf und ich schreie auf, als er mich überkommt und sich zusammen mit Marcus' Kraft über mich ergießt. Ich lasse mich auf seine nackte Brust fallen, die sich unter mir hebt und senkt. Er will mich küssen, hält aber inne, kurz bevor sich unsere Lippen berühren. „Wahnsinn. Deine Augen."

Ich ziehe mich zurück und schlage meine Hände über die Augen. „Es tut mir leid."

„Nein, nein." Er zieht meine Hände von meinem Gesicht weg. „Es muss dir nicht leid tun." Er küsst meine Augenlider mit der sanftesten Berührung, streicht mit seinen Lippen über sie, ganz federleicht.

Ich atme ein und öffne meine Augen. „Es macht dir nichts aus?"

Marcus packt meine Hüften. „Ganz im Gegenteil. Es ist irgendwie sexy."

Ich kann mir ein Lachen nicht verkneifen. „Oh, du hast also einen Dämonen-Fetisch."

„Scheint so." Er grinst. „Oder vielleicht habe ich auch nur einen Olivia-Fetisch."

„Danke schön. Jetzt fühle ich mich viel besser. Sich von dir zu ernähren ist ... intensiv." Marcus' Energie ist stark genug, dass ich wochenlang durchhalten kann, bevor ich mich wieder ernähren muss, genau wie damals, als ich mit Kassiel geschlafen habe. Aber ihre Energie schmeckt irgendwie ganz unterschiedlich. Vielleicht, weil Marcus ein Malakim ist und Kassiel ... Ich weiß tatsächlich gar nicht, welchem Chor Kassiel angehört, wenn ich so darüber nachdenke, aber vielleicht ist das der Grund. Marcus und Kassiel sind die einzigen beiden Engel, von denen ich mich je ernährt habe, aber es scheint, als würde ich bald auch Bastien probieren, und dann kann ich herausfinden, ob das der Unterschied ist. Ich bezweifle leider, dass ich noch einmal die Gelegenheit haben werde, Kassiel zu kosten.

„Wir sind noch nicht fertig hier." Marcus grinst und hebt mich von ihm runter, dann dreht er mich um und legt mich mit dem Rücken auf das Bett. Er ist noch nicht gekommen und ich bin bereit dafür, dass er noch einmal in mich eindringt und uns beide zum Höhepunkt bringt, aber er hat etwas anderes im Sinn. „Wie ich schon sagte, das wird ein Fünf-Gänge-Menü. Zeit für Runde zwei."

„Was ...", setze ich an, aber dann spreizt er meine Beine weit und taucht seinen Kopf zwischen meine Schenkel. Seine Zunge fängt an, sündige Dinge mit mir zu machen, Dinge, die ich bisher selten erlebt habe. Normalerweise komme ich direkt zum Sex, um es so schnell wie möglich hinter mich zu bringen und habe keine Zeit fürs Vorspiel. Außerdem kümmern sich die meisten Typen, die ich aufreiße, einen Dreck darum, ob ich glücklich bin.

Aber Marcus? Er ist ein echter Mann. Er weiß definitiv, was er tut und mag es, sicherzustellen, dass seine Frau auch sehr zufrieden ist. Als sein Mund und seine Zunge mich in neue Höhen befördern, wird mir klar, warum er bei den Damen auf dem Campus so beliebt ist.

Ich schreie auf und vergrabe meine Hände in seinem herrlichen Haar, während er meine Klitoris verwöhnt, dann zwei Finger in mich hinein schiebt und mich noch einmal zum Höhepunkt bringt. Zwei Orgasmen in einer Nacht? Ich bin ein Glückskind.

Doch er ist noch nicht fertig.

Ich bin noch ganz benommen von der Lust, als er seinen Kopf hebt und mich angrinst. „Du schmeckst köstlich. Ich könnte dich die ganze Nacht lang lecken."

„Ich werde dich bestimmt nicht aufhalten", sage ich lachend. „Aber ich glaube, es wird Zeit, dass du auch kommst."

„Ist es das?", fragt er, während er sich langsam an meinem Körper nach oben tastet.

Ich nicke. „Um mich vollständig zu sättigen, musst du auch einen Orgasmus haben."

Seine Augen glänzen vor Verlangen, als sein Schwanz gegen meinen Eingang stupst. „Nun, ich kann dich ja nicht hungern lassen, nicht wahr?"

Er ist noch ganz feucht von meinen Säften und gleitet schnell und kräftig in mich hinein. Es raubt mir den Atem, als sein Schwanz mich ausfüllt, dann legt er ein unerbittliches Tempo vor, während er in mich hineinstößt. Das ist genau das, was ich von ihm brauche, und ich wölbe meinen Rücken, um jedem seiner Stöße zu begegnen. Er sucht meinen Mund, während er mich hart fickt und es ist irgendwie intim und schmutzig zugleich. Ich liebe jede Sekunde davon.

Ein weiterer Orgasmus baut sich in mir auf und wir kommen gemeinsam zum Gipfel, schreien gleichzeitig auf, während er seinen Schwanz noch heftiger in mich stößt als zuvor. Er stützt sich auf seine Arme und schaut auf mich herab, während wir beide schwer atmen. „Fuck, das war gut. Aber wir haben noch zwei Runden vor uns, wir wollen schließlich dafür sorgen, dass du schön satt bist."

Ich lache. „Sollen wir eine Pause einlegen?"

„Auf keinen Fall." Er zieht sich aus mir heraus, dreht mich um und dringt von hinten in mich ein, wobei er schon wieder steif ist. „Engelsausdauer, Baby. Ich kann die ganze Nacht durchhalten."

Und das tut er auch. Am Ende waren es mehr als fünf Runden, bis ich so gesättigt war, dass ich mich fühlte, als hätte ich gerade ein Thanksgiving-Essen zu mir genommen und als ob ich meine Jeans aufknöpfen müsste. Kurz vor dem Morgengrauen schmeiße ich ihn schließlich raus, damit wir beide ein bisschen Schlaf bekommen, aber es fällt mir schwer. Ich möchte, dass er bleibt. Das ist neu.

Abgesehen von der Zeit mit Kassiel wollte ich mich noch nie so sehr auf die Seite rollen und mit jemandem kuscheln. Aber ich muss dem Drang widerstehen und das ärgert mich. Das ist keine Beziehung. So etwas kann ich nicht haben. Das hier ist nur Sex. Wirklich, wirklich guter Sex.

Hoffentlich auf regelmäßiger Basis.

38

OLIVIA

Ein Klopfen weckt mich auf.

„Kommst du mit zum Frühstück, Liv?" Araceli öffnet meine Tür, als ich mich aufsetze. „Hey. Hast du Hunger?"

„Ja", krächze ich. „Ich bin am Verhungern." Und durstig. Obwohl ich mich körperlich so fühle, als könnte ich von hier nach New York fliegen. Marcus' sexuelle Energie knistert in mir und ich habe mich noch nie so … kraftvoll gefühlt. Ich freue mich noch mehr darauf, mich an Bastien zu nähren, wann immer das geschehen wird.

Ich gehe ins Bad und kämme mir die Haare, bevor ich meine Sportsachen anziehe und rausgehe, um Araceli zu treffen. Keine Zeit für eine Dusche.

Die Cafeteria ist voll. Wir haben eine dieser verrückten kalifornischen Hitzewellen und selbst um acht Uhr morgens ist es draußen schon wahnsinnig heiß, selbst für einen Engel. Alle wollen in der kühlen, klimatisierten Cafeteria sitzen, statt draußen zu essen. Im ganzen Raum ist nur ein Tisch frei, also schnappen wir uns unser Essen, eilen hinüber und lassen uns nieder, bevor jemand anderes ihn uns vor der Nase wegschnappen kann. Sekunden später landen drei Tabletts vor uns.

Mein Bauchgefühl sagt mir, was meine Augen noch nicht wahrgenommen haben. Ich schaue auf. Und tatsächlich, ich genieße den Anblick von drei wunderschönen Engeln, die über mir thronen. Marcus grinst mich wissend an, sein dunkles Haar ist noch immer zerzaust von letzter Nacht, während Bastien mich aus etwas weniger kalten, aber immer noch neugierigen Augen anstarrt. Und Callan? Er starrt mich an, als wolle er seine großen Hände um meinen Hals legen und zudrücken.

„Scheiße", haucht Araceli. „Tut mir leid, wir können auch woanders essen."

Sie will gerade aufzustehen, aber ich schüttle den Kopf und starre die Prinzen weiter an. „Ich kann mich nicht erinnern, euch eingeladen zu haben, mit uns zu essen. Außerdem dachte ich, ihr esst nie hier drin."

„Wie du siehst, sind das die letzten drei Plätze im ganzen Raum." Bastien setzt sich zuerst, zu meiner Rechten. Marcus setzt sich auf den anderen Platz neben mir. Callan sitzt gegenüber, neben Araceli, die sich unmerklich von ihm entfernt.

„Wir wollten sehen, wie es dir heute Morgen geht", sagt Marcus mit einem frechen Funkeln in den Augen. „Fühlst du dich gut ausgeruht?"

„Mir geht's gut, danke."

„Du siehst wirklich besser aus", sagt Bastien.

Araceli starrt uns an, als wäre sie sehr verwirrt.

„Ich habe die Jungs gestern getroffen, nachdem ich eine Auseinandersetzung mit Tanwen hatte", erkläre ich. „Es war nichts."

„In Ordnung", sagt sie langsam, aber ich glaube nicht, dass sie es mir abkauft. Der Rest des Frühstücks ist superunangenehm. Marcus grinst mich immer wieder an und berührt heimlich meinen Arm oder meine Hand, Bastien starrt mich an, als wäre ich das faszinierendste Ding, das er je gesehen hat und Callan stopft sich das Essen in den Mund, während er mich die ganze Zeit über böse anfunkelt.

„Nun, so lustig das auch ist, es ist Zeit für den Unterricht." Ich stehe auf und schnappe mir mein Tablett. Araceli atmet erleichtert auf und folgt mir. „Ich schätze, wir sehen dich dort, Callan."

Er grunzt, als wir weggehen. Ich habe das Gefühl, dass er mir heute beim Kampftraining keine Gnade erweisen wird. Und Tanwen? Ich bin mir auch nicht sicher, wo wir nach unserem Gespräch stehen.

Kaum sind wir draußen und schwitzen sofort in der Hitze, wirbelt Araceli zu mir herum. „Was war das denn?"

Ich zucke mit den Schultern. „Ich weiß es nicht. Es ist komisch, dass sie sich zu uns gesetzt haben."

„Ach was. Und Marcus hat sich um dich bemüht. Außerdem habe ich letzte Nacht definitiv einige Geräusche aus deinem Zimmer gehört, gemeinsam mit seiner Stimme. Seid ihr jetzt ein Paar?"

„Nein, definitiv nicht."

„Aber ihr habt auf jeden Fall gevögelt."

Ich zögere. Sie ist meine Mitbewohnerin und die Wände sind nicht gerade dick. Ich habe alles gehört, was sie und Darel zusammen gemacht haben, so viel ist sicher. „Ja, das haben wir."

„Warum seid ihr dann nicht zusammen? Marcus ist heiß und nett, jedenfalls für einen Prinzen, und er steht offensichtlich auf dich."

„Es ist ... kompliziert. Ich bin im Moment nicht auf der Suche nach etwas Ernstem. Er ist nur ein Fick-Kumpel."

Araceli schnaubt. „Fick-Kumpel. Na klar."

„Ernsthaft."

„Okay, Liv. Was immer du glauben willst." Sie wirft sich ihre

Tasche über die Schulter und geht den Weg entlang. „Lass uns gehen."

Wir gehen zum Kampftraining-Kurs, den Araceli seit Darels Tod am wenigsten mag. Lange Zeit hat sie ihn komplett geschwänzt, aber dann kam Hilda in unser Zimmer, um mit ihr zu sprechen und sie fing wieder an, hinzugehen. Ich glaube, es hat ihr geholfen, ihren Kummer und ihre Wut abzureagieren, und das meistens an mir. Ich wurde ihr regelmäßiger Partner, was mich zumindest vor weiteren Schlägen von Tanwen bewahrte.

Tanwen und eine der anderen Walküren machen Sparring und sie nickt mir kurz zu, als ich mich zur Matte begebe. Ich schätze, wir haben jetzt einen Waffenstillstand.

„Olivia, Sie trainieren heute mit Callan", verkündet Professorin Hilda. „Wir müssen Ihre Verteidigungskünste wieder auf Vordermann bringen."

Callan diskutiert mit leiser Stimme mit Hilda, aber sie schüttelt den Kopf. Er runzelt die Stirn, bevor er zu mir hinüberstapft. „Solange du nicht in der Lage bist, wenigstens ein Minimum an Verteidigungsfähigkeit zu zeigen, werden wir zusammenarbeiten."

„Ich habe mich doch letztens nicht allzu schlecht geschlagen", sage ich mit leiser Stimme.

„Du wurdest erstochen. Von einer mit Dunkelheit versetzten Waffe. Wie kann das ‚nicht allzu schlecht' sein?"

Ich schnaufe. „Was ist eine mit Dunkelheit versetzen Waffe überhaupt?"

„Das ist eine Waffe, die von den Feen hergestellt wurde, um Engel zu verletzen. Es gibt auch mit Licht versetzte, die Dämonen besonderen Schaden zufügen."

Callan mustert mich langsam von oben bis unten, als wolle er entscheiden, was er mit mir machen soll. Ich werde es ihm auf keinen Fall leicht machen, also bewege ich meine Hüfte zur Seite und atme tief ein, damit sich meine Brüste ganz leicht gegen mein Shirt drücken.

„Siehst du etwas, das dir gefällt?" Ich lege eine Prise Heiserkeit in meine Stimme, ein toller Zug, wenn man jemanden offen verführen will. Der Trick ist, verführerisch zu sein, ohne dass die Zielperson merkt, dass man *versucht*, sie anzutörnen. Es muss mühelos und natürlich wirken. Ich könnte ihm einfach etwas von meiner Sukkubus-Magie zukommen lassen, aber wo wäre der Spaß dabei?

„Du bist nicht mein Typ", knurrt er. Was für ein Lügner.

Das Verlangen, das von Callan ausgeht, reicht aus, um meine Sukkubus-Seite zu erwecken. Selbst jetzt wo er weiß, dass ich halb Dämon bin, will er mich noch – er will es nur nicht zugeben.

„Leg deine Hände hierhin", sagt Callan und hebt meine Arme am Ellbogen an. Seine Finger auf meiner Haut lassen Feuerblitze durch meinen Körper schießen und machen es mir verdammt schwer, meine Arme genau dort zu behalten, wo er sie haben will. Auch er ist davon betroffen, denn er lässt meine Arme so schnell los, wie er nur kann.

„Wenn ich mich auf dich zubewege, legst du deine Arme hierhin." Er zeigt mir, wie ich seinen Angriff am besten abwehren kann und ich versuche, aufzupassen. Keine leichte Aufgabe.

Wir gehen die Bewegungen mehrmals in Zeitlupe durch, bis Callan sagt: „Dieses Mal komme ich mit voller Geschwindigkeit auf dich zu. Bist du bereit?"

„Ich glaube nicht, dass die bösen Jungs mich warnen werden."

Er sieht es ein und stürmt auf mich zu. Ich werfe meine Hände im richtigen Moment hoch und bin erstaunt, als er sich über meine Schulter dreht, während ich mich drehe und winde.

„Gute Arbeit", sagt Callan. Dann merkt er, dass er mir gratuliert und sofort verfinstert sich sein Gesicht. „Das wurde aber auch Zeit."

Er kommt schneller auf die Beine, als ich mit meinen Augen verfolgen kann, zieht seine Kleidung zurecht und rennt auf mich zu, diesmal ohne Vorwarnung. Ich weiche ihm aus, packe seinen Arm und drehe mich herum, um ihn wieder umzuwerfen. Ich wünschte, ich hätte diese Technik vor dem Kampf gegen die Dämonen letzte Nacht gelernt.

Ein Anflug von Stolz huscht über sein Gesicht, nur für eine Sekunde, dann wird sein Ausdruck wieder ernst. Ich höre Applaus aus der Halle und wende meinen Blick von Callan ab, um Professorin Hilda und Araceli klatschen zu sehen. Sogar Tanwen nickt mir kurz zu.

„Gut gemacht", ruft Hilda durch die Turnhalle. „Üben Sie das den Rest der Stunde."

Ich drehe mich triumphierend um und betrachte Callan, der mich mit starrem Blick ansieht, aber die Emotionen, die von ihm ausgehen, verraten seine wahren Gedanken. Er denkt darüber nach, Dinge mit mir anzustellen, die nicht beinhalten, dass ich ihn über meine Schultern werfe. Er rennt wieder ohne Vorwarnung auf mich zu und dieses Mal bewege ich mich nicht schnell genug.

Ich schlage auf dem Boden auf und schaue zu ihm hoch, ohne jegliche Luft in meiner Lunge. Er steht über mir, tödlich und gutaussehend und ich grinse. „Du wolltest mich nur auf den Rücken legen, stimmt's?"

Er grunzt und steigt schnell von mir herunter. „Nein, ich habe erwartet, dass du dich gegen mich wehren würdest. Ich schätze, ich hätte es besser wissen müssen."

Wie auch immer. Ich habe es trotzdem geschafft, ihn zweimal umzuwerfen, auch wenn er mich beim dritten Mal erwischt hat.

Während des restlichen Unterrichts wirft er mich noch zwei weitere Male zu Boden, aber ich schaffe es auch noch dreimal ihn zu Fall zu bringen. Und obwohl ich zum Ende hin immer erschöpfter werde, triumphiere ich. Wenn die Dämonen mich noch einmal angreifen, habe ich dank Callan eine weitere Möglichkeit, mich zu verteidigen. Wie sich herausstellt, ist er ein ziemlich guter Lehrer, wenn er nicht gerade ein Arsch ist. Vielleicht wird das ja noch.

„Danke für deine Hilfe."

„Das ist mein Job." Er starrt mich streng an. „Du brauchst offensichtlich eine Menge Hilfe, dich zu verteidigen."

Ich verdrehe die Augen und gehe raus. Okay, er ist immer noch ein Arsch.

39

OLIVIA

Die gesamte Schule merkt es, sobald sich die Prinzen für mich interessieren. Das Getuschel und die seltsamen Blicke nehmen ein Ende und stattdessen fangen alle an, richtig nett zu mir und Araceli zu sein. Plötzlich werden die Außenseiter zu den coolen Typen auf dem Campus und alles, was es dazu braucht, sind ein paar überfürsorgliche Jungs, die mir überall hin folgen. Sie laden uns beide sogar auf den Glockenturm ein und ich ertappe mich dabei, dass ich dort oben lerne, wann immer ich kann.

Als der Sommer in den Herbst übergeht, steht das Footballspiel gegen die Feen an, aber Araceli hat nach dem, was mit Darel passiert ist, keine Lust darauf. Ich verzichte ebenfalls, um ihr Gesellschaft zu leisten und so verbringen wir den Abend mit Pizza und Filmen, obwohl ich es kaum erwarten kann, eine vollblütige Fee persönlich zu treffen. Die Feen könnten der Schlüssel zur Suche nach meinem Bruder sein, aber es ist nicht so, dass ich einfach auf eine Fee zugehen und sie fragen kann, ob sie ihn gesehen haben. Ich bezweifle sehr, dass ich bei dem Spiel etwas erfahren hätte und Araceli ist mir wichtiger.

Aber es ist eine Schande, dass ich Callan nicht in dieser engen Hose herumlaufen sehen kann.

Ich warte immer noch darauf, vom Orden des Goldenen Throns etwas über die nächste Prüfung zu erfahren, aber bis jetzt haben sie geschwiegen. Ich bin begierig darauf, meine Theorie über Jonah zu bestätigen und ein oder zwei weitere Mitglieder des Ordens zu enttarnen, aber im Moment bleibt mir nichts anderes übrig als zu warten.

Wir sitzen auf der Couch und schauen den neuesten X-Men-Film, als Mystique die Gestalt eines Politikers annimmt. Ich grinse und will mich schon fast zu Araceli umdrehen und ihr von meinem Bruder erzählen. Aber dann fällt mir ein, dass sie nicht weiß, dass er mein Bruder ist und ihn jetzt zu erwähnen, scheint irgendwie nicht der beste Zeitpunkt zu sein. Nicht, wenn sie die Lautstärke des Fernsehers immer lauter dreht, um den Jubel vom Spiel draußen zu übertönen.

Aber meine Gedanken schweifen ab und ich kann nicht anders, als mich an das letzte Mal zu erinnern, als ich ihn sah.

Klopf, klopf, klopf.

Jonah schwebte vor meinem Fenster, wie bei unserer ersten Begegnung, nur dass er jetzt viel größer war. Ich öffnete das Fenster und lachte. „Was machst du denn hier draußen?"

„Ich wollte dich besuchen, was denn sonst."

„Du bist zu groß, um durch das Fenster zu klettern. Komm zur Haustür wie ein normaler Mensch."

„Ach, na schön." Er wurde unsichtbar, während er zu Boden schwebte. Ich wartete ein paar Minuten, bis er an meine Wohnungstür klopfte.

Ich schlang meine Arme um ihn, bevor ich mich aufhalten konnte. Seit Monaten hatte ich ihn nicht mehr gesehen, nicht, seit er mir von Grace erzählt hatte. Er verbrachte jetzt seine ganze Zeit an der Seraphim Akademie.

„Hey", sagte er, überrascht von meinem seltenen Anflug von Zuneigung. „Ich habe dich auch vermisst."

„Tut mir leid, es war ein harter Tag."

„Hart? Wieso das denn?"

„Oh, das Übliche. Verrückte in der Bar. Und alles, was ich bekommen habe, war eine Karte von Mutter und eine Nachricht von Vater, dass er bald vorbeikommt, um mir zu zeigen, wie ich meine Engelskräfte nutze."

„Tut mir leid, aber jetzt bin ich hier, also lasst uns mit der Party beginnen." Er hatte eine braune Einkaufstasche in der Hand und zog eine Flasche Champagner heraus. „Herzlichen Glückwunsch zum Geburtstag, Liv!"

Ich lachte. „Danke."

„Hast du deine Flügel schon bekommen?"

„Nein, noch nicht."

„Ich bin sicher, das wirst du bald. Ich habe gehört, dass es bei den meisten Leuten zwei Wochen dauert. Hey, ich hab was für dich." Er griff wieder in die Tasche und reichte mir einen rosa Becher, auf dem „Ich bin ein verdammter Engel" stand. „Es ist nur eine Kleinigkeit, aber ich dachte, es wäre angemessen."

Ich umklammerte den Becher mit einem Grinsen. „Wow, Vater wird das hassen."

„Genau deshalb habe ich sie besorgt. Zusammen mit einer großen Dose von deinem Lieblingskaffee."

„Ich liebe es. Danke." Ich umarmte ihn noch einmal.

Er öffnete den Champagner und wir legten uns auf mein Bett und stießen auf meinen einundzwanzigsten Geburtstag an. Dann fragte ich ihn nach der Uni und er erzählte mir, dass er immer noch mit Grace zusammen war und sich über die Feen informiert hat.

„Ich muss dir auch etwas zeigen", sagte er und setzte sich auf. „Sieh dir an, was ich gelernt habe."

Während ich zusah, schien seine Haut zu schimmern und sich

im Licht zu bewegen, dann veränderte sich sein Aussehen, bis er genau wie unser Vater aussah. Ich zuckte überrascht zurück. „Was ... wie? Ist das eine Ishim-Kraft? Vater hat das nie erwähnt."

„Nee", als er sprach, klang er auch wie unser Vater. Gruselig. „Du weißt doch, dass Vater besondere Kräfte hat, weil er ein Erzengel ist? Es hat sich herausgestellt, dass ich auch eine habe – ich kann mein Aussehen verändern, wie ich will. Am einfachsten ist es, jemanden zu kopieren, den ich schon gesehen und gehört habe, aber ich experimentiere noch."

„Wow, das ist unglaublich. Weiß jemand davon?"

„Nur Grace und meine Freunde."

„Sei vorsichtig. Mit so einer Kraft wird dich jeder als seinen Spion haben wollen."

„Mach dir keine Sorgen um mich." Er hielt eine Sekunde inne und runzelte dann die Stirn. „Obwohl in der Akademie etwas vor sich geht."

„Was meinst du?"

Sein Gesicht verfinsterte sich, was ungewöhnlich für ihn war. „Ich bin mir nicht sicher, aber ich denke, es ist gut, dass du nicht auch dort bist."

„Warum?"

„Zum einen sind sie dort nicht gerade Fans von Dämonen." Er starrte in die Ferne und ich merkte, dass ihn etwas beunruhigte, aber dann wandte er sich mir zu und lächelte. „Aber ich mache mir wahrscheinlich grundlos Sorgen. Schenken wir uns lieber noch etwas Champagner ein."

Damit meinte er wohl den Orden. Er wusste, dass sie nichts Gutes im Schilde führten und war froh, dass ich nicht dort war, um darin verwickelt zu werden.

Jetzt steht mein zweiundzwanzigster Geburtstag an und ich will ihn einfach nur finden. Ich bin ganz nah dran, ich kann es fühlen.

„**D**u bist wieder hungrig, nicht wahr?", fragt Bastien mich.

Es ist schon Wochen her, dass ich mit Marcus Sex hatte und obwohl er schon oft angedeutet hat, dass er es wieder tun will, lehne ich es immer wieder ab. Nicht, weil ich ihn nicht will, sondern weil ich mir Sorgen mache, was mit ihm passieren könnte, wenn wir ein zweites Mal Sex haben. Ich habe es noch nie ausprobiert und obwohl ich denke, dass es ihm gut gehen würde, möchte ich ihn es nicht riskieren ihn zu verletzen.

„Woher weißt du das?", frage ich.

Wir haben eine unserer Nachmittags-Bibliotheks-Sitzungen, obwohl er, seit er herausgefunden hat, dass ich zur Hälfte Dämon bin, aufgegeben hat, meinen Chor zu bestimmen und mich stattdessen darüber ausfragt, ein Sukkubus zu sein. Der Kerl ist unerbittlich und ich muss äußerst vorsichtig sein mit dem, was ich in seiner Gegenwart sage, besonders weil er ständig von Jonah spricht.

„Du bist zerstreuter als sonst und deine Augen sind ein bisschen wild. Ganz zu schweigen davon, dass du mir ständig in den Nacken starrst, als wolltest du mich anknabbern."

„So ein Dämon bin ich nicht." Er hat recht und ich hasse es, dass es so offensichtlich ist. Andererseits hat mich noch nie jemand so genau studiert wie Bastien. Es ist eine Ehre, dass sich jemand so sehr auf mich konzentriert. Er ist geradezu besessen.

„Nein, aber Vampire und Lilim haben viele Gemeinsamkeiten. Den Hunger, zum Beispiel." Er steht auf und beginnt, die Jalousien zu schließen, obwohl die Bibliothek ziemlich leer ist. „Du musst dich ernähren."

„Aber Marcus ..."

„Nicht von Marcus." Er ist mit den Jalousien fertig und setzt sich auf die Tischkante vor mir, was mich dazu zwingt, zu ihm aufzusehen. „Du kannst dich von mir nähren."

Ich schlucke. Ich kann nicht sagen, dass ich nicht versucht bin, besonders nach unserem Kuss, und Marcus hat gesagt, dass er damit einverstanden ist, aber ich zögere dennoch. „Bist du sicher?"

Er beginnt, langsam sein Hemd aufzuknöpfen und ich genieße jeden Zentimeter Haut, den er enthüllt. „Ja. Aber versteh das nicht als etwas anderes als das, was es ist – eine geschäftliche Vereinbarung. Ich habe keine Gefühle für dich. Ich will nicht mit dir zusammen sein. Es ist nur Sex, und ich tue es nur, weil es getan werden muss. Verstehst du?"

Meine Augen verengen sich. „Von mir aus. Ich habe auch keine Gefühle für dich."

„Ausgezeichnet. Dann fangen wir mal an."

Ich kann mich nicht zurückhalten. Ich strecke meine Hände aus, lasse sie über seine Brust wandern und genieße die starken Muskeln darunter. Er ist nicht riesig wie Callan oder voller natürlichem Sexappeal wie Marcus, aber sein markanter Kiefer bettelt darum, geleckt zu werden. Also tue ich das. In unserem privaten Bibliotheksraum knabbere ich an Bastiens Kiefer und kann mein Verlangen kaum zügeln, als er um mich herumgreift und mich an meinem Hintern hochhebt. Ich schlinge meine Beine um ihn und presse meinen Mund auf seinen. Er küsst mich intensiv, genau wie beim letzten Mal und er ist so geschickt mit seiner Zunge, dass ich mich frage, was er noch alles mit ihr anstellen könnte.

Er setzt mich auf den Schreibtisch, seine Finger graben sich in meine Pobacken, während er sich vor mir positioniert. Er drückt seinen Unterleib gegen meinen, reibt sich an mir und erzeugt eine köstliche Reizung. Es ist nicht genug und es ist zu langsam. Ich bin plötzlich ganz gierig nach ihm, aber ich bin mir nicht sicher, ob das wirklich ausschließlich der Sukkubus-Hunger ist.

„Mehr. Jetzt." Ich schiebe ihn mit einer kraftvollen Bewegung von mir weg, die ihn seinem Gesichtsausdruck nach zu urteilen überrascht, greife nach seiner Gürtelschnalle und reiße sie auf. Ich habe einige Übung darin, einen Mann zu entkleiden und habe seinen Schwanz innerhalb von Sekunden herausgeholt. Mir läuft das Wasser im Mund zusammen. Ich will ihn schmecken, aber ich denke, das könnte den „Nur-Sex" Teil unserer Vereinbarung brechen.

Aber Bastien gibt sich nicht damit zufrieden, mir die Kontrolle zu überlassen und stößt mich nach hinten. Ich lande mit dem Rücken auf dem Tisch, dann reißt er mir die flachen Schuhe von den Füßen und zerrt mir die Jeans von den Beinen. Als nächstes rutscht mein Höschen herunter, dann zieht er mich über den Schreibtisch, bis mein Hintern an der Kante des Tisches liegt und spreizt meine Beine weit auseinander. Seine Finger gleiten zwischen meine Schenkel und entdecken, dass ich triefend nass bin. Ein verruchtes Lächeln umspielt seine Lippen, als er spürt, wie sehr er mich erregt und ich kann den arroganten Blick in seinen Augen kaum ertragen. Oder vielleicht macht er mich auch noch mehr an, ich bin mir nicht sicher. So oder so greife ich zwischen uns nach seinem Schwanz und positioniere ihn so, dass meine feuchten Säfte mit Leichtigkeit über seinen Schwanz gleiten. Er füllt mich vollkommen aus, ist groß genug, um mich ein bisschen zu dehnen, was sich herrlich anfühlt.

Ich liege mit dem Rücken auf dem Schreibtisch und er steht über mir und schaut mit seinem unergründlichen Blick auf mich herab. Als er sich das erste Mal in mir bewegt, keuche ich auf. Bastien ist in allem, was er tut, exzellent und ich kann jetzt schon sagen, dass er auch in diesem Bereich nicht enttäuschen wird. Er zieht sich fast vollständig aus mir heraus, dann gleitet er so geschmeidig zurück, dass ich aufstöhne. Er stößt mit gekonnter Präzision tief in mich hinein und ich bin versucht, ihn zu berühren, aber ich halte mich stattdessen am Schreibtisch fest. Ich habe immer noch mein Oberteil an, seine schwarze Hose hängt ihm immer noch unterm Hintern und alles an dieser Begegnung deutet darauf hin, dass das hier nichts als ein schneller Fick ist. Abgesehen davon, wie fantastisch ich mich dabei fühle.

Er fängt an, sich schneller und heftiger zu bewegen, gleitet immer wieder tief in mich hinein und ich kann die Geräusche, die aus meinem Mund strömen, nicht unterdrücken. Ich frage mich, ob irgendwelche Bibliothekare oder andere Studenten uns hören werden, beschließe aber, dass mir das in diesem Moment scheißegal ist.

Ich denke schon, dass er mich zum Kommen bringen wird, ohne mich überhaupt zu berühren, aber dann tauchen seine Finger zwischen uns ein und finden meinen Kitzler. Mit der Berührung eines Meisters bringt er mich zu neuen Höhen, während er mich mit seinem Schwanz ausfüllt. Mit der anderen Hand schlüpft er unter mein Shirt und beginnt, meine Brustwarzen zu necken, fast so, als könne er nicht aufhören.

Ich kann nicht anders und schlinge meine Beine um Bastien, während ich mich von ihm ernähre. Während seine Finger und sein Schwanz mich liebkosen, schreie ich meinen Orgasmus heraus und er folgt mir nur eine Sekunde später. Seine Augen schließen sich und sein Gesicht verändert sich, verliert für eine Sekunde seine kalte Fassade, während er in mir pulsiert. Ich nehme seinen Orgasmus zusammen mit meinem völlig in mir auf und sauge das letzte bisschen sexuelle Energie aus ihm heraus, während er uns beide beglückt.

Sobald es vorbei ist, zieht er sich aus mir heraus, wendet sich ab und verstaut seinen Schwanz wieder in seiner Hose. „Ich nehme an, dass das ausreicht, um dich für eine Weile zu sättigen."

Er ist wieder ganz sachlich. Das ging schnell. In der Zwischenzeit liege ich immer noch keuchend auf dem Schreibtisch, meine nackten Beine hängen von der Tischkante herunter, mein Shirt ist bis zu meinen Brüsten hochgeschoben. Ich schaffe es, mich aufzusetzen und wenigstens mein Haar zu glätten. „Ja. Danke."

Er knöpft sein Hemd wieder zu, sieht mich aber immer noch nicht an. Ich frage mich, warum. Hat er Angst, ich könnte einen Anflug von Gefühl in seinen kalten Augen erkennen? Oder hat er Angst, er könnte tatsächlich etwas fühlen, wenn er mich ansieht? „Nichts zu danken."

Er geht ohne ein weiteres Wort aus dem Zimmer und lässt mich allein zurück, während ich meine Klamotten aufsammle. So sehr er auch versucht, sich ungerührt zu geben, denke ich dennoch, dass seine harte, kalte Fassade zu schmelzen beginnt.

40

KASSIEL

Ich warte schon seit einer Stunde auf der Bank, als Olivia endlich auftaucht. Es ist schon eine Weile her, dass sie mich am See besucht hat und ich dachte schon, sie würde nicht mehr kommen. Als sie sich neben mich setzt, bin ich erleichtert. Ich sehe sie jeden Wochentag im Unterricht, aber das ist etwas anderes, weil wir nicht wirklich interagieren. Ich habe diese ruhigen Gespräche, die wir am See führen, zu schätzen gelernt und ich fühlte mich fast ein wenig leer, als sie ein paar von ihnen ausfallen ließ. Wenn es nicht dieses Machtgefälle zwischen uns gäbe, würde ich uns jetzt vielleicht sogar als Freunde bezeichnen.

„Ich habe dich hier schon eine Weile nicht mehr gesehen", sage ich und mustere sie genau.

„Tut mir leid, ich war ziemlich beschäftigt."

„Das sehe ich." Ausnahmsweise sieht sie mal wie ein gut genährter Sukkubus aus. Ihr Haar ist besonders glänzend, ihre Lippen sehen voller aus, ihre Augen sind heller. Sogar ihre Brüste wirken praller. Olivia ist immer schön, aber jetzt ist sie geradezu umwerfend ... und ich bin plötzlich ganz neidisch, weil ich weiß, dass sie so aussieht, weil sie sich regelmäßig an einigen der anderen Studenten genährt hat. „Du hast eine Menge Zeit mit den Prinzen verbracht.“

Sie zieht die Augenbrauen hoch. „Das weißt du?“

Ich grinse. „Ja, wir Professoren bemerken solche Dinge und Hilda und Raziel lieben es, zu tratschen.“ Meine Stimme wird wieder ernst. „Es ist schön zu sehen, dass du gesünder aussiehst. Ich war schon besorgt, dass du dich nicht genug ernährt hast.“

Ich warte darauf, dass sie es abstreitet, aber sie atmet tief durch und ich spüre, dass sie mit diesem Versteckspiel fertig ist. „Danke. Es war eine wahre Herausforderung, sich hier zu ernähren, aber jetzt läuft es schon besser.“

Ich seufze, weil ich weiß, dass sie monatelang gekämpft hat, während ich ihr nicht geholfen habe. Ich fühle mich wie ein totaler Idiot, aber ich konnte nicht riskieren, erwischt zu werden. „Ich wünschte, ich hätte dir dabei helfen können.“

Ihre Augen weiten sich. „Wirklich?“

Ich kann nicht anders, als die Hand auszustrecken und ihre Wange zu berühren, über ihre weiche Haut zu streichen. „Seit jener Nacht habe ich nie aufgehört, dich zu begehren. Wenn es nicht verboten wäre, würde ich dich wieder mit ins Bett nehmen. Immer wieder.“

Sie drückt ihre Hand gegen meine und hält sie an ihr Gesicht. „Das würde mir gefallen.“

Ich schlucke und ziehe meine Hand weg, bevor ich sie noch auf das Gras werfe und mich mit ihr vergnüge. „Vielleicht, wenn du mit deiner Ausbildung hier fertig bist. Es sind ja nur noch zwei Jahre. Das ist nichts für Leute mit unserer Lebensspanne.“

Sie nickt, ihr Gesichtsausdruck ist enttäuscht. „Vielleicht.“

Es herrscht wieder peinliches Schweigen, während wir die sexuelle Spannung zwischen uns bekämpfen, bis sie fragt: „Heißt das, ich kann mehrmals mit einem Engel schlafen, ohne ihn zu verletzen?“

„Ja, das kannst du definitiv. Du bist nicht der erste Sukkubus, mit dem ich geschlafen habe."

„Wirklich?" Jetzt sieht sie fasziniert aus.

„Ich lebe schon sehr lange", sage ich schnell und hoffe, dass sie nicht weiter nachhakt. „Außerdem dürften die Prinzen besonders stark sein, da sie Erzengelblut in sich tragen. Sie werden nicht so stark dadurch geschwächt, dass du ihnen ihre Energie raubst."

„Das ist gut zu wissen."

„Wissen sie, was du bist?", frage ich.

„Ja, sie haben es herausgefunden."

„Bist du sicher, dass du ihnen vertrauen kannst?"

„Nein, nicht wirklich. Ich bin mir aber auch nicht sicher, ob ich dir vertrauen kann."

„Das ist wahrscheinlich klug. Aber ... sei vorsichtig. Wenn sich herumspricht, was du bist, werden sowohl die Engel als auch die Dämonen dich kontrollieren wollen. Oder sie werden dich tot sehen wollen."

Sie schluckt und nickt. „Ich werde es versuchen."

Ich greife nach ihrer Hand und drücke sie. „Ich werde alles tun, was in meiner Macht steht, um dich zu beschützen. Ich schwöre es."

Sie schenkt mir ein herzzerreißendes Lächeln. „Danke, Kassiel. Mit dir darüber reden zu können, hat mir wirklich sehr geholfen. Ich bin froh, dass du vor einem Jahr in meine Bar gekommen bist."

„Ich auch." Ich streiche ihr sanft übers Haar, nur einmal, dann stehe auf. Ich bin so kurz davor, sie zu küssen, dass ich verschwinden muss. Es ist schwierig, einem Sukkubus in seiner vollen Kraft zu widerstehen, besonders einem, den ich so sehr mag wie Olivia. „Ich sollte besser gehen. Viel Glück bei deinem Test morgen."

Sie stöhnt. „Erinnere mich nicht daran."

Mit einem Schwung meiner schwarz-silbernen Flügel bin ich in der Luft und fliege zurück in mein Zimmer. Wie die Studentenwohnheime hat es einen Balkon, sodass ich darauf landen und hineingehen kann, ohne durch den Rest des Gebäudes gehen zu müssen. Ich habe die Tür absichtlich unverschlossen gelassen, da ich wusste, dass ich hierher zurückkommen würde.

Aber als ich eintrete, sehe ich, dass ich während ich fort war, einen Besucher hatte und jetzt liegt ein elfenbeinfarbener Umschlag auf meinem Bett. Darin ist eine Einladung zur dritten Prüfung, um in den Orden des Goldenen Throns aufgenommen zu werden. Sie findet während der Halbzeit des Meisterschafts-Footballspiels gegen die Dämonen statt, das ich sowieso ausfallen lassen wollte.

Endlich. Vater wartet auf Neuigkeiten über meine Mission, den Orden des Goldenen Throns zu infiltrieren und es ist ewig her, dass ich etwas zu berichten hatte. Jetzt muss ich nur noch diese dritte Prüfung bestehen, dann bin ich dabei. Dann kann ich herausfinden, was sie wirklich vorhaben ... und feststellen, ob sie eine Bedrohung darstellen.

41

OLIVIA

Es ist kaum zu glauben, aber das Schuljahr ist fast vorbei. Außerdem ist heute der dreizehnte November, und damit mein Geburtstag. Ich hatte nicht vor, eine große Sache daraus zu machen, da es mich hauptsächlich daran erinnert, dass es ein Jahr her ist, dass ich Jonah das letzte Mal gesehen habe, aber Araceli war unerbittlich. Es war das erste Mal, dass sie sich über etwas freute, seit Darel starb, also gab ich nach. Und als Marcus herausfand, dass ich Geburtstag habe, wurde es zu einer *großen Sache*.

Er hat praktisch die halbe Schule für heute Abend auf den Glockenturm eingeladen. Ich denke, die Leute sind aufgeregter, sich das Versteck der Prinzen anzusehen, als meinen Geburtstag zu feiern, aber das macht mir nichts aus. An meinen Geburtstagen waren es sonst immer nur Jonah und ich, also ist es eine schöne Abwechslung, von Freunden umgeben zu sein.

„Da bist du ja!", sagt Cyrus, als er und Grace sich einen Weg durch die Menge zu mir bahnen.

„Ich habe dich schon ewig nicht mehr gesehen. Gehst du uns aus dem Weg, oder haben die Prinzen deine ganze Zeit in Beschlag genommen?", fragt Grace.

„Weder noch", lüge ich. Ich gehe ihnen auf jeden Fall aus dem Weg, seit ich erfahren habe, dass Cyrus im Orden ist. Und ich würde Geld darauf wetten, dass Grace ebenfalls ein Mitglied ist. „Ich war nur damit beschäftigt, für die Abschlussprüfungen zu lernen. Im Vergleich zu allen anderen habe ich so ahnungslos angefangen und ich will sicherstellen, dass ich gut abschneide."

„Du wirst das toll machen", sagt Grace. „Hier, wir haben eine Kleinigkeit für dich für dein nächstes Jahr an der Seraphim Akademie."

Sie reicht mir eine kleine Geschenktüte und ich greife hinein und ziehe einen hübschen neuen Tagesplaner in Pink und Schwarz mit Silberrand für das nächste Jahr heraus. „Danke, den kann ich gut gebrauchen." Vor allem, da mein letzter mit meinem Schlafzimmer zerstört wurde. Warte ... wissen sie davon? Steckte der Orden dahinter? Vielleicht ein weiterer Test, oder um herauszufinden, ob ich loyal bin ... Ich weiß es nicht. Doch jetzt bin ich noch misstrauischer gegenüber Grace und Cyrus.

„Machen wir schon Geschenke auf?", fragt Araceli und hüpft mit etwas von ihrem üblichen inneren Licht zu uns herüber. „Mach meins als nächstes auf!"

Sie reicht mir eine kleine, in Gold eingewickelte Schachtel und ich schenke ihr ein breites Lächeln, bevor ich sie öffne. Darin befindet sich ein silbernes Bettelarmband mit Engelsflügeln. Meine Kehle schnürt sich bei dem Anblick des wunderschönen Geschenks zusammen und wieder einmal fühle ich mich schrecklich, weil ich sie hintergehe. Ich werde es ihr am Ende des Studienjahres sagen. Das werde ich bestimmt.

„Ich liebe es." Ich umarme sie fest. „Danke."

„Das ist doch nichts für die beste Mitbewohnerin der Welt."

„Diese Ehre gebührt definitiv dir", sage ich, während sich die Schuldgefühle noch mehr auftürmen. „Du hast diese Party für mich geschmissen und alles."

„Nein, ich hatte nur die Idee für die Party. Das alles hier

haben die Prinzen arrangiert." Sie stubst mich an. „Du solltest mit Marcus tanzen."

Ich schaue zu ihm hinüber, er steht an die Wand gelehnt und trinkt ein Bier, während andere zu ihm kommen und mit ihm reden, als würde er für all seine Bewunderer Hof halten. Ich gebe es nur ungern zu, aber ich bin einer von ihnen geworden. Marcus ist ziemlich toll, wenn man erst einmal über seine arrogante Seite hinwegsieht.

Die anderen Prinzen sind eine andere Geschichte. Bastien und Callan stehen in einer Ecke und starren jeden finster an, der es wagt, sich ihnen zu nähern. Callan hasst mich immer noch, jetzt mehr denn je, aber er ist auch seltsam beschützend mir gegenüber und hat hart daran gearbeitet, dass ich mich im Kampftraining verteidigen kann. Meine Beziehung zu Bastien ist noch verwirrender. Er hasst mich nicht, aber er scheint mich auch nicht sonderlich zu mögen, obwohl er mir auf seine eigene Art und Weise auch helfen will. Und der Sex ist immerhin gut.

Als er allein ist, gehe ich zu Marcus hinüber und er grinst bei meinem Anblick und legt dann einen Arm um meine Taille.

„Hast Du Spaß?", fragt er, während er mich an sich zieht.

„Klar", sage ich. Große Partys sind nicht wirklich mein Ding, aber es war nett von Marcus, so etwas für mich zu tun.

„Ach ja? Du willst doch von hier weg, oder?"

„Vielleicht", sage ich und lache. Ist das so offensichtlich?

„Komm, lass uns in mein Zimmer gehen. Ich habe dort ein Geschenk für dich."

„Ist es in deiner Hose?", frage ich und ziehe eine Augenbraue hoch.

Er grinst mich verrucht an. „Das meine ich nicht, aber das lässt sich auf jeden Fall auch arrangieren."

Wir fliegen zusammen vom Balkon und einige der Leute auf der Party jubeln. Ich schätze, es ist kein Geheimnis, dass ich jetzt mit Marcus schlafe. Aber ich wette, die Leute wären überrascht, wenn sie wüssten, dass ich auch mit Bastien schlafe.

Marcus landet mit einem dumpfen Aufprall auf seinem Balkon und ich lasse mich neben ihm nieder. Wir schlüpfen in sein Schlafzimmer und ich erinnere mich daran, wie ich zu Beginn des Schuljahres hier eingebrochen bin, um die Wohnung zu untersuchen. Ich werfe einen kurzen Blick auf Jonahs Tür und schaue dann schnell wieder weg.

Marcus reicht mir eine Schachtel, eingewickelt in mit Luftballons bedrucktem Papier und ich reiße sie auf. Darin ist ein Kaffeebecher mit einem kleinen Cartoon-Teufel darauf und dem Wort „*Kaffeeteufel*". Ich starre ihn an und frage mich, ob er irgendwie von meinem Engelsbecher wusste, aber er hat mein Zimmer erst betreten, nachdem er zerstört wurde. Kann es ein Zufall sein, dass er mir ein so ähnliches Geschenk wie das von Jonah besorgt hat? Oder war er daran beteiligt, mein Zimmer zu verwüsten?

„Ich habe noch nie jemanden getroffen, der Kaffee so liebt wie du, also dachte ich, es sei lustig", sagt er und reibt sich den Nacken. „Wenn es zu nah an der Realität ist, kann ich dir etwas anderes besorgen."

Er klingt so aufrichtig, dass ich den Becher abstelle und ihn dann umarme. „Es ist perfekt. Danke schön."

Die Umarmung verwandelt sich in einen Kuss und Marcus ist ganz begierig, als er seine Lippen auf meine presst. Wir haben uns nicht mehr so geküsst, seit wir Sex hatten und obwohl ich noch nicht ausgehungert bin, kann ich nicht anders, als zu genießen, was er mir gibt. Marcus strahlt einen Sexappeal aus, dem selbst eine Nonne nicht widerstehen könnte und für einen Sukkubus wie mich ist das wie ein Leckerbissen.

„Ich muss mich heute Abend nicht ernähren", sage ich und gebe ihm einen Ausweg.

„Gut", sagt Marcus, während er sein Shirt auszieht. „Dann ist das hier nur zum Spaß."

Sex zum Spaß? Ein neues Konzept für mich. Ich habe es immer getan, um zu überleben und manchmal habe ich es genossen, aber es nur zum Spaß zu tun ... das ist neu für mich. Ich beschwere mich aber definitiv nicht. Außerdem bin ich nach meinem Gespräch mit Kassiel zuversichtlicher, dass es Marcus gut gehen wird.

Ich strecke meine Hände aus und lasse sie über Marcus' wohlgeformte Brust gleiten. Er ist nicht so riesig wie Callan, aber er ist immer noch muskulöser als die meisten Typen, mit denen ich zusammen war, und ich möchte ihn von oben bis unten ablecken. Verdammt.

Ich trage ein kleines fließendes Kleid mit Spaghetti-Trägern und eine Strickjacke. Während Marcus und ich uns küssen, fällt erst die Strickjacke auf den Boden und dann schiebt er mir die Spaghettiträger von der Schulter. Als nächstes wandert sein Mund dorthin und verteilt Küsse auf der nackten Haut, während er mein Kleid nach unten zieht und meine Brüste enthüllt. Das Kleid fällt zu Boden und ich öffne gleichzeitig seine Jeans und ziehe sie nach unten.

Seine Hände umfassen mich, ziehen mich dicht an sich heran und drücken meine nackten Brüste gegen seine Brust, während er sich zu einem weiteren Kuss herunterlehnt. Er presst unsere Hüften aneinander und Verlangen durchströmt mich, stark und unwiderstehlich. Und ausnahmsweise ist es nicht meine Sukkubus-Seite, die hungrig nach Sex ist.

Marcus macht einen Schritt vorwärts, manövriert uns zu seinem Bett und ich bewege mich bereitwillig mit ihm. Er lässt mich nach hinten fallen und zieht mir mein Höschen die Beine hinunter, damit ich es ausziehen kann.

Ich rutsche weiter aufs Bett, spreize meine Beine und lasse meine Hände über meinen Bauch und um mein Geschlecht herum gleiten. Ich wölbe meinen Rücken und stöhne. Ich bin so erregt, dass meine eigene Berührung ausreicht, um mich klatschnass werden zu lassen.

Das scharfe Einatmen von Marcus' Atem lässt mich zu ihm schauen. Er hat seinen Slip bis zur Hälfte seiner Beine heruntergezogen, steht aber wie erstarrt da und starrt auf meine Hände, die meinen Schamhügel umkreisen.

„Spreiz deine Beine", befiehlt er.

Ich grinse und tue, was er sagt, glücklich darüber, ihn auf diese Weise zu necken. Allerdings hält es nur kurz an, denn er entledigt sich seines Slips, stürzt sich auf mich und vergräbt sein Gesicht zwischen meinen Beinen.

Ich spreize meine Lippen, um ihm besseren Zugang zu ermöglichen und schreie auf, als er meinen Kitzler in seinen Mund saugt. Mein erster Orgasmus bricht schnell über mich herein und verwandelt mich in ein stöhnendes Chaos. Als ich in die Realität zurückkehre, schiebt Marcus zwei Finger in mich hinein und trifft direkt die perfekte Stelle, als hätte er es schon hundertmal mit mir gemacht. Anstatt abzuflachen, baut sich der Orgasmus weiter auf, als würde ich auf einem Surfbrett reiten und jeden Zentimeter der Welle ausnutzen.

Er benutzt seine Zähne, um den Druck auf meine empfindlichste Stelle zu erhöhen, während er unermüdlich den Punkt in mir streichelt, der mich wild macht. Stöhnend und möglicherweise schreiend baut sich derselbe Orgasmus wieder auf, trägt mich höher und höher. Ich bin mir ziemlich sicher, dass ich zu diesem Zeitpunkt schreie und stöhne, aber ich weiß es nicht sicher. Ich habe jeden Sinn für Anstand verloren. Nicht, dass ich anfangs so viel davon gehabt hätte, aber trotzdem.

Marcus' Mund und Finger verlassen mich mitten in meinem besinnungslosen Vergnügen, aber dann rammt er seinen Schwanz mit einer Wucht in mich, die mich auf das Bett befördert. Er wirft meine Beine zurück und legt seine Hände in meine

Kniekehlen, um meinen Körper in der Hälfte zu krümmen. Das bedeutet, dass sein Schwanz jedes Mal, wenn er in mich eindringt, diese Stelle trifft, diese erstaunliche, vom Himmel gesandte Stelle.

Sein unerbittliches Tempo lässt meinen Orgasmus anhalten und jedes Mal, wenn er zustößt, werden die Geräusche, die ich mache, unterbrochen, von meinem Atem, der mich in einem Rauschen verlässt. Ich bewege meine Hände über meinen Kopf und greife nach dem hölzernen Kopfteil des Bettes. Wenn ich mich nicht abstütze, rutsche ich das Bett weiter hoch, bis mein Kopf dagegen prallt.

Er ist noch nicht fertig. Er setzt sein wildes Tempo fort, um mir den wohl längsten Orgasmus meines Lebens zu bescheren. Es ist nicht der intensivste, aber ich bin mir nicht sicher, ob er jemals enden wird. Er ist dem Ende nahe, denn seine Stöße werden wilder und unberechenbarer, während das Kopfteil gegen die Wand knallt.

Er kommt mit einem Grunzen und dem Flüstern meines Namens, bevor er auf mir zusammenbricht. Vorsichtig, um mich nicht zu erdrücken, stützt er sich auf seine Ellbogen und grinst. „Alles Gute zum Geburtstag, Liv.“

„Das war ... wow.“ Ich habe noch nie in meinem Leben einem Mann ein Kompliment für seine Leistung gemacht. Es ist eine Nacht voller Premieren. Ich bin mir nicht sicher, wie ich mich dabei fühle. „Jetzt geh runter von mir.“

Er gluckst und drückt mir einen Kuss auf die Wange, bevor er sich aufsetzt. „Willst du über Nacht bleiben?“

„Du weißt, dass ich das nicht kann.“

Er streichelt neckisch über meinen Oberschenkel. „Ich wüsste nicht, warum nicht.“

Scheiße, er hängt viel zu sehr an mir. Er wird denken, dass wir tatsächlich zusammen sind und dann werden die Dinge ... kompliziert.

„Ich muss gehen", sage ich, während ich aufstehe und mein Höschen vom Boden aufhebe.

Er seufzt, aber dann nickt er. „Sag mir Bescheid, wenn du es wieder tun musst."

„Wir werden sehen. Ich will dich nicht überstrapazieren."

Er grinst mich an. „Engelsausdauer, schon vergessen?"

Ich hebe mein Kleid auf und ziehe es mir über den Kopf. Es ist nicht sein Durchhaltevermögen, um das ich mir Sorgen mache, sondern sein Herz. Woher soll ich wissen, ob er sich wirklich für mich interessiert, oder ob es nur ein Nebeneffekt meiner Sukkubus-Kräfte ist? Können Engel meiner Anziehungskraft widerstehen? Es gibt so viel, was ich noch nicht weiß. Wo ist Mutter, wenn ich sie brauche?

Als ich auf den Balkon hinausgehe, ergreift Marcus meine Hand und versucht, mich aufzuhalten. „Bleib."

„Ich kann nicht."

Er drückt mir einen verzweifelten Kuss auf die Lippen, was mich nur darin bestätigt, dass ich gehen muss. „Es ist seltsam, dass du gehst."

„Nein. Es wäre seltsam, wenn ich bliebe." Ich entziehe mich ihm, stürze mich vom Balkon und lasse ihn zurück.

42

OLIVIA

Der Tag des Meisterschafts-Footballspiels gegen die Dämonen steht an und ich mache mich auf das gefasst, was kommen wird. Nach meinem letzten Gespräch mit Kassiel kehrte ich nach Hause zurück und fand eine Einladung zur dritten Prüfung vor. Ich bin nervös darüber, was wir wohl nun machen müssen. Es kann nichts Gutes sein. Aber gleichzeitig bin ich auch aufgeregt. Jonah ist letztes Jahr nach diesem Spiel verschwunden und ich bin so nah dran, die Wahrheit aufzudecken. Ich muss nur noch diesen eine letzte Prüfung bestehen.

Als ich zum Spielfeld komme, sehe ich, dass es doppelt so voll ist wie bei dem anderen Spiel, zu dem ich gegangen bin. Araceli hat sich wieder entschieden, nicht zu kommen, und ich bin froh darüber. Irgendetwas wird heute Abend passieren und die kühle Luft knistert geradezu vor Anspannung. Ich zittere und ziehe meinen Kapuzenpulli über den Kopf.

Grace landet neben mir. „Aufregend, nicht wahr?"

Ich nicke. „Ich habe noch nie so viele Engel gesehen."

Sie lächelt, als sie über das Feld blickt. „Stell dir all die Macht in diesem Stadion vor."

Ich richte meine Aufmerksamkeit auf die andere Seite der Tribüne. Dämonen in allen Formen und Größen, die nicht anders aussehen als die Engel, füllen die Tribünen. „Es sind dreimal so viele Dämonen hier wie beim letzten Mal."

„Das ist normal für das Meisterschaftsspiel. Cyrus hat uns ein paar Plätze ganz vorne reserviert."

Im Zickzackkurs bahnen wir uns einen Weg durch die Tribüne um die Leute herum. Ich entdecke ein bekanntes Gesicht in der Menge und mir fällt die Kinnlade runter. Ich muss mich schnell zusammenreißen, als mein Vater aus Versehen mit Absicht mit mir zusammenstößt.

„Entschuldigung", sagt er und legt eine beruhigende Hand auf meinen Arm.

„Kein Problem." Ich sehe ihn aus dem Augenwinkel an, als er scheinbar zufällig in dieselbe Richtung geht wie ich.

„Geht es dir gut?", fragt er leise.

„So gut es mir gehen kann", murmle ich.

„Hast du etwas gesagt?" Grace dreht sich zu mir um, während sie vor mir hergeht.

„Nur, dass ich etwas zu trinken gebrauchen könnte."

Sie gluckst. „Ich hole uns was. Such du Cyrus. Er ist da drüben."

Ich nicke und sie verschwindet, lässt mich neben meinem Vater stehen.

„Freust du dich auf das Spiel?" Er sieht mich nicht an, als er das fragt und ich antworte nicht. „Mein Sohn war letztes Jahr in der Mannschaft."

„Oh? Aber dieses Jahr nicht?" Ich tue so, als wäre ich an der Geschichte des Fremden interessiert.

„Leider nicht." Seine Stimme ist schwer vor Kummer. Er sieht mich zum ersten Mal an. „Du siehst gut aus", sagt er mit tiefer Stimme. „Gesund."

Er gibt mir ein Zeichen, ihm zu folgen und wir treten hinter die aufgestellten Dixi-Klos. Eine Welle von Magie geht von ihm aus und er biegt das Licht um uns beide, sodass wir unsichtbar sind, zusammen mit allem, was wir sagen.

„Hast du dich ausreichend ernährt?"

„Darüber machst du dir *jetzt* Sorgen?", frage ich. „Wo warst du den Rest des Jahres?"

„Auf der Suche nach Jonah. Keine Sorge, ich hatte Leute, die hier ein Auge auf dich hatten, damit ich wusste, dass du in Sicherheit bist."

Sie machen ihren Job nicht besonders gut, denn er scheint nichts von den Dämonen zu wissen, die mich angegriffen haben. „Gab es irgendwelche Fortschritte bei der Suche nach Jonah?"

Er runzelt die Stirn. „Nein. Der Erzengelrat hat den Fall offiziell zu den Akten gelegt."

Die Nachricht, dass niemand mehr offiziell nach meinem Bruder sucht, macht mich wütend. Wie kann er zulassen, dass sie aufhören zu suchen? Jonah ist sein einziger Sohn und sein einziges eheliches Kind. „Dann ist es ja gut, dass ich noch nach ihm suche."

„Hast du etwas herausgefunden?"

„Ich weiß es noch nicht. Ich glaube, er könnte im Feenreich sein."

Vater schüttelt den Kopf. „Ich habe bereits mit dem Hohen Gericht der Feen gesprochen und niemand dort hat ihn gesehen."

„Das heißt nicht, dass er nicht dort ist. Wenn es jemanden gibt, der sich vor ihnen verstecken kann, dann ist es Jonah."

„Vielleicht." Er klingt nicht überzeugt. „Du solltest diese Jagd endlich aufgeben, Olivia. Es wird dich nur in Schwierigkeiten bringen."

„Ich gebe nicht auf, bis ich Jonah gefunden habe."

Er massiert sich in den Nasenrücken. „Warum machst du mit diesem Wahnsinn weiter? Willst du mich bestrafen?"

„Ich *versuche*, meinen Bruder zu finden."

„Wir wissen beide, dass das nicht passieren wird und du wirst dir dabei nur Ärger einhandeln. Es ist das Beste, wenn du diesen Ort am Ende des Studienjahres verlässt und nie wiederkommst."

Wow. Ich kann ihm nicht mal eine Antwort geben. Er glaubt nicht im Geringsten an mich. Wie muss es wohl sein, einen stolzen Elternteil zu haben?

Ich werde es nie erfahren.

„Ich muss gehen. Folg mir nicht."

Ich wende mich ab, gehe zurück um die Dixi-Klos herum und werde sichtbar, als ich seinen Zauber hinter mir lasse. Er sollte mir besser nicht folgen. Sonst lasse ich die ganze Operation auffliegen. So wütend bin ich.

Ich setze mich zwischen Grace und Cyrus. „Sorry, Magenprobleme", erkläre ich.

„Brauchst du einen Malakim?"

„Nee, mir geht's gut." Ich schnappe mir das Bier, das Grace mir besorgt hat, als die Teams auf das Spielfeld laufen. Meine Augen richten sich sofort auf Callan und seinen beeindruckenden Hintern. „Außerdem fängt das Spiel gerade an."

In der Halbzeit benutze ich dieselbe Ausrede meines Magens und erzähle Grace und Cyrus, dass ich zurück in mein Zimmer gehe, damit Araceli mich heilen kann. Es ist leicht, sie zu überzeugen und ich bin sicher, dass sie sich auch wegschleichen müssen.

Ich tue so, als würde ich zurück zum Wohnheim gehen, aber dann mache ich mich unsichtbar und schleiche in den Wald. Ich ziehe meine Robe und meine Maske aus der Tasche und ziehe sie an, bevor ich wieder sichtbar werde und zum Treffpunkt gehe.

Heute Abend sind nur fünf von uns in weißen Roben da. Ich schätze, zwei Leute sind entweder bei der letzten Prüfung durchgefallen oder haben wie Araceli beschlossen, nicht mitzumachen. Ich frage mich, wie viele nach der heutigen Prüfung übrig bleiben werden, worin auch immer sie bestehen mag. Ich schlucke schwer, während wir warten.

Was musste Jonah tun, um selbst ein Mitglied zu werden? Ich bin fast froh, dass ich es nicht weiß.

Die Anwärter im goldenen Gewand erscheinen, obwohl sie weniger zu sein scheinen als beim letzten Mal. Ich wette, einige von ihnen sind noch beim Footballspiel.

„Folgt uns", sagt der gekrönte Anführer mit seiner verzerrten Stimme.

Sie gehen denselben Weg, auf dem ich ihnen beim letzten Mal gefolgt bin. Als sie in der Nähe des Felsblocks anhalten, dreht sich einer von ihnen zu uns um und reicht jedem von uns eine Augenbinde. „Bindet die hier über eure Maske. Wir werden es merken, wenn ihr sie nicht richtig anlegt, um zu spähen."

Einer von ihnen muss ein Ofanim sein. Vielleicht Cyrus. Ich bin froh, dass ich die Kette trage, auch wenn ich nicht spähen muss. Ich weiß, wohin wir gehen.

Um sicherzugehen, lege ich die Augenbinde richtig an, während die anderen Anwärter dasselbe tun. Dann wird uns gesagt, dass wir warten sollen, und ich höre das Geräusch des Felsblocks, der sich bewegt. Wenn ich nicht schon wüsste, was es ist, wäre ich allerdings ahnungslos.

Jemand nimmt meinen Arm und führt mich den langen Gang hinunter und da sich ihre Nägel in meine Haut graben, vermute ich, dass die Hand weiblich ist. Die Anwärter werden alle hinunter in die Hauptkaverne geführt, dann bleiben wir stehen. Ich warte darauf, dass sie uns die Augenbinde abnehmen, aber sie tun es nicht.

„Ich gratuliere euch, dass ihr es bis zur dritten Prüfung

geschafft habt", sagt der Anführer. „Ihr werdet nacheinander in einen anderen Raum geführt, wo ihr eure Aufgabe erhaltet. Wenn ihr scheitert, werdet ihr nach draußen eskortiert. Wenn ihr erfolgreich seid, werdet ihr am Ende des Jahres in den Orden aufgenommen. Enttäuscht uns nicht."

„Du zuerst", sagt jemand zu meiner Linken. Ich höre das Geräusch einer Bewegung, als die Person neben mir weggebracht wird. Der Rest von uns muss warten, immer noch mit verbundenen Augen.

Nach etwa fünf Minuten hören wir die gedämpften Schreie.

Es dreht sich mir der Magen um. Ich weiß nicht, ob es der Anwärter ist, der schreit, oder jemand anderes. Was ist diese dritte Prüfung? Zum ersten Mal zweifle ich daran, ob ich es wirklich schaffen werde oder nicht.

Einer nach dem anderen werden die anderen Anwärter in die andere Kammer geführt und dann hören wir weitere schreckliche Geräusche. An einem Punkt glaube ich, ein Bohrgeräusch zu hören. Das ist der Moment, in dem sich einer der anderen Anwärter umdreht und versucht zu fliehen, dann schreit er: „Lasst mich raus!" Die Person wird aus der Höhle eskortiert und da waren wir nur noch vier.

Ich bin die letzte, die hineingeführt wird. Als die Tür mit einem schweren *Knall* hinter mir zuschlägt, wird mir die Augenbinde von einem Anwärter in goldenem Gewand abgenommen. Hinter ihnen steht ein Mann, der in der Mitte des Raumes an einen Stuhl gefesselt ist. Er ist blutüberströmt und sein Kopf ist nach vorne gesackt. Ein paar Finger fehlen und ich schrecke sofort zurück.

„Was ist hier los?", frage ich, während ich innerlich ein wenig aufschreie.

„Dieser Dämon ist eine Abscheulichkeit", sagt die Person im goldenen Gewand.

„Wer ist er? Was hat er getan?"

„Er ist niemand. Eine zufällige Person, die das Spiele angeschaut hat. Ist das wichtig? Er ist ein Dämon. Du wirst ihn foltern, bis er dir Informationen gibt, die für den Orden wertvoll sein können. Wenn du keine Informationen aus ihm herausbekommst, wirst du nicht in den Orden aufgenommen."

Der Dämon ist geknebelt und schafft es, uns mit wütenden Augen anzuschauen. So ein Mist. Was soll ich tun? Ich kann doch niemanden foltern! Ich bin ein Liebhaber und werde immer besser darin, ein Kämpfer zu sein, aber definitiv kein Folterer. Außerdem sieht der arme Kerl aus, als hätte er schon genug durchgemacht.

„Wir kommen zurück, wenn deine Zeit um ist", sagt die Person im goldenen Gewand und verlässt den Raum, indem sie die Tür zuschlägt.

Auf der anderen Seite des kleinen Raumes steht ein Tisch mit einem Leuchter und einer Unzahl von Folterinstrumenten. Ich gehe hinüber und untersuche sie, in erster Linie, um mir Zeit zum Nachdenken zu verschaffen. Dabei entdecke alle möglichen schrecklichen, verdrehten, spitzen Gegenstände, viele sind bereits mit Blut bedeckt, darunter auch der Bohrer. Ich schlage meine Hand vor den Mund, um mich davor zu bewahren zu würgen.

Ich sehe mich im Raum um, auf der Suche nach einer Kamera oder einem Aufnahmegerät, aber ich finde nichts und ich glaube nicht, dass die feuchten Steinwände irgendetwas tarnen könnten. Ich nehme mein Handy heraus und benutze die Taschenlampe, um mich zu vergewissern. Das ist so ziemlich der einzige Nutzen, den es hier unten hat – kein bisschen Empfang.

Ich überlege, ob ich meine Sukkubus-Kräfte einsetzen soll, um den Kerl dazu zu bringen, mir etwas zu erzählen, aber ich bin mir nicht sicher, ob das bei diesem Dämon funktionieren würde. Beim bloßen Anblick kann ich nicht erkennen, was er ist. Wie die Engel sehen auch die Dämonen wie Menschen aus, bis sie ihre Kräfte einsetzen.

Ich treffe eine Entscheidung, knie vor dem Kerl nieder und flüstere, nur für den Fall, dass jemand irgendwie mithört. „Ich werde dich hier rausholen. Ich verspreche es. Aber vorher musst du mir etwas geben."

Er versucht, über seinen Knebel zu sprechen und ich entferne ihn vorsichtig. „Blödsinn", sagt er. „Du versuchst nur, mich auszutricksen."

„Tue ich nicht, ich verspreche es."

„Warum solltest du mir helfen?"

„Weil ich so bin wie du." Ich hatte gehofft, es würde nicht so weit kommen, aber nur so wird er mir vertrauen. Ich nehme meine Maske ab, lehne mich nah heran und berühre seinen Arm. Dabei lasse ich meine Magie spielen und entlocke ihm seine Lust auf mich. nur ein winziges bisschen, gerade genug, um seine Lust zu entfachen und mich daran zu nähren. Als ich das tue, werden meine Augen schwarz. Er zuckt zusammen, als er sie sieht.

„Ein Sukkubus! Wie ist das möglich?", flüstert er.

„Ich infiltriere die Akademie, um herauszufinden, was sie hier mit Dämonen machen. Ich werde dir helfen, so gut ich kann, aber ich habe einen direkten Auftrag von Luzifer und kann meine Tarnung nicht auffliegen lassen."

„Nee, den Spruch habe ich heute schon mal gehört. Ich kaufe es dir nicht ab."

„Du ... was?"

„Die ganze Spionage für Luzifer Sache." Er verdreht die Augen. „Der Typ vor dir hat das Gleiche gesagt."

Wow. Das ist ... unerwartet. Gibt es noch einen Dämon, der die Schule infiltriert?

Ich bin sauer. „Gut, du glaubst mir nicht. Dann muss ich dich wohl einfach foltern."

Er mustert mich einen langen Moment und nickt dann. „Ich

glaube dir. Lass mich frei und ich werde dir sagen, was du wissen willst. Reizvolle Dinge, Dinge, die ich nicht einmal deinen Freunden erzählt habe, die vor dir kamen."

Ich zögere. Es könnte eine Falle sein, aber ich kann diesen Dämon auch nicht hier unten lassen. Ich bin mir zu neunundneunzig Prozent sicher, dass sie ihn töten werden, wenn ich mit ihm fertig bin.

„Okay, aber wir müssen es so aussehen lassen, als ob du mich überwältigt hättest und entkommen wärst."

„Ich bin ein Vampir. Das wird kein Problem sein."

Das ist eine schlechte Idee, denke ich, aber welche andere Wahl habe ich? Ich sehe mir die Fesseln an und bemerke, dass sie mit Licht durchtränkt sind. Kein Wunder, dass er nicht fliehen konnte. Ich finde ein Messer auf dem Foltertisch, das aufleuchtet, als ich es in die Hand nehme und hoffe, dass es funktioniert. Und wenn er sich mit mir anlegt, dann kann ich ihn immer noch damit erstechen. Ich weiß aus erster Hand, was diese mit Licht versetzten Waffen anrichten können.

Kaum habe ich die Seile durchgeschnitten, stürmt der Vampir auf mich zu und packt mich. Ich wende die Technik an, die Callan mir beigebracht hat, werfe ihn über meine Schulter und stoße ihn zu Boden.

Ich richte das Messer auf ihn. „Information. Jetzt."

Er grinst mich an und entblößt seine Reißzähne. Der Wichser wollte mich beißen. „Ich werde dir ein gutes Geheimnis verraten. Du bist der Sukkubus, nach dem alle suchen."

„Warum?" Und wie? Ich war so vorsichtig.

„Es gibt schon seit Monaten Gerüchte über einen unbekannten Sukkubus in der Gegend. Viele von uns wurden angewiesen, heute Nacht nach dir Ausschau zu halten. Die Erzdämonen wollen, dass wir dich lebend zurückbringen." Er grinst noch breiter. „Es ist ein nettes Kopfgeld auf dich ausgesetzt und ich habe vor, es zu kassieren."

Als ob ich Zeit für diesen Scheiß hätte. Ganz im Ernst.

Ich setze den glühenden Dolch an seinen Hals. „Tut mir leid, aber ich bin wirklich auf einer Mission hier und ich kann nicht zulassen, dass du sie vermasselst. Jetzt gib mir etwas Nützliches und vielleicht lasse ich dich doch gehen.“

„Das ist alles, was ich weiß, tut mir leid. Alles, was ich den anderen erzählt habe, war eine Lüge.“ Er lacht, aber es ist ein wahnsinniges Lachen und der Kerl tut mir wieder leid. Sie haben ihm wirklich übel mitgespielt.

Ich trete zurück. „Geh. Verschwinde von hier. Aber ich komme nicht mit.“

Er erhebt sich und stürzt sich auf mich. So viel dazu, nett zu sein und zu versuchen, ihm zu helfen. Ich weiche ihm aus und rolle mich zur Seite, dann komme ich wieder auf die Beine und stürze mich auf ihn, wobei ich weitere Technik aus dem Kampftraining anwende. Der Vampir stößt einen markerschütternden Schrei aus, als der Dolch ihn schneidet, er taumelt zurück und hält sich den Bauch. Er entblößt seine Reißzähne und schlägt mir mit seinem Handrücken ins Gesicht, so heftig, dass ich durch den Raum fliege. Verdammte übernatürliche Kraft.

Ich schlage hart gegen die Seite der Höhle und falle zu Boden. Ich habe den Dolch aber immer noch in der Hand. Alles tut verdammt weh, aber ich werde diesen Wichser weiter aufschlitzen, wenn er mir zu nahe kommt. Aber stattdessen reißt er die Tür auf und rast hinaus, so schnell, dass meine Augen ihm kaum folgen können. Ich habe keine Ahnung, wie er aus der Höhle herauskommen will, aber das ist nicht mehr mein Problem. Er ist auf sich allein gestellt.

Alles tut mir weh, aber ich schaffe es, nach vorne zu kriechen, meine Maske zu greifen und sie wieder auf mein Gesicht zu setzen. Draußen im Raum herrscht Chaos und viel Geschrei, als der Vampir seine Flucht antritt. Lange Zeit sitze ich wie betäubt da und als es ruhiger wird, kommt jemand in einer goldenen Robe zu mir hereingerannt. „Geht es dir gut?"

„Es ging mir schon besser", sage ich mit der seltsam gedämpften Stimme meiner Maske. „Ist er entkommen?"

Die andere Person nickt. „Es scheint so. Was ist passiert?"

„Ich habe ihn gefoltert, aber dann hat er mich überwältigt." Ich berühre meinen Kopf, der pocht. „Er hat mich quer durch den Raum geschleudert."

„Hast du etwas herausgefunden, bevor das passiert ist?"

Mist. Ich brauche etwas. Ich entscheide, dass die Wahrheit die beste Option ist.

„Das habe ich." Ich ziehe mich an der Wand hoch, um wieder auf die Beine zu kommen, aber alles schmerzt und als Reaktion darauf, wächst mein Hunger, während mein Körper versucht, sich selbst zu heilen. „Es gibt einen Dämon auf dem Campus, der die Schule infiltriert hat."

„Was?", fragt die andere Person schockiert.

„Es ist wahr. Ich habe ihm vorgegaukelt, dass ich ihm zur Flucht verhelfe und im Gegenzug hat er mir das erzählt. Aber dann ist er tatsächlich geflohen. Ich habe es aber geschafft, ihn mit diesem Dolch zu schneiden."

„Gute Arbeit. Das wird ihn verlangsamen und wir sollten in der Lage sein, ihn zu finden. Brauchst du einen Heiler, der sich um dich kümmert?"

„Nein, mir geht's gut, danke."

„Dann setz die Augenbinde wieder auf, und ich führe dich hier raus."

Ich tue, was man mir sagt und als der Arm mich wieder packt, spüre ich die gleichen weiblichen Nägel. Ich werde aus der Höhle und in den Wald geführt und frage mich, ob der Vampir entkommen ist.

Er war ein Arsch, aber ich hoffe trotzdem irgendwie, dass er es geschafft hat. Ansonsten bin ich mir ziemlich sicher, dass man ihn morgen tot auffinden wird.

„Du hast heute Abend gute Arbeit geleistet", flüstert mir die Person im goldenen Gewand zu. „Du wirst bald eine Einladung zur Initiation erhalten."

Der Arm lässt mich los und als ich die Augenbinde abnehme, ist die Person verschwunden und ich bin allein im Wald.

Ich habe es geschafft. Ich habe ihre letzte Prüfung bestanden. Und ich habe es sogar geschafft, ohne meine Seele zu verkaufen.

43

———

OLIVIA

Die Dämonen gewinnen das Footballspiel und ich warte immer noch darauf, von einem toten oder gefolterten Vampir zu hören, aber es scheint, dass sowohl der Orden als auch die Dämonen das geheim halten wollen. Ich bin völlig paranoid, da die Dämonen wissen, dass ich jetzt hier bin und schaue mich in den letzten Wochen der Schule ständig um. Dann rücken die Abschlussprüfungen näher und ich bin so mit Lernen beschäftigt, dass ich keine Zeit habe, mir Sorgen zu machen. Irgendwann im Laufe des Schuljahres habe ich aufgehört, nur für Jonah hier zu sein und angefangen, auch für mich hier zu sein und nun will ich unbedingt gut bei den Prüfungen abschneiden.

In der Nacht vor unserem letzten Schultag erhalte ich meine letzte Einladung zum Orden des Goldenen Throns. Um Mitternacht soll ich mich zum üblichen Treffpunkt begeben, wo ich in den Orden aufgenommen werden soll. Endlich.

Als ich den vorgesehenen Platz erreiche, sind alle Mitglieder in goldenen Gewändern bereits versammelt. Ich glaube jedenfalls, dass es alle von ihnen sind. Ich frage mich, welcher von ihnen Cyrus ist und ob Grace und die Prinzen auch unter ihnen sind.

„Anwärter, tretet vor", sagt der Anführer, der die Krone trägt.

Ich trete zusammen mit drei anderen Personen zwei Schritte vor. Wer sind sie? Vielleicht Tanwen? Ansonsten habe ich keinen blassen Schimmer. Ich weiß nur, dass ich froh bin, dass Araceli nicht zu ihnen gehört. Ich habe mich vergewissert, dass sie in ihrem Zimmer schlief, bevor ich ging.

„Nur vier von euch waren stark und loyal genug, um alle drei Prüfungen zu bestehen und vollwertige Mitglieder des Ordens zu werden. Für eure Aufnahme müsst ihr noch einmal euren Mut, eure Loyalität und euren Glauben unter Beweis stellen."

Ja, natürlich. Ich hätte wissen müssen, dass es nicht nur ein einfaches „Hier ist deine goldene Robe, jetzt verraten wir dir all unsere Geheimnisse" sein würde. Nein, sie mussten uns noch eine letzte Prüfung auferlegen.

Wir werden zum See gebracht, in die Nähe des Ortes, an dem ich mich in all den Nächten mit Kassiel getroffen habe, dann halten wir an. Eine Gestalt tritt vor und legt den anderen Anwärter und mir ein vergoldetes Medaillon um den Hals. Sobald wir alle eines tragen, treten sie zurück. Ich schaue auf meins hinunter. Es ist ein goldener Thron mit einer Sonne dahinter.

„Tragt sie um euren Hals und lasst euch in den See sinken", sagt der Anführer. „Wenn ihr wieder auftaucht, werdet ihr als Mitglied des Ordens wiedergeboren."

Nee, das hört sich überhaupt nicht lustig an.

Plötzlich packt mich jemand an den Armen und ich werde über den See geschleudert ... und dann mitten hinein geworfen. Die anderen Anwärter schlagen in einiger Entfernung auf dem Wasser auf und während ich falle, versuche ich, meine Flügel auszubreiten, kann es aber nicht. Das Medaillon um unsere Hälse muss es wohl verhindern. Ich atme so tief ein, wie ich kann, bevor ich ins Wasser stürze. Ich strample mit den Beinen, aber mein Gewand erschwert das Schwimmen und das Medaillon scheint ebenfalls schwerer zu werden und mich hinunterzuziehen, immer weiter hinab in die pechschwarze Tiefe. Dank meiner dämonischen Seite kann ich besser sehen als die Engel, aber das hilft mir hier unten überhaupt nicht.

Meine Füße stoßen auf den Boden und ich schaue mich nach etwas um, das mir helfen könnte, aber alles, was ich sehe, ist Dunkelheit. Jedes Mal, wenn ich versuche, nach oben zu schwimmen, zieht mich das Medaillon wieder nach unten und das Gewand ist mir auch nur im Weg. Ich kämpfe und zappele und versuche alles, was ich kann, um wieder an die Oberfläche zu kommen, aber es ist sinnlos. Keine meiner Dämonen- oder Engelsfähigkeiten kann mir dabei helfen. Ich kann keinen der anderen Anwärter sehen und ich frage mich, ob sie dasselbe durchmachen wie ich, oder ob dies eine Art Spezialtrick nur für mich ist.

Ich kann meinen Atem nicht länger anhalten. Echte Panik setzt ein. Ich werde hier unten noch sterben und dann wird Jonah für immer verloren sein.

Dies ist eine Prüfung des Mutes und des Glaubens, erinnere ich mich plötzlich.

Bin ich mutig genug, um zu sterben? Für Jonah, ja. Und ich glaube daran, dass ich ihn finden werde, auch jetzt noch.

Ich lasse meine Gliedmaßen schlaff werden und blase mein letztes bisschen Luft aus. Das wird nicht das Ende sein, da bin ich mir sicher.

Gerade als ich denke, dass ich einen Fehler gemacht habe, beginnt mein Medaillon in einem sanften Licht zu leuchten. Plötzlich gleite ich wie von einem starken Motor angetrieben an die Oberfläche und mein Kopf durchbricht die Wasseroberfläche. Ich huste und hole tief Luft, dann packen mich Arme und fliegen mich zurück ans Ufer. Ich werde auf das Gras fallen gelassen, wo ich mich auf die Seite drehe, und literweise Wasser ausspucke, bevor ich versuche, mich daran zu erinnern, wie man atmet.

Die anderen Anwärter liegen neben mir und husten genauso stark wie ich. Irgendwie haben wir alle noch unsere Masken auf. Ist das auch Teil der Magie der Medaillons? Andere Mitglieder des Ordens umringen uns und nehmen uns die Medaillons vom Hals, dann steht der Anführer vor uns. „Ihr wurdet wiedergeboren und seid nun Mitglieder des Ordens des Goldenen Throns. Willkommen, Brüder und Schwestern."

Mitglieder in goldenen Gewändern helfen uns auf die Beine und klopfen uns auf die Schulter. Mein Kopf ist immer noch benebelt vom Beinahe-Ertrinken, aber unter meiner Maske breitet sich ein breites Grinsen auf meinem Gesicht aus.

Wir werden um den See herum zu dem Felsen geführt und uns wird gezeigt, wie man ihn öffnet und dann werden wir hinein und zu der großen Höhle am Boden geführt. Die vier von uns, die es geschafft haben, stehen in ihren tropfnassen weißen Gewändern in der Mitte des Raumes, während die anderen Mitglieder einen Halbkreis hinter uns bilden. Ich erhalte ein Bündel goldener Roben und eine passende Maske.

„Jetzt, wo ihr Mitglieder seid, werden wir ein paar Dinge durchgehen", fährt der Anführer fort. „Zunächst einmal müsst ihr zu den Treffen immer eure Roben und Masken tragen. Ihr dürft die Identitäten der anderen Mitglieder nicht kennen, bis ihr euren Abschluss gemacht habt und sie dürfen euch auch nicht erkennen. Die einzigen Ausnahmen sind ein paar von uns, die auserwählt worden sind, eure Identitäten zu kennen."

Außer, dass ich bereits weiß, dass Cyrus ein Mitglied ist und ich meinen Verdacht über ein paar andere habe. Ich habe vor, auch im nächsten Jahr weiter daran zu arbeiten, die Identität weiterer Mitglieder aufzudecken – vor allem, wenn sie etwas mit Jonahs Verschwinden zu tun haben.

„Nun, da ihr eure Loyalität und Hingabe für unsere

Anliegen bewiesen habt, werden wir euch den wahren Zweck des Ordens offenbaren und euch auf eure erste Mission schicken, die ihr in der Winterpause erfüllen müsst. Wir suchen nach dem Stab der Ewigkeit."

Den Stab der Ewigkeit? Das Ding, das Michael und Luzifer benutzten, um Himmel und Hölle zu verschließen? Warum will der Orden den haben?

Der Anführer beantwortet meine Frage, ohne dass ich sie stellen muss. „Sobald wir den Stab finden, wollen wir damit in den Himmel zurückkehren, um ihn wieder aufzubauen und die Dämonen endgültig in der Hölle einsperren."

Oh, Scheiße. Das verheißt nichts Gutes für mich. Oder für Mutter. Könnten sie das wirklich tun? Hoffentlich haben Michael und Luzifer das Ding gut versteckt, sodass niemand es finden kann.

Der Anführer fährt fort. „In den letzten Jahren haben wir vergeblich nach dem Stab gesucht. Wir haben Grund zu der Annahme, dass er im Feenreich ist, aber die Leute, die wir ausgesandt haben, um ihn zu finden, sind nie zurückgekehrt."

Das muss es sein, was mit Jonah passiert ist! Ich hüpfe jetzt praktisch auf und ab. Ich wusste, dass ich die Wahrheit herausfinden würde, wenn ich erst einmal Mitglied bin ... aber das ergibt keinen Sinn. Jonah muss ins Feenreich gegangen sein, um den Stab zu suchen und mit seinen Fähigkeiten als Gestaltwandler hätte er sich besser als jeder andere in dieses Reich schleichen können. Aber warum sollte er den Stab wollen? Der Orden ist gegen alles, an das mein Bruder geglaubt hat. Wie Kassiel glaubte Jonah, dass wir Frieden mit den Dämonen schließen sollten, wohl auch meinetwegen. Er würde den Stab der Ewigkeit nie finden und damit alle Dämonen von der Erde vertreiben wollen.

Und was geschah mit ihm, als er im Feenreich ankam? Hat er den Stab gefunden? Oder ist etwas furchtbar schief gelaufen?

„Eure Aufgabe ist es, in der Winterpause alles über den Stab herauszufinden, was ihr könnt, auch wo er versteckt sein könnte. Verratet dabei niemanden, was ihr wirklich vorhabt. Kehrt im nächsten Semester mit nützlichen Informationen zurück und der Orden wird eure Dienste belohnen. Vergesst nicht, dass wir euch nach eurem Abschluss an der Seraphim Akademie helfen werden, bedeutende und mächtige Positionen in der Gemeinschaft zu erlangen. Was auch immer euer Traum ist, wir können dafür sorgen, dass ihr ihn erreicht." Er breitet seine Arme aus.

„Ihr könnt gehen."

Wir verlassen die Höhle mit goldenen Gewändern in den Armen und als die kalte Nachtluft auf mein feuchtes Haar trifft, fühle ich mich wie neugeboren ... und entschlossener denn je, meinen Bruder zu finden.

Ich habe keine Ahnung, wie ich ins Feenreich kommen soll, aber ich werde einen Weg finden.

Ich schätze, ich werde nächstes Jahr Feenkunde belegen.

Am nächsten Morgen beginnen die Abschlussprüfungen. Meine erste Prüfung ist in Kampftraining, bei dem wir nacheinander gegen Callan kämpfen müssen und dabei alle Techniken anwenden müssen, die wir im Laufe des Jahres gelernt haben. Es ist offensichtlich, dass er es uns leicht macht, denn keiner von uns könnte ihn in einem echten Kampf besiegen, nicht einmal Tanwen, aber er fordert uns trotzdem heraus.

Araceli schlägt sich wirklich gut, obwohl sie einen großen Teil des Kampftrainings verpasst hat und Tanwen stellt uns natürlich alle in den Schatten. Das Mädchen ist furchteinflößend, das muss ich ihr lassen.

Ich bin die Letzte.

Callans Augen verengen sich, als ich mich vor ihm auf die

Matte begebe. Irgendwie glaube ich nicht, dass er mich schonen wird, aber er hat mir in den letzten Monaten auch viel beigebracht. Er stürmt auf mich zu und ich schaffe es, ihm auszuweichen. Aber dann ist er schon wieder zurück und es hat keinen Sinn, mit ihm zu ringen, denn er ist viel zu stark. Ich schwinge mein Bein unter ihn, stoße ihn zu Boden und lande dann mit dem Ellbogen auf ihm. Er gibt ein lautes *ooh* von sich, bevor er sich zur Seite rollt. Dann ist er fast augenblicklich wieder auf den Beinen und wirft mich über die Matte. Eine Sekunde später ist er auf mir, hält mich fest und als ich ihm in die Augen schaue, sehe ich, dass er davon genauso erregt ist wie ich. Zum Glück hat er mir beigebracht, wie ich mich aus dieser Situation befreien kann und ich schaffe es, mein Knie hochzuziehen und ihn von mir runterzuziehen. Ich drehe mich auf den Rücken und trete ihm in sein viel zu hübsches Gesicht, weil ich weiß, dass er sowieso schnell heilt und als er dadurch benommen ist, lande ich einen weiteren Tritt in die Brust. Er fällt zurück und ich gewinne.

Hilda klatscht. „Gute Arbeit, Olivia."

Callan springt auf und streckt dann die Hand aus, um mir hochzuhelfen. Er scheint keine Schmerzen zu haben, selbst, nachdem der gesamte Kurs ihn verprügelt hat. Erzengelblut ist echt gutes Zeug. Ich frage mich, wie es wohl wäre, sich von ihm zu ernähren. Mit zwei Erzengel-Eltern, wette ich, dass er sogar noch mächtiger ist als Marcus und Bastien. Lecker.

„Gute Arbeit dieses Jahr", sagt Hilda. „Sie haben sich alle sehr stark verbessert. Wir sehen uns nächstes Jahr."

Wir verlassen alle die Turnhalle und Araceli und ich trocknen uns mit dem Handtuch ab und machen uns dann auf den Weg zu unserer Flugprüfung, die am See stattfindet. Nachdem ich dieses Jahr so viel geflogen bin, sollte es einfach sein, obwohl von uns einige ausgefallene Manöver wie Drehungen und Saltos erwartet werden. Das Zeug hat mir früher Angst gemacht, aber jetzt nicht mehr.

„Olivia", sagt Callan. Er gibt mir ein Zeichen, ihm zu folgen.

„Ich komme nach", sage ich zu Araceli.

Er führt mich auf die andere Seite der Turnhalle, wo wir etwas Privatsphäre von den anderen haben. Dann dreht er sich zu mir um und drückt mich an die Wand. „Du kannst nächstes Jahr nicht wiederkommen."

„Warum nicht?"

„Hier ist es nicht sicher für dich."

„Mir geht's gut", sage ich und versuche wegzugehen, aber er stößt mich zurück gegen die Wand.

„Du bist ein Dämon", knurrt er.

„Zur Hälfte", erinnere ich ihn.

„Du gehörst nicht hierher."

Nicht schon wieder diese Scheiße. „Doch, das tue ich. Ich bin auch ein halber Engel, verdammt."

„Ich werde dich an einem sicheren Ort verstecken, wo kein Engel oder Dämon dich finden kann. Das ist die einzige Möglichkeit, dich zu beschützen."

„Nein, danke."

Er legt seine Hand auf beide Seiten meines Kopfes und drückt mich gegen die Wand. „Warum bist du so verdammt stur?"

Ich starre ihm herausfordernd in die Augen. „Warum wehrst du dich, wenn du weißt, dass du mich unbedingt willst?"

Wut zeichnet sich auf seinem Gesicht ab. „Du hast doch keine Ahnung, wovon du redest."

„Nein?" Ich lache. „Vergiss nicht, dass ich deine Lust spüren kann. Ich spüre sie jedes Mal, wenn wir kämpfen. Jedes Mal, wenn du mich ansiehst. Und besonders jetzt." Ich schlinge meine Arme um seinen Hals und drücke mich an ihn. „Gib einfach nach, dann wird es für uns beide leichter sein."

„Nur, weil du deine Sukkubus-Kräfte auf mich richtest, damit ich dich will." Er reißt meine Arme von ihm weg und drückt mich zurück gegen die Wand. Sein Gesicht ist so wütend, dass ich denke, er könnte explodieren. „Ich könnte mich niemals zu einen Dämon hingezogen fühlen."

Aber dann presst er seinen Mund auf meinen und lässt seine ganze Wut in einen Kuss einfließen, der so intensiv ist, dass ich ihn einfach nur geschehen lassen kann. Er drückt mich mit dem Rücken gegen die Wand, küsst mich grob und es macht mich so sehr an, dass ich sofort feucht und wahnsinnig hungrig werde. Wie sich herausstellt, mag ich es ein wenig rau, jedenfalls mit Callan. Ich kann mir genau vorstellen, wie dominant er im Bett ist und wenn dieser Kuss ein Hinweis darauf ist, wird mich seine Energie für eine Ewigkeit befriedigen.

Ich habe mich nach dem Footballspiel nicht mehr ernährt, aber mein Körper hat sich trotzdem geheilt, es hat mich nur ziemlich hungrig gemacht. Jetzt nehme ich etwas von seiner Energie durch den Kuss auf und meine Augen werden schwarz, als er meinen Mund verschlingt, als wäre er genauso gierig nach Sex wie ich.

Er zieht sich zurück und sieht meine Augen, was ihn nur noch wütender zu machen scheint. Er stolpert zurück. „Bleib mir fern, Dämon."

Er stapft davon, während ich wie betäubt von seiner Energie dastehe. Sein Kuss war stark genug, um meinen Hunger zu stillen, zumindest für den Moment, aber ich fühle mich auch, als hätte ich nur ein paar Bissen von einer Mahlzeit bekommen, die ich wirklich auskosten wollte.

Ihm fernbleiben? Er war derjenige, der mich in die Enge getrieben und mich dann geküsst hat! Der Mann hat echt Nerven.

Ich verdrehe die Augen und reiße mich zusammen, dann mache ich mich auf den Weg zum Flugunterricht für meine nächste Prüfung.

CALLAN

Mit Olivias Geschmack im Mund gehe ich zum Glockenturm und fange an, an meinem üblichen Platz auf und ab zu laufen. Egal wie sehr ich in den letzten Wochen versucht habe, nicht an sie zu denken, Olivias verführerisches Gesicht taucht immer wieder in meinem Kopf auf. Jedes Mal, wenn wir kämpfen, möchte ich sie festhalten und ihre Beine für meinen Schwanz spreizen. Und als ich sie gerade geküsst habe, hat es mich all meine Kraft gekostet, sie nicht direkt gegen die Wand zu ficken.

Warum zum Teufel will ich das? Der Sohn von Michael und Jophiel kann keinen Halbdämon begehren. Mein Vater wird aus seinem Grab auferstehen und mich zur Strecke bringen, wenn ich was mit Olivia anfange. Und meine Mutter? Sie würde mich wahrscheinlich enterben, wenn sie es herausfindet. Besonders, da ihr erster Sohn, mein Halbbruder Ekariel, von Dämonen getötet wurde, als er noch ein Kind war. Das war zwar vor meiner Geburt, aber trotzdem. Durch seinen Tod und den meines Vaters habe ich viele Gründe, Dämonen zu hassen.

Warum kann ich dann nicht aufhören, sie zu begehren?

Und dann ist da noch das Versprechen, das ich Jonah gab. Ich weiß jetzt, dass er sie zu ihrem Schutz von dieser Schule fernhalten wollte, weil es zu gefährlich wäre, wenn jemand herausfindet, was sie ist. Ich habe bis jetzt versagt, sie loszuwerden, aber ich kann dafür sorgen, dass sie nächstes Jahr nicht zurückkommt.

Es ist meine letzte Chance ... und ich werde etwas Drastisches tun müssen.

Ich schicke Bastien eine Nachricht, dass er mich in Uriels Haus treffen soll und fünfzehn Minuten später trifft er dort ein.

„Worum geht es?", fragt er, während er seine Flügel zusammenfaltet.

„Ich brauche ein Video von einer der Sicherheitskameras."

Er zieht eine Augenbraue hoch. „Warum?"

„Weil ich es verdammt noch mal brauche, darum."

Bastien sieht mich finster an, aber ich bin der Boss und er stellt mich nicht in Frage. Zum Glück ist Uriel nicht da und Bastien lässt mich ins Büro und zeigt mir direkt die Aufnahmen der Überwachungskamera. „Um wie viel Uhr?"

„Vor etwa zwanzig Minuten, vor der Turnhalle."

Er findet die Aufnahmen von mir und Olivia und wir beobachten, wie ich sie küsse und ihre Augen schwarz werden. Selbst auf dem körnigen Schwarz-Weiß-Filmmaterial ist es offensichtlich, was sie ist.

„Du hast sie geküsst?"

„Halt die Klappe", sage ich zu ihm. „Kann ich das auf einen USB-Stick oder so bekommen?"

„Klar." Er sieht mich aus dem Augenwinkel an, während er das Video überspielt. „Was hast du damit vor?"

„Was ich schon vor Wochen hätte tun sollen." Ich nehme ihm den USB-Stick ab. „Es ist an der Zeit, dass die Wahrheit über Olivia ans Licht kommt. Ich dachte als Ofanim wärst du bei der Sache an Bord."

„Das ist eine schlechte Idee", sagt Bastien mit einem tiefen Stirnrunzeln.

Ich ignoriere ihn und verlasse Uriels Haus, den USB-Stick in der Tasche, zusammen mit dem Bild von Olivia, das Jonah mir vor einem Jahr gegeben hat.

Ich will es nicht tun, aber ich habe Jonah mein Wort gegeben – und das Wort von Michaels Sohn ist unantastbar.

Das ist der Grund, warum ich das hier tue. Nicht, weil ich meinen verdammten Verstand verliere, wenn ich ein weiteres Jahr mit Olivia auf dem Campus verbringen muss. Außerdem ist es zu ihrem Schutz. Ich sorge dafür, dass sie an einem sicheren Ort ist, wo kein Dämon oder Engel an sie herankommt.

Aber am Ende des Tages werde ich sicherstellen, dass Olivia nie wieder an die Seraphim Akademie zurückkehren kann.

45

OLIVIA

Ich schaffe es, alle restlichen Prüfungen zu absolvieren und ich denke, ich habe ziemlich gut abgeschnitten, sogar in Engelsgeschichte, meinem anspruchvollsten Kurs. Kassiel schenkte mir ein kleines Lächeln, als ich hinausging, also hoffe ich, dass ich in dem Kurs nicht zu schlecht abschneide, aber ich werde es nicht genau wissen, bis ich meine Noten in einer Woche per E-Mail bekomme.

Sobald die Prüfungen vorbei sind, haben wir eine letzte Versammlung mit Direktor Uriel, dann ist das Studienjahr offiziell vorbei. Es ist Ende November und ich habe noch nicht einmal darüber nachgedacht, was ich in den Winterferien der Seraphim Akademie machen werde, da die meisten Engelsfamilien in den kälteren Monaten gerne ins Warme fahren. Araceli und ihre Familie planen, die Ferien auf den Bahamas zu verbringen. Und ich ... ich bin mir noch nicht sicher, was ich tun werde. Vielleicht bleibe ich hier und versuche weiter, Jonah zu finden. Ich bin mir ziemlich sicher, dass er im Feenreich auf der Suche nach dem Stab ist, aber ich verstehe nicht, warum er so etwas tun würde, oder warum er noch nicht zurückgekehrt ist.

Ich mache mich auf den Weg zur Aula, wo sich alle über das Ende des Semesters freuen und sich von all ihren Freunden verabschieden. Ich sehe Grace und Cyrus und winke ihnen kurz zu, bevor ich mich auf den Weg zu ihnen mache. Ich bin immer noch misstrauisch ihnen gegenüber, aber sie sind trotzdem meine Freunde.

Als ich den Gang zu ihnen hinuntergehe, kommt Callan auf die Bühne und ich halte inne. Er hat einen entschlossenen Gesichtsausdruck, seine Augen sind härter, als ich sie je zuvor gesehen habe und ich bin plötzlich nervös, ohne genau sagen zu können, warum. Was macht er da oben?

Er spricht ins Mikrofon. „Studenten der Seraphim Akademie, bevor ihr nach Hause geht, solltet ihr die Wahrheit über eine unserer Studentinnen erfahren. Der Halbmensch namens Olivia Monroe ist nicht das, was sie zu sein scheint."

Oh, Scheiße.

„Olivia, was ist hier los?", fragt mich Araceli, die an meiner Seite auftaucht, während sämtliche Studenten zu flüstern beginnen und sich umdrehen, um mich anzustarren.

Ich umklammere meine Halskette und schüttle den Kopf. „Ich weiß es nicht."

Callans Stimme dröhnt durch das Mikrofon. „Die Wahrheit ist, dass sie nicht halb Mensch, sondern halb Dämon ist. Ein Sukkubus, um genau zu sein. Sie hat uns die ganze Zeit über belogen."

Es ist so weit. Callan entlarvt mich. Meine schlimmste Befürchtung wird wahr, gerade als ich dachte, ich passe endlich hierher. Warum würde er so etwas jetzt tun?

Ein Aufschrei geht durch das Publikum und ich beginne, mich langsam zurückzuziehen und versuche, zu entkommen. Araceli, Gott segne sie, schreit in Richtung Bühne: „Du bist der Lügner"

„Ich habe Beweise", sagt Callan. Er dreht sich um und

beginnt ein Schwarz-Weiß-Video abzuspielen. Es gibt keinen Ton und der Winkel ist seltsam, er schneidet alles außer meinen Schultern und meinem Oberkörper ab, aber es zeigt deutlich meinen Kuss mit Callan vor der Turnhalle. Zusammen mit meinen schwarzen Augen, als er sich von mir zurückzieht.

Deshalb hat er mich geküsst. Er hatte die ganze Zeit vor, mich vor allen zu enttarnen, obwohl er versprochen hat, dass er es nicht tun würde. Mir ist schlecht und ich fühle mich schmutzig und benutzt. Es dreht sich mir der Magen um und ich möchte sowohl auf etwas einschlagen als auch in Tränen ausbrechen, aber vor allem möchte ich weit weglaufen und ihn nie wieder sehen.

Waren Marcus und Bastien Teil dieses Plans? Ich sehe sie nirgends, aber sie müssen davon wissen. Die Prinzen machen ja nie etwas im Alleingang und das macht es nur noch schlimmer. Ich habe diesen Jungs vertraut, sogar Callan, und dachte, dass sie sich wirklich um mich sorgen. In den letzten paar Wochen wurden sie meine Freunde. Vielleicht sogar etwas mehr.

Und jetzt haben sie mich verraten.

Aracelis Kinnlade klappt herunter und sie dreht sich schockiert zu mir um. „Was …?“

Sie will es nicht glauben, aber ich kann sie nicht mehr anlügen. „Es tut mir so leid“, sage ich zu ihr, dann flüchte ich so schnell ich kann aus der Aula, während der Rest des Raumes in Chaos ausbricht.

Ich fliege zurück in mein Zimmer und fange an, meine Sachen zu packen und sie in eine Tasche zu werfen, einschließlich des Geldes aus meinem Geheimversteck. Die Dämonen wissen, was ich bin. Die Engel wissen, was ich bin. Jeder weiß verdammt noch mal, was ich bin. Ich muss hier raus und untertauchen, schnell, aber wohin soll ich gehen? Dank Callan bin ich nirgendwo mehr sicher. Ich muss vielleicht meine Eltern anrufen und um Hilfe bitten. Mist. Ich glaube nicht, dass ich es schaffe meinem Vater zu sagen, dass ich nicht nur versagt habe Jonah zu finden, sondern dass er die ganze Zeit recht hatte, dass ich nicht hätte herkommen sollen. Ich bin genau das, wofür er mich immer hielt – ein Fehler. Und Mutter? Ich weiß nicht einmal, wie ich sie erreichen kann oder wo sie ist. Ich bin allein, ganz und gar allein, genau wie ich es war, bevor ich zur Seraphim Akademie kam.

Ein Klopfen an der Tür lässt mich erstarren. Oh, Scheiße. Sie sind schon hinter mir her. Was werden sie mit jemandem machen, dessen bloße Existenz verboten ist? Mich rausschmeißen? Mich einsperren? Mich exekutieren?

„Olivia?" Kassiels Stimme dringt durch die Tür. „Mach auf."

Ich stoße einen erleichterten Seufzer aus und öffne die Tür. Kassiel ist der Einzige, der mir vielleicht helfen kann. Kaum habe ich die Tür aufgerissen, schlingt er seine Arme um mich und hält mich fest. Ich tröste mich an seiner Stärke und Wärme und fange fast an zu weinen, aber ich schaffe es, mich zusammenzureißen ... gerade so.

„Ich stecke in Schwierigkeiten", sage ich gegen seine Brust. „Ich habe großen Mist gebaut, indem ich den Prinzen vertraute."

„Ich weiß, aber ich werde dir helfen, so gut ich nur kann ... aber ich soll dich jetzt zu Direktor Uriel bringen."

Ich versteife mich und ziehe mich zurück. „Wie soll mir das helfen?"

„Ich glaube, dass Direktor Uriel vernünftig sein wird und ich werde dir helfen, ihn davon zu überzeugen, dass du es genauso verdienst, hier zu sein, wie jeder andere auch. Wenn du weglaufen willst, kann ich dir auch dabei helfen, aber wir müssen jetzt gehen."

Ich werfe einen Blick zurück in mein Zimmer mit meiner halb gepackten Tasche und überlege, ob ich gehen soll. Aber dann denke ich daran, wie hart ich in diesem Jahr gearbeitet habe, nicht nur, um Jonah zu finden, sondern auch, um alles darüber zu lernen, ein Engel zu sein und wie leid ich es bin, mich verstecken zu müssen. Ich bin es leid, mich für das zu schämen, was ich bin und mich wie ein großer Fehler zu fühlen. Ich habe nicht um dieses Leben gebeten, oder darum, sowohl Engels- als auch Dämonenblut in mir zu tragen, aber vielleicht ist es an der Zeit, dass ich dazu stehe.

Ich atme tief ein und nicke. Ich kann das schaffen. „Lass uns mit Uriel reden."

„Gute Wahl." Wir springen von meinem Balkon und ich halte meinen Kopf hoch erhoben und lasse mich von meinen Flügeln in die Luft heben. Kassiel folgt mir, dann fliegt er vor mir her und führt mich zu meinem Schicksal.

46

OLIVIA

Als wir bei Uriel ankommen, geht Kassiel geradeaus durch die Vordertür, durch den Flur hindurch und in das Büro. Drinnen sitzt Uriel hinter seinem Schreibtisch und klemmt sich die Nase zwischen Daumen und Zeigefinger.

„Hier ist sie", sagt Kassiel. Ich schätze es, dass er nicht von meiner Seite weicht.

„Nimm Platz, Olivia", sagt Uriel. „Sie können gehen, Kassiel."

„Bei allem Respekt, Sir, ich würde gerne bleiben."

Uriel blickt mich an. „Wenn Olivia damit einverstanden ist, dann gut."

Ich nicke und setze mich. Uriel öffnet den Mund, aber bevor er etwas sagen kann, geht die Tür auf und Erzengel Jophiel stürmt herein, sie ist der Engel, der mich aus dem Krankenhaus rekrutiert hat, um an die Schule zu kommen – und Callans Mutter.

„Ist es wahr? Gibt es einen Halbdämon an dieser Akademie?", fragt Jophiel.

„Ja, das gibt es", antwortet Uriel.

Sie bleibt stehen und sieht mich an. „Du. Ich habe dich selbst befragt. Wie ist das möglich?"

„Sie hat ein Feenrelikt, das ihr erlaubt zu lügen", sagt Uriel.

Jophiel verengt ihre Augen. „Sie haben es die ganze Zeit gewusst, nicht wahr?"

„Natürlich wusste ich es. Ich weiß alles, was an meiner Akademie passiert."

Meine Augen weiten sich. Uriel wusste die ganze Zeit, was ich bin? Ich schaue Kassiel an und er nickt. Er ist nicht überrascht. Er muss die ganze Zeit geahnt haben, dass Uriel es wusste. Vielleicht hat er deshalb nicht das Bedürfnis gehabt, dem Direktor von mir zu erzählen.

„Wie konnten Sie einen Halbdämon die Seraphim Akademie besuchen lassen?", fragt Jophiel mit wütendem Gesichtsausdruck.

„Sie ist auch halb Engel." Uriel zuckt leicht mit den Schultern. „Wenn sie sich bei ihrer Ausbildung diesem Teil ihres Selbst widmen möchte, wer sind wir, ihr das zu verwehren?"

Jophiel wirbelt auf mich zu. Sie ist beängstigend in ihrer wundervollen Wut. „Was hast du zu deiner Verteidigung zu sagen?"

Ich lasse die Schultern sinken, aber ich hole tief Luft und bereite mich darauf vor, mich zu verteidigen. „Alles, was ich will, ist die Chance auf eine Ausbildung, wie jeder andere junge Engel da draußen. Ich möchte den Unterricht besuchen und zu Footballspielen gehen und lernen, wie ich fliegen und meine Kräfte einsetzen kann. Ich will ein Teil der Engelsgemeinschaft sein. Ich hatte nichts von alledem, als ich aufwuchs. Ist es so falsch, das jetzt zu wollen?"

„Du hättest uns nicht täuschen sollen, um hierher zu kommen. Du wusstest bereits in dem Moment, als ich dein Krankenzimmer betrat, dass du ein Sukkubus bist und alles, was du uns erzählt hast, war eine Lüge."

Ich gehe ein Risiko ein. Callan hasst Dämonen und ich schätze, das hat er zum Teil von seiner Mutter. „Es tut mir leid, wirklich. Aber ich kann nicht ändern, was ich bin. Was ich tun kann, ist zu versuchen, meine dämonische Seite zu unterdrücken und sie zu bezwingen und deshalb bin ich hierhergekommen, anstatt auf die Hellspawn Akademie zu gehen. Ich habe gehofft, dass ich durch meine Anwesenheit hier meine Engelshälfte zum Vorschein bringen und mich darauf konzentrieren kann."

Kassiel zieht eine Augenbraue hoch und ich weiß, dass er es mir nicht abkauft, aber Jophiels Ausdruck wird ein wenig weicher.

„Ich habe mir die Beurteilungen ihrer Lehrer angehört", sagt Uriel zu Jophiel. „Sie sprechen in den höchsten Tönen von ihr. Sogar Hilda, und Sie wissen, wie sie über Dämonen denkt."

„Olivia ist eine ausgezeichnete Studentin", sagt Kassiel. „Sie hat in all ihren Kursen hart gearbeitet und alles getan, was man von ihr verlangt hat. Sie hat es verdient, hier zu sein."

Jophiel verschränkt die Arme, die Nase hoch in die Luft gestreckt. „Das mag sein, aber man kann nicht ignorieren, dass sie unter falschen Vorwänden in unsere Schule gekommen ist. Oder dass Sie sie die ganze Zeit über geheim gehalten haben, Uriel. Die anderen Erzengel werden nicht erfreut sein, wenn sie das herausfinden."

Sie werden mir nicht erlauben, zu bleiben. Wo soll ich denn hin? Bald wird die ganze Welt wissen, was ich bin und es wird kein Versteck mehr für mich geben.

Uriel wirft ihr einen vernichtenden Blick zu. „Ich leite die Seraphim Akademie, und wie ich sie führe, ist meine Entscheidung, nicht Ihre, oder die der anderen Erzengel. Wenn es nach mir geht, kann Olivia bleiben."

Ich atme erleichtert aus, bis Jophiel den Kopf schüttelt.

„Azrael wird das niemals erlauben", sagt sie. „Das Mädchen muss gehen."

So ein Mist. Azrael ist jetzt der Anführer der Erzengel. Wenn er sagt, ich bin raus, kann nicht einmal Uriel ihn aufhalten.

Das Geräusch von Schritten in der Halle lassen Uriel innehalten. Die Tür fliegt auf und ausgerechnet mein Vater stürmt herein, als würde er in die Schlacht ziehen. Ich habe sein Gesicht noch nie so entschlossen oder seine Augen so wütend gesehen. Heilige Scheiße.

„Gabriel!", sagt Jophiel und lässt die Arme sinken. „Was machen Sie denn hier?"

Gabriels Präsenz und Macht erfüllt den Raum. Er war tausende von Jahren Michaels Stellvertreter und er würde jetzt den Erzengelrat leiten, wenn er den Job nicht abgelehnt hätte. Ich kann nicht glauben, dass er hier ist.

„Was hat das zu bedeuten?", fragt er. Er legt eine Hand auf meine Schulter und drückt sie, um mir zu zeigen, dass er bei mir ist. „Warum wird meine Tochter wie eine gewöhnliche Kriminelle verhört?"

„Sie sind ihr Vater?", fragt Jophiel so schockiert, dass sie einen Schritt zurücktritt und sich eine Hand auf die Brust legt.

Ich schaue zu meinem Vater auf, ich kann es selbst nicht fassen, aber er starrt die beiden anderen Erzengel nur an.

„Ja, das bin ich."

„Es tut mir leid, Gabriel", sagt Jophiel. „Wir hatten keine Ahnung." Uriel hustet und Jophiel blickt ihn an. „Sie wussten es also?"

„Ich hatte einen Verdacht", sagt Uriel.

Verdammt, gibt es *irgendetwas*, das Uriel nicht weiß?

„Wer ist ihre Mutter?", fragt Jophiel.

„Das ist für diese Diskussion nicht relevant, außer dass sie ein Sukkubus ist", sagt Gabriel und sein Ton lässt keinen Raum für Diskussionen. Er beschützt jetzt auch Mutter. Ich habe meinen Vater noch nie so sehr geliebt wie in diesem Moment.

„Beziehungen zu einem Dämon sind verboten, selbst für Erzengel", sagt Jophiel, mit dem Hauch einer Drohung in der Stimme.

„Ich werde selbst die Konsequenzen für dieses Verbrechen tragen, aber meine Tochter ist unschuldig. Wenn sie ihre Ausbildung an der Seraphim Akademie fortsetzen möchte, wird sie bleiben."

„Aber ...", beginnt Jophiel.

„Es steht nichts in den Richtlinien, das besagt, dass Dämonen nicht zugelassen sind", fügt Uriel hinzu. „Nur, dass alle Engel teilnehmen müssen. Das schließt auch Halbengel ein."

Gabriel hat immer noch seine Hand auf meiner Schulter, während er spricht. „Wir haben hart daran gearbeitet, mehr Harmonie zwischen den Engeln, Dämonen und Feen zu schaffen. Einen Halb-Dämon, Halb-Engel-Studenten hier zu haben, könnte viel dazu beitragen, die Spannungen mit den Dämonen abzubauen."

Jophiel schnaubt. „Ich denke, wir wissen alle, dass der Waffenstillstand mit den Dämonen nicht von Dauer sein wird. Besonders nach den jüngsten Dämonenangriffen."

„Ich weiß nichts dergleichen", sagt Gabriel. „Und ob der Waffenstillstand mit den Dämonen von Dauer sein wird oder nicht, steht hier nicht zur Debatte. Meine Tochter hat ein Recht darauf, weiterhin die Seraphim Akademie zu besuchen, und damit hat sich die Sache erledigt."

„Azrael wird diesbezüglich viel zu sagen haben", sagt Jophiel, aber der kämpferische Ton in ihrer Stimme ist verschwunden. Sie weiß, dass sie verloren hat.

„Ich kümmere mich später um Azrael." Gabriel drückt mir die Schulter. „Lass uns gehen, Olivia."

Ich springe auf, mir schwirrt der Kopf und bedanke mich kurz bei Uriel und Kassiel, wobei ich Jophiel völlig ignoriere, bevor ich meinem Vater zur Tür hinaus folge.

Gabriel bleibt nicht stehen, bis wir vor dem Haus sind, dann werfe ich meine Arme um ihn. Er zögert einen Moment, dann erwidert er die Umarmung energisch. Wann haben wir uns das letzte Mal umarmt? Oder wann hat er mir gegenüber jemals irgendeine Zuneigung gezeigt? Ich kann mich nicht einmal erinnern.

„Danke", sage ich zu ihm.

„Das hätte ich schon vor Jahren tun sollen", sagt Gabriel. „Du bist meine Tochter und ich hätte nie versuchen sollen, dich zu verstecken. Ich liebe dich und ich bin stolz auf dich und es tut mir leid."

Tränen steigen mir in die Augen. Ich wollte diese Worte schon so lange hören und jetzt habe ich das Gefühl, mein Herz könnte explodieren. Irgendwie hat sich dieser schreckliche Tag doch noch in einen der besten Tage verwandelt. Wie ist das überhaupt möglich?

Er bemerkt, dass andere Schüler uns beobachten und räuspert sich. Tatsächlich hat sich eine ziemlich große Menschenmenge vor Uriels Haus versammelt, die auf weiteren Klatsch und Tratsch wartet. Ich entdecke Marcus unter ihnen und drehe ihm schnell den Rücken zu.

„Lass uns von hier verschwinden." Gabriel nimmt meine Hand. Außerhalb des Hauses breitet er seine massiven silbernen Flügel aus und erhebt sich in die Luft, ohne dabei meine Hand loszulassen. Ich breite meine viel kleineren schwarzen Flügel aus und folge ihm, während er vom Campus in Richtung Angel Peak fliegt.

Ich habe keine Ahnung, wohin er mich bringt, aber ich bin angenehm überrascht, als wir auf der Spitze eines Hügels landen, auf der Veranda eines weißen Häuschens mit schwarzer Verkleidung. Es ist superurig, mit einem Lattenzaun, quadratischen Fenstern und einer niedlichen roten Tür. „Wessen Haus ist das?"

„Meins. Die meisten der Erzengel haben ein Haus in Angel Peak." Er öffnet die Eingangstür. „Ich gebe dir eine Führung."

Drinnen fällt mir auf, wie sauber und hell alles ist. Das Wohnzimmer ist riesig, mit einem großen Kamin und deckenhohen Fenstern, die einen fantastischen Blick auf den Wald unter uns gewähren. Wir gehen an einer sehr modern aussehenden Küche mit Granitarbeitsflächen und glänzenden neuen Geräten vorbei, dann führt mich Vater einen Flur entlang in den Rest des Hauses. Vor einer geschlossenen Tür bleibt er stehen. „Hier wohnt Jonah, wenn er nicht in der Akademie ist."

Seine Stimme ist traurig und er öffnet die Tür nicht, sondern geht weiter zu den anderen beiden Türen. „Das ist mein Zimmer. Und dieses Zimmer ist deins. Das heißt, wenn du es willst."

Er öffnet die dritte Tür und ich werfe einen Blick in ein helles Zimmer mit einer weichen gelben Tagesdecke und weißen Möbeln. Es ist niedlich, sieht aber aus wie ein Gästezimmer, das noch nie jemand benutzt hat.

„Ich kann hier bleiben?", frage ich.

„Ja. Das ist jetzt auch dein Zuhause. Ich habe das Zimmer eigentlich schon vor langer Zeit für dich hergerichtet, in der Hoffnung, dass du bei uns wohnen würdest, aber ich hatte zu viel Angst davor, was passieren würde, wenn jemand von dir erfährt." Er schüttelt den Kopf. „Ich war ein Feigling. Ich hätte wissen müssen, dass es für dich sicherer ist, wenn du in der Nähe bist. Du bist die Tochter eines Erzengels und solltest auch so behandelt werden."

Ich weiß nicht, was ich sagen soll. Auf der einen Seite bekomme ich endlich alles, was ich immer gewollt habe. Andererseits bin ich ehrlich gesagt irgendwie sauer, dass er so lange gebraucht hat, um mich als seine Tochter zu akzeptieren. Ich habe mein ganzes Leben damit verbracht, mich wie ein schmutziges Geheimnis zu fühlen und es ist schwer, das plötzlich hinter sich zu lassen. Aber wenigstens versucht er es.

Er drückt mir einen Schlüssel in die Hand. „Der ist für dich. Ich muss Azrael finden, bevor Jophiel der Sache ihren eigenen Stempel aufdrückt. Ich werde in Zukunft vielleicht nicht mehr so oft hier sein, da meine Pflichten für den Erzengelrat einige Reisen erfordern. Aber ich hoffe, du bleibst über die Feiertage hier und vielleicht können wir etwas mehr Zeit miteinander verbringen."

„Danke, Vater." Ich starre auf das Zimmer, das jetzt mir gehört. Ich habe ein Zuhause. Mit meinem Vater und meinem Bruder. Zumindest, wenn ich meinen Bruder finde.

Ich drehe mich zu Gabriel um, um ihm zu sagen, was ich über meinen Bruder erfahren habe, aber er hat sich bereits wegteleportiert. Verdammte Erzengel. Und ernsthaft, warum konnte ich diese Kraft nicht bekommen?

Ich bin versucht, mich auf dieses sonnige Bettchen zu werfen und nie wieder aufzustehen, aber alle meine Sachen sind noch in der Akademie. Was bedeutet, dass ich zurückgehen und mich allen stellen muss, auch wenn sie nun alle wissen, was ich bin.

Ich gehe nach draußen und breite meine schwarzen Flügel unter dem Sonnenlicht aus. Ich verstecke nicht mehr, was ich bin – und jeder wird damit klarkommen müssen.

OLIVIA

Kaum fliege ich in mein Zimmer, stürmt Araceli herein, ihr Gesicht ist tränenüberströmt. „Wie konntest du mir das antun?"

„Es tut mir so leid", sage ich und die Emotionen schnüren mir die Kehle zu. Ich bin der schlechteste Freund der Welt und ich verdiene, was immer sie mir an den Kopf werfen wird.

Noch mehr Tränen fließen über ihre Wangen. „Warum hast du es mir nicht erzählt?"

Mein Herz zerbricht beim Anblick des Schmerzes in ihrem Gesicht. „Ich wollte es dir sagen, das wollte ich wirklich. Aber ich hatte Angst, schätze ich."

„Gerade ich hätte es doch verstanden!" Wütend wischt sie sich die Tränen aus dem Gesicht. „Aber du hast es den Prinzen erzählt und nicht mir. Warum, Liv? Warum?"

„Es tut mir leid." Ich weiß nicht, was ich noch sagen soll. Alles andere fühlt sich wie eine Ausrede an, aber ich muss versuchen, es zu erklären. „Die Prinzen haben es herausgefunden, sonst hätte ich es ihnen auch nicht erzählt. Aber du hast recht, ich hätte es dir sagen sollen. Ich habe einen großen Fehler gemacht und ich verstehe, wenn du nicht mehr mit mir befreundet sein willst."

„Du hast mich das ganze Jahr über belogen!" Sie stemmt die Hände in die Hüften und ist so wütend, dass sie zittert. „Und dann, nachdem die Dämonen Darel getötet haben, warum hast du es mir dann nicht gesagt?"

„Ich hätte es tun sollen, aber ich hatte Angst, du würdest mich hassen." Ich schlucke schwer. Ich verdiene das hier, aber Mann, es tut weh.

Araceli stößt einen tiefen Seufzer aus. „Ich könnte dich nie hassen, Liv. Ich wünschte nur, du hättest mir vertraut."

„Das tue ich!" Ich sinke auf mein Bett, erschöpft nach allem, was heute passiert ist. „Ich wollte es dir so gerne sagen, aber ich hatte anfänglich solche Angst, jemandem zu vertrauen. Ich habe mein ganzes Leben im Verborgenen verbracht, habe mir Sorgen gemacht, was passieren würde, wenn jemand herausfindet, was ich bin und ich bin nur hierhergekommen, um meinen Bruder Jonah zu finden. Dann wollte ich es dir erzählen, das wollte ich wirklich, aber es war bereits zu viel Zeit vergangen und ich wusste, wenn ich es dir sagen würde, würde es sich wie ein Verrat anfühlen."

Erkenntnis dämmert in ihrem Gesicht. „Warte. Du bist Jonahs Schwester?"

Ich nicke. „Wir haben denselben Vater, aber unterschiedliche Mütter. Meine ist ein Sukkubus, offensichtlich."

Ihr fällt die Kinnlade runter. „Das bedeutet, du bist die einzig wahre Tochter eines Erzengels. Wow. Warum hast du den Leuten nicht erzählt, wer dein Vater ist?"

„Er wollte nicht, dass es jemand erfährt. Meine Eltern hatten zu viel Angst davor, was passieren würde, wenn jemand etwas über mich herausfindet, also haben sie mich im Grunde verleugnet. Ich bin wirklich bei Pflegeeltern aufgewachsen. Fast alles, was ich dir über mich erzählt habe, ist wahr, bis auf die Sache mit dem Sukkubus."

„Das ist Blödsinn. Man kann nichts dafür, als was man geboren wurde."

Ich schaue auf den Schlüssel in meiner Hand hinunter. „Ich weiß. Obwohl sich das jetzt alles geändert hat. Gabriel kam, um mein Recht hier zu sein zu verteidigen und hat mich als seine Tochter anerkannt."

„Gut." Sie setzt sich neben mich auf das Bett. „Ich bin immer noch verärgert, aber ich verstehe es jetzt ein bisschen besser. Und das mit Jonah tut mir leid."

„Danke. Ich bin überzeugt, dass der Orden des Goldenen Throns etwas damit zu tun hat." Ich zögere, aber es gibt noch mehr, was ich ihr verheimlicht habe und es ist an der Zeit, dass sie die Wahrheit über alles erfährt. „Jonah war ein Mitglied, also bin ich ihnen auch beigetreten, damit ich versuchen konnte, ihn zu finden. Es tut mir leid, dass ich auch darüber gelogen habe, aber ich wollte, dass du dich von ihnen fernhältst. Ich bin sogar ziemlich sicher, dass sie Darel getötet haben."

„Was?", schreit sie praktisch.

„Sie wollten dich unbedingt im Orden haben, ich glaube, wegen deines Feenblutes. Sie dachten, wenn sie Darel töten und es wie einen Dämonenangriff aussehen lassen, könnten sie dich überzeugen, ihnen beizutreten. Zum Glück hast du ihren Schwachsinn durchschaut und bist weggeblieben."

Sie schlingt die Arme um sich, zittert und starrt ins Leere, während sie meine Worte in sich aufnimmt. „Ich hätte mich vielleicht angeschlossen, wenn du mich nicht überzeugt hättest, es nicht zu tun. Woher weißt du, dass sie ihn getötet haben?"

„Ich weiß es nicht genau, aber ich bin ihnen nach einer der Prüfungen gefolgt und habe gehört, wie sie über ihre Pläne sprachen. Ich blieb versteckt, indem ich meine Ishim-Kräfte und diese Halskette benutzte." Ich berühre den Aquamarinstein. „Meine Sukkubus-Mutter gab sie mir. Es ist ein Feenrelikt, das mir erlaubt, zu lügen und zu verbergen, was ich bin."

„Du weißt also doch, wie man Engelsmagie einsetzt." Sie dreht sich mit großen Augen zu mir um. „Worüber hast du noch gelogen?"

Ich hebe meine Hände in Kapitulation. „Das war's. Du weißt jetzt alles. Und ich habe immer versucht, dir gegenüber ansonsten so ehrlich wie möglich zu sein. Ich bin nicht anders, als ich war, bevor du wusstest, dass ich zum Teil Dämon bin, das schwöre ich."

„Was wird jetzt mit dir passieren?"

„Uriel sagt, es wäre okay für mich, hier zu bleiben, also komme ich wohl nächstes Jahr wieder. Ich würde gerne wieder deine Mitbewohnerin sein, wenn du es mir erlaubst."

„Natürlich kannst du meine Mitbewohnerin sein", sagt sie. „Wir sind immer noch beste Freunde und nächstes Jahr werde ich dir helfen, Jonah zu finden und den Orden zu Fall zu bringen, nachdem was sie Darel angetan haben. Ich ... brauche nur etwas Zeit, um das alles zu verarbeiten, okay?"

Ich habe mich den ganzen Tag zusammengerissen, aber dass Araceli sagt, dass wir immer noch beste Freunde sind, lässt mich schließlich zusammenbrechen. Tränen schießen mir in die Augen und ich bin so dankbar, jemanden mit einer so guten Seele zu kennen. Ich habe sie wirklich nicht verdient und ich werde von jetzt an alles tun, um die Freundin zu sein, die sie braucht. Ich nicke schnell durch meine Tränen hindurch. „Ich verstehe."

Sie schlingt ihre Arme um mich und gemeinsam weinen wir, schaukeln uns und halten uns gegenseitig. Dann wischt sie sich das Gesicht ab, verabschiedet sich und verlässt den Raum.

Während ich mich zusammenreiße, packt sie ihre Taschen und fliegt los, um ihre Familie zu treffen. Es fühlt sich viel dunkler und leerer an, nachdem sie gegangen ist, aber wenigstens weiß ich, dass wir noch Freunde sind.

Es klopft erneut an meine Tür und ich frage mich, ob es wieder Kassiel ist, aber als ich öffne, erblicke ich stattdessen Grace.

„Oh, Olivia. Wie geht es dir?", fragt sie mit mitfühlender Stimme.

„Mir geht's gut", sage ich, als ich sie hereinlasse.

Sie gibt mir eine kurze Umarmung und tritt dann zurück. „Ich kann nicht glauben, dass Callan dir das angetan hat, aber wenigstens hat dich dein Vater jetzt akzeptiert."

„Du ... scheinst nicht überrascht zu sein."

„Über Gabriel?" Sie schüttelt den Kopf. „Nein, ich wusste es die ganze Zeit. Jonah hat mir von dir erzählt. Ich wusste allerdings nichts von dem Sukkubus-Teil. Das war eine Überraschung, aber das ist mir egal. Du bist immer noch Jonahs Schwester, nur das zählt für mich."

„Danke, Grace." Es ist eine Erleichterung, eine weitere Person auf meiner Seite zu haben. Ich führe sie zum Sofa und wir setzen uns nebeneinander, so nah, dass unsere Knie aneinander stoßen. „Ich bin hierhergekommen, um ihn zu suchen, aber ich war nicht sehr erfolgreich. Ich weiß aber, dass er im Orden war – und ich nehme an, du bist es auch."

„Ja, ich bin diejenige, die dich nominiert hat." Sie schenkt mir ein heiteres Lächeln. „Und du bist diejenige, die bei der letzten Prüfung von dem Dämon angegriffen wurde."

„Woher wusstest du das?"

„Ich war es, die dich aus der Höhle geführt hat und ich hatte das Gefühl, dass du es warst. Außerdem wusste ich, dass du mich stolz machen würdest. Immerhin bist du Gabriels Tochter." Sie ergreift meine Hände und drückt sie fest. „Ich bin so froh, dass das jetzt alles rausgekommen ist. Nächstes Jahr können wir zusammen zu den Ordenstreffen gehen und wir können an Jonahs Rettung arbeiten, außerdem werden wir Ishim-Unterricht haben. Das wird großartig."

„Du weißt, wo Jonah ist?"

„Ja, aber ich habe es erst kürzlich erfahren. Er wurde ins Feenreich geschickt, um den Stab der Ewigkeit zu suchen, aber er ist nie zurückgekehrt und wir haben keine Nachrichten von ihm erhalten. Ich habe mir solche Sorgen um ihn gemacht und der Orden hatte diesen Plan, jemanden weiteren ins Feenreich zu schicken, aber es hat nicht funktioniert." Sie seufzt und schaut mit Traurigkeit in den Augen auf ihre Hände hinunter. „Aber vielleicht können wir es mit deiner Hilfe schaffen, ihn zurückzubringen."

„Das werden wir. Dafür werde ich sorgen."

Sie nickt und steht auf. „Ich muss jetzt los. Habe ich dir erzählt, dass Nariel mein Onkel mütterlicherseits ist? Wir fahren alle über die Feiertage nach Orlando und machen uns heute Abend auf den Weg. Mein kleiner Bruder wird außer sich sein. Er war noch nie in Disney World."

Ich lache darüber, wie banal das alles ist. Engel mögen wohl auch Vergnügungsparks, schätze ich. „Das klingt lustig."

„Willst du mit uns kommen?", fragt sie.

„Nein, ich komme schon klar, aber danke."

Sie gibt mir eine kurze Umarmung und steht dann auf. „Oh, bevor ich gehe, gibt es noch eine Sache, die du wissen solltest. Die Prinzen sind auch im Orden. Sie wissen ebenfalls, was mit Jonah passiert ist. Eigentlich wussten sie es von Anfang an. Aber ich nehme an, du weißt bereits, dass du ihnen nicht trauen kannst."

„Ja, diese Lektion habe ich heute gründlich gelernt." Meine

Wut kehrt zurück und meine Hände ballen sich an meinen Seiten.

Grace verschwindet und ich bin wieder allein in meinem Schlafzimmer. Bald wird der ganze Campus leer sein. Es ist an der Zeit, meine Sachen zu packen und die Seraphim Akademie für die nächsten Monate hinter mir zu lassen.

Aber zuerst muss ich noch die Prinzen konfrontieren.

48

MARCUS

Als ich zum Glockenturm fliege, bin ich so wütend auf Callan, dass ich kaum geradeaus schauen kann, und völlig schockiert von dem, was ich gerade vor Uriels Haus gesehen habe. Ich muss mit den anderen Prinzen sprechen, sofort. Sie sollten besser verdammt noch mal da sein.

Als ich ankomme, streitet Bastien gerade mit Callan, allerdings werden beide still, als sie mich erblicken. Ich lande und gehe direkt auf Callan zu, dann hole ich mit dem Arm aus und schlage ihm so fest ich kann ins Gesicht. Es ist, als würde ich auf Stahl treffen, aber das ist mir scheißegal. „Wie konntest du nur?"

„Ich musste es tun!", sagt Callan, als sein Kopf nach meinem Schlag wieder herumwirbelt. „Ihr wolltet nicht auf mich hören, keiner von euch."

„Wir haben Liv gesagt, wir würden sie nicht verraten und dann hast du es trotzdem getan. Ohne es uns zu erzählen." Ich richte meinen wütenden Blick auf Bastien. „Oder wusstest du davon?"

Bastien schaut weg und ich sehe einen seltenen Anflug von Emotion in seinem Gesicht. Schuldgefühle? Reue? Ich kann es nicht sagen. Er ist so schwer zu durchschauen, obwohl ich ihn schon mein ganzes Leben lang kenne. „Ich half ihm, die Aufnahme ihres Kusses zu bekommen, aber ich wusste nicht, was er damit vorhatte."

„Du wusstest, dass es nichts Gutes sein würde!", schreie ich. Ich zittere jetzt tatsächlich vor Wut. Mir liegt so viel an Liv und ich kann nicht glauben, dass sie ihr das antun würden. Ist sie ihnen denn überhaupt nicht wichtig? „Was wird jetzt mit ihr passieren? Sie wird mit Sicherheit rausgeschmissen werden, aber was ist, wenn der Erzengelrat entscheidet, dass sie getötet oder eingesperrt werden soll oder so?"

„Das werden sie nicht tun", sagt Callan. „Alles, was sie tun werden, ist sicherzustellen, dass sie nächstes Jahr nicht wiederkommt."

„Woher zum Teufel willst du das wissen?", frage ich immer noch schreiend und habe auch nicht vor, in nächster Zeit damit aufzuhören. „Und was ist mit den Dämonen? Wenn sie rausgeworfen wird, wer wird sie dann beschützen? Die suchen doch schon nach ihr!"

„Ich hatte vor, sie an einem sicheren Ort zu verstecken." Callans Kiefer verkrampft sich. „Ich weiß, das ist extrem, aber wir mussten unser Versprechen gegenüber Jonah einhalten. Er wusste, dass sie hier nicht sicher war und jetzt können wir sie auf andere Weise beschützen."

„Du Idiot", sage ich. „Olivia ist Jonahs Schwester."

Die Ansage trifft ihn noch härter als mich. „Auf keinen Fall."

„Woher weißt du das?", fragt Bastien. Er ist wahrscheinlich verärgert, dass ich es vor ihm herausgefunden habe, aber er kann mich mal. Er hätte Callan aufhalten sollen, bevor das alles passiert ist. „Sie sehen sich überhaupt nicht ähnlich."

„Ich habe sie und Gabriel vor Uriels Haus gesehen. Er hat sie seine Tochter genannt und dann sind sie zusammen weggeflogen. Wahrscheinlich, um sie an einen sicheren Ort zu bringen."

Soweit ich weiß, war das das letzte Mal, dass ich sie gesehen habe und mein Herz krampft sich bei dem Gedanken zusammen. Ich glaube, ich könnte in sie verliebt sein, und jetzt werde ich es ihr vielleicht niemals sagen können.

„Gabriels Tochter ..." sagt Bastien zu sich selbst, während er aus dem Fenster starrt. „Das ändert alles."

„Nein, tut es nicht", sagt Callan. „Jonah hat uns trotzdem gesagt, wir sollen sie fernhalten. Jetzt wissen wir, warum."

„Er wollte, dass wir sie beschützen", argumentiere ich. „Er würde nie im Leben wollen, dass du ihr Auto zerstörst, ihr Zimmer verwüstest oder vor der ganzen Schule offenbarst, was sie ist. Das ist das Gegenteil davon, sie zu beschützen."

Callan sagt nichts, aber er schaut weg, der Muskel in seinem Nacken zuckt. Eine peinliche Stille breitet sich zwischen uns dreien aus, als wir uns an unsere Verbrechen gegen Olivia erinnern. Ich fühle mich wie ein totaler Mistkerl, weil ich an all dem beteiligt war und dann kommt mir ein weiterer furchtbarer Gedanke. Ich habe mit Jonahs Schwester geschlafen. Nachdem ich auch mit Grace geschlafen habe, nachdem er verschwunden ist. Der. Schlimmste. Freund. Aller. Zeiten. Ich bin nicht besser als Callan oder Bastien, wie sich herausstellt.

Die Stille wird unterbrochen, als Olivia selbst durch das offene Fenster des Glockenturms stürmt, ihre schwarzen Flügel weit ausgebreitet und ihr ganzer Körper leicht glühend. Sie sieht wunderschön und grimmig aus, eine perfekte Kombination aus Licht und Dunkelheit, Engel und Dämon.

„Ihr habt mich verraten", sagt sie mit einer Kälte in der Stimme, wie ich sie noch nie zuvor gehört habe. „Warum?"

„Ich habe Jonah ein Versprechen gegeben", sagt Callan. Er zieht ihr Foto aus seiner Brieftasche und hält es hoch. „Bevor er verschwand, ließ er uns schwören, dich von der Akademie fernzuhalten – zu deiner Sicherheit. Nichts anderes hat funktioniert, also musste ich dich verraten. Es war der einzige Weg."

„Nichts anderes ...", beginnt sie, doch dann weiten sich ihre Augen, als sie alles zusammenfügt. „Die Nachrichten. Mein Auto. Mein Zimmer. Das wart alles ihr?"

„Ja, das waren wir", sagt Callan.

Ihr Blick schweift durch den Raum, richtet sich vorwurfsvoll auf Bastien und mich. „Ich kann nicht glauben, dass ich euch vertraut habe." Ich mache einen Schritt auf sie zu halte abwehrend meine Hände hoch. „Ich hatte nichts damit zu tun, dich zu verraten, ich schwöre es. Oder mit den Notizen oder dem Auto."

„Aber du hast geholfen, mein Zimmer zu verwüsten! Du hast meine Tasse zerbrochen!"

Ich lasse den Kopf hängen. „Callan hat die Tasse zerbrochen, aber ja ... ich war dabei. Es tut mir so leid."

Liv wendet sich an Bastien. „Und du?"

Er steht ein wenig aufrechter, als hätte er sich mit seinem Schicksal abgefunden, aber er hat immer noch diesen schuldbewussten Blick in seinen Augen. „Ich bin an denselben Dingen beteiligt wie Marcus und ich habe auch Callan geholfen, das Video von eurem Kuss zu beschaffen. Ich entschuldige mich dafür. Ich hätte so etwas nicht getan, wenn ich gewusst hätte, dass du Jonahs Schwester bist."

„Also wisst ihr das auch." Sie schüttelt den Kopf, die Hände zu Fäusten geballt. „Jonah hat mir diese Tasse geschenkt. Sie war das Einzige, was ich von ihm hatte und du hast sie zerstört."

„Ich hatte ja keine Ahnung, dass er sie dir gegeben hat", sagt Callan. Das ist wahrscheinlich das, was einer Entschuldigung am nächsten kommt. Callan entschuldigt sich nicht. „Ich dachte, es wäre nur ein dummer Becher."

„Ich kam her, um Jonah zu suchen. Ich glaube, er ist ins Feenreich gegangen und wenn er euch gesagt hat, dass ihr mich von dieser Akademie fernhalten sollt, dann muss er geahnt haben, dass er nicht zurückkehren würde. Wisst ihr, was mit ihm passiert ist?"

Wow, sie weiß eine Menge. Ich öffne den Mund, um ihr alles zu erzählen, aber Bastien wirft mir einen bösen Blick zu, bevor er sagt: „Nein, das wissen wir nicht.“

Er muss versuchen, sie zu beschützen, sogar jetzt. Wir müssen sie vor dem Orden in Sicherheit bringen. Sie werden sie benutzen oder ihr wehtun wollen, jetzt, wo bekannt ist, was sie ist. Ernsthaft, was zum Teufel hat sich Callan dabei gedacht?

„Tut mir leid, aber das glaube ich nicht“, sagt sie. „Tatsächlich bin ich mir ziemlich sicher, dass ihr lügt und genau wisst, was mit ihm passiert ist. Nach allem, was ihr mir angetan habt, kann ich euch überhaupt nicht mehr vertrauen.“

„Alles, was wir getan haben, war, dich dazu zu bringen, zu gehen und unser Versprechen an Jonah zu erfüllen“, sagt Bastien. „Und wenn wir jetzt Geheimnisse vor dir haben, ist das auch der Grund dafür.“

„Wir sind keine Tyrannen, nicht wirklich“, sage ich, aber es klingt erbärmlich, selbst in meinen Ohren.

Olivia schnaubt. „Mal abgesehen davon, wie ihr mich behandelt habt, lauft ihr hier herum, als würde euch der Laden gehören. Wenn ihr keine Rüpel sein wollt, versucht doch mal, die Leute wie Gleichberechtigte zu behandeln und nicht wie den Dreck an euren Schuhen.“

Okay, da hat sie nicht ganz unrecht.

„Ich stehe zu dem, was ich getan habe“, sagt Callan. „Du gehörst nicht hierher und Jonah wusste das. Außerdem bist du hier aufgetaucht und hast Marcus den Kopf verdreht und jetzt ist Bastien schon genau so schlimm. Ich kann deinen Anblick nicht ertragen, aber ich kann nicht anders, als dich trotzdem zu begehren. Wir können keinen Sukkubus gebrauchen, der seine Kräfte an dieser Akademie einsetzt.“

Sie stemmt eine Hand in die Hüfte und verlagert ihr Gewicht auf ein Bein. „Hey, Arschloch, ich habe kein einziges Quäntchen meiner Kräfte auf dich gerichtet. Also, wenn du nicht aufhören kannst, an mich zu denken, rate mal was? Dann nur, weil du mich so willst, wie ich bin, nicht wegen dem, was ich bin. Aber ich bin froh, dir mitteilen zu können, dass dein Plan gescheitert ist. Ich komme nächstes Jahr wieder. Und ihr drei? Könnt euch verdammt nochmal von mir fernhalten."

„Liv, warte." Ich greife nach ihr, aber sie zieht sich zurück und ihr Blick lässt mich schnell verstummen.

„Nein. Ich dachte, wir wären Freunde, oder vielleicht sogar mehr. Aber das war' s mit uns."

Sie fliegt aus dem Glockenturm und ich bin halb versucht, ihr zu folgen, spüre aber, dass es sinnlos wäre, jetzt zu versuchen, mit ihr zu reden. Ich drehe mich um und wende mich den anderen beiden Prinzen zu.

„Mit uns ist es ebenfalls gelaufen. Ich will mit keinem von euch etwas zu tun haben. Ich habe genug von eurem Blödsinn." Ich schüttele angewidert den Kopf. „Olivia hat etwas Besseres verdient."

Ich warte nicht auf eine Antwort, bevor ich abhebe. Ich muss herausfinden, wie ich Olivia zurückbekommen kann und ich habe das Gefühl, dass es eine Menge Kriecherei erfordern wird.

49

OLIVIA

Ich gehe zurück in mein Wohnheimzimmer und breche schließlich zusammen. Ich weine und schlage auf ein Kissen, esse das letzte Eis aus dem Eisschrank und ertränke mich dann in Kaffee – nachdem ich den Becher von Marcus gegen die Wand geworfen habe. Er geht natürlich nicht kaputt, weil sogar mein verdammter Becher gegen mich ist. Es ist offensichtlich, dass er ihn mir aus Schuldgefühl geschenkt hat und ich will nichts damit zu tun haben.

Oder mit irgendeinem der Prinzen. Ich bin sicher, dass sie mich anlügen, was Jonah angeht, besonders nach dem, was Grace gesagt hat und ich kann ihnen nicht verzeihen, was sie mir das ganze Jahr über angetan haben. Ich habe so vieles Tanwen in die Schuhe geschoben und ihr sogar Streiche gespielt, obwohl es die ganze Zeit die Prinzen waren. Vor allem Callan. Er hat meine Tür verunstaltet. Er hat mir furchtbare Briefe geschickt. Er hat mein Auto ruiniert. Und sie *alle* haben mein Zimmer verwüstet.

Dann begingen sie den ultimativen Verrat, indem sie mich bloßstellten, nachdem sie mich dazu brachten, ihnen zu vertrauen und versprachen, sie würden niemandem erzählen, was ich bin. Marcus mag an diesem Verbrechen unschuldig sein, aber Bastien ist genauso schuldig wie Callan und ich kann keinem von ihnen verzeihen. Ich bin mir nicht sicher, ob ich das jemals kann.

Nächstes Jahr werde ich sie dafür bezahlen lassen.

Als ich mich endlich zusammenreiße, ist es schon spät und der Campus ist stockdunkel und leer. Alle anderen sind schon weg. Aber es gibt noch eine letzte Person, mit der ich reden möchte, bevor ich gehe und ich habe das Gefühl, dass sie auch auf mich wartet.

Ich lande am See und Kassiel wartet dort schon, er trägt noch immer seinen Anzug von vorhin. Er springt von der Bank auf und kommt mit einem besorgten Gesichtsausdruck auf mich zu.

„Olivia, geht es dir gut?"

„Es war ein harter Tag, aber es geht mir ... gut", sage ich. „Vielen Dank für deine Hilfe heute. Ich weiß es zu schätzen, dass du dich für mich eingesetzt hast und dass du einfach da warst."

„Natürlich. Alles, was ich gesagt habe, war wahr. Du verdienst es, hier zu sein und ich werde immer mein Bestes tun, um dich zu beschützen."

Das ganze Jahr über habe ich mir Sorgen gemacht, dass er mich verraten könnte, aber am Ende hat sich herausgestellt, dass er einer der wenigen Leute ist, denen ich vertrauen kann. Es ist eine seltsame Erkenntnis, dass ich nur zwei echte Freunde an der Seraphim Akademie habe, aber er ist einer von ihnen.

„Warum hilfst du mir?", frage ich leise und trete dicht an ihn heran. Er sieht so unverschämt gut aus und es ist schon eine Weile her, dass ich mir erlaubt habe, ihn so richtig in Augenschein zu nehmen. Das Mondlicht hebt die Strähnchen in seinem dunklen Haar hervor und seine Lippen sehen so weich und küssenswert aus. Ich kann nicht aufhören, sie anzustarren.

Er streckt die Hand aus und streichelt mein Haar. „Ich sorge mich um dich, Olivia. Du weißt, dass ich das tue."

„Du bist mir auch wichtig", flüstere ich. Ursprünglich war es nur Lust und Anziehung, aber in den letzten Monaten ist mehr daraus geworden. Unsere kleinen mitternächtlichen Treffen am See wurden zu einem der Höhepunkte meiner Woche und ich habe mir so oft gewünscht, dass er nicht mein Professor wäre, obwohl er ein verdammt guter war.

Er schaut auch auf meine Lippen und dann treffen sich unsere Blicke wieder. Er sieht genauso zwiegespalten aus, wie ich mich fühle und er berührt mich immer noch, fährt mit seiner Hand über meine Wange. Wir stehen nah beieinander, sehr nah, und ich bin mir nicht sicher, wie das passiert ist.

„Scheiß drauf, ich kann keine zwei Jahre mehr warten", knurrt er plötzlich und dann finden sich unsere Münder. Seine Arme ziehen mich an seine Brust und ich umschließe seinen Nacken mit meinem und will, dass dieser Moment niemals endet. Unser Kuss ist verzweifelt und hungrig, gefüllt mit monatelanger Sehnsucht und der Erinnerung an diese eine Nacht, die wir zusammen verbracht haben. Mit einem Mal trifft mich seine Energie ganz heftig. Er ist so unglaublich stark, vielleicht genauso stark wie Callan, aber er schmeckt ganz anders als die Prinzen, genau wie ich es mir dachte. Sie schmecken nach Licht und feinstem Wein und festen Kartoffeln.

Er schmeckt nach Whiskey und Filet Mignon.

Und nach Dunkelheit.

Ich ziehe mich von ihm zurück und starre in seine grünen Augen. Augen, die meinen sehr ähnlich sind.

Dämonenaugen.

„Du bist ein Gefallener", flüstere ich.

Er sieht in der Dunkelheit auf mich herab, sieht mich genau und seine Lippen formen eine schmalen Linie. „Wie hast du das herausgefunden?"

„Du schmeckst anders als Engel. Vorher dachte ich, dass ich mich vielleicht falsch erinnere, da es schon eine Weile her ist, seit ich mich an dir genährt habe, aber jetzt bin ich mir sicher – du bist ein Dämon. Aber du hast auch Flügel, also musst du ein Gefallener sein." Meine Augen weiten sich, als ich alle Puzzleteile zusammensetze. „Der andere Dämon, der Vampir, den der Orden gefoltert hat – ich habe ihm erzählt, dass ich undercover auf einer Mission für Luzifer wäre und er hat erwähnt, dass ein anderer Dämon in der Schule dasselbe gesagt hat. Das warst du, nicht wahr?"

„Ja." Er legt den Kopf schief und studiert mich. „Du bist ein Mitglied des Ordens?"

„Das bin ich jetzt, ja. Und du bist es auch."

Er nickt. „Ich habe hier angefangen zu unterrichten, um herauszufinden, ob der Orden eine Bedrohung darstellt. Aber du bist nicht im Auftrag von Luzifer unterwegs."

„Nein, ich dachte nur, das wäre etwas, was der Dämon vielleicht glauben würde, besonders nachdem ich ihm gezeigt habe, dass ich ein Sukkubus bin."

„Das hast du ihm verraten?", fragt er mit besorgtem Gesichtsausdruck. „Das heißt, die Dämonen wissen, dass du hier bist."

„Ja, jetzt ist die Katze wohl aus dem Sack. Jeder weiß über mich Bescheid."

„Die Dinge könnten jetzt sehr gefährlich für dich werden. Sei vorsichtig. Warum bist du überhaupt hier?"

„Ich versuche, meinen Bruder Jonah zu finden, der letztes Jahr verschwunden ist. Der Orden hat ihn ins Feenreich geschickt und ich werde ihn zurückbringen."

Er nimmt meine Hand. „Dann werden wir zusammenarbeiten. Ich kann nicht zulassen, dass der Orden den Stab der Ewigkeit bekommt. Sie werden einen neuen Krieg beginnen und das werde ich nicht zulassen."

Ich drücke seine Hand. „Ich auch nicht. Und ich verspreche, dass ich niemandem sagen werde, was du bist. Du kannst mir vertrauen."

Er beugt sich vor und streift mit seinen Lippen über meine. „Ich weiß."

„Aber Uriel weiß, dass du ein Gefallener bist, nicht wahr?", frage ich.

„Natürlich weiß er das. Er weiß alles und er dachte, es wäre gut, einen Dämonenprofessor auf dem Campus zu haben." Er zögert. „Ich bin mir nicht sicher, ob wir eine Beziehung vor ihm verheimlichen können und ich kann es mir nicht leisten, gefeuert zu werden. Jetzt weißt du, warum ich dir dieses Jahr widerstehen musste."

„Ich verstehe." Ich nehme sein Gesicht in meine Hände und gebe ihm noch einen kurzen Kuss. „Wir können nicht zusammen sein. Noch nicht. Aber vielleicht eines Tages."

„Eines Tages", sagt er und küsst mich erneut. Diesmal inniger, als könne er sich nicht zurückhalten.

Ich bin diejenige, die sich zurückzieht. Ich will ihn so sehr, aber ich will ihn auch nicht in Schwierigkeiten bringen. Ich brauche seine Hilfe. „Bis dahin sind wir Verbündete. Wir werden den Orden gemeinsam aufhalten."

Ein finsteres Lächeln umspielt seine Lippen. „Wenn wir beide den Orden infiltrieren, haben sie keine Chance."

„Wir sehen uns nächstes Jahr", sage ich zu ihm und erhebe mich in die Lüfte, bevor ich ihn noch auf den Rasen werfe und mir nehme, was ich brauche. Ich habe keine Ahnung, wie ich ihm die nächsten zwei Jahre widerstehen soll, vor allem, mit dem Wissen, dass er sich genauso um mich sorgt wie mich um ihn, aber wir müssen einen Weg finden. Er ist der Einzige, auf den ich zählen kann, wenn es darum geht, den Orden von innen heraus zu bekämpfen.

Ich fliege zurück zum Haus meines Vaters und beginne, einen Plan für mein zweites Jahr an der Seraphim Akademie zu schmieden. Zuerst werde ich die Prinzen zu Fall bringen, dann werde ich Jonah retten. Ich werde alles über Feen und den Stab in Erfahrung bringen, was ich kann und dann alles daransetzen, ihn zu finden. Er lebt, das weiß ich und wenn ihn jemand zurückbringen kann, dann bin ich es.

Denn ich bin nicht nur ein Sukkubus. Ich bin auch die Tochter eines Erzengels.

ÜBER DIE AUTORIN

Elizabeth Briggs ist New York Times Bestsellerautorin im Bereich paranormaler Romane und Fantasy mit kühnen Heldinnen und unerschrockenen Helden. Sie absolvierte an der UCLA ein Studium der Soziologie und arbeitete für eine internationale Anwaltskanzlei, war Mentorin für Jugendliche im Schreiben und arbeitete ehrenamtlich mit Organisationen zur Rettung von Hunden zusammen. Heute ist sie ein Vollzeit-Geek und lebt mit ihrem Mann, ihrer Tochter und einem ganzen Rudel wuscheliger Hunde in Los Angeles.

Besuchen Sie Elizabeths Website unter: www.elizabethbriggs.net